婚姻像花儿一样

乔华/著

新世界出版社
NEW WORLD PRESS

图书在版编目（CIP）数据

婚姻像花儿一样 / 乔华著 .—北京：新世界出版社，2013.9
ISBN 978-7-5104-2280-5

Ⅰ. ①婚… Ⅱ . ①乔… Ⅲ . ①言情小说–中国–当代
Ⅳ . ① I247.5

中国版本图书馆 CIP 数据核字 (2013) 第 232504 号

婚姻像花儿一样

作　　者：乔　华
责任编辑：张铁成
责任印制：李一鸣　黄厚清
封面设计：赵　瑜
出版发行：新世界出版社
社　　址：北京西城区百万庄大街 24 号（100037）
总 编 室：（010）6899 5424（010）6832 6679（传真）
发 行 部：（010）6899 5968（010）6899 8733（传真）
http://www.nwp.com.cn
http://www.nwp.cn
版权部电话：+8610 6899 6306　　frank@nwp.com.cn
印　　刷：北京毅峰迅捷印刷有限公司
经　　销：新华书店
开　　本：710 × 1000　1/16
字　　数：289 千字　　印张：17
版　　次：2013 年 11 月第 1 版 2013 年 11 月第 1 次印刷
书　　号：ISBN 978-7-5104-2280-5
定　　价：32.00 元

目录
Contents

第一章

暴　富

长年恨铁不成钢的老公倪小龙，突然就成钢了？突然就能赚大钱了？我这悲催一族嗖地成中产阶层了？

婚姻像花儿一样

米露露赤裸裸站在浴室里，手中捏着香水瓶，望着镜中的自己。镜中的她，一副翻身农奴把歌唱的狂喜，与小人得志的表情有一拼。

长年恨铁不成钢的老公倪小龙，突然就成钢了？突然就能赚大钱了？所以我这悲催一族也就嗖地成中产阶层了？米露露兴奋得发抖，她感觉到每一粒指尖都在震颤，好像有很多小蚂蚁正兢兢业业地在咬着自己，麻麻的、痒痒的。

她想：老娘终于苦尽甘来，要过幸福生活了！也能很爽地睡到自然醒，也能在高档商场里大包小包来血拼，也能开着拉风的汽车去兜风，也能赶紧把房贷彻底还清……总之有无数“也能”。

想到这儿，米露露有 0.1 秒的眩晕……我该不会是做梦吧。她迅速在自己胳膊上狠狠掐了一把，立即疼得“哎呀”一声尖叫，于是本来握在手里的香水瓶快乐地飞了出去，随着咣啷一声，瓶子扎扎实实碎了一地，浴室里顿时芳香四溢。

米露露彻底踏实了，倪小龙是真真切切要荣升公司副总了，从此以后能挣大钱了。虽然米露露数学很差，但她还是用计算器算明白了：从前的家庭财政收入，每年还不到七万元，但根据倪小龙升职之后的收入来计算，即使保守点，明年的家庭财政收入也将达到六十万元，也就是说明年将比今年同比增长 757.1%。

瞧这发展速度。六十万，对于米露露来说是一个天文数字，其实对于真正的有钱人来说，只是他们戴在手腕上的一块高级手表，用来装杂物的两个名牌包包，吃了拉了擦了冲了的三只阳澄湖大闸蟹，可在米露露的字典里，这就是“暴富”。自此以后，小两口就高举旗帜走进了新时代——老公能挣老婆会花的新时代。

“什么又打碎了？没事吧？”卧室里传来倪小龙的声音。这声音是目前最能让米露露踏实的好声音，中国好声音都没有它动听。

“没事，没事没事……”米露露慌乱地答应着，使劲咬了一下嘴唇，“老公前天才狠狠批评过我，要我做个细心的好女人，这老毛病怎么又犯了呢！”

米露露惭愧地蹲下身，开始收拾满地的碎玻璃。她的样子哪像是在捡玻璃碴，倒像是采茶女采茶，一粒一粒地采摘着幸福和希望。幸福和希望被她采进脚边的塑料袋。

然后米露露开始用手指蘸着地上的香水，在身体上涂抹。她已经有 N 年没搽过香水了，没什么特殊原因，就是不喜欢，但倪小龙喜欢，所以她决定洗心革面，重新做人。

米露露终于把自己抹得香喷喷之后，开始画眼影。随着她的眼皮一点点变绿，她的脸颊开始一点点变红。除了当初在舞台上唱歌之外，这可是米露露第一次在生活中画如此明艳、如此作风败坏的眼影。画上这种眼影之后，她觉得自己就是一只着急忙慌正在发情的大青蛙。可倪小龙喜欢大青蛙，于是米露露决定今天晚上就蹦进卧室再蹦到床上，然后把快乐的丰收之歌从黑夜直唱到黎明。

三天前，米露露打死也不可能这么做。

三天后她就变成了现在这个贱贱的样子。

这是多么神奇的三天啊。

三天，倪小龙从屌丝老公变成了高富帅，所以米露露也必须赶紧变成白富美。

第二章

乐极生悲

他先是从策划摇身一变成了副总，然后从副总摇身一变，成了公司里唯一被开除掉的副总，同时还是公司里唯一干了五年被开除掉的策划。

香喷喷的大青蛙正在忙活，可倪小龙却一点也兴奋不起来。他没沮丧得跳楼就已经很不错了，因为本该荣升副总的他，今天被公司果断开除了。

这神奇的三天中，他先是从策划摇身一变成了副总，然后从副总摇身一变，成了公司里唯一被开除掉的副总，同时还是公司里唯一干了五年被开除掉的策划。

双料头衔啊。

策划可以不当，副总可以不干，被辞退真的不堪。不堪之处在于，老婆希望幻灭，自身荣誉尽毁，生活彻底完蛋。

想到这，倪小龙用力抡了自己一耳光。一半原因是仇恨，恨自己亲手就把烤鸭当和平鸽给放了；一半原因是侥幸，想试试自己是否做了噩梦。

“啪！”“哎哟！”灼热迅速从倪小龙的右脸扩散，随后是半边脑袋过电似的发麻。下手之重，以至于他把自己都打急了，想还手。

疼痛对倪小龙说：很遗憾，你活在真实世界中。

“老公怎么啦？”浴室里传来米露露的声音。这声音如此娇柔可人，根本就是一个新老婆嘛。

“没事没事，一只蚊子！”倪小龙回答。

他倒宁愿米露露一如既往地用大嗓门说话，不要为他做任何的，哪怕是一丁点的改变。这种改变他承受不起啊，我倪小龙现在已经没资格享受你米露露的这番待遇了啊，你比以前更粗心、粗暴、粗野、粗糙、粗犷都行啊。

“暂时还不能让老婆知道这事，得先瞒着她。”倪小龙想，“唉，这三天能重来一遍就好了……”但这三天已既成事实，被评为他目前人生历程中最悲催的三天。

他目前要考虑的问题是如何生存下来，然后存活下去。

“只能和命运光着膀子干了！”倪小龙想。

米露露对镜子里的自己很满意。脸上涂得红红绿绿，身上穿着蕾丝豹纹比基尼，腿上裹着黑色网眼连裤丝袜，脚上蹬着十六厘米金色镶钻防水台高跟鞋，真是充满情趣哇。她很确定这就是倪小龙在卧室想要的 style。

米露露已经适应了自己的新形象，却还没适应自己的高跟鞋。鞋跟太高，所以双脚酸软，双腿酸困，所以步履维艰。

这时候她最不应该做的，就是弯腰去捡那个装着碎玻璃的塑料袋，可是她做了。于是她脚下一软，身体狠狠向地面砸去，“咕咚”一声闷响，她横倒在浴室的地板上，紧接着就是“刺啦”一声，米露露清醒地意识到：比基尼吊带断了！她想要翻身坐起来，却一屁股坐在了塑料袋上，碎玻璃立刻钻出来，狠狠咬了她屁股几口。惨了，丝袜和屁股都破了！

她想：老娘一晚上的心血就这么毁了！

半晌，米露露沮丧地从地上爬起来。得，只能来自然美了。她在胸前围了一条浴巾，走出浴室。腿疼屁股疼，穿着高跟鞋的脚疼，所以米露露步履蹒跚，一瘸一拐地走向卧室，很悲壮。

卧室里的倪小龙正在想自己的操蛋事，很悲伤。他不敢面对米露露，真想翻窗逃掉算了。

可米露露进来了，她轻轻靠在门框边，刚才糗得像屎壳郎，现在优雅得赛天仙。这时候天仙胸前的浴巾突然滑落了，别忘了她脸上还红红绿绿，身上还穿着蕾丝豹纹比基尼小热裤呢，倪小龙看呆了。据说人在超紧张状态下会产生超强的欲望，倪小龙大概就是，没等米露露反应过来，他已经凶猛地扑了上去。两秒以后，两人已经在地板上滚作一团。

过程到底如何，倪小龙已进行了选择性遗忘。

反正米露露整个的感觉就是腿疼，脚疼，屁股疼。

“要是没摔跤就好了……”进入梦乡之前的最后一秒，她这样想。

这一夜是怎么度过的，倪小龙不知道，只觉得一会儿坠入海水，一会儿登上火山。

有几次他从梦中惊醒，真想一五一十彻底向米露露交代实情，可就是没有勇气。他认为让老婆梦碎，好比犯罪，所以他制定的战术就一个字——装。

他想：假装一切顺利，同时开始拼命寻找新工作，找到工作以后，再把这一切告诉米露露。不然那还能怎么办，总比眼下把老婆从天堂直接拍进地狱强吧。

太阳照常升起，所以倪小龙照常走出家门。

“老公，早点回来。”米露露倚在门边，探出半个头，冲倪小龙莞尔一笑。

倪小龙心中一紧，努力挤出笑容，目光却不敢与米露露触碰，“今天可能会比较忙，晚饭就不要等我了。”倪小龙话还没说完，已飞快地转身，大步流星逃出了米露露的视线。

倪小龙走到楼梯拐角处，坚硬的楼梯瞬间变得酥软起来。他慌忙按住扶手，嘴角骤然掉了下去，没哭，却比哭还难看。

此时的倪小龙没时间去细细难受，他首先要做的是赶紧打电话给苏羊，告诉她自己想了一宿并且已经实施的计划。

电话刚响了半声就被接通。

“怎么着了啦？急死我了啦！人家也不敢把电话打给你。”电话那边传来苏羊急切的声音，“嫂子骂死你了吧？”

苏羊是倪小龙的表妹，一个时尚漂亮的妹纸。大学毕业后从老家来到B市，住在了倪小龙家里。昨晚，她找借口躲了出去，想要留给倪小龙和米露露一方战场来解决这急速升迁又火速失业的家庭大事——顺便补充一句，倪小龙三天之内过山车般的经历，她功不可没。

“哎，我根本就敢没告诉你嫂子，你也要先替我保密。记住，千万别说！我是这么打算的……”接下来，倪小龙把自己的想法一五一十告诉苏羊。

“哦了哦了，只要你不说，我这里绝对OK啦。这件事你可不能怪我哦，前天晚上人家本来是想给你庆祝的，没想到你却喝醉了。”苏羊好像比倪小龙还委屈。

“没有，哥哥哪能怪你啊，都是我自己的问题。今晚照常回家睡啊，昨晚在同学家睡得还习惯吧？”倪小龙反倒开始安慰起苏羊来。

“还好啦，就是床板有点硬。而且那个同学晚上还磨牙，好烦喏。”苏羊一向娇滴滴。

“没事，今晚回家睡就好了，对了，千万别和你妈妈说啊。你妈妈肯定会告诉我妈妈，她老人家知道了肯定得完蛋。”苏羊的妈妈和倪小龙的妈妈是亲姐妹俩，倪小龙得再次叮嘱一下。

“好了啦，在你找到新工作之前，我不会对任何人说的。那你白天怎么办呢？”苏羊问。

“这还能难倒你哥我？有的是地方！一直上班没时间休息，这下就当趁机度假了！你放心吧。”倪小龙向来嘴硬。

倪小龙挂掉电话的时候，发现自己已经不知不觉走到了大街上。

人们来来往往，有的行色匆匆，有的慢条斯理，除了倪小龙之外，全世界人民好像都非常清楚自己从哪里来，要到哪里去。

“去哪呢？我得先找工作啊。”他想。

此前，倪小龙每月的工资虽然只有四千块，但可别小看这四千块，它是这个小家庭的多半边天。四千块的其中一半可以用来还房贷，剩下的一半可以应付煤气水电吃穿交通，等等。而米露露的两千多块钱薪水，就成了这个小家庭的净利润，可以挥霍掉一些来满足他们对美好生活的无限需求，比方说，大快朵颐地去吃吃几十元的海鲜自助，比方说，因为下雨不想挤公交而改为一次奢侈的打出租车。至于剩下的钱，两人会将它们存起来，所以每个月家庭储蓄卡上的数字也号称会有所变化。但与其说这阳痿不举的数字是财富的积累，倒不如说那是一种象征性的心灵安慰——瞧，咱们的存款又多了一些！努力加油啊！按照这种速度，咱们一百年以后就是百万富翁啦！

算得没错，可前提条件是米露露和倪小龙都得不死不病不失业不生孩子不赡养父母，扛到一百三十岁的高龄才能达到，而且还不能出现通货膨胀。

所以他得先找工作。

倪小龙在网吧里一气投了几十份简历，每一份简历都承载着他的希望，被光纤输送到远方。倪小龙对其中一个职位寄予厚望，那个公司在招聘策划总监，虽然看上去职位不如副总经理高，但毕竟和倪小龙专业对口。更重要的是，公司名字听上去很有气魄、很有发展：环球文化咨询有限公司。

公司的名字往往代表着老板的视野和心胸，或者某些方面的特质。

“真是天无绝人之路哪。”倪小龙想，“难道这就是上帝为我打开的另一扇窗？”

但在窗户没打开之前，倪小龙还得寂寞地流浪。

该去哪呢？倪小龙脑子里想着想着，双脚却已经把他带到了从前上班的写字楼下。

这是一栋通体用蓝色玻璃幕墙装饰的建筑，在阳光中闪耀着光芒，像是一颗无数克拉的钻石。倪小龙曾经的上帝就住在这里，拿捏着他的经济命脉，掌握着他的命运人生。这个上帝就是他之前的老板——王见天。

倪小龙觉得这个名字很深刻很有玄机，也再次认识到了一个人姓名对自己的重要性。

现在，谁说名字不重要倪小龙会跟他急。如果名字不重要，成龙为什么不一直叫陈港生，冯德伦为什么不一直叫冯进财，杨钰莹为什么不一直叫杨岗丽？

王见天这个名字的玄妙之处就在于，它让老板自个见到天日，让其他人不见天日。

王见天先生成功了，至少他当上了近百号员工的老板，至少他有一个情妇，至少他开着奔驰，而且还不用为房贷发愁。

倪小龙在这颗钻石里已经为王老板工作了好几年，钻石王老板承载了他对未来的所有希望。一直以来，他都觉得钻石和王老板是一种颇具灵性的组合，这组合会在某年某月的某一天，奇迹般地把成功那孙子押送到他面前。

虽然每个人对成功的理解各不相同，但在很多人眼中，倪小龙确实不应该是现在这个样子。具体点说，以他的才华，不应该一直是个普通策划职位，不应该一直挣这么点薪水。

公司里，那个喜欢戴大红框眼镜的王小姐，曾是跟着倪小龙脚后跟，屁颠儿屁颠儿甜蜜蜜叫老师的实习生。讨论工作时，她被三百军棍打屁股也崩不出一个屎星子，但只要不讨论工作，却字字能让老板的情妇咯儿咯儿笑个不停。

此女如今已是主管级别——换上了更大框的红眼镜，成了老板情妇的闺蜜。

那个喜欢把三根头发梳成分头的秃顶刘先生，如果写一千字的策划案，能有五百字不知所云，但坚持发邮件与老板交心，早请示晚汇报，早上请安晚上跪安。

此男如今已是总监级别——现在除了邮件之外，他开始用微博随时随地与老板分享心情，分头也抿得更有型了。

前台的那个妹纸，凶器比柚子还大，脑仁比杏仁还小，但领导一说话就在笔记本上狂记。领导说一句话，她能写半页纸。

此妹纸如今已被调岗至策划部门，成为和倪小龙平起平坐的策划。

现在领导说一句话，她能写两页纸了。另外凶器已堪比西瓜，脑仁已堪比芝麻了。

成功的理由各不相同，每个人都用自己的法宝勇攀高峰。

24 小时前，倪小龙曾经攀上过一个不高不低的山峰。

24 小时前，他牛逼哄哄。

可成功千呼万唤始出来，成功却又风驰电掣般滚边去。

倪小龙甚至不敢回忆自己到底做了些什么，而那一切只有缺心眼的人才能做得出来。

前天晚上，也就是老板要宣布他升职消息的头天晚上，他亲爱的表妹苏羊死活要为他庆功，策划了晚餐、卡拉OK、宵夜等丰富多彩的一条龙节目。米露露因为培训中心晚上有课，没能莅临现场。所以倪小龙和苏羊，以及两人所有能叫来的朋友欢聚一堂，得以尽兴发疯，不打折扣地狂欢了一把。

米露露拼命打电话想要提醒倪小龙不要玩得太晚，可是喧哗声盖过了手机铃声，倪小龙和苏羊都没有接听电话。

等倪小龙和苏羊回家的时候，已是深更半夜，不，应该说是凌晨更准确，凌晨两点。

整个活动虽然是苏羊策划、苏羊请客，倪小龙埋单，但倪小龙很满足。就算埋单透支了倪小龙的信用卡，他也很满足。满足于被朋友们刮目相看，引以为傲和竞相吹捧。那是一种站在万人中央，享受那万丈荣光的美妙感觉。

不美妙的感觉是倪小龙醉了，而且第二天倪小龙迟到了，迟到了半小时。

当他忐忑不安地冲进会议室的时候，所有人向他投来了异样的目光：有的不可思议、有的莫名其妙、有的幸灾乐祸、有的怜悯叹息，但都可以统统概括为目光诡异。

倪小龙铁青着脸，那是尴尬和睡眠不足的反应。

王见天也铁青着脸，那是愤怒和出离愤怒的反应。

王见天抬起眼皮扫视了一眼大家，视线巧妙地跳过了刚刚坐下的倪小龙，仿佛他就是一团透明的空气，根本不存在。

倪小龙边说“对不起，对不起”，边飞速把包包里的东西在桌子上一字排开：红色笔、蓝色笔、笔记本、笔记本电脑。眼看王老板张开嘴巴就要说话，倪小龙赶紧拿起笔，准备记笔记。

“好，就按照刚才的布置，”王老板说话向来铿锵有力，“大家忙去吧，散会。”

酒精让倪小龙的反应有些迟钝，他郑重记下了王老板的话并细细品读：“好……就按照刚才的布置……大家忙去吧……散会。”

倪小龙温习第三遍的时候才理解是什么意思：“就是说，会开完了？”

他蒙了，“散会了？散会了？就散会了？还没宣布我……”他终于还是没说出来下面这句话——还没宣布我升职呢！我要升职！我要升职！

他焦急地寻找着别人的目光，希望能从某个眼神里读到某些信息，可除了李百草尴尬地看了他一眼之外，其他人都目不斜视，目光齐刷刷直视前方，宛如僵尸列队。

片刻，偌大的会议室里空空如也。只剩下倪小龙一个人在发呆。等他确信这不是梦境之后，才慌忙追了出去。

他冲到王老板办公室门前，抬手就要敲门却又慌忙停住，觉得自己还没准备好如何解释。

等他挖空心思组织好语言，并在心中彩排数次，胸有成竹要敲门的时候，李百草开门出来了。

说起来，倪小龙与李百草颇有缘分。大学里，倪小龙是李百草的同门师哥，比他大两级；社会上，两人在同一个公司的同一个部门工作。李百草从做实习生，到策划助理，最后成为专职策划，一路上为倪小龙保驾护航，无私帮助，战功赫赫。

从专业上来说，倪小龙喜欢这个颇有灵性的师弟。从个人感情上，倪小龙喜欢李百草的温和乖巧，甚至希望自己能有一个这样的亲弟弟。

不过弟弟总归是弟弟，倪小龙不惜对他谆谆教诲的同时，也喜欢拿他开开玩笑。李百草也非常明白“闻道有先后”的道理，而且自己能有今天，也多亏了倪小龙，所以无论倪小龙怎么拿他开玩笑，也都是毕恭毕敬、心甘情愿。此外，他会在工作时称呼倪小龙“倪哥”，私下里称呼倪小龙“师哥”，看起来很顺服的样子。

“你，你，倪，倪……”李百草从王老板的屋子里出来，猛然见到倪小龙，有些紧张，“倪，小龙？”

“哦，百草。”倪小龙刚想询问早上开会到底发生了什么，突然意识到李百草对自己称呼的转变，一片巨大的乌云瞬间出现至头顶上方。以前每次出现这片乌云的时候，都有倒霉的事情发生。

“你……你叫我……什么？”倪小龙问。

李百草稳了稳情绪：“我叫你，倪小龙。”这次他吐字清晰标准，貌似可以获得普通话一级甲等证书。

倪小龙的头嗡的一声，眼前的世界迅速向远处退去，李百草的声音似乎来自一个遥远的星球，那个星球被李百草叫做“翻天覆地”，被倪小龙叫做“忘恩负义”。

接下来发生的事情，如今在倪小龙的记忆里都是或长或短的片段。

片段——

倪小龙和李百草默不作声地走到楼梯间，纷纷点燃香烟稳定情绪。

李百草率先开了腔：“马上就要推进这个项目了，分管创意的副总位置再不能空缺了。刚才开会的时候，王总宣布暂时由我来担任。”

“什么？你担任创意副总？”倪小龙不敢相信自己的耳朵，“你？！”

“是，是我。”李百草使劲吸了一口烟，不高兴了，语气逐渐变得慷慨激昂起来，“小龙，我是担任了你原本要担任的职位，我也有这个能力，这是王总临时的决定。而且根源在于你没珍惜这个机会。王总早上等了你二十分钟，一开始还主动替你开脱，说有可能是堵车，可为什么别人不堵车？别人都是坐直升飞机来的？既然你不把这个职位放在眼里，所以王总才要我来担任。王总绝不能容忍这么一个不守时不尊重大家的人做公司的创意副总，而且公司已经接下大品牌的单子，刻不容缓，你不能耽误大家的时间，耽误王总和大家赚钱。所以从此我担任创意副总，你继续在原岗位不变。”

倪小龙瞠目结舌地望着李百草，觉得以前根本没见过这个人。比起得知自己不能晋升，倪小龙对李百草当下的状态更加感到眩晕，一是对自己和王老板称呼的突然改变，二是他说话盛气凌人的态度。

以前私下的时候，倪小龙和李百草都管王老板叫“羊驼”。

因为羊驼被大家亲昵地称为草泥马，因为草泥马……草泥马这个不用解释了吧？可恨的是李百草不但在刚才的陈词中连用了五次“王总”，而且直接叫他“小龙”，说话的口吻也仿佛他的领导兼人生导师。

李百草不是自己的弟弟吗？他不是一向温和谦逊吗？就算升职了也不至于这样吧？！

这也太，太羊驼了！

倪小龙心中的无数小火苗向一个中心猛烈聚集，迅速组合成一个大火球。

“你怎么这么跟我说话？”倪小龙问。

“你觉得我应该怎么跟你说话？”李百草反问。

片段二——

倪小龙和李百草点燃第二支烟。

李百草猛烈地嘬着香烟，像一个垂死的病人歇斯底里吸着氧气。

“倪小龙你知道吗？我忍你很久了。是，你是比我大两届，是比我先进这个公司，可这又能怎样？论资排辈的时代早已经一去不复返了，如今靠的是综合实力。综合实力你知道吗？你以为自己比别人有才华有创意就可以了吗？是，你是写了这个广告策划案，是帮公司争取到了眼前这个大单。为了奖励你，王总把空缺了好几个月的创意副总的职位给了你，可你有领导力吗？——你没有。你懂得社会心理学吗？你知道如何尊重别人吗？——你不懂。今天早上对你来说是多么重要的时刻，你都不珍惜，这很说明问题。昨晚喝酒了吧，现在还浑身酒气呢。这么大岁数还喝酒误事，这就是你能力最好的证明！”

倪小龙被李百草的气势轰炸得有点不知所措。

小猫咪一夜之间变成大老虎，搁谁身上都反应不过来。

“你，你，你怎么突然变了？”倪小龙气得浑身发抖。

“变了？变了就对了。我总不能一辈子跟在你屁股后面，辛辛苦苦写的策划案总被你骂‘狗屎’吧。屁股决定大脑，以前你不给我留面子，现在轮到我了。呵呵。”

李百草干笑了两声。

“面子？面子不是个东西。作为师哥，我有义务帮助你成长，不刺激你，怎么成长？”倪小龙胸口的大火球噗噗吐着火苗，笑得比李百草还干，“呵呵呵，你成功了自然就有面子了，成功之前面子算个球！而且，要不是我手把手教你，告诉你开拓思路的方法，还有你说的骂你策划案‘狗屎’，你的水平能提高得这么快？我是把你当做亲弟弟来教的，越亲才越往死里骂。现在你升职了，当领导了，对我的称呼也变得忒快了吧？你也忒势力了！”

“够了够了，什么亲弟弟干弟弟，”李百草干笑变成冷笑，“你知道吗倪小龙，我叫了你七年‘师哥’，三年‘倪哥’，其实就是为了能从你这里多学点东西，可现在不用了，终于不用了。其实我岁数和你一样大，而且按生日我还大你好几个月呢。以后轮到你叫我‘李哥’了，哦，叫‘李老师’也行。”

倪小龙眼珠差点掉地上，手一抖，手指瞬间被烟头狠狠地咬了一口。

这是现代版的卧薪尝胆啊！

“李百草，你至于嘛，我没强迫你喊我哥，你要是早告诉我我能让你叫吗？我还怕折了自己的阳寿呢。你也太阴了一点吧。”倪小龙突然觉得眼前这个人无比猥琐，恶心得差点要吐出来。

“行了行了，现在知道也不晚。先聊到这，我还要回去找王总讨论那个广告创意，看看还要不要修改，你写的虽然不错，但实施起来可能会遇到一些具体的问题。接下来的工作，你就听我安排吧。”李百草不耐烦地摇摇手，转身就走，走了两步却又突然停了下来，“对了，小龙，待会儿你回去的时候顺便送两杯咖啡到王总办公室，王总的多加糖，我的多加奶，别忘了啊。”

倪小龙望着李百草的背影，胸中的火球难以阻挡地爆炸了。

片段三——

倪小龙狂揍李百草。

片段四——

人力资源主管“超大红眼镜”王小姐站在王老板面前说：“这个人必须开除。”

王老板点头，签字。

片段五——

倪小龙办理各种离职手续。

第三章

商场失意，情场得意

倪小龙这才注意到邱紫璇的手也很漂亮。手指颀长，每粒指甲都像它的主人那样妩媚。

“我至少印证了这世界上还是有奇迹的。”倪小龙想着，背后突然“嘀”的一声，原来他站在了停车位上。一辆白色奥迪正缓缓摇下车窗，一张女人的脸露了出来，这张脸五官清秀精致，就像韩剧中的明星。

“倪总，我，没吓着你吧？”女人努力地笑了一下，洁白的牙齿闪闪发亮，但脸已唰地红了起来。她慌忙转过头，假装从后视镜中查看什么，以掩饰自己的不自然。随着头部地转动，荡漾着波浪的卷发迅速遮住了她半边秀丽的面孔。

“紫璇？哦，你好你好！”倪小龙赶紧闪到一边，给汽车腾开位置。

女人名叫邱紫璇，是倪小龙的邻居。

和大多数住在钢筋混凝土里的人一样，这对邻居原先并不讲话。倪小龙搬到这个小区已经整整三年，和邱紫璇曾经打过无数次照面，却不知其名，不闻其声，大有老死不相往来的架势。两人认识，不过才短短两天时间。

前天，邱紫璇的儿子乔乔发高烧，几近昏迷。四五岁的小男孩，抱起来已经是相当吃力。邱紫璇就这么呼哧带喘托着乔乔，在电梯里与倪小龙相遇。美女落难，倪小龙感到如不施以援手，日后生个小孩肯定没屁眼。于是他顺理成章知道了美丽女邻居的芳名，义不容辞地担任司机将母子俩送到医院，如愿以偿成为英雄。邱紫璇也通过这次短暂的被拯救行动，得知倪小龙在广告公司上班，而且是分管创意的副总。

其实倪小龙当时并不算撒谎，因为马上就将升职。他没必要对邱紫璇说，我今天是策划，走了狗屎运，明天要当副总了！所以倪小龙认为现在也没必要对邱紫璇说，我昨天已经不是副总了，而且被开除了！

英雄，得靠荣誉活着。

邱紫璇停车入位，款款地从车上下来。

“这么巧啊。”倪小龙挂上笑容。

“哦，嗯，我去超市买点东西。”邱紫璇的脸颊依然红扑扑的。倪小龙上次就注意到她特别容易脸红，不过这红色能使她凭添一抹娇羞，倪小龙觉得挺好看。

“乔乔没事了吧？那天他可烧得不轻，脸烧得比你的还红呢。”倪小龙说话直来直去。

邱紫璇一下囧在那里，不知道该怎么回答，脸更红了，和乔乔发烧时一样红了。

“嗨，我是说脸红红的好看。”倪小龙注意到邱紫璇的不自然，慌忙岔开话题，“我正在等同事送一个文案，一个广告文案的打印件，待会儿要去客户那里开一个很重要的会，可他半天还没下楼！喏，就是这栋楼，我就在这栋楼上班……算了算了，哪怕他现在直接跳楼给我送下来，也比约定的时间要晚了，干脆我自己去取吧，不能再等了。”

倪小龙的谎言一气呵成。邱紫璇却被逗笑了。也许是笑释放了多余的能量，她变得从容起来，边笑边用手优雅地将嘴遮住说：“那你快去忙吧，改天再聊。”

倪小龙这才注意到邱紫璇的手很漂亮。手指颀长，每粒指甲都像它的主人那样妩媚。

倪小龙迅速撤回自己的视线，边说“回头见”，边做焦急状大步流星向大楼奔去。

倪小龙的背影，怎么看怎么是个成功人士。

幸亏邱紫璇要他快走，不然待会儿被问到工作的事情，倪小龙不敢保证自己的脸不比邱紫璇的红。他硬着头皮走进大楼，一边透过玻璃门使劲观察邱紫璇，一边注意着周围有没有突然蹿出来的同事。阿弥陀佛，邱紫璇终于走远，一个同事也没出现，倪小龙溜出大楼，重新迈入茫然。

他就这么茫然地走着，跟着苗条的女郎走一会儿，再跟着富态的大妈走一会儿。跟着女郎走，感觉美好，跟着大妈走，感觉踏实。最后，他跟着一个被女郎和大妈共同领着的小朋友进了超市。跟着小朋友，感觉有奔头。

可超市里很无聊，倪小龙只闲逛了一会儿就想要走。他刚一转身，迎面看到了一个美丽的侧影。侧影浏览着厨具，款款朝他走来，线条清秀的小腿，玲珑有致的曲线，清丽的肩膀，栗色的卷发，黑色的裙装。她偶尔伸手去抚摸厨具，露出牛奶一样白皙的手腕，紫色的手镯安静神秘，像极它的主人。

“这他奶奶的是一道风景啊。”倪小龙心想。

突然，他慌里慌张向后退去，迅速躲在了货架后面，因为这个侧影就是邱紫璇，刚才跟人家说待会儿要开会，现在却在超市里闲逛，这不是自己掌嘴嘛。倪小龙决定避免和邱紫璇正面接触，偷偷溜走地干活。可他身处死角，只能原路返回。

倪小龙蹑手蹑脚想从邱紫璇背后溜走，可就在和邱紫璇身体交错的那一刻，他突然碰到了身后悬挂的不锈钢汤勺。眼看这只汤勺就要撞到第二只，第二只会撞到第三只，第三只……他妈的这是编钟啊。倪小龙赶紧摘下那只汤勺，紧紧攥在手里。

哎呀妈呀，终于挪出来了！

倪小龙迈开大步就朝出口走去，边走边把汤勺装进包里。

“站住！”倪小龙一只脚刚跨过出口，猛然被这声音吓了一跳。随后几名保安从四面八方拥了过来，将他团团围住。

领头的大个子保安转身问一位女士：“大姐，是他偷超市东西吗？”

女士的眉头飞快地蹙了一下，很有腔调地说：“请叫我凌小姐。”

“哦，小姐，是他？”大个子保安怔了怔。

凌小姐本来就扬起的下颌又往上使劲抬了抬，一字一顿地说：“凌小姐，不是小姐。”

大个子身后的几名保安努力憋住笑，脸上的青春痘瞬间充血，闪闪发亮。

“哦，哦，呵呵，凌小姐，就是他偷超市东西？”大个子指着倪小龙。

“我，我偷超市东西？”倪小龙莫名惊诧地看看四周，“你们一定是搞错了！快，别让真的小偷跑了！”

“切，‘贼喊捉贼’这词是您创造的吧？”凌小姐用手指一点倪小龙的皮包，“就在包里装着还想抵赖呀。我注意您半天了，您想要偷那位女士的钱包儿——喏，就是那边穿黑裙子的女士，看没机会下手，就偷了把勺子。看着人五人六的，可连勺子也偷，呵呵，就不怕用它吃饭噎死全家呀。”

凌小姐说话不紧不慢，声音不高不低，还一口一个“您”，却字字让倪小龙浑身酸疼。

中了化骨绵掌也不过如此吧。

“我，你……你怎么说话呢？”倪小龙满脸通红，同时嘴还有点歪。

“哟，还问我怎么说话呢。怕人说自己就别做，做了还装，呵呵，其实您是个演员吧？都这时候了，至少也该供认不讳，坦白从宽。小偷也分三六九等，依我看吧，您还没入流呢。”

人越聚越多，都期待着剧情推向高潮。

“呵呵，呵呵……”倪小龙气得笑了起来，做出一副好男不跟女斗的样子。

“请把包打开。我们不冤枉一个好人，也不放过一个坏人。”大个子保安义正词严。

倪小龙扫视了一下四周，笑着打开皮包，眼睛瞬间被一道银色的光芒亮瞎了。

他这才想起自己刚才确实摘下了一把勺子，但勺子如何进了皮包，却是死活也想不起来了。难道自己是刘谦？

“哎？哎？这有把勺子，呵呵，有把勺子！”倪小龙傻了，笑了，开始傻笑了。

此时两名保安架起倪小龙就走，边走边说："跟我们走一趟！"

"别，别，我不是故意的，刚才是走神了……我怎么可能……"倪小龙徒劳地解释着。

人群闪开，亮出一条通向正义的过道。

凌小姐轻蔑地从鼻孔里发出"哼"的一声，头上高耸的发髻和耳朵上金色的耳坠随之颤了一下。

"等等，保安先生！凌雪！误会了误会了！我认识他！"此时邱紫璇从人群中挤了进来，

"紫璇？"凌小姐一愣。

"凌雪，我认识他！他和咱们，住得不远！"邱紫璇紧张得上气不接下气，脸颊是那种鲜艳的红，"我和他是……是朋友，他怎么可能，要偷我的东西呢！"

"哦？"大个子保安和凌雪狐疑地望着邱紫璇。

"倪总，你怎么在这呢？"邱紫璇望着倪小龙，眼神既焦急又莫名，意思是"你赶紧解释清楚啊"。

"哦，紫璇，我，"倪小龙抓抓脑袋，"本来马上要开会，但因为策划案还有一点瑕疵，所以临时推后了。我是到超市里来找广告灵感，刚刚看到那排勺子，想起了古代的编钟，如果用一排勺子来代表不同的音符，演奏出乐曲……我想着想着就走神了，嗨，也怪我太专注……"倪小龙撒谎不用打草稿。

大个子保安的表情渐渐松弛下来。人群中几个大妈连连点头，意思是听懂了。

凌雪的目光上上下下扫了倪小龙几眼，小声嘀咕："倪总？怎么看怎么不像个'总'。"

"算了算了。"大个子保安主持公道，"可以理解，以后可要注意了。毕竟我们超市也有规章制度，那位凌小姐也是为了伸张正义，保护大家和我们超市的财产安全。行了，去收款台把勺子的账结了。散了，散了啊。"

"可我没打算买勺子啊。"倪小龙还想争辩，被邱紫璇用眼神制止。

人群散去，只剩下倪小龙、邱紫璇和凌雪三个人。

凌雪脸上的肌肉有点僵硬，下颌依然微微扬起，没打算搭理倪小龙。

邱紫璇赶紧微笑起来："其实咱们都是邻居，我来介绍你们俩认识一下。"

邱紫璇优雅地伸出左手，凌雪亮相。

"倪总，这位是凌雪，现在是凌小姐，过几天可就要变成牛太太了。她和未婚夫牛先生刚在咱们小区旁边买了房做婚房，很近呢。我和凌小姐也是在超市认

识的。”

凌雪斜睨了倪小龙一眼，算是打过招呼。

邱紫璇又优雅地伸出右手，倪小龙亮相。

“凌雪，这位是倪总，是广告公司负责创意的副总，他们夫妻和我住一个小区，都好几年了。”

倪小龙尽量友好地笑了一下：“你好凌雪，以后大家相互关照。您住旁边哪儿啊？”

凌雪嘴角向上挑了挑：“你们小区南边，碧海山庄，8 栋 102。您呢？”

倪小龙心里突突了两下，心想：“乖乖，那可是带跃层的大房子，没有几百万可下不来呢！难怪牛逼哄哄的。”

“哦，和邱紫璇一样，住在蜜蜂社区，我住 4 栋 403。”倪小龙有些没底气。

“嗯。”凌雪的鼻子里又发出喷气的声音，身体已经转向另一边，不再看倪小龙。

“有钱就了不起啊！将来我有钱了，买下你们家隔壁，天天在墙上钉钉子玩！”倪小龙想。

“好了，不耽误两位美女购物了，我先走了。”倪小龙握着勺子结账去了，姿势就像拎着片刀要去砍人。

望着倪小龙远去的背影，邱紫璇咯咯地笑了起来，对凌雪说：“他叫倪小龙，挺有趣的。”

凌雪冷冷地翻了翻眼皮：“哼，你最好还是当心点。我总越觉得这个人有问题，他好像总在掩饰什么。这世道，知人知面不知心。紫璇，你孤儿寡母的，他又有老婆，你可别被他占了便宜。”

邱紫璇的脸唰的一下红了：“别乱说，我们只是认识而已……咱们去那边逛逛吧。”

倪小龙认为：这个世界上，没有什么比被开除失业，但还要强装副总经理更难的事了。

他逛到华灯初上，终于熬到一个日理万机的副总应该下班的时间。

身心俱疲。

除了还没消化掉的窝火之外，一连串问题问得他上气不接下气。

“事业就先甭想了，先想想你工作的着落吧，哪家公司会要你呢？会是什么职位？签几年合同？给你开多少薪水？是三险一金还是五险一金还是不上保险？同事会不会欺生？会不会再碰上‘超大红眼镜’那样的人力资源主管？老板人怎么样？他的情妇会不会一手遮天？

“老婆那里怎么交代？要隐瞒多久？要是一直找不到工作怎么办？发工资的日子到了拿什么上缴？如果现在告诉米露露她会是怎样的反应？会不会要和自己离婚？离婚了自己思念米露露该怎么办？她会不会再和自己复婚？米露露要是找到能带给她幸福的人，自己该不该痛苦地放手？自己被抛弃之后，是不是应该上《非诚勿扰》，就像有个屌丝哥们那样，二兮兮地要白富美无条件嫁给自己，以此改变命运？自己这么能胡思乱想，到底还是不是个男人？是男人就应该越挫越勇，但现在自己该怎样咸鱼翻身？”

倪小龙快把自己问死了，同时腿也快走断了。

除了在桥洞下盘腿坐着，边吃方便面边和一个乞丐探讨了半小时人生之外，倪小龙一整天都在走路。即使按照每小时五公里的速度来计算，他走了十小时，那也走了五十公里。

小龙其实害怕远征难，万水千山失业后只能赋闲。

“亲爱的，你瘦了。”这是米露露为他开门后说的第一句话，“当副总真辛苦……”

米露露忙不迭地端菜去了，苏羊悄悄凑上来补充了一句：“还晒黑了。”

倪小龙瞪了苏羊一眼，苏羊伸了伸舌头，缩了缩脖子。

“你好好给我上班，好不容易才给你找到这份工作。”倪小龙把苏羊拉到墙角，音量小但很有力，“现在我不在公司了，以后没人罩着你了。你千万要懂事，别让我操心。”

“嗯嗯，表哥放心了啦。”苏羊忽闪着大眼睛拼命点头，“有表哥这件事做前车之鉴，羊羊不会犯错误呢。”

苏羊刚刚大学毕业，上的是那种只要交钱就能上的大学，学的是那种谁也能学的专业，文秘。领了毕业证之后，苏羊除了知道绝不能留在生她养她的家乡小城之外，不知何去何从。

倪小龙对待别人向来热情似火，更别说是他眼瞅着长大的表妹。他要苏羊来到B市，住自己家，还答应帮苏羊找工作。

自个儿屁眼里还在流鲜血，却还要给别人医痔疮。这就是倪小龙。

他在得知自己升职之后，隐瞒苏羊和自己的亲戚关系，将她带进公司实习。

“跟着我，前途无量。”这是倪小龙在公司里对苏羊说的话，话音未落他就被开除了。

师傅领进门，修行在个人，这下只能看苏羊自己的努力和造化了。

师徒二人坐在餐桌旁，望着餐桌上的鱼流口水。趁米露露转身去厨房的空当，倪小龙意味深长地说：“李百草这个人很操蛋，你要防着点他。”

苏羊一愣，眼神里带着一丝疑惑和不安，旋即又装作很漠然的样子。

“是吗？”苏羊垂着眼睛问。

倪小龙没发现苏羊的表情变化。

“表哥说的话还能有假？你是没看到那天他和我说话的样子，还，还要我叫他‘李哥’，‘李老师’，妈妈的，欠揍！”

“哈，”苏羊突然笑出声来，“好好笑，他是只绵羊哦，也会造反呢？”

“什么绵羊，是只披着羊皮的狼！我和他之间就是东郭先生和狼的故事，你可……”倪小龙还想接着说，米露露哼着歌从厨房回来了。倪小龙慌忙住口，这才注意到米露露竟破天荒穿了一条裙子，而上身也不再是松松垮垮的大T恤，取而代之的是件黄色紧身小背心。

苏羊冲倪小龙挤挤眼睛，又瘪瘪嘴。

米露露发现倪小龙和苏羊打量自己，不好意思起来，赶紧转移注意力：“你们快趁热吃，这是红烧鲤鱼，我现学现卖的，尝尝味道怎么样……这是水煮牛肉，看我妈做过，照猫画虎……味道不好的话，多包涵哈。”

米露露望着倪小龙，有点局促不安。

倪小龙受之有愧，非常诚惶诚恐。

“哦，哦，”倪小龙赶紧夹了一块鱼肉，还没送到嘴里就开始频频点头，“嗯嗯，香，真香！”没等鱼肉咽下去，一筷子牛肉又被他塞进嘴里。

“慢点，慢点，看把你饿的，”米露露看倪小龙吃得香，这才放下心来，“羊羊，别光看哪，你也赶紧吃……瞧现在的物价，这点牛肉就要30块钱，这条鱼也20多块呢……”

倪小龙呛了一下，咳嗽了几声。

苏羊看了倪小龙一眼。她懂得。

米露露接着说：“不过没事，谁让咱生活水平提高了呢，以后我天天给你们做！”

倪小龙突然剧烈咳嗽起来，米露露慌忙给他捶背。倪小龙边咳嗽边说：“咳咳……咳……还是，还是……要，咳……咳，省着点花，咳咳咳。”

“是，是，那肯定。”米露露应着，“虽然你当了副总，挣钱多了，但那可都是辛苦钱。看看你，今天刚升职第二天，人就明显憔悴了。我给你煲了核桃粥，待会儿喝啊。”

倪小龙咳嗽得更猛烈了，止也止不住。苏羊垂着眼皮吃饭，谁也不看。

倪小龙终于止住了咳嗽，忐忑不安地喝着核桃粥。

米露露偷偷观察倪小龙，认为从他现在的状态来看，自己今天的表现应该不错。

吃完饭，米露露开始稀里哗啦收拾桌上的碗筷。倪小龙和苏羊也腾地起身抢着收拾，这是心虚的表现。

“都别动！”米露露一把将两人推开，“老老实实看电视去，休息休息。”

“没事没事，你也累了一天了，明天还要上课……”倪小龙假装心疼老婆。

“对对，嫂子也累呢。”苏羊赶紧附和。

“哈，忘告诉你了，以后我有大把的时间照顾家咯！”米露露抬起头，冲倪小龙得意地忽闪忽闪眼睛，“我申请减少一半课时，领导人真好，二话不说就同意了！工资呢，是比原来少了一半，可……”

倪小龙的脸绿油油的。

米露露的脸红扑扑的。

她接着说：“可是我终于有时间照顾家了，洗衣，做饭，收拾屋子，让你安安心心地干事业！全力支持你！以后咱们有条件了，我干脆就做全职太太……到时候你可不能抛弃我哟，羊羊得替我监督你表哥啊，哈哈哈……哈哈哈……”

米露露洒下两串银铃般的笑声，飞进厨房做快乐的主妇去了。

倪小龙和苏羊对视，倪小龙发现苏羊脸上呈现出一个无比生动的汉字，囧。

苏羊发现倪小龙脸上的汉字更生动，冏。

苏羊还好，倪小龙的下巴都掉了。

囧妹妹，冏哥哥。

第四章

当老总累，当老总的老婆也很累

她是老总一块砖，哪里需要哪里搬。呸呸呸，她是老公一块砖，哪里需要哪里搬。

婚姻像花儿一样

夜已深。

也不知道倪小龙睡没睡着，反正他的脸依然保持着那副冏样。瞧，把眼睛闭上之后就更像了有木有。

反正米露露是睡着了。她张着嘴，发出了微微的鼾声。表情和倪小龙很登对，以“囧”字标榜着自己夫唱妇随。

她累了。牛粪贡献了一天营养，也该歇歇了。

今天，除了在“食”方面煞费苦心之外，在“色”方面米露露也是再接再厉。

就在刚才，她把昨天晚上演砸的节目又来了一遍。

这次没砸破香水瓶，没摔跤，没崩断胸罩带，没划烂丝袜，没被碎玻璃扎烂屁股。

但有两点遗憾。一是今天苏羊回家来睡觉了，这严重影响了米露露的放浪形骸，充其量只能做到搔首弄姿。二是老公居然表现出了被街头小广告所普遍描述过的那种不佳状态，具体来说是四五个“啥而不啥”（少儿不宜，自己查去）。这是倪小龙第一次如此狼狈，米露露当然不知道原因，还以为只要是当了老总都这样呢。不然电视购物里买金枪不倒大力丸的男主角为啥全都是一副老总的样子？

看来当老总就是累啊。当老总的老婆也很累啊。

虽然累，但米露露却无怨无悔。

她是老总一块砖，哪里需要哪里搬。呸呸呸，她是老公一块砖，哪里需要哪里搬。

但这块砖也曾动摇过。

从前，她以为倪小龙能把自己砌进小康生活的擎天大厦，却没想到倪小龙总拖着她狂盖不经济不适用的墙欲倒倒和楼将脆脆。总担心房倒屋塌，这日子过得也太没安全感了。

所以米露露曾经很痛苦，跟自己较过劲。

她把悲观的自己叫做黑米露，乐观的自己叫做哈米露。

黑米露黑着脸说：“没希望喽，倪小龙就这样喽，生活就这样喽。总忽悠咱们明天会怎么怎么样，这都复了多少明日喽，还不是形同昨日哟。埃塞俄比亚实现小康的时候，估计咱们也就还停留在温饱呦。完喽，嫁错人喽。”

黑米露有破罐子破摔的嫌疑。她喜欢黑着脸，喜欢说“喽”和“哟”。

哈米露笑哈哈地说：“哈哈，振作点！怎么总说丧气话！当初咱们选择了他，就应该相信他！他也一直在努力！很多人也都是大器晚成的！我想咱们一定可以笑到最后！哈哈！”

哈米露有盲目乐观的傻气。她喜欢哈哈笑，喜欢说话用感叹号！

“最后？什么叫最后哟。”黑米露的脸色黑里透灰，“老了的时候？等咱们都老得走不动了，他突然成功了？怎么成功的哟，是突然继承了海外莫名亲戚的遗产，还是突然中了福彩体彩的双色球哟。享受不上喽，人都快老死了喽，只能睡水晶棺材外加元青花陪葬喽。哦，完喽。”

“哈哈，瞎说什么啊！我说的最后就是坚持到底的意思！每个人成功的道路有长有短，要看他努力的方式和自己的特点！都说成功没有捷径，但只要找到成功的法门，就能缩短成功的路程！相信咱们的眼光，相信老公的实力！放心吧，他会有机会的！咱们用爱为他保驾护航！航程一定充满阳光！哈哈！”哈米露依然亢奋。

黑米露有点生气，脸色有点黑里透红。

黑米露说：“真不知道你每天哪来的那么多傻气哟，凭什么就说他一定能成功哟。我看他是烂泥扶不上墙喽。还，还用爱保驾护航？你还当他是航母哟，我看他这辈子就是小舢板喽，完喽，你要跟着她一起沉喽。我是不想护航喽、护累喽。为什么不能给别人保驾护航哟。”

“哈，说什么呢！就算他是小舢板，也不能放弃啊！怎么能那么功利呢！至少我们爱他！他虽然有缺点，但缺点也是他的一部分！爱他这个人，就得爱他全部！爱绝不能掺杂市侩拜金的杂质！爱就是包容，理解，责任！爱没有理由！哈！”哈米露有点激动，哈哈不起来了。

“别总哔哔那没用的哟。”黑露露面如锅底，“爱是神马呦，爱不能盲目哟，我看你是爱入膏肓喽。爱一个不值得爱的人是作孽哟。”

“哈！难道一个人在没有成功之前就不值得爱吗？爱一个没有钱的人就是爱错了吗？我看你分明就是个势力的俗气女人！哼！”哈米露急了。

黑米露也急了，锅底黑脸开始掉渣。

“哟，我怎么俗气喽，你的爱很盲目很没有含金量哟，只是无条件地陪一个雄性人类老死哟，这也叫爱？那这种爱就太多喽！因为地球上这种雄性人类本身就有很多的哟！他满口自以为是、永远怀才不遇、在家大男子主义、在外面打架斗殴，还与地主斗、与麻将斗、与老板斗，全都没斗在点子上哟！其实我们是眼瞎了哟，这与爱无关哟。如果当初他就是天资愚钝、嘴眼歪斜、脑瘫癫痫，我爱上他也认喽！

推一辈子轮椅，换几十年的尿布也认喽！可他不思进取，不完善自己哟！”

哈米露火了：“哈！你还好意思说当初！还记得吗，有一年冬天咱们发高烧，躺在歌舞团的宿舍里没人照顾！小龙晚上专门煲了鸡汤，坐了二十几站地铁给咱们送过来！而且他来的时候坐的还是末班车！最后因为回不了家就在宿舍走廊上蹲了一宿！第二天咱俩病好了，反倒是他冻得发了高烧！还有那条铂金项链，你更应该不会忘记吧！当时咱们还在和他谈恋爱，有一次生日，他神神秘秘地跑过来，激动得发抖，说礼物咱俩一定会喜欢！问他怎么突然买得起这么贵的东西，他说上个生日送不起礼物觉得很内疚，所以从那时候起就开始攒钱！用了整整一年时间来攒！可他话还说完就昏倒了！哈！你还记得呢吧！”

“别说喽，别说喽，过去喽。”黑米露脸色一灰，把脸偏到一边。

“哈！什么叫过去了！在我心里！”哈米露露有点哽咽，“他昏倒了，而且还冷得发抖！大夏天三十几摄氏度人为什么会冷，他是为了给我们买项链，攒了一年的钱还是不够，所以去卖血！”

黑米露和哈米露同时吸了吸鼻子。

哈米露稳稳情绪，嗓音柔和下来：“咱俩当时说，这样的男人，值得跟他一辈子。不论他是好是坏、富裕或贫穷、疾病或健康，都和他相爱、珍惜，直到死亡才能将咱们和他分开。你应该没忘，对吗？”

长时间的沉默。

黑米露露擦了擦眼泪，微微摇摇头：“那段时光确实美好哟，那件事我也会一辈子不忘哟，可那种事不能是生活的常态哟。你说我俗气，可我的要求并不高哟，只想要一份有安全感的生活哟。生活中有很多事情需要钱哟，治病需要钱哟，赡养爸妈需要钱哟，孩子读书需要钱哟，咱们老了也需要钱哟，靠卖血就卖死喽！他一个人卖死还不够哟，咱们得和他一起去卖，但是也不够哟。如果卖血解决问题，那全世界的人就都去卖血喽。”

哈米露不吭声了。

黑米露叹口气：“再说哟，彼一时非一此时哟，小龙也在变哟。他现在是不会做卖血给咱们买礼物的傻事喽。我也不奢望他能成亿万、千万，哪怕百万富翁哟，但必须能看到日子有奔头哟。在这个城市，凭他的能力，每月赚个一万多两万块钱应该不是问题哟，可他也太不争气喽。”

哈米露突然觉得黑米露说得有道理。

黑米露接着说："事业确实需要机遇哟，可也需要努力哟，幸福不会随便来敲门的哟，要是他守株待兔，你盲目乐观可就彻底完喽。"

"哎，怎么办呢，小龙啊，也不是非要你成龙，成条大蟒蛇也行啊。"哈米露和黑米露合二为一，聚合成一个伤感的米露露。

可现在都过去了，黑米露无须悲观，哈米露再不是盲目乐观。

双赢。

奖品就躺在她的身边。

可是奖品翻来覆去，彻夜难眠。

他在想着明天要进行的面试，那是他唯一翻盘的机会，就是那家招聘策划总监的环球文化咨询有限公司。目前搜索到的所有招聘职位中，只有这个最适合他。

对于这次机会，倪小龙只想到两个成语：背水一战，志在必得。

次日，倪小龙赶到环球文化咨询公司的时候，脚上本来锃亮的皮鞋沾满了灰尘，脖子上精神百倍的领带也已变得松松垮垮，更要命的是，他又迟到了半个多小时。此时，环球文化的老板就坐在倪小龙对面，一位大妈模样的人端上两杯热茶，恭敬地退了出去，关好门。

"我就知道你会迟到。没事的，我也是刚来。"老板生就一副笑眯眯的模样，再加上真的又笑了一下，便格外让人如沐春风，"我姓王，这是我的名片。"

"呵呵，又是一位姓王的老板。"倪小龙边想边接过名片，"王总，您怎么知道我会迟到呢？"倪小龙其实是明知顾问。

"哦，哈哈哈，看来小倪介意了。"王总边笑边用手指肚抹了抹鬓角斑白的头发，很有点伟人风范。到底是环了球的老板，心胸宽广，平易近人。

介意，岂止是介意，老子要骂娘呢。明明离那座地标性写字楼有一公里，非要把地址就写成那里，这不是明摆着骗人嘛！大言不惭地说那里是有办公室，在装修，所以临时搬到这里办公，弱智都不信！没听说哪个大公司临时转战到老居民楼半地下室开展业务的。

还环球，知道地球有多大吗？环个鸟蛋还差不多。

倪小龙越想越气。

"办公地点并不重要，住在金房子里也有饿死的，我经商这么多年，见得多了。"王总泰然自若，还在撒谎，"当然了，公司形象也很重要，明年下半年咱们就搬过去了，员工也确实需要良好的办公环境。"

倪小龙看看四周，心想这破房子能装几个人呀：“公司有多少人？”

“三十几个吧，全都在外面跑，做销售。”王总答。

“哦？销售什么？”倪小龙对王总能拥有三十名以上的员工还是感到很惊讶。

“这个呀，”王总慈祥地敲敲自己的脑袋，“智慧。你不是有丰富的策划经验吗？咱们就卖点子。”

“什么点子？卖给谁？”倪小龙问。

“这个嘛可就多了，比方说，新概念餐厅的策划，成人保健用品的创新方案，电脑软件更新换代的方案，能在空中飞行的自行车的设计方案，能返老还童的药物的研发，哪怕西红柿炒鸡蛋这样的家常菜，如果小倪你能让他放俩月不发霉，这点子也能买给别人啊。世界上，处处都需要创新的，连犯罪杀人都是在创新的。”

倪小龙越听越不靠谱，身上有些发冷。

王总的眼睛却越来越明亮，说着说着还站了起来。

这时房门悄悄开了，刚才倒茶的大妈冲倪小龙一个劲地招手，让他赶紧出来。

倪小龙小心翼翼绕过正在专注进行异想天开活动的王总，赶紧奔了出去。

倪小龙一出来，大妈就哭了，一个劲地给倪小龙赔不是：“对不起啊小伙子，对不起，不是成心骗你啊。二十年前，我们家老头子从事业单位辞职，非要自己创业，结果把家底都赔光了……呜呜……他这辈子最大的梦想就是当个企业家，所以每次犯病，我就得让他过过当老板的瘾，不这么着他狂躁不睡觉哇。唉，只要模拟这么一回，他折腾累了，就又能安生个把月……小伙子，呜呜，我这么大岁数了……这疯老头毕竟是我老伴啊……呜呜，对不起啊……”

大妈一边作揖一边涕泪横飞。原来老人家是个精神病患者。

“大妈，别，别，都不容易，我不怪你啊。”倪小龙也哭了，边说边飞也似的跑了。

跑出很远，倪小龙还在流泪。一半原因是见到了天涯沦落人，另一半原因是他并不想见到这样的沦落人。他还指着策划总监这职位力挽狂澜呢啊！

点儿也太背了！

点背不能怨社会，倪小龙郁闷得想喝醉。

第五章

当落魄老公遭遇成功初恋

那个消失了六年的人，如今却以这样的方式穿越时空，轰然出现。他居然把酒醉的老公送回家，再捎带脚进行一次猝不及防的亮相。

倪小龙真的喝醉了。

虽然没什么钱，但七八瓶啤酒还喝得起，而且老子还要打车回家呢！

途中，倪小龙像一个垂死的病人，拼命示意司机把车停下来，终于是忍住没吐在出租车里。他跌跌撞撞地刚从车上爬下来，哇地一口就开始喷。

倪小龙头顶像灌了铅，直往地上栽；躯壳和四肢里的所有血液都被抽干，丁零当啷地不听使唤；整个世界忽远忽近，左右摇晃；肚子里有一只刚扫过厕所的扫帚正在翻江倒海，但四周的声音却比任何时候都要清晰。

倪小龙认为那是一种濒死的体验。

“呵呵，瞧，一个醉鬼！”这是一个正在变声的青春期男生；

“真恶心！”这是一个三十多岁的熟女；

“豆豆，别看了，快走！”这是一条狗的主人；

“汪，汪汪！”这是那条狗，应该是个小个头的卷毛贵妇犬。

“丢人！”好像是个和老爸差不多年纪的叔叔；

“我醉了不是他那屄样吧？”这哥们应该和自己年纪相仿，旁边一定还搂着个美女……

时间仿佛停滞，身体的不适暂时取代了心理的不适。倪小龙甚至想不起来自己到底是为什么而苦闷了。不过谢天谢地，他还没忘记人是要回家的。

怎么从呕吐现场就莫名到了小区门口的池塘中，倪小龙已经想不起来了。反正不是被时空机器传送过来的，也不是被哪位好心人给送回来的。这样热心的人还有吗？如果世界上还有这样的人，此刻他正躺在小池塘中。

小池塘的水很浅，躺下也淹不死人。

倪小龙睡着了，像在母体里的婴儿，全身都被祥和包裹。

“嘎吱——”一辆黑色奔驰轿车猛然在池塘边停了下来，从驾驶室里跳下来一个男人。西装革履，身材高大，步履矫健。他三步两步跨过草坪，已然奔到了池塘边，二话不说就下了水，脚上的皮鞋踩出了朵朵水花。他迅速把手指放在倪小龙鼻孔下面，确切感受到鼻息之后，使劲掐了掐倪小龙的人中。

“哎哟，疼！……别闹啊，我都睡着了……”倪小龙拨拉开男人的手指，翻过身想继续睡，脸顿时泡在了水里。

“呸，呸，咳咳咳，”倪小龙顿时剧烈咳嗽起来，边咳嗽边往外吐水，同时本能地支起了半边身子，眯缝着眼睛四下看，“嗯？水？床，上……有水，漏……水了？”

“先生，你喝醉了。这不是床，是小区楼下的池塘。”男人的声音稳健而有磁性，“我住的地方离这不远，所以刚好路过。来，我先扶你起来。”

倪小龙使劲揉了揉眼睛，不可思议地望着眼前的男人发了一下呆，又用力四下看了看，这才意识到发生了什么，酒立刻醒了大半：“嘿……嘿，你，是说……我，在这……睡，着了？”

男人点点头。倪小龙翻身想爬起来，这才注意到男人的脚也泡在池塘里：“你，你的皮，皮鞋，湿了。”

“没关系，总比你全身都湿了要好。”男人温和地笑笑，手臂用力一提，倪小龙站了起来，可依然东摇西晃站不稳。

“干吗喝这么多酒？万一出意外的话就太不值了。你住在哪里？我送你回去。”男人说。

“不……不，用了，已，经……非，非常……谢，谢谢你了，不……能再，再麻烦……你了。”倪小龙挣脱开男人，自顾要跨过池塘，可脚下一绊，眼看就要栽倒下去。

男人伸手拽住倪小龙，倪小龙斜着身子耷拉着头：“呵呵，我，我……行。”

“别逞强了，你要是再摔倒，或者再睡着了怎么办？你的家人肯定会很着急。”男人很有耐心。

“那，好吧……我就……就住在这小区，蜜蜂社区，4 栋 403。”倪小龙笑眯眯地点头，“你，是个，好人。比那些，有……钱人，强多了。改天我，请你……喝……酒。”

说着，倪小龙的眼睛又睁不开了，头一歪倒在男人肩膀上。

男人扶了扶自己的眼镜，微微摇摇头。把倪小龙横着抱起，塞进了汽车。

米露露拨打倪小龙手机，起初是无人接听，然后是暂时无法接通，最后是关机。

米露露问苏羊倪小龙到底在哪里，苏羊是真不知道倪小龙到底在哪里。

倪小龙十二点前不回家，米露露就决定报警。

她不用报警了，热心人把倪小龙送回来了。

“砰、砰、砰！”陌生的敲门声，音量不大，但很有力。米露露突然有种心慌的感觉，冲过去呼啦把门打开。

倪小龙淅淅沥沥地出现在面前，眼睛微闭，脸色惨白，浑身污垢。一个男人站在他身后。米露露吓了一跳，旋即哭出声来：“小龙，小龙，你怎么了？你怎么了？”

苏羊也从卧室冲出来。

“别慌，他只是喝醉了，掉进了门口的水池里。”男人抱起倪小龙走进屋里，把他轻轻放在沙发上。

确信倪小龙没死，米露露这才发觉自己的腿刚才有多软，居然跪在了沙发旁边。

米露露赶紧扯过一块什么东西，开始给倪小龙擦脸。

“先给他把衣服换了，再喂他一碗姜汤，不然会着凉的。”男人站在米露露背后说。

“嗯，嗯，好。”米露露答应着，突然一怔：这嗓音？这带着一点沙哑的磁性嗓音，是他吗？怎么可能？……可就是他。除了他之外，这世界上，难道还有其他人有这样的嗓音吗？

“那，我先走了。”男人说。

米露露已经无比确认就是他了。

那个消失了六年的人，本已恍若隔世，如今却以这样的方式穿越时空，轰然出现。世界堪称浩瀚，但此时真的就狭小到只容几人转身吗？

物不是人不非。

从来不曾想起，永远也不会忘记。

现在他居然把酒醉的老公送回家，再捎带脚进行一次猝不及防的亮相。老天爷还真是富有娱乐精神。

六年时光说不上漫长，但也绝不短暂。六年前他神秘地人间蒸发，直到此时他诡异地神兵天降，米露露对他的态度渐渐变成了没有态度。

他消失的头一个月，米露露认为他是在和自己的父母赌气，决定见面时安慰他。

第二个月，米露露认为他是要卧薪尝胆证明自己，决定见面时鼓励他。

第三个月，米露露认为他太过矫情，决定见面时批评他。

第四个月，米露露认为他这是想和自己分手，决定见面时讨好他。

……第六个月，米露露认为他以这种方式和自己分手，不是男人，决定见面时痛骂他。

第一年，米露露想痛扁他。

第二年，米露露懒得再和他计较，决定忘记他。

第三年，米露露的生活里出现了倪小龙，偶尔会想起他，开始试着原谅他。

第四年，米露露嫁给倪小龙，彻底原谅他的同时忘记了他。

此后再没有想起过他。

今天，米露露没料到再见他时，自己竟然可以如此平静。那是一种超越之后才有的平静，平静到没有怨恨没有惊喜。岁月只残留下一点温暖，这温暖是为了向自己过往的青春致敬。

米露露捋捋额前的头发，站起来，转过身，准备去迎接那个人的眼神。

男人的目光定住了，倏地闪过一丝光芒，嘴动了动，却没有发出任何声音。

“牛凯歌？你好，这么巧哇！”米露露不想掩饰什么，也不想暴露什么。如今的牛凯歌，仅仅是陪伴米露露度过两年青葱岁月的生命过客，是当初照顾她借给她肩膀的学长，是六年未见的校友，是把醉酒老公送货上门的好市民。

“露露，米露露，是你，真是没想到，太巧了。”牛凯歌微笑起来，一如既往的沉稳，还非常自然地把脱口而出的“露露”悄然换成了“米露露”。

“Wow！你们认识呀！”苏羊捂住嘴巴，做出一副夸张的表情，“好像演电影呢！”

“怎么回事？”米露露依然客气，“麻烦你了，真不好意思，太谢谢了。”

“我就住附近，刚好路过，应该的。”牛凯歌担忧地看了一眼倪小龙，“他是你老公？”牛凯歌还想说什么，又咽回去了。

“嗯，他在广告公司当副总，应酬比较多。”米露露故作轻描淡写，又着实想给自己挣回点颜面，“真让人担心，身体搞坏了可怎么办。”米露露边说边爱恋地抚摩倪小龙的额头。

“快帮他把衣服换了吧。”牛凯歌提醒米露露。

“是，是，羊羊你快把浴巾拿来，我把老同学送到门口，马上回来给你表哥收拾。”米露露边说边望着牛凯歌，意思是送客了。

门在米露露和牛凯歌身后关上了，没有了苏羊点缀，气氛稍微有些沉闷。

通往电梯的路只有十几米，可是很漫长。

牛凯歌的皮鞋在地板上吱吱呀呀地响，米露露这才发现他的皮鞋湿了，身后留下一串水痕。

“真是添麻烦了，再次谢谢你。”米露露有点不安，“我老公很任性，像个孩子似的让人操心。”话音未落，米露露就知道自己说错了话，因为从前牛凯歌也总这么说她。

牛凯歌在黑暗中笑了笑，不想让米露露尴尬，“看得出来你很爱他，祝福你。”

“谢谢。”米露露，“你住在……”

“刚搬过来没多久……住在碧海山庄，对了，”牛凯歌停下脚步，期待地望着米露露，“我过一段时间结婚，不确定你有没有空……来参加。”

“呃……”米露露有些犹豫。

对于这种说消失就消失的男人，虽然从爱情的角度她已释怀，但从友情的角度是不是还有必要交往，米露露认为答案应该是否定的。

不要和陌生人说话。不要和不负责任的人交朋友。妈妈爸爸常这么说。

“我知道我……但凌雪的婚礼，你可能会，会有时间。”牛凯歌看出了米露露的犹豫，赶紧补充。

“什么什么，凌雪？我大学的室友凌雪！”米露露眼睛开始发亮。

“是的，是那个凌雪，”牛凯歌松了口气，“你们大学时候那么好，凌雪和我要结婚了……可以邀请你和小龙来参加吗？”

“你们？结婚？”米露露感到意外，“凌雪大二就辍学了，谁也不知道她去了哪儿，你们？”

牛凯歌点点头，眼睛里有一丝不易觉察的奇怪表情，他故作轻松地笑了起来，“世界上的事情，有的时候，谁也说不清楚。”

米露露笑了起来，“确实，世事难料哈！凌雪的婚礼，我们一定去。而且我还要先和凌雪叙叙旧呢！六年没见，我真的很想她！”

牛凯歌回家，凌雪脸上沾着面膜，穿着丝质睡衣，正从二楼的浴室一扭一扭地出来。

“哎呀，亲爱的你没事吧，啊？”看到牛凯歌湿淋淋的半截裤子和皮鞋，凌雪踮着脚冲下了楼。

“别总大惊小怪的。”牛凯歌坐下来，伸手去脱脚上的鞋。

“亲爱的你别动，我来我来！”说话间，凌雪已飞上楼，片刻又拎着拖鞋和毛巾飞回来。

“寒从脚起，脚着凉会生病，心疼死我了。”凌雪边心疼地唠叨，边飞快地脱下牛凯歌湿淋淋的袜子，用毛巾使劲地擦。擦干后，又把牛凯歌的双脚捂在怀里：“大宝贝，我给你暖暖哦。”

“又不是冬天，别搞得这么夸张。”牛凯歌把脚收回来，“我去洗澡。”

“热水已经放好了，温度刚刚好。你先泡泡，待会儿我给你搓背。”凌雪边收拾一地狼藉边说，“我给你炖了燕窝，泡完澡喝，啊。”凌雪抱着牛凯歌脱下的衣裤袜子，边走还边使劲嗅了嗅，然后冲进了洗衣间。

牛凯歌望着凌雪的背影，微微有些发怔。

躺在冲浪澡盆里可比躺在小区的小池塘里舒服多了。

牛凯歌闭上眼睛，回味着见到米露露的戏剧性一幕。

六年了，她的模样没变。清爽的发型，干净的笑容，从不拖泥带水的动作。

要不是她说出“老公像个孩子”那样的语言，牛凯歌觉得时光根本就没有流动过。刚才，他和她在昏暗走廊里的见面，一如六年前的那一天。

那天，也是在这样昏暗的走廊中，他与米露露见了最后一面。

他黑着脸从米露露家走出来，默默地下楼。米露露跟在他身后拼命解释，“大牛，你别在意，我爸妈不是对你有偏见，他们只是太在乎我了，给他们点时间想想明白。”

牛凯歌停下来，点燃一支烟，深吸了一口，“我爸是犯了诈骗罪，是被判了刑，我也觉得很耻辱。但他是他，我是我，我的身体里流着他的血液，但不代表我将来会成为骗子。”

“大牛，我明白，我爸妈也明白。可能是他们用词不准确，再有可能是你太敏感了。”米露露和稀泥。

牛凯歌摇摇头，“他们那么说，可能心里确实是那么想的。而且，因为我爸，家里的财产被法院罚干净了，我妈还欠了不少外债，她是靠在街头卖米线才供我上完学的。我这样的家庭，拿什么给你幸福？他们担心咱俩的未来是有道理的。”

“大牛！”米露露有点生气了，“你爸不代表你，你的现在也不代表你的未来。将来，你一定会有所作为的，一定有能力让爸爸妈妈们都过上好日子。”

“露露，你还不明白吗？你爸妈就是不相信我有未来。”牛凯歌搭住米露露的肩膀，“我刚才说，自己想当老板，可他们觉得根本不可能。他们的眼神告诉我，就算哪一天我当了老板，也就是个皮包公司的骗子老板！”

“大牛！你怎么这么想我的爸妈啊？”米露露转身不理他了。

“露露，这不怪他们。”牛凯歌放开米露露，烟头在黑暗中忽明忽暗，“谁让我的家庭是这样的，十个人有九个人会这么想。而且你爸爸有一点说得特别对，大学毕业后想在B市创业，根本不可能成功，至少对我来说是这样。我们虽然在那里上大学，但没有人脉、没有钱、没有好项目，怎么起步？如果说我一毕业就要在B市当老板，那我就真是个骗子。可是我想自己当老板，我必须当老板！当老板不只是我个人的梦想，更重要的是，我当了老板，挣了钱，才有可能替妈妈还债。”

两人都沉默了。

米露露不敢率先打破这沉默。

牛凯歌说在B市不能当老板，这就意味着他要离开那里，而离开就意味着两个人的别离，至少是两年的别离。因为牛凯歌已经毕业，而米露露刚刚大学二年级。

米露露害怕听到牛凯歌亲口说出那清晰准确的答案。

该来的总会来。

“露露，我还没有完全想好，但应该，应该不会留在B市了。”牛凯歌狠狠吸了一口烟，然后把烟头用脚尖踩得稀烂。

“……嗯，哦……”米露露瞬间已经涌出了泪水。她不想转过身被牛凯歌发现。

“咱们有可能要分开一段时间。”牛凯歌有些短暂的黯然，但随即又亢奋起来，“我会证明，你爸妈是错的！露露，今晚我就连夜回我老家了，只有五小时的车程，你别担心，天亮就到了。安顿好以后，我会你打电话，我要给你一个惊喜！让你为我自豪！”

“露露，露露。”走廊里传来米爸爸的声音。

“大牛……我相信你，你一定能成功的……我得回去了……我爱你！我等你电话。”米露露擦了擦眼睛，在黑暗中使劲地笑了笑。

她觉得这只是一次普通的别离。她的大牛会在某个美丽的黄昏，突然出现在她的家门口，或突然出现在B市学校的操场上，带给她一大把让其他女生嫉妒至死的玫瑰花；如果大牛没有出现，只要他一个电话，自己就会买张车票去看他，顺便去检查下他的小小事业有没有起色。

而且，米露露并不介意自己带上一束玫瑰献给他的大牛，这种事她干过。只不过大牛会把花再还给她，并且为她报销买花的钱。

所以，这次分别没有必要太有仪式感。

可整整六年，米露露也没有接到她的大牛打来的电话。

米露露也没给她的大牛打过一次电话。

“大牛不电我，一定是不想电我，也许他还在生我爸妈的气……那就让他冷静冷静。”起初米露露这么想。

“还没有电我，也许是害怕我问起他创业的事情……他还没任何起色，觉得这样很没面子……”接下来米露露这么想。

“依然没电我，也许他……也许他不想和我在一起了……冷处理？这确实符合他闷闷的作风。”米露露有了这样的想法，“想让我先开口说分手？没门！”

“算了算了，真不是男人，和这样的人还有必要沟通吗？老娘我懒得。”最后，米露露这么想。

六年后，就成了今天这个样子。

没接到电话是事实，可事实不等于真相。

牛凯歌在自己的家乡开始了他小得不能再小的事业——和老妈一起卖米线。他帮助老妈改良了米线的口味，增加了米线的种类，把米线摊从街头搬进了租来的门面。

几个月时间下来，一算账，赚的钱比他妈妈一年赚的还要多。

牛凯歌哭了。之前的二十多年里，他只记得自己哭过两次。一次是爸爸入狱让他耻辱，一次是看到妈妈低三下四向别人借钱为他凑学费，让他心碎。

牛凯歌哭着给米露露打电话，想要和她一起分享赚到小钱后的小喜悦。

电话先是无人接听，然后是无人接听，最后竟被挂掉了。

那一夜，牛凯歌给米露露疯狂地打了无数次电话，无一接通。牛凯歌能觉察到，那个握着手机的人无比煎熬。无人接听时，她其实是想要接通电话；每次挂断时，她又仿佛下了很大的决心。

接与不接，这是个问题。

最后，这个问题解决了。那边的手机发来短信：我仔细考虑过了，分手。没有必要再联系。

牛凯歌不是那种不识趣味的人。他想了整整一个晚上，抽掉了整整一包烟，理解了米露露最后的决定。因为米露露是个孝顺女儿，她要顾忌爸妈的感受；因为米露露的职业规划是留在B市发展，而他却回了老家，一个不知名的小县城。

牛凯歌希望米露露幸福。他不要心爱的女孩承受太多压力，为自己去改变既定的生活，更不要她跟着他一起受罪。

如果生命可以重新来过，牛凯歌敢打赌自己不会轻易接受“分手”这个事实。

他会以任何方式、第一时间出现在米露露面前，告诉她：我会有未来。我的未来会改变你爸妈的看法，我的未来是杀回B市发展，在B市实现自己最终的梦想。

如果生命可以重新来过，米露露发誓自己不会不打一个电话，她要打电话狠狠痛骂这个憋在壳子里不敢出来的王八蛋男人，有心情的话还要雇俩大妈坐他家门口，吐上他一天的口水。

可生命不能重新来过。

年轻时的荒唐和冲动不一定是坏事，年轻时的理智和成熟不一定是好事。

爱情，需要一点天马行空的想象力给她营养，凌雪就有这样的想象力。

倪小龙有工作了！又开始挣钱了！

他觉得不能再这样坐吃山空，于是化被动为主动，在和某老板死皮赖脸地讨价还价之后，他获得了一份符合现阶段自身情况的、具有灵活多变特色的工作。

公司不但有解决三餐的福利，而且倪小龙只要付出劳动，公司就立即以现金的方式进行结算。虽然苦点累点，但他至少不用每天在街上穷逛神游，而且还能骑驴找马，说不定哪天就会突然打来一个电话，上赶着求着他去当老总呢。

倪小龙给自己的新工作命名为：全日制计件临时汽车快速美容师。

其实就是个洗车工。

每天底薪四十块，每洗一辆车提成两块。

最牛的地方在于老板一天给他结一回工资，这是他努力谈判后获得的胜利。胜利的法门是洗车工人奇缺，不好找。

倪小龙每天西装革履走出家门，中途会在建筑工地的一堵矮墙后迅速换上运动服，把西装叠好装进塑料袋，再装进包里。最后，他会用双手把头发抓得乱蓬蓬的。从矮墙后出来，他已是判若两人。

整个过程干净利索，像极了电影里乔装改扮、躲避追捕的杀手。

他这么做是为了和洗车工友们打成一片，不暴露下野副总的身份。

晚上回家，只需要把倪小龙早上的动作倒着播放一遍即可。

所以米露露没有发觉老公有什么异样，因为当了副总就应该那么疲惫，就应该一天工作十二小时很晚才回家。但有一次，米露露对倪小龙产生了怀疑。

有天晚上，倪小龙在梦中洗车。

洗着洗着汽车就站起来了，一番折叠之后变成了人形——原来汽车是个女变形金刚。女变形金刚二话不说就把倪小龙压在身下，翻云覆雨一番之后。倪小龙觉得很过瘾，醒来后傻笑，这才发现米露露躺在一边望着他问："你抚摩我的背，那么轻柔，那么周到。好舒服、好熟练，你练过？”

米露露怀疑他在外面有了情人。

倪小龙苦苦解释一番，最后说自己在公司开会，总是给大家讲解文案，所以经常擦白板。米露露想想认为有一定的合理性，这才作罢。

有志者事竟成，倪小龙梦中都在狂练洗车，不成为最好的洗车工才怪。所以老板力劝倪小龙长期留下来，说他天生就是洗车这块料。倪小龙不知道这是骂他还是夸他。

每天洗刷刷洗刷刷，每天心慌慌心慌慌。这是倪小龙当下生活的写照。

没人打电话上赶着求他去当老总，甚至没人打电话通知他去面试。

“我就这样默默完蛋了？狗放屁还该有个响呢。”倪小龙心想。他觉得自己狗屁不如。

第六章

伤 不 起

米露露所有的不满意加在一起，就是住不起吃不起穿不起用不起买不起花不起。

它们可以被概括为三个字：伤不起。

狗屁不如的倪小龙在米露露心中却是个宝贝疙瘩。这宝贝疙瘩是米露露分泌快乐因子的源泉，能带给她翻天覆地的幸福生活。

而对于从前既窘又囧的生活，米露露确实快乐不起来。

首先是得还债——

对于米露露来说，每个月都有两次大出血。

一次是来例假，一次是还债。

都很痛。

可恨的是还债的时间比来例假的时间要准，还有人催。

例假有时候催它也不来。

他们欠银行一大笔钱。

没错，是房贷。

米露露计算过，她什么时候快老死了，债也就差不多还完了。

“阿弥陀佛……让我突然有一大笔钱吧，好把这孽债还完……钱还完之后，如果还能剩点钱，我就再买一套楼下有保安敬礼、屋里带衣帽间、能放得下冲浪浴盆的大房子……天灵灵地灵灵……不对，那样就又得贷款，又得还债了……”露露虔诚地想。

让米露露严重不满意的还有现阶段的饮食标准——

目前夫妻俩最奢侈的饕餮行动，就是闯进每人几十块钱的海鲜自助，恶狠狠展开厮杀。每次开战前，两人都会相互提醒对方要注意形象，但只要见到漫山遍野的食物，两人大脑的摄食中枢就会全部失灵，不把几十块钱加倍地吃回来，绝不会相互搀扶着撤下火线。

其实，米露露不喜欢也不奢望顿顿山珍海味，只是对于她这个标准的吃货来说，希望每次能吃得从容淡定些。

她的本本里有一长串要蚕食鲸吞的名单：

那家能把人吃到 High 翻的麻辣火锅，同学聚会去过一次，至今让她念念不忘；

厨师在客人面前抡着两把小铲上下翻飞的上海铁板烧，因为老板请客才饱了口福，至今唇齿留香；

外婆家的杭帮菜，早就听同事说那里的西湖醋鱼很正宗，让她很是憧憬；

还有那条曲里拐弯巷子里的涮羊肉，网友传说入口即化，让她经常口水直流……

米露露希望能有一天，去大开吃戒之前，不用再掏出那个干瘪的包包，一边翻来覆去数那几张薄薄的钞票，一边拼命噼里啪啦在脑袋里做珠算，然后再用珠算得出的数字与下一个发薪日之间进行某种复杂的换算，如果算出的最终结果是正数，那就意味着她可以杀过去饕餮一番。

很遗憾，在今天之前，能得到正数的次数不到百分之十。

米露露的人生信条是民以食为天，希望能随时去吃好吃的。

米露露第三不满意的是眼下抠抠搜搜的穿衣打扮——

虽然米露露的打扮被倪小龙无情地总结为介于爷们和纯爷们之间，但她毕竟是个女人，碰巧还是个漂亮的女人。

女人都希望成为别人眼中的风景，介于爷们和纯爷们之间的米露露也不例外。

有人喜欢小桥流水，有人喜欢枯藤老树，有人喜欢冰天雪地，有人喜欢黄土高坡。看风景讲究的是心态，在戴着耳机听音乐的拾荒者眼中，你怎么能知道垃圾堆就不是一道风景呢。

米露露穿得比垃圾堆强多了。

她这道风景只是爱穿各种长裤、各种短裤、各种T恤罢了。

之前，米露露毫不在乎那些与爷们有关的所有评价，她在乎的是装饰这道风景的行头基本没有超过一百元的。

几十元的衣服、包包和鞋子还是当下米露露武装自己的中坚力量。

米露露称它们为“战利品”，是因为它们凝聚了米露露所有智慧的结晶。

为了在廉价货里淘到一件物超所值的宝贝，她可以在批发市场里连续搜索几小时；锁定目标后，为了以最低的价格得到它，她会活学活用《孙子兵法》和《三十六计》，和摊主展开N个回合的拉锯战，晓之以理、动之以情、软硬兼施、欲擒故纵，直到最后取得砍掉十块八块钱的巨大胜利。

其实，米露露不喜欢也不奢望用昂贵的名牌来武装自己。除了LV、香奈儿之外，她基本说不上来还有什么其他名牌，所以让她对下面的文字进行断句肯定会出错：

唐纳卡兰博百利瓦伦蒂诺普拉达古奇纪梵希迪奥。

米露露会从上面的句子中找到《第N滴血》中的兰博和写反了的汽车品牌奥迪，以此代表她对名牌的受教育程度。

米露露只希望逛批发市场的时候，再不用为杀掉十块八块绞尽脑汁。头疼啊，头真的疼啊，像是小时候思想品德考试，与监考老师死命周旋的那种头疼啊。

让米露露不满意的还有眼下的交通状况——

其实，米露露有很多种选择。地铁一号线二号线四号线十号线，公交一路车二路车八路车十路车。让米露露不满意的是，她不能选择自己开车。因为她没有自己的汽车。

坐公交地铁吧，冬天米露露还能忍受，就当跟大家抱在一起挤暖和玩，但夏天就悲剧了。

汗臭脚臭狐臭口臭一相逢，便胜却人间无数最臭。

此外酷热也是必须的。这时候米露露会调整心态，把自己移情成大馅包子或者大闸蟹，想想最后还能被蒸成美味佳肴，她就觉得热死也算是值了。

美味佳肴在人间最臭中被大火蒸三十分钟以上，还真不知道是啥美妙的味道呢。

还有，米露露是有曲线的啊有没有，前挺后撅S形的曲线啊有木有，可前面有性压抑的变态男，后面有色眯眯的怪叔叔啊有木有。

所以米露露只能把自己变得什么都木有。

具体操作方法就是含胸收臀，含胸含成罗锅状，收臀收成嘘嘘的男人状。也就是把S形曲线给它镜像翻转过来的意思。

米露露从没幻想过此生逛街买菜兜风能开着法拉利或宾利，能有辆吉利就差不多了。

可现在连吉利也没有。

米露露希望能拥有一辆SUV，什么牌子的都行，比吉利还便宜的都行。

她脑海中无数次循环播放着这样的画面：

以一只鸟的视角从空中俯瞰，一辆SUV行驶在郊外笔直的公路上，路边是大片金黄色的向日葵，向日葵实在没有那油菜花也行。黄花菜不行。

然后镜头匀速推向驾驶室，是一个不化妆的女人的近景——这个女人当然得是米露露。女人头发虽然因为不够长不能轻舞飞扬，但被风吹得乱乱的，多少还是有点慢慢的浪的感觉。

总之就是很浪漫的感觉。

与此同时，旁边副驾驶座位上的男人对她射来两道热辣辣的目光。这男人要是布拉德·皮特最好，他要是不来就老公倪小龙算了。其他人的不要。

然后，她根本不看旁边的男人，布拉德·皮特来了也不看，只对路边正在干农活的黝黑大叔报以一声响亮的口哨，紧接着用力踩下油门……

这时镜头重新回到那只鸟的视角，汽车在画面中渐行渐远，消失在泛着金黄色光芒的地平线上……

“真爽呀！”米露露想，“纵横江湖，快意人生噢……”

可她还没那么纵横快意过，因为她连辆吉利都没有。

因为她连辆吉利都没有，所以这段画面变得越来越模糊，以至于米露露偶尔会邪恶地想，是不是只有抢银行才能在此生了却夙愿呢。

跟对交通状况不满意一样，米露露对化妆状况也不满意——

虽然从领结婚证那天以后，米露露就从来没有化过妆。

但不化妆不等于不保养皮肤。

米露露的皮肤很好。

很白，像剥了皮的煮鸡蛋。

紧致，像剥了皮的煮鸡蛋

光滑，像剥了皮的煮鸡蛋。

全都形容完的话，得用一筐剥了皮的煮鸡蛋。

皮肤是让她引以为傲的资本，其他的米露露可以不讲究，但保养皮肤必须讲究。

再讲究也是穷讲究。

米露露也想用欧莱雅美宝莲，但她其实连天天见的大宝也很少用。原因很简单，贵的买不起，便宜的看不上。为了攻克这个难关，米露露已经掌握了至少十几种自己勾兑面膜的秘方，其中至少有四五种是她发明的。

咸盐、鸡蛋、米醋、蜂蜜、水果等，只要是能吃的她就可以做成面膜。

在这一点上米露露很有天赋，反正比做饭有天赋。

所以关于护肤品牌的断句对她来说，很 easy 很 easy ye……即使用英语也没什么大不了。

HRIPSAGUERLAINCHANELLAMER.

请断吧。

米露露会悄悄提示你，它们是：赫莲娜茵芙纱娇兰香奈儿海蓝之谜。

最让米露露不满意的就是结婚——

结婚对所有人来说都是件大事。

事关你和那个人之间的爱爱到底是合理合法，还是乱纪违法。

要知道，20世纪七八十年代做爱这种事要是乱到一定程度的话，罪至枪毙，人命关天哟。

所以为了避免被当成罪犯绳之以法，要结婚的人就得大张旗鼓告诉别人："我们结婚了啊，合法了啊，到时候别错抓了我们啊！"

这就是秀的重要性。

有秀才艺的，有秀大腿的，有秀凶器的，有秀富有的，所以就有秀我们是遵纪守法好公民的。可就算这么事关大局的秀，米露露和倪小龙却大秀化小，小秀化了。

结婚证是领了，三年前就领了。

可婚礼没办、喜酒没请、红包没收、婚纱照没拍、钻戒没买。

说到底就是一句话：没秀。

米露露骨子里是个传统的女人，没秀不踏实。

要是有秀的话，她会采用最具有中华民族传统特色的秀：倪小龙戴着大红花，骑着枣红马，她凤冠霞帔蒙着红盖头，坐着八抬大轿，敲锣打鼓拜天地，洞房花烛月儿圆。

那样的话谁还敢来抓自己，那分明就是和老祖宗过不去！

可现在，自己把老祖宗的规矩都坏了。

不爽有三，没秀为大。

至于涉及生活质量的其他边边角角，米露露不但不满意，还很不服气——

电影票凭什么那么贵啊？不但不降价，还把那个卖盗版碟的哥们抓走了。那哥们肯定是该抓，但电影票也肯定是该降价。另外拜托，别把那哥们抓了又放、放了又抓、抓了又放行不行啊，头晕，七擒孟获呢？

那个谁去伦敦喂鸽子，我们去紫竹苑喂鸽子，他算旅游我们怎么就不算了？

别人去美容院推精油，我和老公相互推baby油，别人算SPA我们怎么就不算了？

别人生孩子，我们暂时养不起所以暂时没敢生，但我们管那只身价三十五元名叫"阿贵"的杂种小猫"儿子"，为什么就不行呢？

米露露所有的不满意加在一起，就是住不起吃不起穿不起用不起买不起花不起。

它们可以被概括为三个字：伤不起。

这典型屌丝的典型生活啊，让米露露严重怀疑自己首先投错了胎，然后又雪上加霜地嫁错了郎。

“那是以前！以后想怎么伤就怎么伤！”米露露想。

所以现在的米露露从内向外散发着光彩，人见人爱花见花开。

同事甲对米露露说：“你的皮肤比原来更细更白了耶，快告诉我秘诀！”

同事乙说：“你头发留长了真好看，以前怎么没发现你这么有女人味，只可惜咱们都是有家室的人了……”

同事丙说：“你每天笑呵呵的，一看见你我的烦恼就没有啦。”

同事丁说：“哎？你比原来丰满了？……哦，是上衣比原来紧了……”

同事戊悄悄地问：“喂喂喂，第二春来了？和谁？”

……

米露露对镜子里的自己很满意，这脸盘这身板对得起几分钟后的故友重逢。牛凯歌说凌雪一般都在家，米露露要给她一个惊喜。

第七章

最好的闺蜜，捅了自己最深的一刀

米露露很失落。不是因为凌雪比她富足，而是因为六年前心有灵犀的好友，六年后已然变得无法沟通。

上大学的时候，凌雪和米露露关系虽然好得一塌糊涂，但凌雪总是暗地里和米露露竞争。

米露露皮肤白，凌雪皮肤黑，于是凌雪天天往脸上倒各种美白药剂，还无论春夏秋冬都打着一把伞隔离紫外线，结果凌雪还是比米露露黑，有段时间还蜡黄。

米露露喜欢运动，篮球网球羽毛球能跟男同学一拼高下，凌雪却一运动就呼哧带喘，体育课只有踢毽子能勉强及格，于是凌雪天天晚上睡觉前去跑步，冬练三九夏练三伏，结果小腿却越来越粗……

米露露的胸部天生浑圆丰满，凌雪的却像墙上摁了俩图钉，于是凌雪成筐成筐地批发木瓜吃，而且得空就翻身上床，一拉帘子就开始吭哧吭哧蹂躏自己，做自己独创的健胸操，“一二三四，嗯嗯……嗞……啊……二二三四，噢……哦……嗯……啊……三二……”结果情况真的有改善，终于有核桃那么大了……

米露露和牛凯歌谈恋爱，凌雪却孤家寡人形单影只，于是回回主动要求做电灯泡。为使自己不显得多余，她会建议米露露和牛凯歌去哪里哪里坐会儿，然后主动离开几十米望风放哨。每每此时，米露露就觉得凌雪很可怜，她希望这姐们儿能尽快遇到真命天子，做一个幸福的女人。

作为女生，米露露和凌雪虽然堪称两个极端，但两人的人生目标差不多，所以能成为无话不谈的好朋友。

两人谁也没想成为女强人，也知道自己成不了。有份过得去的工作，不用低声下气看老板脸色，不用忍气吞声承受性骚扰，不用披星戴月上班必须准时打卡、晚上必须超时加班就好；对老公的憧憬也基本一致，五官帅帅的，肩膀宽宽的，身材高高的，荷包鼓鼓的，对自己好好的。

女人之间大多如此，一起吃吃水果、聊聊八卦、做做SPA，就可以成就一段友谊。

不用歃血为盟，也犯不上两肋插刀。

但米露露真的很想念凌雪。这个陪伴了自己两年的室友突然辍学回家，从此六年杳无音讯。米露露想要知道发生了什么，她如何度过这六年来的每一天？还有，她怎么就和抛弃自己的牛凯歌成了夫妻？

米露露其实知道这与自己无关，一个长着腿的男人碰到了一个长着腿的女人，然后在一起了，很正常。她不为深究，只求八卦。

可是此凌雪非彼凌雪！牛凯歌搞错了，米露露也搞错了！

米露露敲开碧海山庄 8 栋 102 的房门，意识到乌龙了。

这个凌雪皮肤很白，胸很大，个子也高，很漂亮。白是灰度 0% 的白，胸至少得有 34D，个子比她认识的凌雪高半头，五官靓丽，标准的柳叶眉、杏核眼、V 字脸。

“对不起，我搞错……”米露露转头要走。

“米露露？”凌雪怔了怔，意外但并不兴奋。

米露露蒙了，脑海里搜索不到自己的朋友里还有个叫凌雪的美人儿，但声音确实是那个凌雪的声音。

“哟，不认识我了？我是凌雪，你大学的室友呀。”凌雪倚在门边，笑容里有一丝得意，还有一些警惕，“大牛跟我说碰到你了，我还说哪天抽空去看你呢。”

米露露心里一紧，以前只自己有称呼牛凯歌“大牛”的特权。

“哟，你倒先来了。别愣着了，进屋吧。”凌雪一扭一扭就往屋里走，超高跟拖鞋咔咔作响。

“你整容了吧？！”米露露站在门边没动，声音响彻云霄。

凌雪站住了，没回答，也没转身，但能看得出她长长地吐了口气。那是压抑怒气的动作。

“哟，没见过女大十八变呀……”凌雪边走边说，“你倒还是老样子，还是那么咋咋呼呼的，就是眼角的皱纹多了点。”

“你，”米露露呛了一下，知道是自己先说错了话，但也不示弱，“大学时候我就有笑纹！”

“是吗？呵呵呵，我天天和你在一起，倒是没发现呢，你说我吧，还真是也有粗心的时候。”凌雪扬着头笑，笑声里有山西陈醋的味道，“姐，别再往里走了，也不说先把拖鞋换咯，把衣服包挂起来。这么大的屋子，收拾起来不容易呢。”

这哪里是多年未见的故友见面，这是刚刚才要开始的找碴、抬杠、挤对口水战。

而且，凌雪居然叫她姐姐，她比凌雪小整整一岁半呢。

米露露扭头想走，但又觉得可能是自己先说破了凌雪整容，让人家不高兴了。

“对对，你看我还是那么大大咧咧的。”米露露换好拖鞋，挂好包包，“这屋子可真大啊，还是跃层呢，怎么也得有一百七八十平方米吧？”

“建筑面积三百八十五，使用面积二百三十一。”凌雪瞟了米露露一眼，“一个厕所就比别人整个家还大呢。”

“是……是啊。”米露露觉得这话很刺耳，她和倪小龙的家只有六十多平方米。

米露露决定结束这个话题。

“凌雪，你过得开心吧？”米露露关切地问，她已经知道凌雪过得很富足，但不确定她开不开心。一个开心的人，说话怎么能总是故意要别人不开心呢？

“哟，你说我能不开心吗？住着这么大的房子，马上呀就要结婚了，老公事业有成，今天还老友重逢，开心得不得了呢。你呢？你开心吗？”凌雪反问。

“哦哦，开心开心。”米露露发自内心地笑起来。

“你还挺知足的。你住塔楼？”凌雪观察米露露。

“嗯，比起你家是太小了。不过现在两人够住了，将来再说。看了你的房子，有目标了。让老公努力加油！”米露露自顾傻呵呵地笑。

“这房子，可不是一般人能买得起的。”凌雪环顾四周，撇撇嘴，“你老公在哪里高就啊？”

米露露掷地有声，“我老公在一家公司当副总。人只要努力，就能实现梦想！”

“呵呵呵，说得还很励志呢。”凌雪轻蔑地耸耸肩。

“咱们都六年没见了，快讲讲，你是怎么过的？”这是米露露最想知道的。

“呵呵，人能怎么过啊？不就是一天一天地过嘛。”看来凌雪并不想回答。

窗外阳光明媚，屋里的空气有些冰凉。

米露露下意识看了一眼巨大的立式空调。

凌雪扶了扶发髻，懒洋洋地站起身，“对了，来，我订的婚纱上午刚送来，你帮我参谋参谋？”说完自顾裹着一阵香风飘然而去。

“好啊，好啊。”米露露巴不得早点终结这蹩脚的聊天。

米露露跟着凌雪上了楼，拐弯之后是一道长廊。长廊两侧的照片扑面而来，是牛凯歌和凌雪的双人照。

米露露的心还是被什么钝器戳了一下，没有破损，却有些酸痛。

照片中的牛凯歌还是一如既往地不会摆姿势，只知道从女人背后伸出长长的双臂，将她紧紧揽在怀中，像是在保护着她，又像是害怕她逃走。

照片中的凌雪倒是风情万种，小藤缠绕着大树。米露露怎么看怎么觉得那些姿势眼熟。几秒之后，她就很确定凌雪是在抄袭自己的动作。这让米露露突然想起，牛凯歌怀中的那个女人本来应该是自己。

“哈，想什么呢！都是过去的事了。”米露露想。

“这些是我和大牛的结婚照，国外拍的。”凌雪尽量装作轻描淡写，却在“国外”两个字上加了重音，然后继续说下去，“喏，这是在荷兰，美中不足的是我对风信子小小地过敏……这是在比利时，瞧大牛那傻样，嘻嘻……我喜欢鲁本斯的绘画，你呢？……哦，你当然不知道鲁本斯……这个是在巴黎拍的，稍带脚订了婚戒……法语可真美妙，像在歌唱……”

老娘虽然结婚三年了还没拍婚纱照——当然凌雪你肯定不知道这个——可是你显摆来显摆去，不显摆会死啊？米露露突然有点愠怒，愤愤地想。

“哦，真漂亮。我和老公太忙，还没来得及拍结婚照呢。”米露露口是心非。

“太忙？哦，呵，呵呵呵……”凌雪的笑声带着锋利的锯齿，显然不相信。

“对了，凌雪，你和牛凯歌……怎么就……”米露露终于抑制不住好奇。

“哎呀，缘分呗，除此之外真的是没办法解释，命中注定的。”凌雪的回答依然没有任何信息量。

“你退学之后，去……”米露露还是想问点具体的。

“哎，只能先回老家呗，然后就去了亲戚家，反正我的成绩也差，上不上一个样子……喏，这就是我的婚纱。”凌雪说着，已经拉开衣帽间的门，走了进去。

除了厕所大过别人整个家，衣帽间也大过别人整个家。

即使凌雪再惹人讨厌，米露露也无法否认这是一款完美的婚纱。

纯白色。中式立领，肩膀和胳膊是蕾丝，酷似旗袍的剪裁滑过腰身，下面是一泻到底的巨大鱼尾裙摆。

中西结合，Perfect。

再丑的新娘穿上它也会成为世界上最美的公主。

米露露没穿过婚纱，哪怕试穿一次也没有，也没拍过婚纱照，更别说拥有一套完全属于自己的婚纱。对，不是租来的，是自己可以珍藏一生一世的婚纱，就像凌雪这样的。

而且，而且，这件婚纱和米露露无数次在脑海中憧憬的婚纱一模一样！

她不自觉地伸出手，想要触摸自己的梦想。

“哟，哟，可千万别摸，很容易弄脏呢。”凌雪一把推开米露露的手，“看看就行了……这婚纱是我们家大牛设计的，多有品位。”

米露露眼前的世界一片雪白，她仿佛看见六年前的某一天，一个活泼的短发女孩正在牛凯歌面前摇头晃脑，设计着自己未来的婚纱。牛凯歌安静地听着，突然说：

“我会送给你那件婚纱。”那个活泼的短发女孩就是米露露，眼前这件婚纱和她当初描述的一模一样。

这婚纱的款式，版权应该属于自己。

怎么就成你们家大牛设计的了？

“牛凯歌真是太不要脸了！”米露露想，“居然剽窃自己的想法讨好凌雪，还说是自己设计的……哦，当然，他能一言不发地消失，本身就是个不要脸的男人嘛。凌雪也变了，模样变了人品也没了，就知道哔哔来哔哔去显摆自己。这两口子是组团来炫耀的吧，真是太气人了！不就是有钱吗？不就是要结婚吗？结婚是老娘玩剩下的把戏！老娘不就是没拍婚纱照吗？现在老娘有点钱了，补一套不就完了嘛。还荷兰拍的，不就是蓝天白云花儿朵朵吗，去河南也能拍啊！”

米露露实在是忍不了了，她瞟了一眼凌雪肉乎乎的背，想顺顺气，“嗯，挺好的，不过还差点意思，如果背部是透明的纱就好了，那样比较时尚。”。

“哟，是吗，你们这些人啊，就喜欢跟风。”还是凌雪的嘴硬。

“好了，凌雪，我得走了。”米露露看看表，觉得实在没必要再聊下去了，“我去买菜了，咱们改天再聚哈。”

“也好，我也要出去呢，”凌雪撇撇嘴，“我的车很宽敞，要不要搭顺风车？”

“不用了，估计现在到处都堵车，还是走路比较快！”米露露飞速收拾完东西，一只脚已经站到了门外，回头挤出一个灿烂的笑，然后噔噔噔地消失了。

碧海山庄很大，米露露刚走到大门口，凌雪开着自己的红色宝马追了上来。

“嘀——”凌雪鸣了一声喇叭，算是打过招呼，她才不要米露露搭自己的车。

米露露快乐地冲她摆摆手，才懒得搭她的顺风车。

其实米露露很失落。不是因为凌雪比她富足，而是因为六年前心有灵犀的好友，六年后已然变得无法沟通。

当初她们俩双剑合璧，那是相互给力。

跟卖衣服的小贩杀价，一个咄咄逼人，一个好言相劝；跟英语四级的监考老师作斗争，一个负责转移视线，一个负责赶紧偷看；一起吃饭的时候，你给我买一个水果，我送你一个鸡蛋。

两人还非常互补。米露露粗心，经常丢三落四，可不论是她忘带笔忘带公交卡忘带钱包忘带钥匙忘带卫生巾还是忘带手机，凌雪都会在接下来的两秒之内递给她；凌雪胆小内向，遇事容易生闷气想不开，米露露可以在一秒之内把她逗笑，有必要的话，还会直接冲到惹她生气的人身边，半真半假地一通臭骂。

她们谁也离不开谁。

米露露还没有谈恋爱的时候，两人经常在宿舍扮情侣。

米露露说："噢，你爱我吗？"

凌雪女人：说，"噢，当然爱，那你爱我吗？"

米露露说："噢，爱得要死，可为什么我们不能在一起？"

凌雪说："噢，为什么不能在一起？"

然后两人异口同声地说："噢，因为我们不是玻璃……"

可分别了六年，两人好像已不再相互需要。

米露露突然想问问全世界人民，你们曾经的好友现在怎样了？友谊真的地久天长吗？

米露露失落的时候，凌雪忐忑。

虽然在物质方面占尽上风，但凌雪隐隐感到巨大的惶恐。她懊恼自己怎么就偏偏看中了这个碧海山庄，要死要活地让牛凯歌买下了这里的房子。要是她知道米露露就住在直线距离不超过二百米的蜜蜂社区，刀顶住她喉咙也不会来。

来B市发展是牛凯歌的梦想，她虽然介意，却无法改变，但住在碧海山庄却是她自己的选择，怪不得任何人。

凌雪曾无数次设想过与米露露的相遇。偌大的B市，任何一种形式的碰面都只会是惊鸿一瞥，然后重新生死两茫茫——她有无数种方案去应对这样的邂逅。可现在两人却成为抬头不见低头见的邻居，凌雪只能恨自己没用计算机去分析两人的行为路径了。

可即使分析，估计概率也就只有几十亿分之一。

当初，凌雪能和牛凯歌在一起的概率也不过如此。

凌雪喜欢牛凯歌，是暗恋。米露露也喜欢牛凯歌，明着来。

女生宿舍楼的走廊里，米露露敢一遍一遍喊牛凯歌的名字，告诉所有女生，自己是多么想要这个男人，羞得传达室的婆婆都满脸通红；清晨的食堂里，米露露敢蓬头垢面坐到牛凯歌身边自我介绍，五分钟以后，她已经去夹牛凯歌饭盒里的酱豆腐了，惹得无数女孩子目光带刺；情人节怀旧电影专场，演《Titanic》。女生都为杰克嘤嘤地哭，只有米露露是无法自抑地放声大哭，让看过N次这部电影的放映员叔叔都肝肠寸断；学校声乐系汇报表演，米露露唱原生态民歌，选的是《难活不过人想人》，目光找到台下的牛凯歌之后，就再没离开过，让全校师生的鸡皮疙瘩掉了一地。

米露露自然纯净的真性情和充满豪气的示爱，即使五十个牛凯歌组成一个加强排也得缴械投降。

“这是一个可以让人爱到刻骨的女人。”牛凯歌边投降边想。

凌雪和米露露没法比。她就是一个普通的女孩，其貌不扬，举止中规中矩。

她是米露露和牛凯歌这场伟大爱情的观众之一。

不幸的是，她坐在第一排的嘉宾席，场下还和女主角形影不离，而且自认为比女主角更爱男主角。

幸运的是，凌雪认为自己至少拥有一颗智者的脑子。

她在学校学的是音乐学，音乐学研究的是音乐现象与本质之间的关系，以及规律，归根结底是对人类行为的研究。

恰巧恋爱也是人类的行为。

专业对口。

于是凌雪始终没有放弃过，她所做的一切都是为了牛凯歌，哪怕只是要得到他一个小小的侧目。美白、健身、丰胸，乃至后来的烹饪、剪裁、插花，当然还包括大动干戈甚至冒了生命危险的整容，只要牛凯歌有可能喜欢，凌雪一样不落地去做。

宿舍床上的帘子后面，她不仅仅是做了健胸操，还把对牛凯歌一点一滴的爱全程记录，细致到哪一年哪一月的哪一天，牛凯歌穿了什么做了什么，哪个小时说了什么，凌雪自己当时在想什么；和米露露、牛凯歌的三人出行，她也不仅仅是帮这对情侣拍了合影，还常常假装拍摄路边的风景，偷偷拍下了牛凯歌独自青春逼人的照片。

真挚动人的文字，再配上凌雪的偷拍，就是一部《那一年，我们追过的男孩》的完美脚本。

牛凯歌最后就是捧着这部脚本，流下了他人生的第四次眼泪。

当然在此之前，凌雪还是做了些什么。那个在手机后煎熬的人，不是米露露，是她。

要不是米露露去和男生打篮球，不小心把手机落在了宿舍，要不是凌雪一个人留在宿舍做健胸操，要不是牛凯歌识趣地放弃了追问的权利，荷兰结婚照上的那个人，应该是米露露。

“一切都因为我太爱他。爱是无罪的。我必须这么做。”凌雪常常这样宽慰自己。

六年来，无数次这样的心理暗示已让她感觉不到丝毫愧疚，即使再次面对米露露，也是如此。可如今，除了她要经常面对那个昔日情敌之外，牛凯歌也要经常面对那个被自己生生拆散的昔日情人。

“万一大牛知道了该怎么办？”这担心让她的胃隐隐作痛。

全世界的人她都可以不屑，除了她的大牛。

“一定不会有事的，没人会没事找事地去澄清追问。”凌雪不住地安慰自己。对于牛凯歌和米露露，她都非常了解。牛凯歌不是那种在感情方面特别主动的男人，米露露不是那种被甩掉之后还会厚着脸皮乞求再给一次机会的女人。

想着想着，凌雪的红色宝马缓缓驶进了洗车行。

对，就是倪小龙担任“全日制计件临时汽车快速美容师”的洗车行。

昂贵的加长版宝马 740，很荣幸地碰上了最优秀的员工倪小龙，不冤枉。

汽车还没停稳，倪小龙已经恭候在那里，彰显着洗车行的服务质量和他的个人素质。凌雪头顶高耸的发髻刚从车里探出来，倪小龙的魂魄已经飞上了九霄云外。他想要逃，已经根本来不及了。

冤家路窄。这是倪小龙想到的第一句话。

狭路相逢勇者胜。这是倪小龙想到的第二句话。

“您好。”倪小龙干脆迎上去，装作不认识凌雪。

凌雪一愣，手指头指着倪小龙半天没说话，最后满腹狐疑地边走边说：“和那个……长得可真像。”

倪小龙魂魄重新归位，他长出一口气，开始投入地干活儿。

“虽然这个女人不招人待见，但对待客户要一视同仁。”倪小龙想。

车很快洗干净了。

倪小龙站在宝马旁，傻傻地想着自己将来也能送给米露露一辆这样的汽车，还顺便猜了猜这嘚瑟的凌雪到底得有多少家产。

突然，刚擦干净的车身映出一个发髻。未见其人，先见其发髻，肯定是凌雪喽。

“哟，活儿不错，擦得可真干净。”凌雪坐进车里，满意地四下看了看，发动了车子，“以后洗车我还非你不洗了。喏，拿去，这是给你的小费。”说着，凌雪从钱夹里抽出一张百元的钞票，想了想，又抽出了一张。

“拿着吧，怪辛苦的。”凌雪把钱递给倪小龙，倪小龙伸手要接的时候。凌雪突然快速把手缩了回去。

“哈哈哈，您还真好意思要！”凌雪把称呼“你”改成了“您”，肆无忌惮地笑起来，笑得上气不接下气，“别，别介意啊，哈哈，哎呀，笑死我了……我只是想验证一下您要不要，呵呵呵，倪总，看来您什么钱都赚啊，那下次我洗车还来捧场呦！”

红色宝马一溜烟冲了出去，重新带走了倪小龙的魂魄。

半晌，倪小龙站着没动，好像还没想明白刚才到底发生了什么。

老板从屋里出来，把手搭在倪小龙的肩膀上，“小龙，哥是过来人，劝你几句。……别自作多情了，人家是富婆。刚才她是跟我打听过你的一些情况，我也一五一十地跟她说了。估计人家也就是想玩玩，不会当真的……”

倪小龙倏地转过头瞪着老板，使劲甩开膀子，“说什么呢你！”

他回屋拎起自己的包，一言不发地扭头就往外走。

“喂，喂，今天的工资还没给你呢！”老板大声喊。

“不要了！”倪小龙头也不回。工友们望着倪小龙的背影，面面相觑。

“真是异想天开，还没傍上富婆呢就这么牛逼。看吧，迟早得回来……”老板嘟囔着，突然又想起了什么，赶紧冲着倪小龙消失的方向大声喊，“欢迎随时回来啊，随——时——！”

倪小龙打死也不要回来了，实在受不了这窝囊气。

他认为，以凌雪的德行，会每隔一周来挤对他一次，把这当成周播的综艺节目，愚人娱己。还有更恶心的，她会把这件事添油加醋之后告诉邱紫旋，同时会把上次的“超市勺子事件”细细嚼吧一遍，以证明她是多么英明神武富有远见，一眼就看穿了倪小龙丑陋的原形。

倪小龙使劲闭上眼睛，不敢看这个世界。

他觉得只要自己一睁眼，就会有无数人冲过来，指着他的霹雳裤衩大笑。

露手指的手套是霹雳手套，露脚趾的袜子是霹雳袜子，露那个的裤衩是霹雳裤衩。

郭德纲说的。

“我——永——远——不——会——回——来——了——”倪小龙转身，冲着洗车行的方向一字一顿地大声喊，以表示自己的决心。

他要重新去找工作，去找一份适合自己的、有前途的工作。

计划永远赶不上变化。

第二天一早，倪小龙就乖乖回洗车行了。

老板默默递给倪小龙一支烟，为他点着火，啥也没说，一副很能理解他的样子。

倪小龙懒得解释，心想："要不是为了我老婆，我才不回来呢。"

昨晚，米露露婉转地对他说："老公，牛凯歌过一段时间要结婚呢！"

"结呗。"倪小龙没精打采，"不就是你那个同学嘛。"

"别忘了是他把你送回家的呢……要上礼钱呢，"米露露说，"我这月的工资都用来买菜，改善生活了。"

倪小龙手一抖，旋即淡淡地说："好的，我给你钱。"

"对了……他妻子也是我大学同学呢！你说巧不巧？"米露露坐到倪小龙腿上，搂住他的脖子。倪小龙觉得这个动作很陌生，显然是米露露新学的，想小鸟依人。

"我还看了他们两口子的结婚照了呢，"米露露开始小鸟依人，"有巴黎的，荷兰的……"

倪小龙有一种不祥的预感。

"咱们还没拍过结婚照呢……"米露露拨弄着倪小龙的胡子，"你现在挣钱多了，咱们好歹也该拍一套呀……"

预感变成现实。

倪小龙腿一软，一时找不到任何可以拒绝的理由。

"好，好，好，好好。"他的回答像机器人。

所以倪小龙才会又出现在洗车行里，蹲在地上抽烟。

他冲工友们若无其事地笑笑，觉得自己的脸皮又厚了一些。

人就是这样获得成长经验值的。

倪小龙觉得能有车洗可真好。"要是没发明汽车，我可怎么赚钱给老婆拍婚纱照呀。"他想想都觉得后怕。

得知自己升职那天，倪小龙曾经对米露露提出了不少要求，要她这样要她那样，如今米露露提出要补拍婚纱照，这个要求简直是天经地义，所以他必须硬着头皮。

每一个成功的男人背后都有一个伟大的女人，每一棵茁壮成长的麦苗下面都有一坨外焦里嫩的牛粪。对于这句话，倪小龙是绝对铁杆的拥趸。

从前的时候，米露露曾经答应过做世界上最大坨的牛粪，把倪小龙催成世界上最茁壮的麦苗。可倪小龙觉得，这坨东西是不是牛粪暂时不敢说，但可以肯定它是块化石，插不进吸管，下不了刀叉，嘬不出汁液。难道是牛粪化石？

倪小龙之前因为没底气，也没敢对米露露提太多要求，但他一得知自己要升职，就即刻牛逼哄哄起来，果断地采取行动了。

倪小龙每每想起那天的情景就感觉脸颊发热，浑身刺痒，这是无比惭愧导致的生理反应。

那天，倪小龙对牛粪化石口吐莲花，念念有词，进行点化。

“露露，不是我苛刻，你看你现在的状态，怎么能帮到我？你说过要做我事业和生活的牛粪，但牛粪在哪？我已经等了很久，但不能总让牛便秘吧。如果奥巴马娶了你，他这辈子充其量也就是个美利坚白领，说不好还只能混个蓝领甚至没领。”倪小龙脸上挂着一副不可救药的表情。

米露露心里咯噔一下，心想他该不是春风得意马蹄疾，要把糟糠之妻赶下堂吧。

想到这一点，米露露有点害怕，眼圈唰地红了，两只手像幼儿园小朋友一样摆弄着衣角，但她还是坚强地仰了仰脸，装出一副临危不惧的样子。

倪小龙瞥了米露露一眼，意念中的小邪神得意地哈哈大笑了几声。

他故意缓慢地点燃一支香烟，假装沉默地思考了一会儿，清了清嗓子，以一种自己受了莫大委屈但此刻已全然宽恕对方的语调说：“露露，咱俩在一起这么久，你就不能为了我改变一点吗？”

米露露绷着的神经瞬间变得松软，昂起的头也耷拉下来。她乖巧地抬起眼睛，臣服地望着倪小龙，就像罪犯望着对自己法外开恩的法官，迫切等待着他的训话，等他为自己混沌的未来指点迷津。

倪小龙往自己的茶杯里加满了水，牛饮了一大口，表示他将进行一场滔滔不绝的演讲。演讲开始。

“你做事太粗心。一星期至少能有两天忘带家门钥匙，而且每次忘带钥匙还都偏偏拣我有事的时候，不是赶上我加班，就是赶上我在外面有应酬，我只能放下手上的事赶紧回家，你是成心的吧，啊？再看看家里这乱糟糟的样子，袜子胸罩到处丢，被窝里还有瓜子皮，整个是大学女生宿舍哇……每次吃完饭都不洗碗，都是等到下次要用碗的时候才忙忙叨叨现洗现用——有一次家里恶臭好几天，不知道的还以为咱俩合伙杀了人呢，最后才发现是锅盖下面有盘剩饺子，上面的绿毛都能炒盘菜了！”

倪小龙喝了一口水，表示第一个段落结束。

第二个段落开始。

“再瞧瞧你的打扮，你从不穿裙子，不穿高跟鞋，不戴首饰，不化妆，两条腿上不是长裤就是短裤，不是七分裤就是九分裤，我和你一起上街，从背后哪能分出男女啊，别人还以为咱俩是基友呢。就不能穿得有点女人味？你好歹也是学唱歌，不，是学声乐出身，还在歌舞团当过一年的歌唱演员，怎么也是搞过艺术的人哪。想想当初你在舞台上的样子，那是千娇百媚楚楚动人啊，怎么现在就变成了这样？是，你现在不当演员了，当了培训老师不上舞台了，但生活本身就是个大舞台，怎么也要对得起观众吧？尤其是老公我，就坐在观众席的第一排。女为悦己者容你该知道吧？你总说我眼睛喜欢往美女身上溜——我也想往你身上溜啊，你也得让我有个溜的地方啊。总不能让我看着你，就像看着小了一号的自己吧！”倪小龙又喝了一口水。

“生活一团糟，我怎么能安心工作，怎么能奋发图强？不奋发图强，我怎么能飞黄腾达，你怎么能望夫成龙？你要不是现在这个样子，我早就成功了……好吧好吧，以前的事就不说了，现在我终于跃上了事业的一个大台阶，作为我老婆该怎么做，你自己，看着办。”

倪小龙喝掉最后一口水。

演讲完毕，一气呵成、慷慨激昂、铿锵有力。

米露露认罪。

谁让倪小龙成功了呢？

成功就是硬道理，成功能让一切玩蛋去。

米露露受罚。

做一个成功男人的完美老婆，是世界上最美丽、最享受的惩罚。

其实，米露露知道倪小龙想让自己变成什么样。不就是气质高雅、温柔妩媚、风情万种、精通风月、体贴贤惠、极有品位的女人嘛。

“那有什么难的？”米露露胸有成竹地想，“不就是装韵味女人吗。”

倪小龙其实也不敢奢望米露露能装成什么样，差不多就行。反正现在的米露露是一点也不装，以至于让倪小龙一度认为她和“风情万种、气质高雅、体贴贤惠、温柔妩媚”诸如此类的词语是有血海深仇的。

现在的米露露，会扎扎实实带给倪小龙这样的一天。

早上，闹铃骤然响起。不论它响多少遍，米露露都能睡得深沉。

倪小龙只好晕晕倒倒爬过米露露的身体，伸手关掉闹钟。

媳妇你说你也不起床干吗要上闹铃，还硬要把闹铃摆到自己身边的床头上！

倪小龙要下床，哎，拖鞋又不见了，肯定是露露半夜上厕所又穿走了。

这个房子里所有的拖鞋事实上全都属于米露露，她向来是看到哪双穿哪双。

倪小龙光脚下地，走到床的另一边。

地板上全是乱七八糟的玩意儿。首先当然得有各式各样的拖鞋，然后还有米露露昨晚脱下的内衣、看过的杂志、半夜还抱在怀里的抱枕，此外还有香蕉皮、遥控器、手机之类的东西。

若干年前，当倪小龙第一次见到这种情景的时候，深刻怀疑是家中半夜遭了小偷。但随着时光流转，他也认为这些东西就该放在那里。不然放哪儿啊？

倪小龙拿起拖鞋，开始慢慢绕开缠在上面的胸罩带子。

“露露，是谁信誓旦旦说要给我做早餐啊？”倪小龙故意问米露露。

“嗯，嗯……明天吧，今天实在太困，起不来了。”藏在被窝里的蚕宝宝说，“要不，你就在公司楼下买个摊煎饼……”

“嗯。你还不起床？不怕迟到？”

“昨天加了半小时的班……今天可以晚去半小时……”

“哦。”

倪小龙穿好衣服，扎到厕所里蹲坑。

刚刚蹲下，小荷才露尖尖角。

“砰！”米露露瞬间破门而入。她使劲捂着肚子，半蹲着，非常痛苦地哼唧：“快点！嗯，哎哟，我憋，不，住，了。”

“啊？怎么回事？”倪小龙只好用力把小荷的尖尖角吸回去，“刚才不还在被窝里说要再睡会儿的吗？”

“快、快！我……嗯，哼，以为能憋住……”

说话间，两人已经置换。

倪小龙蹒跚地站起来，很痛苦。谁不理解的话，可以把小荷的尖尖角吸回去试试。

米露露很释放、很坦然、很专注，努力发出各种奇怪的声响。

倪小龙叹口气，可怜巴巴地看了米露露一眼。

“低调，低调。”倪小龙说。

“怎么了？怎么了？管天管地管不着拉屎放屁！”米露露答。

“旁边有人，要注意形象。”倪小龙很沮丧。

“可旁边的人是老公你啊，我最亲的人啊。”

“可你是女人，女人就应该优雅、高贵……”

“女人也是人！其实大家都一样。Angelababy，还有汤唯、刘亦菲、张曼玉、许晴，你的女神们是吧？她们上厕所的时候，说不定比我还豪放呢。”

“净瞎说，你怎么知道的？”

“那你又是怎么知道她们就不是呢？”

……倪小龙没话说了。

他气鼓鼓地穿戴整齐，把要便便的冲动也忘了。

“我先走了啊。”倪小龙说。

“哎呀！”米露露突然一声惨叫。

倪小龙一哆嗦。

“没——纸——了——”米露露喊道，“该死，昨天一直想着买手纸，可从超市买了几个鸡蛋就出来了。你快帮我找点来！”

倪小龙烦躁又无奈地开始翻找。

哪儿哪儿都没有，一丁点柔软的纸屑都没有。

“露露，我快迟到了，必须得走了！你要不自己找找。”

“我？我这个样子，怎么找啊？”

“就站起来找啊。”说话间，倪小龙已经走到大门口，旋即他又站住了——如此危难凶险，怎么能把老婆抛弃放弃呢。

倪小龙拽出一张旧报纸，使劲揉了揉，顺着厕所门缝往里一丢：“将就一下吧，其他纸太锋利。”

然后倪小龙和米露露都发疯似的工作一整天。

晚上回家，倪小龙站在门口，重复玩着他最不喜欢玩的游戏：找拖鞋。

唉，肯定又穿在米露露脚上了。不过听厨房里叮叮当当的声音，显然老婆在为自己做饭。

倪小龙搞定找拖鞋游戏，穿着米露露一双带蝴蝶结的红色小拖鞋落座。

“开饭咯！”米露露哐当端上来她的拿手绝活，水煮小白菜。

倪小龙的脸色登时像小白菜般嫩绿。

米露露咔嚓又端上来她最爱的主食，小米粥。

倪小龙的脸色又幻化成小米般的蜡黄。

“别急，还有呢。”米露露看出倪小龙不高兴，赶紧转身拎来一个塑料袋。

塑料袋里是两根煮熟的黏玉米。

倪小龙脸色不可阻挡地变成屎黄了。

“这么吃健康，养生。”米露露趿拉着倪小龙的大拖鞋，边解释边落座。

“这就是你做的饭？”倪小龙问。

“是呀，是呀。”米露露自豪地吃着。

倪小龙仔细观察了一会儿，还是觉得不能将就，放下筷子开始打电话，“卖烤串的周晓刚是吧，给我来个大腰子，十个肉筋……再来一瓶啤酒，冰的。对，4号楼……”

“别买着吃了，这个月咱们又存不了多少钱了。”米露露心疼。

“可这饭，哎，我不和你探讨养生不养生的问题，我就是要吃肉！没有理由地就是要吃肉！行了吧？”倪小龙站起身离开饭桌，“再说了，这还不是简单的吃肉不吃肉的问题，这是一个女人，一个老婆，做饭态度端不端正的问题，好歹也弄个小炒、蛋汤什么的。”

“你真好意思说，我也得上班，回家还得做家务伺候你。骡子马也累呢，何况我是人，凭什么呀。”米露露也不高兴了。

“就凭你是我老婆啊。”

“老婆就得那样吗，我看你要的是老妈子。你成天要我这样，要我那样，可你自己呢？你也得是个合格的老公吧。”米露露的不高兴变成了委屈，“有本事你就……”

米露露想了想，还是把“多赚钱”几个字咽了回去，怕伤倪小龙自尊，“有本事你就……让我做全职太太，到时候，别说什么蛋汤小炒，就是八大菜系，满汉全席我也学着给你做。”

倪小龙不吭声了，他想要求，没底气。

米露露也沉默了，她想温柔，没心情。

倪小龙不喜欢这样的一天，他希望米露露能带给自己那样的一天：

早晨，舒缓的音乐从梦境流进现实，米露露身着丝质性感睡衣，散发着让人迷醉的香气，对倪小龙献上新鲜柔软的香吻。这是开场。

然后倪小龙滚进米露露的怀抱，腻着她起起伏伏的酥胸，尽情地抠一会儿眼屎，挖一挖鼻孔。

接下来，倪小龙斜倚在床上，啊呜啊呜吃掉米露露为他端来的早点。

洗漱完毕，穿戴整齐之后，米露露带着送君千里的离愁，深情为他打好领带，款款将他送到家门口。这时候米露露双脚一踮，突然在他唇上轻轻一啜，柔声说："亲爱的，开车千万别喝酒，喝酒千万别开车。司机一滴酒，亲人两行泪。晚上，我等你……"

两人执手相看泪眼，竟无语凝噎。

然后倪小龙发疯似的工作一整天。

他非常之专注，以至于每五分钟才想一回晚上要办的好事。

下班回家，屋里灯光柔和暧昧。最好是烛光，就是影视剧里那种炮筒红蜡烛发出的光。

家门口，米露露早已无语盼君归。

她带着十年生死两茫茫，如今相公终还乡的喜悦表情，亲自为倪小龙脱下皮鞋，换上拖鞋。

餐桌旁，米露露站在倪小龙身后，为他揉捏肩膀。嘿，别说，还真有中医按摩师加发廊洗头妹的劲头——精通人体穴位经络，掌握各种调情手法，总之就是很专业的意思。你懂的。

其实烛光晚餐是什么并不重要，可以是沙拉比萨红酒，也可以是炸酱面就大蒜外加小二锅头也行。

重要的是烛光晚餐后的好戏。

好戏之前必有前戏。米露露嘟着血红的嘴唇，开始围着餐桌咯噔咯噔练猫步，身形婀娜，魅影婆娑。

婆娑的魅影走向倪小龙，向他伸出白皙而修长的双手。每一粒指甲都红红的、尖尖的，冷光烁烁。这双手缓缓伸向倪小龙的胸前，直指他的心脏。

没错，是要掏心。哦，不，是要偷心。不，也不是，是要为他揭开衬衫的纽扣。

一粒粒地解开纽扣。

衬衫的纽扣解完了，还有裤子的纽扣……总之要解开他所有的纽扣。

然后米露露开始为自己解纽扣。

倪小龙哗啦扯开米露露的外套，因为她的衣服根本没有纽扣，只有拉链一条。之后……

这是主题多么鲜明的一天啊。

主题就是纽扣。

等等，倪小龙还有话没说完呢——

狂风暴雨之后，米露露依偎在倪小龙的臂弯里。倪小龙说："我的打铃，对不起，休假得往后推一下下，我得跟巴菲特说点事，所以约了他下周来见我。我往你的卡里打了几百万美元，你先用着。打铃，休假改在下个月好吗？咱们试试太空轨道观光飞行，怀个太空宝宝玩玩吧。"

"嗯，听你的……"米露露温柔如水，目光如梦，整体如花。

"我答应过你，要给你采星星，采月亮的……"倪小龙此刻其实又想采花。

采没采不知道。视倪小龙身体状况而定。

最后，两个人携手奔向梦乡，迎接下一个幸福明天的来临。

倪小龙想得美吧，美一下不行啊！

为了缩短与倪小龙理想的差距，米露露把他对自己提出的所有要求郑重其事归纳为《完美倪太二十条》——内容是自身要进行完善的所有方面，以及对倪小龙该如何照顾的所有细则——为了表明决心并尽快取得成效，米露露让它们无所不在：抄了卡片放在钱包里、粘在厕所镜子上、冰箱门上，电子版除了在电脑里备份以外，手机里是一定要存的，以方便随时随地进行学习。

米露露甚至把QQ和MSN签名都改成了"重新做人"，结果招来朋友们铺天盖地的关切询问，问她究竟触犯了中华人民共和国的哪条法律？还问她监狱里也能上随便上网聊天？

那天，米露露被倪小龙批评完之后，立刻就像变了一个人，绷着劲头努力打造自己，誓要成为完美倪太。可与此相对应，倪小龙却在批评完老婆之后被公司开除，还沦为了临时洗车工。

所以倪小龙只要想起那天的情景就脸颊发热，浑身刺痒，无比惭愧。

但眼下他连惭愧也顾不上了。

他必须拼命洗车，尽量争取多赚一点钱，好给老婆补拍婚纱照。但被凌雪意外撞破自己洗车，还被她一番挤对，却让倪小龙很是不爽。除了挫折感得以被加深之外，他还担心自己的事情被更多的人知道。

但还好。

接下来的几天，并不像倪小龙预料的那样满城风雨，相反很平静。他甚至在楼下碰到了邱紫璇，两人相遇的那一刻他紧张得想便便，但邱紫璇依然温婉如水，笑容羞涩，除了问他吃过了吗，连他忙不忙都没问。

一切正常。看来凌雪还没告诉邱紫璇。

第八章

一份安静甜蜜的普通婚姻生活

这个女人跟了自己四年，她想要的一切，不过是作为女人最基本的需求而已：一套不用每个月被催着还钱的房子、一枚可以不是钻戒的婚戒、一套不用去荷兰拍哪怕只是去河南拍的婚纱照……

倪小龙打算过几天主动把事情的前前后后告诉邱紫璇，他觉得邱紫璇是个无比善良的女人，应该会理解。而眼下的这几天，得拼命赚钱。

拼了十天命之后，连同之前洗车攒下的积蓄，无论倪小龙怎么数，都是这手上的两千三百块钱了。他计划着：“除去五百块钱的礼金，还剩一千八，可老婆说最便宜的婚纱照也得三千多块，但以我现在的身份……哦，不，以我现在在她眼中的身份，怎么也得拍套五千块钱的吧，所以还差三千二……”

“一定会有办法的！”倪小龙给自己加油打气，还施展了一下法术，“天灵灵地灵灵，倪小龙马上就能行……”

行不行都得透支信用卡取现金了，这是倪小龙唯一的办法。

米露露当然不知道这五千五百块钱的来历，自顾数着，边数边笑得合不拢嘴：“老公你真好呀，一,二,三……咱们终于要有一套婚纱照啦！四,五,六……老公我爱你！七,八,九……你对我真好！……”

米露露越是幸福地笑，倪小龙心里越是酸酸地疼。他真希望时间就在这一刻停止，定格住米露露这虚幻的幸福。一套姗姗来迟的婚纱照，就可以让这个女人如此满足，这只说明一个问题：自己这个当老公的，是多么无能！

倪小龙突然想哭。这个女人跟了自己四年，从纯情女孩到嫁为己妇，其实并没有任何奢侈的要求，她想要的一切，不过是作为女人最基本的需求而已。一套不用每个月被催着还钱的房子、一枚甚至可以不是钻戒的婚戒、一套不用去荷兰拍哪怕只是去河南拍的婚纱照、一辆任何牌子都行的汽车，对了，还有想吃好吃的不用再那么抠抠搜搜——说白了就是一份安静甜蜜的普通生活。

这要求不过分吧？不过分吧？真的不过分吧？

你总不能让她跟那个蜷缩在某个角落的、被评为地球上最贫穷的女人要求一样吧。

她并没有要求别墅钻戒宝马、每周去香港购物每月去欧洲旅游吧？就算是这样的要求，世界上也有无数男人可以满足自己心爱的女人，甚至只是想随便玩玩的女人。

所以，倪小龙，你真的很失败。

失败的倪小龙盯着米露露手上翻飞的钞票发愣，不知道信用卡的透支该如何来还。

他有那么一两秒的冲动，想要告诉米露露所有的真相，可米露露脸上的表情太可爱了，那是一个婴儿获得了自己最心爱玩具的表情，幸福得别无所求。倪小龙张不开嘴，憋得胸闷头疼腹胀。

“明天牛凯歌结婚，你就穿那套深灰色的西服，我已经给你熨好了。领带就不用打了，省得别人把你当成新郎官。”米露露边说边把五百块钱塞进烫了金色“囍”字的红信封。

倪小龙看得心疼，条件反射地想：“洗二百五十辆车，提成五百。算了，就当是牛凯歌救我回家的报酬。”

“喂，倪总，跟你说话呢！”米露露看到倪小龙在发呆，跟他开玩笑。

“倪总”的称呼让倪小龙极度不舒服，他突然想起凌雪阴阳怪气对自己的称呼，沮丧加无名火没有征兆地涌了上来。

“没空！”倪小龙瓮声瓮气地说。

米露露有点莫名其妙：“那天你还答应我要去的，再说了，明天是周末，你怎么也得休息休息啊，我的倪总。跟我一起去吃喜宴吧，沾沾喜气……”

“行行行，把嘴闭上吧！我说了没空！”倪小龙嗓门突然大了起来，腾地站起身。

米露露吓了一跳，手里的红包和钞票都掉在了地上，钱撒了一地。撒了一地也没多少钱。

她吧嗒吧嗒眼睛，委屈得要死。倪小龙起身走进卧室，“啪”把门碰上。

他患上了“倪总过敏症”，症状是虚火上升，暴躁易怒。

关门的声音很大，连躲在自己屋里的苏羊都吓得浑身一哆嗦。她正在手机上屏幕上写着什么，手指一颤，不小心碰了“发送”键，“叮”的一声，短信发出去了。屏幕上显示：发送成功，接收人李百草。

苏羊的下巴都快掉下来了，她一个猛子扎到枕头上，龇牙咧嘴使劲地用拳头砸床，半天没爬起来。

“砰，砰，砰！”有人敲门。

苏羊一骨碌坐起来，双手迅速在脸上搓了搓，让表情恢复成正常人的样子。

还是不怎么正常。潮红、兴奋、紧张、郁闷。

敲门的人是米露露，脸色有点惨白。

“你，你没事吧？”米露露惊讶地看着苏羊，“是不是……我不该进来？”

“呃，是嫂子哦。”苏羊生硬地摇摇头，像个电扇。她反问：“你脸色那么难看，没事吧？”

“我就是想问问你表哥的事，”米露露坐下来，“我觉得他最近怪怪的，但是又说不上来，是不是……他有外遇了？”

“啊哈哈……”苏羊憋不住笑了，心想就我表哥这倒霉孩子还能有外遇？“嫂子，看你想哪里去了啦，表哥最近工作压力很大呢。刚升职不久，有很多管理方面的事情要熟悉；而且很多人都嫉妒他呢，每天眼巴巴地就等他犯错误；还有公司业绩的要求，哎呀呀，听起来都很烦呢。”苏羊撒谎更是炉火纯青，这是家族基因的缘故。

“哦，”米露露放下心，又高兴起来，“哈哈，我就说嘛，他敢！不过最近他确实太忙了，早出晚归的，真叫人心疼。”

“嗯，嗯，很费心力呢。”苏羊知道倪小龙最近在洗车，拼命点点头。

米露露一脸贤妻良母的表情，走出苏羊的屋子。

苏羊重新倒在床上抓狂。

“嘀嗒……”手机收到短信的声音。是李百草。短信内容：发错了吧？

苏羊嘘了一口气，心想自己真笨，这么解释不就完了呗。可是苏羊没有解释，“就这么莫须有着吧，也许是最好的处理方法。”她心想，“就当我没发过，也没收到过他的短信。”

苏羊刚才在手机上不小心发出的短信是：你个王八蛋，昨天竟然敢在梦里强行亲我。亲就亲吧，也不说多亲一会儿！小女子三围 87，59，88，只准看不准摸，除非你娶了我！你敢娶，我就敢嫁。另外，不准和其他女同事说话。你搭理谁，谁就杀无赦……

刚写到这里就发出去了。

这确实是苏羊想对李百草说的话，但她根本没想过要把短信发送出去，只是写着玩，假装自己要发给他。没想到真发出去了。

从进公司的第一天起，苏羊就觉得李百草有眼缘。即使后来倪小龙告诉她李百草翻脸不认人的操蛋事迹，也无法改变她对李百草的感觉。

苏羊一开始很自责，觉得吃住在表哥家，却喜欢上了表哥的仇人，这不是胳膊肘子朝外拐嘛。可她越看李百草，小心尖越欢喜：李百草文质彬彬，颇有涵养；工作努力勤奋，很有耐心；最让苏羊心动的是，她是李百草的助手，李百草倒常常反过来照顾她，一会儿提醒她别忘了开会，一会儿告诉她签字笔、订书针自己已经从行政科顺便领过了，还时不时给她端一杯奶茶，塞几块零食。

李百草对苏羊格外的好，苏羊和同事们都知道。

可苏羊不敢告诉倪小龙，也不敢告诉李百草自己是倪小龙的表妹。

“由他去吧，我现在需要的是睡觉。”苏羊心想，然后继续去做李百草强吻她的梦去了。

倪小龙却根本睡不着，躺在被窝里假寐。

对于牛凯歌的婚期，米露露早就告诉过他，他也确实答应过。

可今天，明天，以及未来的许多天，他真的没心情。别人的喜事只会把自己衬托得更悲惨，况且天空刚刚飘过小雨，天气预报说明天将阳光明媚万里无云，那就意味着明天会是洗车的高峰，他可以赚到比平时多几倍的钱。

赚钱才是硬道理。

可刚刚对米露露发火，倪小龙很内疚。他看到了米露露诚惶诚恐的表情，心突然间崩出了几条裂纹。当米露露临睡前轻轻吻他耳朵的时候，他假装翻了个身，打了一声鼾，借此掩饰眼角滑落的一滴泪水，和轻微的鼻塞。

倪小龙太想给予米露露快乐，可力不从心。

第二天上午，米露露只好领着苏羊出去了。先安排婚纱照的事，然后两人一块搭帮去吃牛凯歌的喜酒。五百块钱的礼钱，怎么也得两人才能吃回来，不吃白不吃。

这时候，倪小龙已经开始洗他的第六辆车了。

“干吗愁眉苦脸的？还想那个开宝马的富婆哪？”老板坏笑着问倪小龙。

“我结婚了好不好！别开这种玩笑，我看你跟那富婆挺登对。”倪小龙头也不抬。

“呵呵，富婆喜欢你这种小白脸，我太糙了。”老板搓搓自己的脸，“那你是跟老婆吵架了？”

倪小龙没吱声。

“吵什么架啊？要和谐，和谐才能稳定是不是？这女人啊，凶她没用。”老板斜眼看看倪小龙，“别看我没文化，可对女人……嘿嘿，我老婆硕士毕业，小我十几岁，条件好吧？可在我面前就像个杂技团的小猫，我说啥是啥，秘诀就三个字：疼，哄，陪，就是疼她哄她陪她。嘴上多抹点蜜，说点好听的，有时间陪着溜达溜达，把毛给捋顺了，她啥都听你的。你，没经验，不懂。”

“其实也没吵，就是我说话声音大了点……她今天要去参加同学的婚礼，我以前答应了，昨天又反悔了，咱们这不是忙……”倪小龙觉得有道理，对老板有点刮目相看的意思。

“忙是忙了点，”老板想了想，“可这三瓜俩枣的钱你挣不完，也不好挣。我看你还是去吧，大丈夫吐唾沫都砸个坑，你既然答应了就得去。我告诉你啊，你老婆要你去，可是有想法的。”

“哦？什么想法？”倪小龙直起身。

老板往前凑了凑，音量不高，但抑扬顿挫，“虽然咱不是有钱人，但至少夫妻恩爱啊，她得去秀秀幸福啊。一个人去算什么？单身？感情不和？找外遇？再说了，大学同学……大学可是个乱谈恋爱的地方，一会儿和这个好，一会儿和那个好，还有最后俩情敌好了的，明白吧？有句话说得好，‘同学聚会，拆散一对是一对’！万一你老婆碰上初恋情人，两人又对上眼了，那你，你多冤哪。所以，应该去。”

倪小龙开始崇拜这个老板了。他不该崇拜这个老板。崇拜这个老板的后果就是在劫难逃。

倪小龙赶到鸿运来大饭店宴会厅的时候，新郎新娘已经开始给宾客们敬酒，大厅里乱糟糟得像炸了锅——不炸锅哪能让喜气冲上天呢。负责张罗婚礼的主管把倪小龙从大厅门口一路引到一张圆桌旁，安顿他坐下，这才踮着脚尖跑走了。是啊，张口就说是牛凯歌的朋友，谁敢怠慢呢？

米露露见倪小龙还是来了，赶紧兴奋地向大家介绍：“同学们，这是我老公，刚说他呢，他就来了。可能是刚忙完手上的事，专门从公司赶过来的！”这桌坐的都是米露露的同学，当然也是新娘子凌雪的同学。

倪小龙赶紧挂上矜持的微笑，风度翩然地向四周点了点头，表示确实刚理完万机，百忙中抽空莅临。苏羊冲倪小龙吐吐舌头，自顾吃桌上的葱烧海参。

刚刚落座的倪小龙立刻成了大家新的话题。

“露露，你们很有夫妻相呢！”

“露露，你老公挺帅的。”

“倪总，我也在做广告，不过没你们公司大，有空向你请教下，这是我的名片。”

“倪总，我们公司是专门拍广告片的，有机会可以合作合作。”

“倪总，我保存一下你的电话……露露，以后我们可抛开你单线联系喽！”

……

众星捧月的时候，一片乌云正从远处幽幽地飘过来。

“让新郎新娘给咱们敬酒哇——”不知谁突然大叫一声。大家的目光立刻齐刷刷转向倪小龙身后，纷纷端起酒杯，挤着抢着站了起来。倪小龙调整了一下笑容，准备和传说中的大老板牛凯歌及其夫人喝上一杯，挽回些许那晚酒后失态的颜面。

他刚转过身，脑袋就被陨石砸中了。

如果脑袋可以被砸进腔子里，他宁愿就这么躲着不出来。

估计凌雪的脑袋也被什么砸了，盯住倪小龙“你，你”的半天说不出话。她不确定倪小龙怎么就出现在了自己的婚礼上，是来混吃混喝？还是和某人有裙带关系？

“你们认识？”牛凯歌、米露露，以及一众人等都很兴奋。

“缘分啊。”不知谁说了一句。

“哟，倪总，今天您不用洗车了？洗车行不忙是吧？”凌雪也不知道该说什么。

没人能听懂这暗语，除了苏羊。

“洗车行？洗车？”米露露莫名其妙。

“倪总在广告公司，是副总。雪儿，可能你酒喝多了吧。”牛凯歌微笑着对凌雪说。

“哪里呀，我可没乱说。那天就是倪总给我洗的车，很仔细很好的。老板说他是那里最棒的洗车工嘞！”凌雪害怕大家不相信她，又补充了两句，“真的！我们原先就认识的，他在超市把一把勺子装进皮包，我要保安抓他，然后就认识了呀！”

越说越乱。大家的脸越来越黑。

米露露瞧了一眼苏羊。苏羊赶紧把头低下去，眼睛直勾勾地望着桌上一个盘子，盘子里的葱烧海参已经被她吃光了。连葱都没剩下。

“小龙，到底是怎么回事？你倒是说话呀！”米露露声音微微有些发颤。虽然她还不知道幕后玄机，但听起来总归不让人踏实。

“你认识倪小龙？”凌雪惊讶地望着米露露。

“他，他是我老公！”米露露都急了。

“呵，呵呵呵。”凌雪捂着嘴笑了，小声嘀咕道，“难怪。”

“……我敬大家……”牛凯歌举起酒杯，想化解尴尬。

没人理他。大家都很期待倪小龙怎么回答。

显然惊悚悬疑片比爱情片更受人追捧。

倪小龙扫视了一眼大家，“我现在没在广告公司了，最近暂时在洗车行洗车，也确实给凌雪洗过车。不过我没偷超市的勺子。”说完，他头也不回地冲大厅外走去。

风萧萧兮易水寒，大丈夫一去兮不复还。

米露露的脸已经涨成了猪肝色，大颗大颗的眼泪噼里啪啦砸下来，她猛地低头冲了出去，苏羊在后面紧追不舍。身后留下一片唏嘘。

“怎么骗人呢？露露怎么这么虚荣啊？”

“别这么说，露露好像也不知道……”

“倪小龙的人品也太差了，你说这要是真的合作，还不被他诈骗了啊。”

“嫁给这样的男人，这辈子算是完喽。”

“怎么能混成个洗车工呢，听说洗车一个月才赚一两千块钱……”

“不是钱多钱少的问题，根本就是个苦力嘛！还愣充文化人。”

……

“来来来，牛总，凌雪，给我们倒酒点烟哇——”不知又是谁喊了一嗓子。

喜宴恢复到正常的节奏中，大家又多了一个津津乐道的话题。

只是牛凯歌的脸自此就严肃起来，目光沉甸甸的。

邱紫璇坐在人堆里，脸色暗红。她拎起包，拉住乔乔，悄悄地走了。

“倪小龙，你真有创意！”这是米露露痛哭之后，对倪小龙说的第一句话。

从鸿运来大饭店回来之后，米露露把自己的头蒙进被子里，有声有色地大哭了一场。

羞恼地哭，绝望地哭，气愤地哭，伤感地哭，悲情地哭，痛心地哭，焦虑地哭。

中间还穿插了各种笑。

苦笑，傻笑，疯笑，冷笑，被挠了胳肢窝的笑，看了黑色喜剧的笑，听了郭德纲相声的笑。

未来优质生活的每个情景乃至切真体验，早已渗入米露露的每个细胞，而现在它们却突然蒸腾到空气中，然后被一阵狂风吹散了。米露露觉得自己的血液被抽干殆尽，只剩一个干瘪的躯壳；更严重的是，这戏剧化的体验发生在这里，所以更加烘托得整个过程无比诙谐。米露露感觉在众目睽睽之下被轮奸了，观众里不断有人拍手叫好。

她把无处不在的《完美倪太二十条》一一销毁，边动手边一身身地起鸡皮疙瘩。“以后得低调点。”米露露想。

倪小龙则在外面漫无目的地游走，直到晚上才回家。他没敢再喝酒，只是抽了很多烟，闻起来像个会行走的烟囱。苏羊没在家。她从饭店出来，与其说没追上米露露，不如说是没敢追上米露露。她给倪小龙发了一条短信，说去同学家住了，然后就闪了。

“露露，我挺没用的，对不起。”这是倪小龙回家后，对米露露说的第一句话。

然后他把事情的经过一五一十告诉了米露露。

可现在说什么都没用了。除了丢人之外，这日子也没法过了。

“现在，你打算怎么办吧？”米露露说话硬邦邦的，像块板砖。她已经很久没有这样对倪小龙说过话了，《完美倪太二十条》禁止她这么做，要求她轻声慢语，其鸣莺莺。

“别，别和我离婚，我一定努力。”倪小龙觉察到米露露的变化，有点害怕。

米露露火了，“我是问你打算怎么过！要是离婚倒简单了，我才不问你有什么打算呢！”

“哦……”倪小龙像个犯了错误的孩子，“好好过。”

米露露更火了，说话硬得像钢筋了，“别扯没用的！‘好好过’是什么意思？怎么好好过？马上要还房贷了，可我今天还去订了，订了婚纱照；单位的课时我也减少了一半，所以这个月的工资也要比以前少一半。你什么时候能再就业还不一定呢，对了，这段时间你的花销是哪来的？是不是问别人借的？欠别人多少钱哪？”

“没借没借。”倪小龙低着头抠手指，“洗车行包吃饭，而且离咱们家比较近，我都是走着去的，所以没花什么钱。除了，除了……给你拍婚纱照的钱，有一部分是从信用卡透支的……也不多，三千多块钱。”

“也不多？三千块钱还不多？听说信用卡的利息就不少呢。”米露露继续问，“三千多，三千多是多少？是三千一还是三千九，说准确点！”

“二，二，”倪小龙讨好地冲米露露笑，“三千二。”

“我看你就够二的！”米露露没好气，“再没外债了？”

“没了，真的没了。哦，对了，”倪小龙的头又垂了下去，“提前庆祝的那天，还消费了一千多……”

“你……好，这就是现状，待会儿你算算窟窿有多大。”米露露数学比较差，所以让倪小龙算。米露露吹了口气，稳稳情绪继续说：“你工作的事情，怎么计划？”

“要不我再洗几天车？反正现在也没更好的机会。”倪小龙一本正经地说。

“你，”米露露噎了一下，“行，咱俩一块去洗，然后争取将来开个洗车行！”

“真的？将来自己创业，也是条出路……”倪小龙已经在想做老板的事了。

“创你个鬼啊！”米露露急了，喊了起来，“倪小龙，你真以为你洗车能有前途啊，能不能动动脑子再回答。好赖话都听不出来了，要洗你自己去洗，我才不跟着你丢人呢！”

“洗车不丢人哪，付出劳动赚钱，光明磊落。”倪小龙嘟囔着，“再说了，老板说我是洗得最好的员工呢。”

“倪小龙，你就跟我较劲吧。学的专业是广告，干的行业是广告，自己丢了机会然后就要去洗车，你怎么不去养猪呢！”米露露气得头发都在抖。

“哎，我就是说说而已嘛，别生气了啊。”倪小龙也觉得一直洗车不靠谱。

“能不能跟你们的王总好好说说，争取回去上班？”米露露提议。

倪小龙瞪大眼睛望着米露露，“那不可能，好马不吃回头草。再说让那个李百草管理我，还不如杀了我算了！我看见他就想抽他！”

米露露想想也觉得不合适，万一倪小龙再把人家打了，弄个刑事案件什么的就惨了。

“那其他地方呢？那么多公司就没有一个对口的职位？”米露露问。

倪小龙叹口气，“有是有，但是职位都很低。我做了这么多年，不想再从底层做起了。”

“职位低也可以先做着啊，不是更好脱颖而出吗？难道就这么待着？”米露露觉得让倪小龙赶紧再就业才是重中之重。

倪小龙闭着眼睛开始揪挠头发。他在思考。

他终于给自己抓出了一个奇怪发型。他思考完了。

“露露，我还是想等等。”倪小龙鼓了鼓勇气，“看能不能等到稍微好点的机会。如果再去一个新的地方从头做起，又要耗费时间，而且总想着跳槽的事情，做起事来也不会专注。这样，我再上招聘网站看看……”说完，倪小龙深深地埋下头，很受挫的样子。

米露露突然觉得倪小龙很可怜，她鼻子一酸哭了。

为眼前这个男人哭了。

这个可爱可恨如今又可怜的男人，就是自己相依为命的老公啊！

这个男人不是没有理想，也不是没有才华，但怎么总是把事情搞糟呢？

虽然自己恨不得上去踹他两脚，但他现在的心情应该也很难过吧？

他也想功成名就，让自己享受生活吧？

他没长大不成熟，自己应该也有责任吧？

这个时候难道逼着他去跳楼吗？

此时此刻，除了自己之外，世界上再不会有另外一个人为他操心了吧？

算了算了，谁让他是自己的老公呢。

真跳了楼自己还得收尸呢。

倪小龙见米露露哭了，轻轻走到她身边，把她抱起来，满脸沮丧和内疚。

“宝贝，我错了，我真的知道自己错了，我真的是对不起你，总让你受苦……我……我……”倪小龙哽咽着，憋了好多天的眼泪终于唰唰地奔涌出来，“我真的好难过。”

米露露的眼泪流得更凶了。为倪小龙，也为自己。

半晌，米露露先擦干眼泪，说：“我去做饭了，酒席没吃成，饿了。”

米露露已经想好了，她决定担当一把，自个想办法赚钱，熬过这个小家庭的艰难岁月。

可钱哪有那么好赚的。

米露露上班的地方是一家少儿艺术培训机构，叫花儿艺术中心。米露露专业拔尖，又会跟孩子打交道，所以原本找她学声乐的孩子是最多的。但前一段时间米露露为了照顾家，申请缩减课时，有一半孩子都被转给了其他老师。现在她再想要回来那根本不可能，没有老师会把已经嚼在嘴里的肉吐出来，他们也需要多上几节课，多挣点课时费改善生活。

增加不了课时就赚不到钱，米露露只好遍发简历寻找跳槽机会，想去一个新的培训中心重新开始。

可她太二了。

群发简历的时候，她居然给自己所在的花儿艺术中心又投递了一份，搞得人事经理第一时间就知道了她有二心。吃着碗里的还看着锅里的，这还了得？于是公司不但更不给她增加课时，还断不了找她谈话，净拐弯抹角给她讲故事——古今中外关于忠心耿耿的故事。

就差让她在背上刺字，写上“生是花儿艺术中心的人，死是花儿艺术中心的鬼”了。

“太长了，写不下。”米露露想。

活人哪能让尿憋死，米露露有主意了，做家教。

对于一个有丰富教学经验的声乐老师来说，找份家教的工作倒不是太难。米露露上网发了几遍广告，很快就有了回应。

“哇塞，所有学生的学费加起来，比我现在一个月的工资都高呢！看来真是得走向市场啊。”米露露心花怒放。只可惜是昙花一现。

去第一家，一对双胞胎女孩蹦蹦跳跳地飞了出来。米露露高兴得不得了，俩女孩可爱当然是重要的原因，更重要的是有可能赚到双倍的学费啊！可坐下来一聊才知道，要学声乐的是她们的妈妈。这位妈妈是一位四十出头的女士，戴着黑框眼镜，留了一根长辫子，颇有文艺女青年风范，笑起来的时候脸蛋上还会旋起两个小酒窝。当然了，这也是一位很可爱的妈妈。

不可爱的是，两节课以后，这位妈妈偷偷把米露露叫到厨房，一把抱住她哭了起来，说自己因为家庭生活不幸福，离婚了。哭着哭着突然咬住米露露的嘴唇狂吸，还把半截舌头伸了进去。

米露露差点把中午吃的麻辣烫吐出来。她理解这位大姐，可她真的只喜欢男人。

去第二家，学生是位八十多岁的老爷爷，参加过抗美援朝。

老爷爷精神矍铄，腰杆挺直，双目炯炯有神。他对米露露也好，像是对待自己的孙女。只是他对自己高标准严要求，要与时俱进，让米露露教他当代流行歌曲。其实唱着玩玩也就罢了，比如，好好练练《我的歌声里》《如果没有你》这样的舒缓情歌，唱好了怎么也是个老当益壮的情歌王子。

可老爷爷觉得不过瘾，非要学唱《High 歌》。米露露告诉他唱这首歌很危险，他根本不听，自顾扯开嗓子就喊了一句，对，只喊了一句，老爷爷就 high 着倒下去了——脑血管唱爆了。医生抢救之后总算是没有生命危险，老爷爷也终于日益康复。他又给米露露打过几次电话，米露露是死活也不敢去了。

去第三家，孩子太小，还不到三岁。米露露告诉孩儿他妈：“你先教他说话吧，话说利索了再学唱歌。”

“那可不行，我们要从娃娃抓起。”说着就把两百块钱学费塞给了米露露，米露露的心登时就融化了，觉得孩子他妈真是高瞻远瞩。

可上着上着课，事就来了。

“哇”的一声，小孩突然大哭起来。

“哦，没事没事，他可能拉臭臭了。去拿纸巾和簸箕过来！”孩儿他妈对米露露说。

米露露拿回那些东西，递给孩儿他妈。

“来，帮他把裤子脱了，我哄着他，你给他擦擦屁屁。”孩儿他妈的口吻不容商量。

米露露只好给宝贝擦完了屁屁。

然后接着上课。

过了一会儿，“哇”的一声，小孩又突然大哭起来。孩儿他妈正在厨房里鼓捣着什么，好像脱不开身。

“没事，他可能是饿了！”孩儿他妈喊道，“我现在占着手呢，你先帮我喂喂他！不用真喂，待会儿饭就好了，就让他含着你的乳头就行了，可管用呢！”

“老娘是来当他灵魂工程师的，不是来当奶妈的！”米露露心想，气得头发都竖起来了。

她把两百块钱拍在桌子上，把孩子抱进厨房还给孩儿他妈，头也不回地走了。

米露露最后只找到一个正经八百的学生——八九岁的一个小男孩，虽然五音不全，但就是执着地喜欢唱歌。男孩的父亲是个看上去挺斯文的男人，叫李析。

“小朋友，告诉老师你叫什么名字。”米露露问男孩。

“豪七！”男孩声音响亮。

李析哈哈地笑起来，“豪七是我儿子的小名，很别致吧？”

也许李析是太热爱麻将了。他孙子可以叫双豪七。

别看李析给儿子取名不靠谱，做起事来可是尽在鼓点上。要上课的时候，老早就让豪七做好准备等着米露露上门，学费也从不拖欠，一开始是每节课交一次学费，后来干脆提前交好几节课的学费。更让米露露感动的是，当李析得知米露露的丈夫怀才不遇时，主动提出帮忙，说要帮倪小龙找一份工作。

“世上还是好人多。”米露露感动地想。

而且奇怪的是，当米露露不再心急火燎找学生的时候，学生却陆续找上门来。

越渴望的时候越得不到，放下的时候却总会有意想不到的惊喜。

世界上的事情大体如此。

米露露用前面那几个神神鬼鬼来热身之后，接下来的几个学生都让她很省心。至少是正常人，家长也正常。而且，豪七的课时还从每周一节增加到了每周两节。这些学费加上米露露的工资，有六千多块钱。和她最初计算的一样，确实比原来赚的钱多了不少。

米露露大概算了算家庭的收支状况，还能勉强维持。只是婚纱照的定金是不可能要回来了。拍吧，还得再支付剩余的另一半钱，要两千五百块呢，米露露可舍不得；不拍吧，已经交了一半的钱，打水漂更心疼。米露露只好告诉影楼的客服人员，说老公突然要出差，而且时间不短，要他们通融通融。客服很善解意义，所以婚纱照的事情就这么暂时搁置了。

摇摇欲坠的生活好像又被一根棍儿给及时支住了。

虽然这根棍儿不是很粗。

但它至少遏制了颓势，使生活暂时不再发出嘎巴嘎巴皲裂的声响。

“老公的工作该怎么办呢？希望李析不是忽悠我。”米露露边想边大口吸溜着果冻。今天，她领到了这个月的全部学费，于是决定表彰一下自己。奖品就是果冻。

第九章

失意的老公

早上她出门蜷缩在被窝里，晚上她回家猫在沙发里，精神萎靡胡子拉碴，皮肤捂得越来越白，还时不时开口问她要零花钱的男人。你说他能在干什么？

倪小龙一如既往地没有起色。

看着米露露日益忙碌起来，他越发局促不安，觉得自己越来越像个吃闲饭的，再发展下去就是个吃软饭的。

其间有几个公司约他去面试，可要么是薪水谈不拢，要么是职位太低，要么就是公司规模太小。对于倪小龙来说，总是感觉自己这个精密的零件找不到一部合适的机器能安装上去，而自己却又无法独立运转。

这种感觉是一种高不成低不就，上摸不着天下踩不到地的忐忑。

米露露没有再过问倪小龙找工作的进展，因为没问也看得出来。

一个这样的男人：早上她出门蜷缩在被窝里，晚上她回家猫在沙发里，精神萎靡胡子拉碴，皮肤捂得越来越白，还时不时开口问她要零花钱的男人。你说他能在干什么？

这种人，20 世纪 80 年代被叫做待业青年，21 世纪的现在被叫做失业青年，出了门就是无业游民，是那种可能会严重影响到社会安定团结的不稳定分子。

所以米露露得给他找点事干，帮他释放过剩的精力，以免他上街打砸抢。

“小龙，跟你商量点事。”米露露拿出钱包，数了五百块钱出来，递给倪小龙。

“这……我不要，你上次给我的一百块钱还没花完呢。”倪小龙没好意思要，挺自觉。

“拿着，这不是给你一个人花的。”米露露把钱折了折，塞进倪小龙衬衫兜里，“是给咱们两个人花的。”

“什么意思？”倪小龙没听懂，“说话这么绕，不是你的风格啊，什么叫两个人花的？”

“我的意思是，咱们暂时分分工。”米露露知道这事得讲究方式方法，“最近我在外面的时间多，没时间照顾你，也没时间捯饬家，你来吧。”

倪小龙深深地呼吸了一口气，没说话，把五百块钱掏出来又仔细数了一遍。

“这钱，是多长时间用的？”倪小龙问。

米露露知道倪小龙是默认了。她不指望倪小龙爽快地回答“好吧”，也不希望他贱贱地回答“好耶”，对于倪小龙这个基本没做过家务活，又大男子主义的男人来说，他能沉默接受已经是最好的结果了。

“十天半个月吧。”米露露估摸了一下，然后趁热打铁，“知道该做些什么吧？”

“嗯……”倪小龙皱了下眉头。他当然清楚，当初他要求米露露做的，就是他从现在开始要做的。

出来混，迟早都要还。

米露露当初点灯熬油写就的《完美倪太二十条》，就是以倪小龙提出的各项基本要求为标准，再加上对她的特殊要求组合而成的。特殊要求没必要给人家曝光，因为在情人之间、在那个方面，总会有些两人之间的小小癖好和默契。

米露露才不会告诉你，她喜欢倪小龙穿带有大象鼻子的内裤。倪小龙也不会告诉你，他爆粗口时，喜欢米露露和他激烈对骂呢。

已经透露得够多了，打住。

米露露当然不会把跟这些有关的内容直白地写在纸条上，她会把每个文字的第一个拼音字母抄下来，组成一长串只有自己明白的缩写，以示提醒。苏羊曾经很八卦地抄下这些冗长的字母，然后翻着字典一个一个地寻找对应的汉字。结果工程太大，放弃了。

至于倪小龙提出的各项基本要求，其实是男女生活在一起之后必然要面临的分工问题，不论是遵纪守法地组成一个家庭，还是你情我愿地长期同居，都会遇到——家里雇得起各种婆婆阿姨老妈子，以及戴领结管家的豪门除外。

倪小龙是个大男子主义者，他认为女人就应该对柴米油盐义不容辞，男人就应该对赚钱养家责无旁贷。至于女人的其他方面，倪小龙觉得她只要不是一个与社会脱节的白痴就好。他甚至希望有一天，米露露能成为全职太太，安心地待在家里料理人间烟火，任他在外面的世界信马由缰。

这一天看起来是越来越远了。

从前，倪小龙没有扛起自己的一片天，米露露也没有理由撑起自己的半边天。作为女人，她也需要出去工作，也得早出晚归，所以倪小龙对她的要求只是停留在敢想而不敢言的初级阶段。

倪小龙即将升职的那几天，意气风发牛气冲天，米露露低眉顺眼温良贤淑，所以他不但敢想，还敢畅所欲言，这才有了米露露后来主动减少工作时间，决定回归家庭奉献青春的举措。

现在，倪小龙窝在家里当宅男——不管他是壮志未酬，等着天上掉馅饼，还是他韬光养晦，等着倚剑再战江湖——反正他无事可做已既成事实，而米露露却稳扎稳打，意外地广开财源。都说三十年河东三十年河西，这满打满算也就三十天，两人的位置就发生了翻天覆地的变化。所以啊，牛逼的时候别嘚瑟，苦逼的的时候也别灰心，说不定哪天乞丐就当了皇帝，主人翻身下马就成农奴了呢，可得学着给自己留条后路。

米露露一副事业上升期的良好兆头，倪小龙不是不喜欢这样的兆头——谁不希望自己老婆好啊——他是无法接受这样的兆头。当初他训诫米露露的话语还余音袅袅，现在倒是他自作自受了。

倪小龙才不肯认尿，他一向具有革命的乐观主义精神。想了不到半袋烟的工夫，他就觉得这是一个机遇，一个言传不如身教的历史性机遇。

“你知道日子到底应该怎么过吗？”倪小龙曾经这么质问米露露，“要有章法，做事要有章法你懂吗？家里就这么点事，想好先做什么，后做什么，然后再想想每件事该怎么做到最好，世界上还有比做家务活更简单的事情吗？家政公司的大姐不需要大学学位证书就能上岗吧。”

倪小龙曾经一桩一件地告诉过米露露，应该怎么样让家有个家的样子：

清晨，只要早起床半小时，就能做出一顿像模像样的爱心早点，荷包鸡蛋或者牛奶加白水煮蛋，都只要几分钟的时间——别总像现在这样，灰头土脸地在路边买个一块钱的煎饼，边走边吃边掉渣。太没幸福感。

晚上，下班路过菜市场和超市的时候，顺便买点菜和主食，就能做一顿还算丰盛的晚餐——别总是熬粥、馒头、熟食这老三样。腻味、粗糙，且没有家的温馨感。

吃完饭之后，应该第一时间把碗筷清洗干净，晾干后再分门别类放进碗橱，别总放到下顿要吃饭的时候才现洗现用，不好看也不卫生；脱下来的脏衣服要及时清洗，别等没得穿了，再从脏衣服里面评选出最干净的那件穿上，如此循环往复无穷匮也。大学男生宿舍才这么过呢，家里怎么也得像有个女人的样子吧。

东西——所有的东西，都要归位，不要乱丢乱放。前面曾提到过，米露露把袜子放进果篮、书本放进电冰箱、抱枕胸罩搁在地板上，除此之外，倪小龙还在大衣柜最深处的白色羽绒衣口袋里找到过半个硬邦邦的烤红薯化石，在家门外电表箱里找到了神奇消失的电视机遥控器。大部分情况下，倪小龙不知道要找的东西放在哪里，也不知道一个地方会突然出现什么意外的惊喜。

混乱，无序的混乱。

米露露在这种混乱里生活得如鱼得水，倪小龙生活得晕头转向。

自从苏羊来了以后，这种混乱更是得到了发扬光大。两个女人惺惺相惜的同时，还展开了没有最乱、只有更乱的比赛。

“女人都是这样吗？”倪小龙常常绝望地想，“难道看上去无比清秀干净的邱紫璇也是这样吗？”倪小龙无从知晓，很沮丧。

这些其实都是倪小龙对米露露最基本的要求，要是以为他仅仅停留至此，那可就大错特错了。在倪小龙的理想状态中，米露露除了做到上述条款之外，还应该向具有严重受虐倾向的日本妇女不断学习。比方说，最热衷的运动就是跪着擦地板啦，既活血健身，又能让家里面一尘不染；最崇拜的人当然得是老公啦，所以永远面带龇出八颗牙齿的微笑，毕恭毕敬地照顾周到，鞠躬尽瘁地一直到老；最享受的休闲活动理所应当就是烹饪啦，既能拴住老公的胃，又是一个人热爱生活的最佳体现——如果具有一级厨师的水准，那就表明她热爱生活已经到达了一个全新高度；对卧室里的技巧当然也要有一定造诣啦，最好与AV女优不相上下啦……

日本妇女真是这样的吗？没娶过，不知道。反正日剧里有不少这样的女人晃来晃去，让人对日本男人嫉妒得牙根痒痒。不过这么多的好女人显然是把日本男人惯坏了，不然他们怎么一个比一个浑蛋，总喜欢抢别人家的东西呢？要是小朋友抢别人家的饼干，打打屁股也就算了。可要是成群结队拿着枪，明目张胆地抢别人家财产，就必须将他们“撕拉撕拉滴”了。

不谈畜生，继续说人的事。

不管倪小龙未来对米露露有怎样的期望，现在都是扯淡。他需要先把家里最基本的事情做好。

“这有什么难的？分明就是手到擒来嘛！”倪小龙想，“露露，让你看看老公我是怎么做的，也好堵住你的嘴。将来我东山再起的时候，你也就知道自己该怎么做了。”

倪小龙决定改变现状，扭转歪风，树立一个崭新的行业标准。

结果出乎意料，一上来他就演砸了。

米露露和苏羊起床洗漱完毕，足足等了十多分钟，也没吃上倪小龙做的荷包蛋。

“今天公司要开很重要的会，所以我必须得走了。”米露露终于等不及，果断地向煎饼摊奔去了。

“表哥，公司打卡很严格你是知道的，所以我必须得走了。”苏羊也果断地追随米露露而去了。

“意外，意外，纯属意外。”倪小龙嘀嘀咕咕，独自嘴硬着。

原因是这样的，闹钟哇啦哇啦已经开始唱第二遍了，倪小龙还是没起床。唱响第一遍的时候，他根本就没想起来自己的神圣职责，还一直在纳闷：“哎？闹钟怎么比平时响得早呢？”他伸手摁掉响铃，眯缝着眼睛看了看，“比平时早响半小时！米露露肯定是上错时间了，这粗心媳妇！”他翻身又睡了。

闹钟唱第二遍，忍了很久的米露露才一字一顿地问：“是谁说今天要给我们做早餐呢？”

倪小龙一激灵，这才想起来自己的承诺。他慌忙翻身下床，却又故作从容地说：“别急，一切尽在掌握。我心里有数，掐着时间呢。”

倪小龙接了一小锅水放在灶台上，伸手拧了一下打火；紧接着从冰箱里挑了两个最大的鸡蛋，放在一边备用；然后拿出两个空碗，分别在碗里放了些酱油、醋、咸盐、鸡精，还洒了几滴香油；最后他突然想起了什么，又找出一根小葱，当当当切了一些葱花放进碗里，然后他就去洗手间便便去了。

“要学会时间的统筹。便便完，水正好烧开。”倪小龙对自己的干练很满意。

“来吧，准备热热乎乎地吃！”倪小龙从洗手间出来，招呼米露露和苏羊。

两个女人满怀期待地站在灶台边的时候，倪小龙有点晕场。

水木有开。

他只拧了灶台上的打火，没开煤气的总开关。

“我先去洗漱。”米露露有点失望，但还是要给老公面子。

“我需要化点妆。”苏羊也很乖巧。

“嘿，嘿……呵呵呵。”倪小龙慌忙打开总开关，“呵呵呵，马上，很快的！”

两个女人再次站在灶台前的时候，水还是木有开。

而倪小龙正紧盯着某个点发呆，努力地在跟非要闭合的眼皮作斗争。

“什么声音？！什么味道？！”米露露一嗓子吓醒了倪小龙。

灶台上的煤气嘶嘶作响，没有火苗。刚才倪小龙开了煤气总开关之后，忘了重新打火！

“嘿，呵呵呵……”倪小龙伸手就要拧打火。

“别动！”米露露大喝一声，“会爆炸！”说完一把推开倪小龙，“啪”地拧掉煤气开关，然后飞也似的打开厨房窗户，紧接着又把屋里其他的窗户一一打开。

苏羊都看傻了。她惊恐地摸着自己的脸，脑袋里全是火灾中被毁容的各种恐怖画面。

“这，这……你看我，呵呵。”倪小龙瞠目结舌地望着米露露，拼命地搔脑袋找原因，“我，主要是我太瞌睡了……”

“多危险啊！”米露露惊魂未定。

“多恐怖啊！”苏羊火上浇油。

“其实也没事，这种情况我也知道要先关掉煤气的。”倪小龙还嘴硬。

米露露看看表，“我得走了。”

“别别，就五分钟，五分钟……你们，你们能等吗？”演出以这样的方式开场，倪小龙还是有点无法接受。

苏羊舔舔嘴，她是真饿了。

“好吧，如果再不行，我……”米露露翻翻眼睛，抄起了手。

“不可能不行，刚才都只是意外。”倪小龙打断米露露，伸手拧开煤气，然后打着了火。

米露露背上包，穿好衣服鞋子，准备吃完就立刻开拔。

苏羊觉得很有道理，也模仿米露露如法炮制。

水终于开了。

倪小龙左手抄起一个笊篱放进锅里，右手抓起一个大鸡蛋，在锅沿上轻轻一磕，动作很熟练的样子。

“把鸡蛋打在笊篱里，它就不会被水花冲散，知道吗？一个标准的荷包蛋马上就诞生了！瞧好吧！”倪小龙边说，握着鸡蛋的右手边用力一挤。

“哇呀！”倪小龙疼得大叫一声。

“哎呀！”米露露也疼得大叫一声。

“妈呀！”苏羊被两个人吓得一声大叫。

一个已经煮熟了的鸡蛋脱壳而出，翻滚着扎进了锅里，锅里瞬间爆起一个大水花。

鸡蛋采用的动作是409C，向内翻腾四周半抱膝，难度系数4.1。

滚烫的水花把小两口都烫着了。

“老婆你没事吧？”倪小龙抓起米露露的手就在水管子下面冲，边冲边纳闷，“怎么会是熟鸡蛋啊？”

“好疼……”米露露皱着眉头，“你忘了呀，你想吃腌鸡蛋，前天不是自己刚买了几个嘛！”

“对，对，是。露露，不疼了吧？”倪小龙心疼地握着米露露的手，脸比红旗还红。

“算了算了，没事。”米露露拉开房门，“今天公司要开很重要的会，所以我必须得走了！”

“表哥，公司打卡很严格你是知道的，所以我必须得走了。”苏羊也走了，肚子饿得咩咩直叫。

“这纯属意外，意外。”米露露走了很久，倪小龙还在不住地安慰自己。

嘈杂的早晨渐渐安静下来，院子里有不少老人面朝着太阳，正小心翼翼地转着腰，伸着腿，摇着脖颈。几个年轻的女人点缀其中，有的怀里抱着婴儿，正旁若无人地给孩子喂奶，有的推着小童车散步，自顾对着车里的娃娃做鬼脸。

倪小龙扒在窗户上，冲楼下东瞅瞅西望望。他突然觉得，按照一个年富力强男人的作息时间表，自己其实是看到了本不该看到的东西。可与此同时，他的心居然慢慢沉静下来，觉得这幅画面虽然无聊得要命，却又祥和得动人。

“啧啧啧，与世无争的感觉真好。”倪小龙想，“这才是生活啊。你看那些老人，辛辛苦苦干了一辈子革命工作，这下可轻松了。再不用和其他人头破血流地争名逐利；不用早出晚归，累得跟傻子似的还要看领导脸色；不用处心积虑地和同事们搞好关系，表面上互相吹捧背地里拼命拆台；既然都不用上班了，所以当然也不用操心被开除，以及开除了还要到处找工作的事情……啧啧啧，老了真好……”

倪小龙转念又一想：“嗯？不对。老人也有年轻的时候哇，都是从我这个岁数过来的。他们年轻的时候也得上班吧？……废话，肯定得上班，不上班喝西北风哪。而且他们那一辈人，打仗、上山、下乡、饥荒、“文革”……哎哟哟，怎么挺过来的啊？不太容易……嗯，是太不容易！风风雨雨一辈子，才能熬到现在享清福……不好不好，老了不好，还是年轻好。”

倪小龙羡慕地望着正在吃奶的婴儿，“还是年轻好，而且是岁数越小越好。看这个小屁孩美得，话都还不会说呢吧，衣来伸手奶来张口，有爸爸妈妈外公外婆照顾着，不用操心房贷生活费，不用担心吃了上顿没下顿。最幸福的是他没有老板，也不用哭着喊着求别人给他当老板，他本身就是老板啊！……但他长大了也得上班吧？……废话，肯定得上班！上班之前还得上学呢。上学可真是太可怕了，每天天不亮就得起床，天不黑绝不能回家，三天一大考五天一小考，在学校里只要是个老师就能训自己，上体育课还得往死里跑一千米……就算这些都熬过去了，等待他的是神马呢？是上班啊！上了班还得攒钱结婚，然后接下来就是忍受着老婆的数落，每个月撅着屁股辛苦地还房贷……不好不好，小孩不好。”

“人活一世，就是来受苦的。”倪小龙想，“谁让自己是肉体凡胎呢。还是珍惜眼前的一切，抓紧时间来证明自己曾经存在过吧。”

眼前需要倪小龙证明的是，他能把家务做好。

家务做好了，就证明他白天在家里存在过，米露露的老公存在过，一个对家庭没有贡献的人没存在过。

于是倪小龙决定把家收拾收拾。

家不大，两室一厅外带厨房和阳台，可他突然有点发蒙，不知道该从哪里下手。

“别急，要有条理。先做什么，后做什么，想好了再做。”倪小龙提醒自己。

他运筹帷幄了很长时间，还是觉得应该先把地板弄弄干净。

他找了一块抹布，跪在地上开始擦洗地板。“这样地板才能干净，像米露露那样用拖把划来划去的，怎么能行呢。”倪小龙想，“要做就要做到最好。”为了做到最好，他还使用了洗洁精。

地板终于擦完了。说良心话，真他妈的干净，干净得像是用舌头舔过一样。

倪小龙擦擦汗，认为自己已经在擦地板这个项目上树立了标准。

然后他开始擦窗台和桌子。窗台和桌子上有不少花花草草，倪小龙小心翼翼地绕开它们，生怕磕了碰了。

“有不少灰尘呢，这些死角貌似几年都没擦过啊……做家务真是得像我这么细心才行。”倪小龙想，“还是得我出手，老将一出手，就知有没有。”

但擦着擦着他突然发觉不对：窗台和桌上的灰尘都被划拉到干净的地板上了，即使再小心也避免不了。地板脏了，不像被舌头舔过的那样了。

“待会儿再清理一下就行了。”倪小龙想。

终于，窗台和所有桌子柜子都被擦洗了一遍，在阳光中散发着湿润的光泽。倪小龙感觉心旷神怡，满意地蹲在地上耷拉着舌头喘气。还是那句良心话，真他妈的干净，干净得像是用舌头舔过一样。

可地板却彻底没法看了。掉落到地板上的灰尘和水渍和了泥，加上倪小龙又走来走去地踩了 N 脚，满地尽是花里胡哨的脚印，比原先还脏。

“不是吧？！”倪小龙握着拳头拼命发了发狠，又去厕所里抽了一根事后烟，总算平息了自己的情绪。

他重整旗鼓，把地板又舔了一遍。

窗台、桌子和地板是最大的工程，所以最费劲的任务已经被攻克了。

屋里窗明几净，花花草草尽情舒展着自己的枝叶。它们也有生命，它们也喜欢干净。

“乖乖们，给你们喝点水。”倪小龙端起晒好的水开始浇花。“喝了水好好给我长，多多给我开花，啊。”

花儿们投入地喝着水，很精神的样子，好像在说：“Yes，sir！”

“来来来，都有都有！”倪小龙慷慨地浇着水，自言自语，“浇花一定要浇透，这样才行。”

浇完花，倪小龙往椅子上一坐，开始阶段性检阅自己的工作。

“地板，都一尺一尺地擦干净了；所有窗台和桌子，都一寸一寸地抹过了；植物们，都一盆一盆地浇过水了……啊！……”倪小龙突然叫了起来，“我的乖乖！”边叫边手忙脚乱地找到一块抹布，然后飞奔到窗台边。

窗台上有水在漫延，水已经汇聚成一条小溪，小溪裹挟着黑乎乎的泥土，正从窗台上滴滴答答地流下来，无情地流到像是被舌头舔过一样的地板上。

倪小龙一边不停地骂着，一边拼命擦水，可水源源不断根本擦不干净，自顾从花盆下边的漏水孔汩汩地往外冒。花盆下面虽然有接水的小盘子作为底座，但小盘子太浅，根本蓄不了多少水——刚才他生怕给花儿浇不透水，于是撒开了把水往花盆里倒，而泥土往下渗水需要时间，倪小龙没想到这一点，只觉得漏水孔没排水就是水还没有倒够。

现在倪小龙知道花儿都浇透了。今年估计都不用浇水了。

他还知道窗台搞脏了，冒出来的水和肥沃的土壤和泥了。

大家都知道泥水流地板上了，地板又不像被舌头舔过的那样了。

大家和倪小龙不知道的是，这不仅仅是局部现象。

屋里其他摆放有植物的窗台和桌子，重点是桌子，现在已经全都变成湿地了！

桌子上有电脑、书本、插座、饼干、手机、瓜子……什么都有，它们都不喜欢被泡在水里。

倪小龙清理完战场，已经是下午了。他没吃午饭，没心情也没时间。但总得吃点东西吧，于是他把泡成一摊的几块饼干吃了，这种饼干很软很好消化；他还把泡软的瓜子吃了，软绵绵的瓜子嗑起来不但不费牙齿，还别有一番滋味在心头。

吃完下午茶，倪小龙决定去附近的小超市买点菜。

“这个时间段应该不错，老人们为了能买到打折的东西，一般喜欢晚些时候去超市；年轻人这时候还没下班，所以一来超市不拥挤，二来不太容易碰到熟人。”倪小龙想。

想着想着他就来到了超市，一进超市就碰上了邱紫璇。

“小龙，你好。”邱紫璇主动向倪小龙打招呼。

“呃，紫璇……”倪小龙觉得自己的判断力有很大问题。

他注意到邱紫璇对自己称呼的变化，不过这样的称呼听起来倒是让人踏实。

“我，我来买点东西，晚上我做饭。”倪小龙很诚实。

“我，我也来买点东西。”邱紫璇也很诚实。她推着一辆购物车，购物车里放着花花绿绿的商品。

“回头见。”倪小龙说。

“再见。”邱紫璇说。

两人迈开脚步各自要走，却发现路线一致。

“我去买点蔬菜。”倪小龙指一指前方。

“哦……我也是。”邱紫璇笑了。

“那一块儿吧。”倪小龙躲不了了。

两人默默地走着。

倪小龙拉过邱紫璇的购物车，很绅士地帮她推着。

“乔乔呢？”倪小龙想了半天，终于找到一个话题。

“在家。”邱紫璇答。回答太简短，以至于让倪小龙扯不出更多可以聊天的线索。

“哦，他爸爸带着呢吧。”倪小龙没话找话。

“嗯……”邱紫璇的脸唰的一下红了。倪小龙不理解她的脸蛋为什么这样红。

“没，没有。”邱紫璇目光移向别处，仿佛鼓了很大勇气，“乔乔没爸爸。”

倪小龙一愣，“对不起，我，我不该问……哎，猪肉现在多少钱一斤？”

话题跨度有点大，邱紫璇没反应过来。

“嗯？……标签上应该有。”邱紫璇想笑没笑出来，又憋回去了。

“哈，哈哈哈。”倪小龙自己笑了起来，“好像跨度是大了点。”

“你一个人带着乔乔？”倪小龙觉得无厘头不是任何时候都能用的，于是正儿八经继续问。

“嗯。”邱紫璇的脸不红了，变得有点白，“是的。”

“那怎么不把乔乔带出来，一个孩子在家多闷啊。”倪小龙觉得不能再问人家老公的事情了。一个单身女人带着个四五岁的孩子独自居住，肯定有着不为人知的伤心故事。还是关心关心孩子吧。

“不用。”邱紫璇对这个话题同样不感冒，“他自己会玩。”

“哦，刚才那边的标签真逗！”倪小龙知趣，开始聊别的，“标签上面写着：所有水果，中国人打 8.8 折，日本人打骨折。”

“呵，呵呵。”邱紫璇噗的一声笑了出来，边笑边四下张望，“在哪呢？”

“哈，我逗你玩呢，网上看的！”倪小龙也笑，笑着笑着就笑不起来了。

因为凌雪正冲他笑呢，就站在几步开外。

“哟，倪总，这么巧。”凌雪边说边一扭一扭地走了过来。个把月没见，她的发髻更高了。

“来买菜呀，男人们可都应该向您学习呢，家里家外一把手啊。”凌雪夸张地说。

倪小龙没吱声。

“凌雪？好久没见你了。”邱紫璇有点不自然。

“原来是紫璇呀，我和我们家大牛去法国度蜜月了，你怎么……”凌雪的眼神快速在邱紫璇和倪小龙身上切换了几个来回，意思是：“邱紫璇怎么跟他这种人在一起，也不嫌掉价？他俩到底是啥关系？”

邱紫璇脸又红了。

“碰上了。”倪小龙赶紧解释，“今晚我给老婆做饭，所以就来买菜，来的时候紫璇已经先在这里了，就这样碰上了。我们正在聊关于水果的话题。”

倪小龙解释得非常到位，到位得此地无银三百两。

“哦……我说呢，”凌雪故意恍然大悟似的点点头，“原来倪总和我们一样是家庭主妇呢，哦，不，应该叫做‘家庭煮夫’才对。也是啊，在外面工作好累的，像是洗车这样的工作就更是累呢，不如待在家里做做饭美美容，照顾好老公，哦，不，对于倪总您来说应该是照顾好老婆才对，是不是，啊？米露露很能干呢，大学的时候就出色，谁娶了她是谁的福气呢！哈哈。”

倪小龙的脸色越来越难看。

邱紫璇的脸色越来越红。

两人都假装看陈列架上的蔬菜，边看边移动脚步，很默契地走开了，把凌雪甩在身后。

“哎，哎……哼。”凌雪抬起下颌，轻蔑地撇撇嘴，小声嘟囔，“连工作都没有的臭男人，花花肠子还挺多。不过像紫璇这么寂寞的女人，一个人也真是守不住呢。真可怜！”说着就挺胸撅屁股地走了。

“紫璇，前一段时间我真是太糗了，不过听起来会很有趣。”倪小龙清了清嗓子。

“是吗。”邱紫璇莞尔一笑，把一只手臂抱在胸前，让另一只手臂托住脸颊，表示她准备倾听。

“其实我不是存心要骗你们的，只是在广告公司的工作出了意外，一切都太突然了……”接下来，倪小龙把他前一阵子的经历告诉了邱紫璇。

倪小龙夹叙夹议，讲得有声有色。不像一个失业的男人在倾诉自己的挫折，倒像是在讲述梦游仙踪的奇幻旅程。

邱紫璇点头或者摇头，微笑或者大笑，觉得把它当成郭德纲说评书更恰当。

一个悲催的故事，两人却都很愉快的样子。

邱紫璇一开始不好意思笑，她担心倪小龙误会自己是在嘲笑他。是倪小龙神气活现的表演将她带入了一个疑似单口相声的气场，于是一切都变得自然而然。在她的记忆中，好像很久都没这么笑过了。而且发自内心的笑，好像不会导致脸红呢。

“所以，这一切结束之后，我就来超市买菜了。”倪小龙为自己的相声表演画上句号。

“呵呵呵，你倒是很乐观。”邱紫璇意犹未尽。

“我现在穷得只剩下乐观和时间了。”倪小龙又变得垂头丧气起来。

“千万别这么想。”邱紫璇摇摇头，给了倪小龙一个鼓励的眼神，声音像泉水般缓缓流动，“其实我也不知道什么叫做成功，但一本书上说，想要成功的话，先要有乐观的态度，然后需要一些时间来总结以前，同时来准备以后。你看，成功需要的这两样东西，你现在都有了，所以应该高兴才对的。”

一股温暖的春风扑面而来，倪小龙分明感觉到自己的发梢在微微拂动。

“你说邱紫璇说话怎么就让人这么舒服呢。”倪小龙想，“平时看不出来哪，本以为她不善言辞呢，说起话来居然一套一套的。”

“其实，在凌雪的婚礼前，我就知道你洗车的事情了。有一天我路过洗车行，看到你在洗车……我猜想可能是你的工作出了一点状况……后来，凌雪给我打过电话……”邱紫璇觉察到倪小龙眼中掠过一丝尴尬，赶紧接着说，“我那天没有进洗车行，是觉得你可能还没做好准备，没做好准备让我知道。我想有一天，你可能会主动告诉我发生了什么，所以……”

“是的是的，我是打算告诉你，可还没来得及，凌雪就先说了……”倪小龙真想冲邱紫璇说：“你真是个善解人意的女人！”想了想又把这句话咽下去了。

“去洗车，其实不是什么丢人的事情。这么做证明你能放得下自己，没有多少人能做到的。”邱紫璇继续说，“你应该不会一直去洗车，可能是暂时需要它来过渡一段时间。公司里的事情，虽然最后你没能抓住那次机会，可至少证明了你有很强的能力。有时候得不到，可能倒是件好的事情。如果一个人有足够的耐心，走着走着，可能会碰到一份更大的礼物。”

倪小龙浑身暖洋洋的，每个毛孔都沐浴着阳光。

他脑海当中突然闪现出一幅画面：田径场上，一个运动员正在做热身运动，每块肌肉都绷得鼓胀胀的，一看就是蓄积了很多能量的样子。刚才 200 米比赛的时候，这名运动员因为犯规被罚下场，但此刻他已经把那片阴霾抛到脑后，准备接下来马上就要进行的百米比赛了……

“未来有很多的事情要做，眼前的事情也有不少。我想，可能把手边的事情一件一件地都处理好了，也就一步一步地接近你想要的东西了。”邱紫璇把目光轻轻划向倪小龙，又轻轻划开，眼波流转大概就是这个样子。

“哦，哦。”倪小龙答应着。不知怎么的，他脑海里那名摩拳擦掌的运动员，突然就从手上变出一颗土豆，很滑稽的样子。

“是啊是啊，是得做好眼前的事。”倪小龙低头一看，一颗土豆不知什么时候已被自己握在手里，而他正一副跃跃欲试的样子自顾发着狠。

“哈，谢谢你紫璇。你这番话就像，就像给我打了一针鸡血。”倪小龙找不到更恰当的比喻了，“而且你说得对，要想获得未来，就得先做好眼前的事情，所以今天晚上我就先从它开始！”倪小龙晃晃手中的土豆，然后拿起一个塑料袋，想要把土豆装起来。

邱紫璇笑：“别急，可能换一颗土豆作为开始比较好。你瞧，这颗土豆不是很圆，不好削皮，这还是其次，关键是它发了芽，会有毒素的。”

“哦，是吗？”倪小龙没想到挑土豆还有学问，迫不及待地说，“快给我讲讲。”

接下来，邱紫璇给倪小龙扎扎实实上了一节关于如何挑选蔬菜的课。

课堂内容十分丰富，白菜、茄子、苦瓜等，凡是经常吃到的蔬菜均有涉猎。

“你这么成功，怎么还这么会做家务？”倪小龙帮邱紫璇把买的东西放进汽车后备厢，不解地问。

“成功？你是第一个说我成功的人，别开我玩笑了。”邱紫璇的眼睛划过一抹忧伤。

“没，真没拿你开玩笑。你看你的车，奥迪呢！而且你好像还有大把的时间，你的职业是……”倪小龙终于忍不住自己的好奇。

“我，其实我没有工作的。”邱紫璇笑得有点尴尬。

“小三？二奶？”倪小龙心里想，张了张嘴没说话。

“不，我不是。”邱紫璇看穿了倪小龙的心思。这是一个会读心术的女人。

“没，没，我也没说你是小三，”倪小龙脱口而出，“或者二奶。”

说完他就后悔了。

倪小龙狠狠打了自己嘴巴一下：“你看我，想什么说什么！”

越描越黑。

邱紫璇笑笑，表示不介意：“这不怪你，经常被误会也就慢慢习惯了。以后有机会的话，再慢慢告诉你……上车吧，正好可以一起回去。”

“不了，在家里憋了一天，正好出来走走，就当放放风。”倪小龙盖好汽车后备厢，又帮邱紫璇拉开车门，“我有时候说话不经过大脑，你千万别介意。”

“不会的，相反，和你讲话一点都不累，不用绕圈子的。感谢你今天给我讲的单口相声，不过要是别人的故事就更完美了。”邱紫璇坐进车里，翻起大眼睛看着倪小龙，嘴角荡漾着微笑。

“哈哈，我原来以为你不怎么爱说话呢，今天才发现你话也不比我少，而且讲得还蛮有哲理的。谢谢你今天对我说过的话，我会记住，当然也包括怎么挑选土豆！走吧，各回各家，回头见。”倪小龙做了一个再见的手势。

邱紫璇冲倪小龙优雅点头的同时，白色奥迪也优雅地缓缓开出去。邱紫璇偷偷地瞟了一眼后视镜，倪小龙正龇着牙冲她挥手呢。她慌忙把视线挪开，踩下油门。

直到汽车成了一个小白点，倪小龙才拖起自己的车往家里走去。

他的车是一辆可以折叠可以爬楼的蓝布印花小购物车，菜市场里大爷大妈人手一辆的那种车。这车彰显着他是一个以家庭为中心的好男人。

“紫璇说得对，先要把眼前的事情做好。”好男人想，“家里是收拾过了，但衣服还没洗，饭还没做。洗衣机洗着衣服的时候，我可以做饭。”好男人依然很强调时间的统筹安排。

倪小龙把一大堆衣服抱到洗衣机旁边，开始分类。

“露露洗衣服最容易犯的错误就是染色，所以我绝不能步她的后尘！”倪小龙边按照颜色分类，边自言自语，“我最喜欢的那件白T恤，就是胸前印着一行英文字母的那件——那英文是什么意思来着？好像始终没整明白哈，反正我就是最喜欢——穿上它吧，就有点白马王子那意思……嘿嘿，可喜欢着喜欢着，就被染成粉色了，还是那种嫩嫩的粉！结果就被米露露穿了……还有我所有的白袜子！现在其实我已经没有白袜子了，全都瓦蓝瓦蓝的，和牛仔裤一个色……你说这败家媳妇，真是的……”

倪小龙把衣服分成两堆，先把其中一堆使劲塞进了洗衣机，然后盖好盖，“这部分衣服都不会掉色。”他嘀咕着。

接下来，倪小龙发现一个问题，他不会用洗衣机。

这是一个波轮单筒全自动洗衣机，操作面板上密密麻麻布满按钮，倪小龙不知道该摁哪个。这时候他才想起来，自打洗衣机买回来之后，自己就完全没碰过它。

“嘿，考我啊？”倪小龙试探性地摁了几个钮，洗衣机没反应。

他只好翻箱倒柜开始找说明书。

有米露露这样的败家媳妇制造混乱生活，一个三年前买的洗衣机，怎么还可能找得到它的说明书？

倪小龙拿出手机想给米露露打电话，刚要拨出去，又把手指缩了回来：“这还不给她笑话死，换个老师问问。”

电话通了。

“你好，小龙。”邱紫璇的声音柔柔飘进倪小龙的耳朵。上次倪小龙帮邱紫璇把乔乔送到医院的时候，两人就相互存了手机号码。

“喂，紫璇老师。”倪小龙突然感到很踏实。

“呵呵，我什么时候变成你的老师了，又拿我开玩笑呢。”邱紫璇笑了起来，声音在电话里听起来很性感。

“就刚才啊，教我买菜的时候你就已经是我的老师了，以后我就这么称呼你。”

“哈，好的，倪小龙同学，有什么问题？”

倪小龙把洗衣机的事情向邱紫璇汇报了一遍。

“好的，小龙同学，别急，按照我的提示来……”邱紫璇在电话里一步一步地遥控倪小龙。

“谢谢紫璇老师。”倪小龙挂掉电话，忽然闪过一个想法：世界上最有乐趣的事情，原来就是和美女老师探讨如何做家务活啊。

“想什么呢！”倪小龙赶紧喝住自己，以避免思维天马行空之后，整个天空布满邪恶的想法。

倪小龙望着转动的洗衣机，突然觉得有点问题，“它们是不会相互串色了，但把白色的裤子、背心、衬衫、袜子、胸罩、内裤和鞋子放在一起是不是有点过分了呢？……也只好先这样了，世界上哪有那么完美的事情。”倪小龙很快找到了让自己解脱的办法。

好男人接下来打算煮点小米粥，炒两个家常菜：一个醋熘土豆丝，一个清炒西蓝花。然后切一根蒜肠了事。不是好男人喜欢吃这些食物，是因为他折腾了一天，累了。

土豆丝看似好做，但炒着炒着倪小龙就发现不对劲。

土豆丝粗粗细细——粗的有竖起来的中指那么粗，细的有一根粉丝那么细——土豆丝们已经下锅就先不说了，重点是这些硬邦邦的丝逐渐变成了黏糊糊的面条，这和倪小龙见过的吃过的以及刚才想象过的可不一样。他搞不懂究竟发生了什么，带着满腹疑惑把一盘糨糊铲进了盘子里。

“至少味道很像醋熘土豆丝，”倪小龙想，“她们如果问我，我就说是醋烧土豆泥。”

蒜蓉西蓝花也没给倪小龙长脸。

出锅的时候，它们黑黑的、软软的，像是一泡或者说是一摊和拉肚子有关的物质。

“营养成分应该还在，暂时就叫它便便西蓝花吧。”倪小龙想，“人不可貌相，其他东西也一样，不要华而不实。”

煮小米粥的时候，锅溢了倒不算什么大事。加上倪小龙本身就一直在事发现场忙活，所以及时制止了一场小悲剧的发生。

但洗衣机也溢了。

倪小龙去上洗手间，脚下一滑飞出去的时候，他还没搞懂到底发生了什么。等他湿漉漉地坐起来，这才发现洗手间很美。像白茫茫的圣诞节那么美。

整个洗手间铺天盖地全是白色泡沫，像是童话中的宫殿——圣诞老人和雪孩子就应该住在这样的地方，什么？不搭嘎？爷俩合租不行啊——洗衣机依然从盖子的缝隙中不断涌出泡沫有木有，倪小龙在泡沫中坐着，瞪着两只匪夷所思的眼睛，很傻很天真呢。

他刚才确实是按照邱紫璇的指挥做的，可是他中间有两秒的走神，只顾被邱紫璇的声音陶醉了，所以把几乎一整袋超值大包装洗衣粉都倒进了洗衣机，于是就制造了这场风花雪月。

倪小龙很分裂。他带着在坚冰上摔了屁股墩的恼火，和儿时在雪地里打雪仗的快乐，想尽快清理掉犯罪现场的一切蛛丝马迹。

这时候米露露回来了。

米露露很幸运，没有错过见证奇迹的时刻。

要是搁在往常，米露露肯定会笑到浑身抽筋，然后噼里啪啦地好好损损倪小龙，可今天她没兴致。米露露勉强咧了咧大嘴，却没有发出任何声音，然后就转身去厨房了。

她愁眉苦脸地研究了一下倪小龙研制的醋烧土豆泥和便便西蓝花，又无声地咧了咧大嘴，回卧室躺着去了。

“我有点累，先休息一下。”这是米露露关上卧室房门时候对倪小龙说的话。

“哦，待会儿起来吃饭！今天又是咱们两个人，苏羊不回来吃。”倪小龙说。

苏羊早在下午的时候就给倪小龙发了短信，说晚上有饭局。她很明智地躲过了那两道菜——再重复一遍过过瘾，醋烧土豆泥！便便西蓝花！

“这孩子，最近在搞什么鬼。”倪小龙想，“一个破文秘，谁整天请她吃饭啊。”

这段时间以来，苏羊经常不在家里吃饭，而且总是躲在房间里偷偷煲电话粥。有好几次，手机铃声一响，苏羊就神色慌张地溜回自己房间，然后把房门插好，一待至少就是一小时。

苏羊才不会主动告诉倪小龙：是李百草请她吃饭、是李百草在和她煲电话粥、李百草已经成为了第五个吻过她的男人、李百草和她已经开过房了，就是公司旁边两百块钱三小时的钟点房。

米露露也不会主动告诉倪小龙：她今天很不快乐。是豪七那孩子他爸李析让她不快乐，李析根本就没打算给倪小龙介绍工作，人家本来就没有这个义务，所以也就啥也不说了。李析今天居然告诉她自己离婚多年，豪七需要一个像米露露这样的妈妈，他自己也不拒绝有米露露这样一个老婆。豪七那孩子很可爱很可怜她很喜欢，可是李析说这样的话她不知道该怎么办。她已经提前收了学费本来想退给李析从此不给豪七代课了，可是豪七哇哇大哭哭得很伤心，她至少还要给豪七上八节课才能把人家已经交了的学费上完。未来一个月的八节课可怎么熬啊怎么熬？熬完八节课解脱之后，从此就失去了这个最大的客户。每月要少赚一千两百块啊一千两百块！

米露露很累，就像看完上面的文字那么累。

她没心情吃饭，休息了一会儿之后，只喝了一碗倪小龙熬的小米粥，然后就昏昏地睡过去了。倪小龙忙活了一天，也就小米粥还算能见人。

“居然也吃上老公做的饭了，真好。”米露露喝完粥之后对倪小龙说。

“喜欢的话就天天给你做。”倪小龙突然想起洗车行老板告诉他“女人要哄”，赶紧学以致用。说完之后他就后悔了，这辈子真就打算这样了？

“别。”米露露疲惫地往卧室走去，边走边说，“我很期待咱俩再换回来的那天……”

她躺在床上，脑袋里有无数碎嘴子小鸟在飞，叽叽喳喳吵个不停。

今天一天，把公司的课和在外面当家教的课算在一起，米露露一共上了八节课，每节课一小时。每节课上，她都要哔哔哔哔地说话，叮当叮当弹琴，哇啦哇啦唱歌，脑子不乱才怪。

“坚持给豪七上完这个月的课，这钱想赚也不能再赚了，省得纠缠。”这是米露露进入梦乡之前的最后一个念头。

也不知道苏羊是半夜几点才回来的。反正她早上站在灶台边等荷包蛋的时候，居然看上去一点也不困，而且还没有黑眼圈。这就是爱情和年轻的力量。

两个女人今天终于吃上了荷包蛋。

谢天谢地，祝贺倪小龙成功！耶！

倪小龙看着两个女人吃自己做的早点，看着看着就突然找到了当爸爸的感觉，一种幸福感油然而生。“小时候上学，爸爸早上起来给自己做早点，应该就是类似这样的心态吧。”倪小龙想。

爸爸越看其中一个女儿越觉得她太让人操心。

“昨晚干吗去了？那么晚才回家，真叫人担心。”倪小龙对苏羊说。

“先吃饭后 K 歌啦，新来的同事过生日，她好热情的，大家都去捧场喽。”苏羊背了一遍早就编好的谎话。

“男同事还是女同事？李百草去了没？”倪小龙继续问。

“哎呀，女孩子啦。李百草没有去，同事根本没有邀请他。”苏羊准备得很充分。

“嗯，以后别玩那么晚，如果非要那么晚，你给我打个电话，我去接你。大姨把你放在我这，我得对你负责任。再说了，你……”倪小龙唠唠叨叨，没完没了。

“行了行了，你什么时候变成唐僧了。”米露露觉得倪小龙以前好像没这么磨叽。

倪小龙闭嘴了，两个女人也吃完饭了。

“洗手间有我换下来的衣服，抽空帮忙洗洗，谢谢哦。”米露露冲倪小龙眨眨眼睛，上班去了。

苏羊也抱着一堆衣服鬼鬼祟祟进了洗手间，她把自己的衣服和米露露的衣服混在一起，心满意足地出来了。

“表哥，我也有点脏衣服，给嫂子洗的时候，顺便也给我洗洗嘛，谢谢哦。”苏羊冲倪小龙可爱地一笑，也上班去了。

倪小龙走进洗手间，冲着那堆脏衣服发呆。

“哎，这样也行啊！”倪小龙拎起其中一件，“还把不把我当成个男人了？！”

两个女人的脏衣服混在一起，虽然很多，但好在只有两种：一种是胸罩，一种是内裤。

一个是从小看到大的妹妹，一个是从上到下摸过一千遍的老婆。倪小龙忍了。

第十章

时来运转

世界上最有乐趣的事情，不是和美女老师探讨如何做家务活了，而应该是和美女人力资源主管探讨上岗再就业的事情。

做好眼前的事情，就能得到不远处的大礼物。邱紫璇这个老师没有白当，说的就是有道理。这不，倪小龙忍着忍着，好事就来了。

忍了若干天之后，一个陌生的电话打进了倪小龙的手机。前提是已经很久没有人给他打过电话了。

“喂，你好。”倪小龙有预感，这极有可能是一个可以改变命运的电话。

“喂，您好，请问是倪小龙先生吗？”一个悦耳的年轻女性的声音，带着那么一点点商务气质。一听至少是个主管级别以上的人物。

悦耳的女声继续说：“请问您需要贷款服务吗……”

“抵押我的肾行不行啊？”倪小龙边说边愠怒地摁掉电话。

“先生可真会开玩笑……”女声不悦耳了，女声被掐断了。

电话又响了。女声很执着。

“跟你说抵押一个肾的，多少钱？”倪小龙先发制人，闲着也是闲着。

“您，这……”女声被噎住了。

“不行算了！”倪小龙玩够了。

“您好，请问您是倪小龙先生吗？”女声又问一遍，“您的电话是13601……吧？我应该没有打错的。”

倪小龙突然发现此女声非彼女声。

他赶紧看了看来电显示，开头几位数字一样，后面不一样。

“你是？”倪小龙问。

“我是卓别林网站的人力资源主管，姓周。请问您最近是在寻找新的工作机会吗？”周小姐说话很干脆，语气却又很柔和。

“你好你好，是的是的。”倪小龙激动得花枝乱颤，可仔细一想又觉得不对，“卓别林网站？你们要找什么样的人？”

“我们是一家教育网站，‘卓别林’就是卓越、特别、林立的意思。我们最近打算扩大业务，所以需要有能力的策划人，专门负责线上线下新业务的推广活动，职位是策划总监，工作很有挑战性，当然待遇也很好。我们在网上浏览到了您的简历，认为您非常适合这个职位，想约您面谈。不知道您是否感兴趣？”周小姐娓娓道来，声音仿佛天籁。

苍天啊大地啊，卓别林网站是派周小姐呼扇着小翅膀来拯救倪小龙的吧。

直到倪小龙坐在卓别林网站会客室的时候，还是感觉如人间梦境，不知道此时是在梦的第几层。

来之前，倪小龙做了充分的准备，包括被骗的心理准备。

这些准备通通没有用上。

卓别林网站在那座可以作为地标性建筑的写字楼里——在离这座写字楼一公里的地方，倪小龙曾经非常荣幸地见到过那位患有严重精神分裂症的王总。他现在还好吗？是否已经有了太多改变？

公司面积很大，整整两层楼都是网站的地盘，员工们忙碌而欢快地工作着，没有整天被老板挤对的那种阴郁，也没有疏于管理带来的松懈和鸡贼。

毛主席对这种工作气氛很满意，所以题了八个字：团结、紧张、严肃、活泼。

倪小龙喜欢。

倪小龙更喜欢公司为员工提供的免费咖啡，咖啡飘着焦煳的香味，咖啡杯让他的指尖有灼热感，灼热感让他的热血在沸腾。呼扇着小翅膀的周小姐此刻就坐在离他只有一米远的地方，他觉得这仿佛是自己到天堂的距离。

周小姐没有废话，说的都是倪小龙关心的问题。

她说策划总监负责策划有创意的营销方式。

部门人员配置最多十五名。

工作汇报对象是老总。

薪水每月税后一万五千元。

五险一金，年底双薪。

如果没问题的话，倪小龙明天就可以上班。

今天倪小龙可以见见老总，然后签合同。

倪小龙忽然闪过一个想法：世界上最有乐趣的事情，不是和美女老师探讨如何做家务活了，而应该是和美女人力资源主管探讨上岗再就业的事情。

敲响老总办公室的房门之前，倪小龙想先跪下磕三个响头，谢主隆恩。

他进了办公室之后发现不用跪了。

他认识老总，老总是牛凯歌。

神经细胞与多巴胺联手打造的幻城顷刻间坍塌，一片废墟。

牛凯歌凌雪你们夫妻俩一个唱红脸一个唱白脸，演二人转玩呢？

一个是米露露的学长一个号称曾是米露露的闺蜜，为什么非要和她的老公我过不去呢？

我给你们家女主人洗车给你们家男主人当下属，我生下来就是给你们家当奴隶的吧？

见了凌雪我就想抽她，要是她当了我的老板娘，我不把她扇得脸朝后才新鲜了呢。

你说你牛凯歌浓眉大眼一身正气的，怎么偏偏就找了凌雪这么个刁钻婆娘当老婆呢。

“牛总，你好。”倪小龙往前走了两步，主动伸出右手。

他才没失去理智呢，他记得牛凯歌是好人。

“小龙，请坐。喝茶还是咖啡？”牛凯歌也伸出右手，不温不火地和倪小龙握了握。手掌温暖而有力。

“谢谢，刚才都喝饱了，谁让这里咖啡不要钱呢。”倪小龙笑呵呵地坐下。他得保持自己的风度，更重要的是保持自己的风格。

“哦，好。”牛凯歌坐到倪小龙对面，微笑着冲他点点头，看似不经意地说，“我和米露露虽然是校友，但我与你之间的合作，与这一点没有任何关系。”

牛凯歌边说边仔细观察倪小龙的表情，想要看看他这样描述自己和米露露的关系，倪小龙会不会有认为不准确的反应，以此来判断米露露有没有告诉过倪小龙那些前尘往事。

倪小龙的表情没有变化，依然是那种惊讶之后，还努力绷着一股劲的样子。

“牛总，你和米露露当初在学校认识，这么多年过去了，你还能想着照顾她，我先代表她谢谢你了。”倪小龙不卑不亢，“当然我也得感谢你，你的好意我心领了，但我真的不能接受，我得靠实力去获得机会，而不能靠老婆的学长来照顾。”

其实倪小龙心里在想，如果不是你家凌雪骑在我脖子上拉屎，我还真是想来呢。

牛凯歌判断倪小龙并不知道自己和米露露从前的关系。

这下就好办了。

“小龙，你别误会。我没有那个意思，完全是巧合。”牛凯歌望着倪小龙很认真地说，“在我们认识之前，公司已经决定拓展业务。最近我刚好忙完自己个人的事情，所以工作就全面铺开了，周小姐一直在负责寻找合适的策划总监，是她发现了你公布在网上的简历，觉得非常合适，然后才来征求我的意见，我个人对你的履历和才华也非常欣赏，很希望能和你合作。所以说，这是一种缘分。”

牛凯歌说起话来温和而诚恳，简直和凌雪是两种不同的人，倪小龙无法想象他们俩怎么就能钻一个被窝。

倪小龙有种冲动，他突然不想和牛凯歌再谈关于工作的话题了，两人喝点酒聊聊别的倒是让他更有兴趣，比方说，牛凯歌为什么要娶凌雪这样讨厌的女人，诸如此类的话题。

想着想着，倪小龙突然就明白了一个道理，两口子看上去再迥乎不同，人家也毕竟是两口子。一回家一关房门一钻被窝一关灯一那什么，然后枕边风一吹……他不敢再想下去。

或许，这根本就是吹完枕边风之后，两口子才做的决定呢。

牛凯歌看出倪小龙在犹豫，继续说："这次邀请你来，走的全都是正规流程，我并没有给米露露打过电话。我与你的合作，是我们公司与你个人的双向选择，与其他因素没有任何关系。"

倪小龙脑子里，凌雪还是阴魂不散。

"小龙，婚礼那天的事情，我替凌雪向你道歉，在那个场合说那样的话，是她欠考虑。我已经批评过她了。所以，请你接受我们公司诚挚的邀请，很期待与你合作。"牛凯歌说话滴水不漏，他知道倪小龙的顾虑是什么。

牛凯歌并没有说假话，充其量只能说他掩盖了部分真相。

这六年来，牛凯歌并没有放下过米露露。相反，随着年龄的增长，他越来越后悔自己当初没有去奋力挽回那份感情。这个遗憾在他的心脏上腐蚀出一个溃疡。他可以控制溃疡的生长，却不能让它彻底痊愈。

六年后的现在，一切已成定局，无力改变，无法改变。

原本的男女主角已经分道扬镳，各自在岁月中恶俗或者浪漫，剧情无法逆转。

距离从咫尺到天涯再到咫尺。

心灵从相守到别离，到成为永远的失散。

牛凯歌不想去破坏什么，他只想默默关心米露露，关心这个被自己错过一生的女人。

倪小龙酒醉掉进池塘的那个夜晚，牛凯歌就知道米露露过得很吃力。一个小小的家，一些普通的家具，一个似乎不怎么靠谱的老公，一脸故作轻松的疲惫。牛凯歌很心疼，他认为米露露应该有更好的生活，像一个公主那样，无牵无挂、无忧无虑。

当牛凯歌得知倪小龙被开除，竟然去洗车行洗车之后，他开始心痛。他想要帮助米露露，但需要一个巧妙的借口。这个借口被他找到了，就是从倪小龙身上下手。

不过公司需要策划总监却是千真万确。

周小姐为找到合适的人选伤透脑筋是千真万确。

牛凯歌度蜜月回来，搞到了倪小龙的简历，对他的才华感到无比兴奋是千真万确。

周小姐自己从网上发现了倪小龙的简历，认为他就是最合适的人选也是千真万确。

"我给你推荐一个人选。"牛凯歌递给周小姐一份简历。

"好的牛总，我也正好想让您看看这个。"周小姐也递给牛凯歌一份简历。

当然，这两份简历都是倪小龙的简历。他们俩相互推荐的是同一个人。

所以倪小龙就出现在了牛凯歌的办公室里。

缘分啊。

虽然已经满肚子都是免费咖啡，但倪小龙还是端起桌上的杯子连着喝了好几大口。

他需要调整一下自己的尴尬。

但他变得更尴尬了，因为端起来的杯子是牛凯歌的。

牛凯歌笑笑，站起身来给倪小龙倒了一杯茶。

牛凯歌是个好人，好老板。

说实话，倪小龙很感动。他不知道自己还能说什么，他觉得无论再说什么都会显得自己很矫情。他几乎就要点头同意了。

"当，当，当。"有人敲门。"请进。"牛凯歌说。

那个高高的发髻即使被做成拖把倪小龙也认得出来。

凌雪进来了。

"雪儿，你怎么来了？"牛凯歌有点意外。但他毕竟是个沉稳的男人，没表现出来。

"倪……原来是小龙啊。"凌雪微微一笑，端着个炖汤的小煲走了进来。

她把汤煲放在桌子上，对牛凯歌说："你说今天晚上要加一会儿班的，我就特地炖了虫草莲子百合汤，温度刚好合适，别放凉了。小龙，你也喝点，既温补又不会上火。"

这还是凌雪嘛，这不是会说人话嘛，这人话不是说得挺好嘛。

倪小龙突然有点不认识那个发髻了。

“雪儿，跟你说过很多遍了，不要再往公司给我送吃的喝的。那么多员工，其实他们比我要累很多，如果他们的家人也每天往公司送这送那，不就乱套了吗？我没那么娇气。”牛凯歌有点不高兴。

“好的好的，这是最后一次。”凌雪乖巧地答应着，“其实我也就是顺便过来看看，挺想念这些员工的。结婚之后，一下子离开公司，有点舍不得，不习惯。下不为例啊。”

倪小龙这下才明白，凌雪以前是要在公司上班的。

“嗯。”牛凯歌点点头。

可凌雪并没有要出去的意思，自个倒了杯茶，一屁股坐在沙发上，拿起本杂志开始翻，边翻边抬头冲牛凯歌妩媚地一笑，“你们聊，不用管我。”

“雪儿，我正和小龙谈点工作上的事情……”牛凯歌把头转向凌雪。

牛凯歌话还没说完，凌雪已经站起来自我检讨了，“好的，你看我，太没眼力见了。你们慢慢聊，我先走了。小龙，再见！”

凌雪关门出去了。倪小龙的视线依然没从门口收回来。

他还是觉得认错人了，这个女人根本不是凌雪。

这个女人跟牛凯歌钻一个被窝还可以让人理解。

“小龙，你考虑得怎么样了？”牛凯歌把话题扯回来。

“哦，我，我……”倪小龙被凌雪整得有点错乱，“我可不可以考虑一下，明天给你答复，好吗？”

“没问题，如果我们合作，我相信这会是一个双赢的决定。你到时候可以直接去找周小姐签劳动合同。”牛凯歌点点头。

“那好，牛总，我先回去，不耽误你的时间了，再见。”倪小龙站起身。

“好的，我也不留你了。咱们怎么说也是邻居，也不需要整得那么客套。”牛凯歌替倪小龙拉开办公室房门。

牛凯歌一路把倪小龙送上了电梯，直到电梯门关上，他才大步流星地返回办公室。

倪小龙站在电梯里，有种腾云驾雾的感觉。

他意念里已经把合同签过一万遍了。前半年的薪水都领完了，怎么花都想好了。

这么好的老板附带这么好的老板娘，拒绝他们天理难容。

面谈很完美，唯一的遗憾是没尝下虫草莲子百合汤到底是啥滋味。

倪小龙下了电梯，喜滋滋地走出大楼。

他之所以没立即答应，是想回家告诉米露露，走走过场。毕竟老婆是牛凯歌的师妹，自己就这么越过她和牛凯歌合作，怎么着都是对老婆的不尊重。

“喂，倪总！”传来一个尖声尖气的嗓音，称呼很尊重，语气很不尊重。

是凌雪。

倪小龙心中顿时有千万只草泥马奔腾而过。

这才是凌雪嘛，凌雪是不会说人话的，刚才是凌雪在宇宙中一个完全相反的镜像吧。

丫变得够快啊。

摇身一变、变化无常、千变万化、变幻莫测，这些词语都是为你丫创造的吧。

倪小龙停下脚步，头顶唰地飘来一片乌云。

每次听到凌雪叫自己“倪总”，总有坏事要发生。

“哟，和我们家大牛都谈工作上的事了。其实这事，我早就知道了，只是想看看你会怎么谈，我倒真的是很好奇呢。”凌雪斜着眼睛过来了，嘴角带着一丝笑容。这笑容有点像两把小钩子，被挠一下可受不了。

倪小龙站着没动，他开始相信自己最初的判断了：这根本就是两口子商量好的，想给米露露和自己一点施舍罢了。施舍完之后还要想方设法挤对自己，以此获得虐待别人的快感。

这要是把合同签了，以后可真没法活了。

凌雪瞟了一眼倪小龙，继续说：“谈得怎么样啊？快跟我说说，毕竟咱们以后就是一家人了。以前我在公司的时候呀，是专门负责行政工作的，大事小事都得我操心。大到办公场地租哪里的写字楼，小到员工热饭用的微波炉，全都得管……不过呀，我最操心的还是公司的汽车，停哪里、在哪里修、在哪里洗……”

我的妈呀，总算把话题绕到洗车上了。

倪小龙心中那千万只草泥马又重新跑了一圈。

“不过以后就好了，倪总来了，以后公司的车就不用到外面去洗喽！你说是吧，倪总？”经过漫长的铺垫，凌雪总算说了自己最想说的话。她其实并不知道倪小龙和牛凯歌具体在谈什么，但这么精明的女人，总能猜个八九不离十。她认为牛凯歌肯定是想帮米露露，要想方设法提高她家的经济文化生活水平，所以要给倪小龙安排个体面的工作。

这是凌雪绝对不能容忍的。

这只能证明牛凯歌还没放下对米露露的旧情。

米露露不但会觉察到牛凯歌的心思，而且任由这么发展下去，他们便有了更多接触的机会和话题。

到那时候，自己当初的伎俩会被戳穿，自己当下的名分也许就会不保。

也许，也许，牛凯歌和米露露会鸳梦重温……太可怕了！

最后，就只剩下给他人做了嫁衣裳的自己和倪小龙。

两人只有卷铺盖滚蛋了。

这就是凌雪心中的想法。她认为自己某种程度上还是帮了倪小龙一把呢。

"是的，你说的对。"倪小龙接过凌雪的话茬，"不瞒你说，我就是喜欢擦擦洗洗的活儿！以后你们家公司的车，你们家的车，我全都包了。我还可以上你们家……"倪小龙顿了顿，还是觉得不说出来不解气，"上你们家提供搓澡服务，你们全家，尤其是你，我都搓！谁让我喜欢擦洗的活呢！"

"你，你，你，"凌雪你了半天没说出来话，"你怎么说话呢？！"

"我是认真的。"倪小龙扬了扬眉毛，"需要服务的时候，随时打电话。"

说完走了。

凌雪站在原地半天没缓过劲来。

至少倪小龙应该是不会来公司上班了，她想。

回家的路上，倪小龙给牛凯歌发了短信，告诉他自己想好了，决定不去卓别林网站上班。

倪小龙发短信的时候手一直在颤抖，一半是被凌雪气的，一半是气了凌雪之后兴奋的。

但无论如何，这又是画上的一张饼，看得到，吃不到。

米露露要去做家教，说就在学生家吃晚饭了。苏羊则说要加一会儿班。倪小龙受了刺激正好也不想回家，干脆就溜溜达达步行着往回走。他之前有过在街头神游一整天的魔鬼训练，再加上有洗车行强化体能，不怕走路。

"为什么牛凯歌和凌雪对自己的态度完全不一样呢？这么费周折，难道就是为了挤对自己？犯不上啊，牛总公司那么大的摊子，他哪有这闲工夫。那这到底是为什么呢？”倪小龙稍微冷静下来之后，觉得自己之前的分析有漏洞。

他决定把复杂的问题简单化，于是自个儿给自个儿开会，“小龙，你看啊，是这样的：牛总要给你工作机会，凌雪不给你工作机会。牛总为什么要这么做？因为你能干呗，同时还是他师妹的老公；凌雪为什么要那么做？因为她……觉得自己能力不行，讨厌自己。可她以前和米露露不是闺蜜吗？如果关系不错，怎么说也得给个面子，让你试试啊？这只能证明她们的关系其实并不好，为什么不好呢？——那我哪里知道！可牛凯歌这么做，至少证明了他跟米露露的关系不差……我知道了，凌雪不希望自己的老公去帮别的女人，不希望米露露好。哈，吃醋了！应该就是这样。切，才不稀罕别人这么帮我呢，等我这块金子在别处发亮的时候，闪死你……”

倪小龙觉得自己想明白了。嗯，思路无比清晰。

可当他看清楚眼前发生的事情时，思路猛然间又混乱起来。

世界上所有道路的红绿灯在一瞬间全部坏掉，无数大卡车大客车小汽车小客车自行车摩托车电动三蹦子横冲直撞，刹车声撞击声惨叫声谩骂声响彻云霄。

这时候从四面八方的地平线上突然出现了很多辆大货车，轰隆隆地越驶越近。

车身上赫然写着的红色大字渐渐清晰：易燃易爆，危险勿近。

可想跑根本来不及了，于是所有人全都吓傻了，眼睁睁地看着大货车冲了过来……

在车辆和行人最多的地方——倪小龙恰巧就站在那里，大货车们终于撞在一起，瞬间天崩地裂……

某外国搜索网站的卫星图上，几朵裹挟着火光的蘑菇云徐徐上升……

——这根本就不是草泥马这个物种能解决的问题。

就在距离倪小龙不到一米远的地方，苏羊和李百草正抱在一起接吻，吸溜吸溜的声音像是在吃大碗的兰州拉面，李百草的手居然还在苏羊的背上腰上摸来摸去，眼看就要绕到胸前……更气人的是，苏羊的手也在李百草的背上腰上摸来摸去，眼看就要绕到腰前……

动作之熟练一看就是已经操练过几十上百遍，情感之投入一看就是两人正热恋。

表妹竟然被这个忘恩负义的白眼狼给泡了！

抢了我的职位，还要抢我的表妹，欺人太甚！

“住手！”倪小龙一声断喝。

两人的手松开了。

“住嘴！”倪小龙紧接着又是一声断喝。

两人的嘴分开了。

话音未落，倪小龙已如闪电般蹿了出去。

他一把推开苏羊，一抬脚就踹在了李百草小肚子上，李百草顿时“哎哟”一声蹲了下去。倪小龙紧接着又是一脚，正揣在李百草肩上，李百草朝后倒了下去。

这一招有讲究，叫“玉环步，鸳鸯脚”。

然后倪小龙扑上去骑在李百草身上，一拳打在他鼻子上，鼻血被打了出来，立刻便似开了个油酱铺，咸的、酸的、辣的全都滚了出来。然后倪小龙又一拳打在了李百草眼眶上，登时也似开了个彩帛铺，红的、黑的、紫的都绽将出来。

有诗为证。

这正是：表哥学鲁提辖拳打镇关西救美，小龙向武松醉打蒋门神致敬。

苏羊没有上来拉架，被倪小龙推开之后她就摔倒了，躺在草丛里一动不动。

“别打了，别打了！小龙，小龙！会出事的！”一个浑厚的嗓音由远及近，然后是锐利的刹车声。

及时雨牛凯歌到了。

他下班回家，正好撞上这一幕。

牛凯歌将倪小龙死死抱住，拼命把他拽了起来。倪小龙还不解气，又在李百草身上补了两脚。

李百草哆哆嗦嗦掏出手机，摁了三个键，“1”开头的。

“没事，一人做事一人当，我等着警察来抓我！”倪小龙瞪着李百草，“挤对我也就算了，连我表妹你都敢泡！”

李百草使劲摇头，半天才说出话来：“我不是……不是要报警，是要，是要叫救护车。”他边说边艰难地抬起胳膊，指着草丛里的苏羊，“她，苏羊……快，快……”

倪小龙和牛凯歌这才注意到旁边草棵里的苏羊。

这孩子双目紧闭，脸色灰白，嘴角吐着泡沫，死了一样。

“苏羊！你怎么了？快，快打电话叫救护车啊！”倪小龙冲到苏羊身边，冲李百草喊。

“没打通……”李百草也很着急。

倪小龙一把夺过李百草的手机，屏幕刚拨出去的号码是“102”。

“你个笨蛋！”倪小龙狠狠骂了一句。李百草刚才因为太紧张，号码摁错顺序了。

“救人要紧，快！坐我的车去医院。”牛凯歌边说边扭头奔向汽车。

“好！”倪小龙边答应边飞快地抱起苏羊，冲进车里。

“等，等等我……”李百草爬起来，一瘸一拐地追了上去。

“你坐前面！”倪小龙在车里对李百草喊道。

“苏羊，苏羊，我的好妹妹，你没事吧？别吓唬哥哥啊！”倪小龙焦急地摇晃着苏羊。

“她，她可能是……”李百草刚坐进好，话说了半句，汽车猛然加速冲了出去。

“可能是酒精中毒。”牛凯歌说。

话音未落，苏羊脸朝上“哇”地一口喷了出来。

汽车里顿时下了半秒的暴雨。

顶盖上、座椅上、倪小龙脸上、身上全都是不明流质物体，还拉着丝。那画面可能会让观众不安，小孩子还得让家长陪同观看，所以就不进一步描述了。

一股浓烈的酒气迅速在车里弥散开来。

这可是进口的奔驰 S600 啊。

“这里有纸巾。”牛凯歌的心疼了一下，然后飞快地恢复沉稳本色。再沉稳的男人也是人啊，如果连爱车这样了都不心疼的男人不是人啊，李百草手忙脚乱从前座上转过身来赶紧打扫卫生。

“我，我快，死了……”苏羊终于说出话来，气若游丝。

“不会的，哥不会让你死的！啊，乖，你死了李百草也活不了！”倪小龙说。

李百草擦得更起劲了。

米露露赶到医院的时候，苏羊已经打上了吊瓶。倪小龙气哼哼地坐在旁边，斜睨着苏羊的一只手，这只手紧紧攥着李百草的手——倪小龙试过了，分不开。李百草心疼地望一会儿苏羊，间或又害怕地看一眼倪小龙，牛凯歌斜倚在窗户旁，正望着夜色发呆。

就在刚才，李百草已经深刻地向倪小龙进行了自我批评，并且深情地向他表达了自己对苏羊的爱。

李百草自我批评的内容是：

太功利，吃水忘了挖井人。其深刻的心理原因是长期不被人认可导致极度自卑，一下子被提拔之后又造成极度自负，还有一个重要原因就是以前经常被倪小龙当众训斥，所以内心的怨恨慢慢积累，最终厚积薄发。

但自己早就意识到罪大恶极，加上苏羊常说起倪小龙怎么怎么好，所以备感羞愧。本打算寻机道歉，没想到却提前被打。但打得好。

从此以后自己要洗心革面，表里如一，时刻怀揣一颗感恩的心，做一个有点精神的人，高尚的人，脱离了低级趣味的人。

李百草表达对苏羊爱的内容是：

他试图抗拒过，但最终无法抗拒地被爱冲昏了头脑。抗拒是因为他早就知道苏羊是倪小龙的表妹，属于敌对阵营。之所以不断抗拒是因为苏羊不但可爱，而且长得像他妹妹。最终无法抗拒的最好解释就是，真爱无敌。

他告诉倪小龙，自己的妹妹叫李宝宝。宝宝在十七岁的时候，因为车祸永远地离开了他——宝宝生前最大的梦想就是拥有一部能听音乐能玩游戏的手机，但他的家境很差，连那个不到一千块钱的玩意儿也买不起。他承诺工作之后用第一个月的工资买给宝宝，就在他挑好手机要交钱的时候，却接到了那个让他痛不欲生遗憾一生的电话。

所以他认为苏羊是上天赐予的礼物，要他好好疼好好爱。

于是他就好好疼好好爱了。

“你工作第一个月？”倪小龙听得很心痛，但也很难以置信，“当时你怎么没跟我说？”

“是不想让你可怜我。”李百草眼里满是泪水，“我只是请了一周的假，用来料理后事。”

“我记得。”倪小龙悲伤地摇了摇头，“你真是，干吗非要自己扛着呢。我把你当成弟弟……可你，这么大的事情都不告诉我？”

“我，我，我不相信别人……”李百草长叹了一口气，使劲抓着自己的脑袋，“我也不知道自己是怎么了。我不相信有人会真心对我好，不相信你会……”

“那你还怎么相信苏羊对你的爱？没有相互的信任，两个人怎么相爱？你又凭什么让苏羊相信？让我相信？”倪小龙一听就火了。

“我，我对苏羊例外，我只相信她一个人。”李百草认为倪小龙说的有道理，怯怯地说。

“就因为她长得像宝宝？”倪小龙更生气了，“我问你，如果你碰上一个长得更像宝宝的女孩，你还会爱苏羊吗？”

李百草深深地低下头：“也许，也许苏羊像宝宝只是，只是表面的原因……是因为……”

李百草因为不出来了。

倪小龙伸出手在李百草面前晃了晃：“这是什么？”

“拳头。”李百草回答。

“知道就好。”倪小龙点点头，“你要再纠缠苏羊……你也知道，我可不是什么君子。”

“……吃吃……吃，我的吃吃……”苏羊突然开始有点意识了。

“羊羊，哥在呢。吃什么，你要吃什么？等你好了哥给买啊。”倪小龙一下子冲到床前，但他听不懂苏羊在说什么。

“是，是在叫我。”李百草战战兢兢地望了望倪小龙。

“叫你？”倪小龙很惊诧。

“她管我叫吃吃，我管她叫咩咩。”李百草握住苏羊的手，蹲在床边。苏羊一下子摸住李百草的手，死活不放开。

“羊吃草的意思，她吃我。”李百草继续解释。

倪小龙突然冷得想裹一件棉衣。

“只准握一会儿啊。”倪小龙吹了口气。

“哦。”李百草只能这么回答。

房间里突然安静下来。

第十一章

请离我老公远一点

你现在的老公是不靠谱，你过得是不怎么样，但请你不要嫉妒我。我只请你离我的老公远一点，请你别有任何非分的想法！

窗外的夜色越来越浓，白天看得清清楚楚的景物变得影影绰绰，在人类大脑的想象中变幻成无数种可能。谁也不知道它们本来的面目是什么，但每个人心中又有着自认为正确的答案。

这时候米露露进来了，和牛凯歌的目光碰了个正着。

牛凯歌想打招呼，米露露唰地把目光让开。

两人谁也没说话。

“羊羊没事了，就是酒喝得有点多。”倪小龙站起身。

“没事就好，这孩子真让人操心。哪个天煞的把她灌醉的？”米露露也不客气，听说话就知道她和倪小龙是一家人。

倪小龙斜了李百草一眼，没说话。

“李百草？你怎么在这？哪个挨千刀的把你打成这样了？”米露露望着李百草破了相的脸，吓了一跳。她早就认识李百草，知道他是倪小龙的师弟兼同事，不知道他挤对过倪小龙，也不知道他是苏羊的男朋友。

李百草嘟嘟嘴，没吱声。

“我把他打了。”倪小龙主动承认，“回头再跟你说，现在我俩和好了，是吧，百草。”

“嗯嗯。”李百草赶紧点头。

“小龙，你怎么回事？怎么能打人呢？看把人家打得。”米露露仔细端详着李百草，边说边从包里掏出两百块钱，“拿着，真对不起啊。”

“没事，嫂子，这钱我不能要，我该打，该打。”李百草满脸的红药水闪着金光，他扯开嘴想笑，又赶紧把嘴闭上。扯得疼。

米露露想不通，硬把钱塞在李百草的口袋里。

“露露，你先回去吧。羊羊你也看了，没大事，放心吧。”倪小龙说，“牛总，你也先回去吧。今天真是，真是对不起……你的车，今天我就不能帮你，帮你洗了。改天补一次哈！我得留下来照顾羊羊。”

“没关系的。”牛凯歌笑了笑，“本来想送你们回去，但看来羊羊可能得在这里睡一夜了。好吧，那我就先走了。”

“哎，等等，牛总，就不跟你客气了，帮我把老婆送回去吧。”倪小龙不好意思地笑着，“这么晚了，外面又黑，不好打车。”

“哦，哦，应该的，反正顺路。”牛凯歌其实早想这么说，没敢。

“我看就不用了吧……”米露露不乐意。

“你一个人回去，我不放心，啊。”倪小龙推推米露露。

“好吧。”米露露找不到更好的托词，不情愿地跟着牛凯歌出去了。

路灯昏黄。整个城市已经慢慢安静下来。

车里也很安静。只有苏羊留下的片片狼藉还在提醒着刚才发生过的一切。

米露露和牛凯歌有一搭没一搭地说着话。

说的全都是刚才倪小龙的壮举和李百草的悲剧。

其实牛凯歌很想问米露露，问她当初提出分手时候的来龙去脉。不为别的，那是他心中的一个结，时常堵得他胸口隐隐作痛。

他就是想知道，为什么米露露不能再等等自己？

可那是远古时代的事情，提出这种考古课题好像不合时宜。

其实米露露也想问牛凯歌一个问题，想问他为什么不打电话直白地提出分手，而是要选择杳无音讯地逃避。不为别的，那也是她心中的一个结，这个结曾让她对全世界的男人心灰意冷，直到倪小龙出现。

与牛凯歌相忘于江湖倒也罢了，可如今两人咫尺的距离，她真的很想知道，是什么让一个男人变得那么懦弱？懦弱到不敢说一句，我要离开你。

可这个问题有意思吗？

一个面瓜，一个如今已是别人老公的男人，米露露这样的女人断然懒得去问。

其实，那两个结本可以不存在的。

年轻，矜持，自以为是的聪明，毁了多少段本可以旷世的情。

更令人伤感的是，大多数人并不知道真相，还在怨、还在恨，或者懒得怨、懒得恨。

“露露。”牛凯歌打破沉默。

他想了想，还是决定告诉米露露关于倪小龙的事情，“下午的时候，小龙去我公司了，是我要他去的。”

米露露的眼睛本来就大，这下瞪得更大了。

上大学的时候，米露露就开始用这样的表情去回应各种不可理喻的事情。

“你别急，听我讲完就知道怎么回事了。”牛凯歌心里突然被什么咬了一口。他不仅仅熟悉这种表情，还熟悉拥有这个表情的女人的青春。

接下来，牛凯歌把自己对倪小龙的欣赏，以及公司正需要这样的人才等情况如实讲了一遍。

“不过小龙没有答应，说实话，我很遗憾。”牛凯歌说。

“小龙的选择是对的。他不是那种能接受别人恩惠的男人，而且你也没必要这么做。”米露露的大眼睛恢复原状，不自在地直了直身子，“你的好意我领了。”

“露露，你误会我了。”牛凯歌的眼睛里蒙上了一层忧郁，“我知道，我们，我们原来……”

牛凯歌突然觉得嗓子有些发紧，鼻子有点淡淡的酸。他赶紧扶了扶自己的眼镜，掩饰自己的情绪。

很久以来，牛凯歌都认为自己是个坚强的男人，像块铁。

没什么能左右他的情绪，他的笑、他的怒，他的每一个表情、每一个反应，全都按照大脑的既定指令去展现。

一个完美的机器人，从未失控。

可今天他想问问自己：我怎么了？

把酒醉的倪小龙送回家那天，他见到米露露之后，就隐隐觉得有什么侵入了大脑。

那是一种水一般的物质，流动、透明。

但比水温暖，带着春天午后阳光的温度；比水美丽，闪耀着湖水黄昏时的神秘光泽；比水甘美，沁润着玫瑰花香和丝丝的 Cacao 味道。

这种物质在他的体内缓缓流动，让他觉得机器人似乎有了生命，闻得到花香，看得见风景。

此刻，这种物质又开始不听话地蠢动，他几乎想要放弃抵抗，就这么被它侵蚀、分解，然后化成一粒粒肉眼看不到的东西，入土或者蒸发。

在潜意识里他很想知道，让思维失控一次到底会发生什么。

有时候，他很羡慕那些可以在情感方面随心所欲的人，他们感性、冲动、荒唐、癫狂，可他们那么真实，贪婪地享受着人世间最刻骨铭心的体验。

人活一次，不就是来体验的吗？死后，有大把冰冷沉寂的时间。

让那颗蠢蠢欲动的火山肆无忌惮地爆发一次，难道有罪吗？

但对于牛凯歌来说，也许那真的就是一种罪，他不能失控。

有生命的机器人，暂时还是机器人。

“露露，我们原来……过去的事情就让它过去吧。”牛凯歌恢复了平静，“我找小龙与此无关，他很优秀，请你相信这一点。”

“我当然相信，他靠自己也一定可以的。”米露露说，“你大可不必操心。”

“露露，我想说句话，也许你会不喜欢听。”牛凯歌小心翼翼地试探。

“知道我不喜欢就别说。”米露露可不知道什么是客气。

“……哈哈，”牛凯歌突然笑了，“还是老样子，总是呛我肺管子。不行，我得说。”

“那你还装模作样地问。”米露露看也不看牛凯歌，觉得他脸皮好像厚了不少。以前每每遇到这种情况，他就会张口结舌说不出话。

“他的能力，我的真诚，不需要再论证了。如果我和你不认识，我想这次合作本来应该很顺利。当然，”牛凯歌顿了顿，“凌雪和小龙之间可能有误会，这可能也是一个干扰因素。还有，我最想说的是，人不要拒绝帮助，因为帮助不等于施舍。世界上的每一个人，其实都是在别人的帮助下活着，这种帮助只是多和少、明和暗、主观和客观、主动和被动的区别。小龙如果能来公司，其实也是帮助了我。”

米露露想说什么，又咽了回去。

“我知道，也许是因为我，”牛凯歌注意到米露露的反应，“你不想要我的帮助，也不想小龙帮助我。可是，我们真的不能谈一谈吗？已经过去六年了，但我真的很想知道……”

说着，汽车已经开到了蜜蜂社区的大门口。

牛凯歌把汽车停到路边，打算进行一次姗姗来迟的长谈。

他点燃一支烟，使劲吸了一口：“我真的很想知道，当初……”

“当初？牛凯歌，你的脸皮真的比原来厚多了，当初我，”米露露有点激动，“我……”

一束汽车大灯的亮光突然冲这边闪了一下，却又很快熄灭。

牛凯歌和米露露的眼睛被晃了一下，但还是能看得见一个人影朝这边走了过来。

具有鲜明个人特色的发髻，还闪耀着一圈光晕，是凌雪。

“哦，凌雪啊。”米露露慌忙从车里下来，有点局促。虽然她问心无愧，但孤男大晚上送寡女回家，还是容易让当事者心虚，让旁观者起疑。

“大牛，露露，真的让我担心死了。苏羊好些了吧？”凌雪又开始说人话了，而且居然还知道苏羊的事。

“苏羊已经没事了，多亏牛凯歌把她送到医院，真是添麻烦了。”米露露说的是真心话。

牛凯歌望着凌雪没言语，他不喜欢别人跟踪自己。

凌雪紧张地观察两人的表情，想要知道他们刚才进行了什么样的对话，这对话会不会和当初的分手有关。

谢天谢地，应该没有。

凌雪的表情是尴尬，牛凯歌的表情是不悦。

凌雪赶紧对牛凯歌说："这么晚了，打你电话没人接听，我真的很担心呢。"

"哦？"牛凯歌摆弄摆弄手机，十几个未接电话，全是凌雪的，"哦……下午开会调成静音了，不好意思。"

"急得我只好到处打电话，最后打给了小龙，才知道了今天晚上的事情。"凌雪主动坦白，"对了，你和小龙合作的事情怎么样了？"

怎么样了她还能不知道？故意问的。

"回头再说吧，这么晚了，咱们都早点回去休息。"牛凯歌说。

"好的，都累了一天了。"凌雪巴不得他赶紧走，"你开车先走，我跟上。小心点开。"

牛凯歌开车先走了。他瞟了一眼后视镜，凌雪正侧着脸，笑眯眯地和米露露说着什么。

一个是至今放不下的昔日恋人，一个是刚结婚不久的妻子。

两人过去是闺蜜，如今生拉硬拽也算是半个邻居。

很奇怪的感觉。

凌雪的表情更奇怪。

她具有一种神奇的能力，可以半边脸沁人心脾地笑，同时另外半边脸尖酸刻薄地笑。

半边脸是为了让牛凯歌欣赏，半边脸是为了让米露露难受。

牛凯歌消失在街道拐弯处，现在凌雪终于可以把表情统一了。那么着她也累。

"露露，咱们现在呢，都是老大不小的人了，该做什么，不该做什么，从上幼儿园开始，到上大学，老师一直在教。我跟您是没法比，大学都没毕业呢。可您自己都熬成老师了，就应该明白更多做人的道理，不然怎么教书育人，您说是不是？"凌雪知道米露露听得懂她的话。

"对不起凌雪，今天晚上是给您和您老公添麻烦了，我真的非常抱歉。"米露露对凌雪也开始使用尊称。面前的这个女人一说话就满嘴带刺，如果她不是自己从前的好友，米露露敢跟你打赌自己会上去挠她两把。

米露露在意念中挠了凌雪两把，稳了稳情绪说："但也不至于上纲上线，谈到做人的问题吧。"

"哟……"凌雪尖尖的声音顿时把黑夜划了道口子，"这么说话我就不爱听了，你们几个还真的'不是一家人，不进一家门'。你老公吧，一个大男人没工作，大牛好心好意帮他找机会，他不领情也就算了，回头还在街上打架，让大牛帮他收拾烂摊子，这都是什么事啊。当初他喝醉掉进水池子里，也是大牛把他送回家，怎么着，我们家欠你们哪。你作为一个女人，是怎么教育你老公的？"

倪小龙是米露露的软肋，她被戳了一下，不知道该说什么。

"还有他那个表妹，喝酒都快把自己喝死了。要不是大牛，她还不定怎么着了呢。女孩子家家的，怎么这么不知道自重呢。"凌雪咄咄逼人，更进一步。

米露露败了。那兄妹俩是没怎么给她长脸。

米露露想逃跑，可逃跑并不能给自己长脸。

"还有你……"凌雪一鼓作气，决定斩草除根。她不能让米露露和牛凯歌再近距离接触，以免他们有谈心的机会。

谈心的机会就是土壤，当初被她阴谋斩断的情丝就是草根。

"当初的事情，咱俩也没必要回避，"凌雪拿着小铲子继续挖草根，"你和大牛是在一起过，但那是从前，现在大牛是我的丈夫。当初你们俩分手……"

凌雪说到这突然有点心虚，赶紧悄悄给自己打了打气。

"分手就意味着你们缘分尽了，两人不适合对方。"凌雪继续说，"没错，阴差阳错，我最后是和他在一起了，而他现在也是一个成功人士了。你现在的老公是不靠谱，你过得是不怎么样，但请你不要嫉妒我。你知道我和大牛风风风雨雨多少年，吃过多少苦才有了今天吗？你不知道，也不能想象。我只请你离我的老公远一点，请你别有任何非分的想法！"

"你说什么呢啊，"米露露知道凌雪误会了，"你怎么会这么想我呢？我现在经济条件是没你好，但也根本不会有这样的想法啊。今天晚上牛凯歌送我回家是刚好顺路，小雪，你多心了。咱俩关系从前那么好，你还不了解我吗？"

"呵，人心隔肚皮，谁知道别人心里在想什么呢。没这样的想法最好了，那就再见吧。"凌雪刚要上车，又想起来什么，"我不希望你们家倪小龙再给大牛添麻烦，也不希望看到你和大牛再在一起，明白吗？我的露露。”

凌雪打开车门，低头先把自己的发髻塞进车里。

“你站住！”米露露突然大吼了一声。吓得凌雪往后一撤，发髻在顶框上绊了一下。

“好的，我全都答应你！”米露露两只大眼睛湿漉漉的，“可是，我只想问问你，六年前，我们俩可以好得睡一个被窝，穿同一件衣服，身上只剩五十块钱了一人花一半，为什么六年没见，你变成了这个样子？对我说话总是这么刻薄。第一次去你家的时候就是这样，为什么？我要你告诉我答案！”

凌雪没有转身，怔住了，眼睛一热。

她是不怎么会说人话，但她现在毕竟还是人类。

是一个生活在地球上的，隶属真核生物域—动物界—脊索动物门—脊椎动物亚门—兽亚纲—真兽次亚纲—灵长目—简鼻亚目—人科—人属的，属于标准黄色人种的，亚洲中国的，从前阴谋拆散闺蜜和男朋友之后又和该男人谈恋爱结婚的，现在害怕闺蜜和该男人知道自己干了缺德事又再续前缘的，以凌为姓氏以雪为名字的高发髻女人。

凌雪眼睛一热，想起了曾经和米露露朝夕相处的大学两年，好几辈子都不会变冰冷的暖洋洋的两年。那种温暖，就像她俩总一块分着吃的烤红薯的温度。

凌雪其实并不是一个没心没肺、缺乏感情的女人。一个那样的女人，当初怎么可能卧薪尝胆，偷偷爱牛凯歌那么久？她忘不了和米露露曾经的友情，但她更不能毁了自己费尽心机得到的爱情。

在友情和爱情之间，她早在六年前就做出了选择。

算上暗恋牛凯歌的两年，她盖起这座属于自己的爱情城堡，用了整整八年。

八年时间是神马概念哪！

是一颗卵子与精子结合之后，都长成个读一年级的小破孩的时间。是个读一年级的还没上过生理卫生课的小破孩，都长成个会熟练打飞机的少年的时间。是一个只能打飞机过干瘾的少年，合法领到爱爱证书的俺男人的时间。

凌雪要用一生的时间来守护她的这八年。她的爱情城堡也许很脆弱，脆弱到禁不起一纸秘密。这秘密就是一个魔咒，哪怕用细若蚊蝇的声音去诵读，都会让城堡在瞬间瓦解，只剩一地虚幻的烟尘。

原本，世界上只有她一个人知道这秘密。但现在，这秘密可以轻易被别人发觉，轻易到米露露和牛凯歌只需要进行一次不超过5分钟的谈话，只需要再提及一遍当初分手的原因。

凌雪害怕，害怕得要死。

她唯一能做的，就是让米露露和牛凯歌不要有任何接触。

米露露已经由好友变成了可以摧毁自己幸福的敌人，凌雪这么清醒的女人，怎么可能和敌人做朋友？

“时间，时间就是答案。”凌雪依旧没有转身，反而更用力地扎进车里，“你和大牛之间，已经成了过去。我和你之间，也成了过去。就这么简单。”

凌雪的离开也很简单，简单到一脚油门，没有一句再见。

米露露觉得这次谈话没有完，她呆呆地站了一会儿，泪珠开始大滴大滴滑落。她为凌雪对自己的冷漠而哭，为倪小龙的离谱而哭，为自己的操劳而哭，为家庭的现在和未来而哭。

“我怎么会过得这么狼狈呢？”米露露边哭边想。

她脑海中生成这样一个片段：她，米露露，光着屁股从茅坑里爬上来，身上没兜没钱，但还必须得想出办法来逃票，这样才能坐上十来站地铁回家。

世界上还有比这更糗的事情吗？

米露露认为没有了，所以她决定将这个日子定为每年的“糗日”，谨以此不断激励自己。

倪小龙也好不到哪去，马上就要轮到他糗了。

倪小龙要糗是因为雌雄双煞快来了。

雄煞是他爸爸。雌煞是他妈妈。

爸爸是那种暴躁易怒，随时能拿起鸡毛掸子抽他屁屁的爸爸。妈妈是那种能把人唠叨至死，接着再把死人烦得活过来的妈妈。

雌雄双煞，让他好怕。

要不是因为苏羊和李百草谈恋爱，倪小龙的爸爸妈妈才不会来视察。爸爸妈妈不来，倪小龙无业游民的状态就可以再隐瞒一段时间。要是让双煞知道了他干下的好事，不要那么多只要一点点，他就死无葬身之地了。具体来说，他的屁股首先会被爸爸抽打成剥了皮的橘子状，然后还得用这种屁股坐在椅子上，享受妈妈一遍遍地念死去活来经。

那还不如死了算了。

求生是人的本能，所以诞生了上有政策下有对策的神秘法则。

倪小龙还是得假装一切正常，当然，这需要米露露和苏羊配合。

首先是得搞定苏羊，而苏羊正和倪小龙闹别扭呢。倪小龙毒打她心爱的另一半，苏羊本来就仇恨满胸膛。接下来，倪小龙还提出了要她和李百草分手，这可是对自由恋爱的无理阻挠，是破坏婚姻法的犯罪行为。所以这些日子，苏羊都在和倪小龙做着艰苦卓绝的斗争。

苏羊采用的第一招是搬出倪小龙家，去宾馆住。可这下倒好，倪小龙不但落得个耳根清净，还避免了再屈辱地为她洗内衣，所以根本不去找她回来，而她还得自己出住宿费。

离家出走这招完败。

苏羊采用的第二招，是在宾馆里给倪小龙的妈妈，也就是她的大姨打电话。声泪俱下诉说倪小龙对自己爱情的粗暴干涉。自己的儿子欺负妹妹的女儿，这还了得，于是妈妈坐不住了，要来唠叨倪小龙。爸爸本来不想管年轻人情啊爱啊的小事，但见妈妈要来，于是决定护驾。

双煞就这样开始行动了。倪小龙就这样尿了。

所以告御状这招完胜。

“那我和李百草的事……”苏羊故意嘟着嘴问倪小龙。

“你也不小了，应该自己做主。”倪小龙笑眯眯地说。

“那我这段时间住宾馆的费用……”苏羊试探倪小龙，但说实话也没报太大希望。

“我出啊！”倪小龙话跟得还挺紧，却又突然想起来自己出不起，“你嫂子出啊！我去跟她要，然后给你，行不？”

苏羊满意地点点头。

“和百草好好处啊，说不定以后还是一家人呢。”倪小龙呵呵地走了，其实心里在想，“等你们哪天分手了，我再和你们连本带利一块算账！”

作为交换条件，苏羊答应搬回家住，陪倪小龙继续演戏，营造出他在副总经理岗位上如鱼得水的大好局面。

即使苏羊再配合，充其量也就是女配角，米露露这个女主角是断然不能少的。出乎倪小龙意料，米露露很爽快就接下了这部蹩脚的戏。倪小龙事先准备的忏悔、发誓、励志、哀求、下跪、热吻等制胜手段通通没有用上。

原因很简单，米露露只说了一句话："不能让妈妈生气，她有心脏病，老人身体重要。"

倪小龙的眼睛瞬间就湿了：操劳的父母，懂事的老婆，混账的自己。

"妈妈爸爸住几天？"米露露问。

"妈妈说三五天。"倪小龙赶紧回答。

说话间爸爸妈妈就被接回了家。是倪小龙、米露露、苏羊三人一块去列队迎接的，很隆重。老人到底是半年多没见着儿子了，想得慌，哪还顾得上板起面孔训人，除了妈妈一路絮絮叨叨询问苏羊谈恋爱的事情之外，妈妈并没有责怪倪小龙，小惊喜的是爸爸也没有。

回来的路上，妈妈对苏羊说："你表哥那么对你，是他不对……"妈妈说话有很鲜明的特点。语速很慢，每个字拖得时间很长，字与字中间连接得很严实，而且讲话自顾自，根本不看别人的反应，所以她一旦开口，想要打断她说话就难上加难。

"我，"倪小龙刚想插进一个字，妈妈继续说，"他训你，还跟你男朋友吵架，确实做得过分了……"苏羊怕事情闹大，所以到底还是没说倪小龙打李百草的事。

"但别怪你表哥，他也是为你好。"妈妈不偏不倚地下了定论，"以后和朋友好好处，到时候让你妈妈也来相相他。我和你姨夫明天就走，家里的老年合唱团要参加比赛，还等着我领唱，你姨夫最近也忙着练太极拳，没时间住喽。"

妈妈看几个娃娃之间不但啥事没有，还都喜气洋洋，放心了。

明天就走？视察就这么结束了？幸福来得如此容易？

倪小龙、米露露、苏羊，迅速用排列组合法两两交换了眼神。

那是一种发自内心的交流，三人之间很久都没有这样默契了。

可进了家门十分钟之后，二老明天走就变成一个星期之后走了。

"哎，家里像什么样子啊，我得帮你们把家里好好归置归置。我先跟合唱团请个假，住一个星期再走。"妈妈说。

仨人白高兴了。米露露和苏羊双双瞪了一眼倪小龙，意思这是他自己作的。

倪小龙担纲家庭煮夫以来，除了前三天表现抢眼，后面就开始消极怠工了。他没有听邱紫璇老师的话，没有做好自己眼前的事。加上这几天跟苏羊的斗争，家里比从前还乱。

"小龙，给我倒杯水。"妈妈说。

倪小龙太阳穴猛然一紧。完了，妈妈要开始念死去活来经了。

她每次念经之前都要先喝水，就像倪小龙每次演讲之前要喝水一样。

母子俩都有这么个爱喝水的好习惯。

“小龙，我不要茶水，不要饮料，也不要白水。”妈妈说。

“那您……”倪小龙问。

妈妈不理倪小龙，继续慢吞吞地说：“水温度不要太烫，也别太凉。人老了，胃口不好，不能喝太凉或者太烫的水。给你爸爸也倒一杯，他要喝茶，不要绿茶，不要红茶，花茶也不要，最好能泡一杯普洱，铁观音也行。其实普洱最好，能给他降血脂。其实你们年轻人也应该喝普洱，经常在外面应酬，喝酒或者吃油腻的东西，都容易让血脂升高，所以喝喝普洱茶对身体很有好处……”

仨人就这么听着，不知道妈妈到底要喝什么水。反正也打不断妈妈说话，就干脆当听养生的广播节目了。

“废话那么多！”还是得爸爸发话，“小龙，给你妈倒杯白水，放一丁点盐。她出了汗就好喝个盐水。”

倪小龙倒盐水去了。

妈妈继续说：“看看你们的厨房，堆着多少碗哪，该放在橱柜里的东西已经全部被你们倒腾出来了，放在外面难看不说，剩饭剩菜还招蟑螂，说不定还能引来老鼠，蟑螂和老鼠都会传播疾病，年轻轻的生了病可是会影响你们工作的，关键是影响你们的健康。当然工作也很重要，现在竞争这么激烈，能找个好工作不容易，可得珍惜眼下的机会。我们邻居家孩子也在大城市打工，听说前一阵跟老板吵架，一怒之下把老板给打了。工作丢了不说，还被抓走拘留了十几天……”

倪小龙倒水回来正好听到这一段，腿肚子猛地一抖。

米露露和苏羊双双看了一眼倪小龙的腿肚子。

妈妈喝了口水，“哎？我刚才说什么来着，怎么就说到打老板的事儿上了……”

“让你绕！”爸爸说，“说厨房呢！每次都绕不回来，还得我提醒你！”

“哦，对了，厨房碗不洗，灶台不刷，这哪像过日子的样子。衣服成堆放在外面，衣服架上挂不下，就不要拿出来那么多，穿脏了又不洗。而且三个人的衣服都混在一起，你们就不怕穿错了丢人闹笑话。这都夏天了，怎么冬天的被子还在床上堆着，放了多半年了吧，这么大的人了，连季节的概念都没有。我这回得给你们把被子拆了，好好洗洗，再缝起来。这要是被你姥爷看见了，还不得打断你的腿。小时候，我们叠被子都得叠成豆腐块，苏羊，你要是不信的话，可以问问你妈妈。你们的姥爷是老军人，对我们姐妹俩要求很严格，对自己要求更是苛刻。他要是不严谨，当初打小鬼子哪能场场打胜仗。听你姥爷说，有一次鬼子去村子里大扫荡，就多亏了……”

“行了行了行了！这老婆子废话真多！”爸爸把茶杯一放，“你一样样整理不就完了！还非得都说一遍！”

“好的。”妈妈脾气倒是不错，根本不跟爸爸起急，但依然又不屈不挠地说了下去，“我要给你们都整理整理，让你们看看我是怎么做家务的。要不是我家务做得好，你爸爸当初就不会娶我。做女人就该有个女人的样子，男人在外面工作很辛苦，女人要把家事料理好。总不能让男人回了家还要做家务。当然，如果男人不争气，没工作，这就另当别论。咱们家小龙算是事业有成的男人，当着副总经理，挣钱又不少，所以露露你……”

哎呀妈呀，最后这句话让倪小龙都快虚脱了。

苏羊也浑身痒痒，出现了要起风疹的症状。

米露露则是苦丁茶喝多了的感觉，苦苦的，同时还想拉肚子。

“你给我闭嘴！”爸爸决定主持正义，“别总说露露，你家倪小龙也不是好鸟，看他又白又胖的，就知道在家很享福。我饿了，快去给我做饭。”

一物降一物，妈妈立刻踮着脚尖跑进厨房去了。

屋里顿时安静下来。大家都暂时松了口气。

“接下来可怎么熬啊！”倪小龙绝望地想。

第二天早晨，倪小龙、米露露和苏羊从被窝里艰难爬出来的时候，二老已经起床了。

餐桌上的煮鸡蛋、豆腐脑、油条热气腾腾。几人围着桌子坐下。

“爸妈，你们也不说多睡会儿啊。”倪小龙打着哈欠问。

问完他就后悔了。

“吃饭吧。”妈妈坐在餐桌旁，喝了一口水。

三人心里一沉，均有不祥的预感。

接下来就到了妈妈早上念经的时间了。

她说起床后去公园吊嗓子，不知哪个树丛里藏着个老奶奶，竟然敢跟她飙高音较劲。她不是不敢飙也不是飙不过，而是知道自己有心脏病不能飙，所以临时改了歌路，最终以抒情取胜；爸爸打太极拳的时候，几个老妈子近距离围观，有个穿粉色T恤的还不知趣地和爸爸一起练，口口声声说什么“行云流水，绵绵不断，比翼双飞”，还想要爸爸的电话和QQ，爸爸太实诚居然就要给，要不是自己及时说“我老头子只玩微博”，那粉T恤还不知道要赖多久才走……

经念到这的时候，爸爸一嗓子把妈妈打断了。

“哈哈哈，爸爸其实觉得粉T恤不错。”倪小龙想，“我最了解他了。”

“有其父必有其子，以后我得盯着点小龙这小子！”米露露想。

“要我是粉T恤，接下来该怎么做才能要到QQ呢？”苏羊想。

“粉T恤挺会打扮，认识之后，能让她教教我老婆子怎么穿衣服。”爸爸想。

“光知道穿红戴绿有啥用，能受得了这死老头暴脾气的，全天下就我一个。”妈妈想。

以上内容说明，交流沟通和换位思考是多么重要啊。

但倪小龙现在还不能和爸爸妈妈交流沟通自己失业的事情，因为他换位思考之后，认为爸爸会用太极打屁股大法对他进行肢体的单向交流，妈妈会念死去活来经对他进行语言的单向交流。

单向交流是沟不通的。

所以倪小龙只能按照既定战术演戏。

倪小龙很能理解深入龙潭虎穴，执行卧底工作的不易。当初他在洗车行潜伏，自以为天衣无缝，却被凌雪当众揭穿真实身份，如果他是余则成早就牺牲了。

艰苦的历练，获得了宝贵的经验。所以倪小龙知道成功的法宝是谨慎。

“到底该选择去哪里神游呢？”倪小龙仔细思考。这是谨慎行动的第一步。

“对，去公园！爸爸妈妈早上去过了，再加上碰上了粉T恤，今天肯定不会去了，明天去不去都不一定呢。”倪小龙谨慎地分析。

不够谨慎的是他选择了站在楼梯间思考。西装革履地出门之后，他一时不知道该去哪里，所以决定在这里好好想想。

楼梯间有个垃圾桶，就在他神游方案出炉的时候，妈妈来倒垃圾了。

“家里这么多垃圾，两三趟都倒不完，今天他们下班之后我可得好好给说说。”妈妈自言自语着，拐进了楼梯间。

倪小龙虽然还不够谨慎，但绝对够敏捷，三步两步就迈过了几个台阶，蹿上了楼。这是他能消失的最便捷途径。但他的背影还是被妈妈看见了。

“嗯？这小伙子怎么回事，看见人来就慌慌张张地跑，说不定是小偷啊？哎？怎么背影和我们家小龙那么像呢……奇怪啊？”妈妈念叨着，突然喊了两嗓子，“小龙！小龙！”

结实的嗓音在空荡荡的楼道里回荡，一听就是老年合唱团的领唱。

倪小龙跑得更快了，噔噔噔几步蹿上了更高的楼层。

“要是我家小龙肯定是会答应的……坏了，肯定是小偷！”妈妈想。

“干啥呢？大喊大叫的！”爸爸听到喊声出来了。

“贼！”妈妈指了指楼上。

“我上去看看！”爸爸艺高人胆大，迈开大步就往楼上冲，同时扭头对妈妈说，“你喊人！”

妈妈运了运气，一嗓子美声就嗷了出去，“啊……贼……抓贼啊……”

邻居们纷纷出来了。

有个瘦高个爷们手里捏着张红中，边走边嚷：“自摸头一把就碰上这倒霉事！”一看他就是打了一宿麻将，刚转运就被打断了。

有两个二十出头的年轻男女手拉着手嘟囔：“贼在哪呢，贼在哪呢？”然后女的突然问男的，“哎，你叫什么来着？”一看就是刚玩了一夜情的。

不过还是妇女儿童、老弱病残居多。但兵器绝不在话下，军用小铁锹、炒菜小铲子、晾衣小棍子、挠痒小耙子，烙饼平底锅……有个小朋友还拎了副亮晶晶的嫩绿塑料手铐。

人心齐，泰山移！谁说咱不团结我跟谁急！

倪小龙傻逼了，严重怀疑最近自己作孽太多，狂掉人品。

被抓住糗就更大了。

这时候他看到了邱紫璇！邱紫璇住倪小龙家楼上，倪小龙住四层，她住九层。

倪小龙这才发现自己在不经意之间已经上了五层楼了。

邱紫璇一只手攥着一把钥匙，另一只手拎着个大塑料袋，门已经被打开，她正打算进屋。

“快，快，快让我进去！”倪小龙都快哭了，“待会儿跟你解释！”

喧嚣的声音终于被挡在门外。至于这声音是什么时候结束的，倪小龙根本不知道。

他一开始是惊魂未定，接下来是目瞪口呆。

邱紫璇家里简直太整洁了！

倪小龙找不出合适的词语去形容，“窗明几净、井井有条、一尘不染”这些词都不够。他觉得邱紫璇家干净得就像手术室或者无菌实验室，整齐得就像女兵宿舍。不过这几种地方他都没去过，只是推测。

比方说窗户玻璃，干净得就好像不存在一样；沙发上没一个褶皱，让人怀疑那不是用来坐的，而是用来欣赏的；深色的地板闪耀着温润的光泽，可以清楚地看到物体的倒影。

除此之外，屋里目光所及的所有地方，任何东西都规规矩矩地站好了队列，像是在接受检阅的仪仗兵。屋门口地上那几双拖鞋和皮鞋，每只鞋的鞋尖都在同一条直线上有木有；茶几上果盘中那几颗苹果，站成三横三竖一看就知道是九颗有木有；零钱盒里放着的硬币，按照面值一摞摞地立着有木有；陈列架上，每个格子里都放着一模一样的彩色琉璃天鹅，每只天鹅都呈 45° 度角面向窗户有木有……

倪小龙顿时就石化了有木有，傻傻地说：“妈呀，这是人住的地方吗？”

邱紫璇愣了一下，有些犹豫，但还是微笑着对倪小龙说：“小龙，请进屋坐吧。”

“哈，我是说太干净了，简直就是仙女住的地方。”倪小龙赶紧解释，但他突然就不知道该先迈哪只脚了，就算知道迈哪只脚，也不知道坐哪里合适。

倪小龙腿一屈，身子一沉，干脆盘腿坐地板上了。

他仰头冲邱紫璇呵呵一笑，“我怕把沙发弄脏。”

邱紫璇脸上微微有些红晕，不好意思地笑了一下，“哪能让客人坐地上，快起来，换上拖鞋，坐沙发上。我先去洗手。”

倪小龙终于局促地坐在了沙发上。

在屁股挨着沙发的那一刻，他突然就产生了一种深深的负罪感，觉得自己就像爬上了雪白纸张的一条鼻涕虫，黑黑的，黏黏的，脏脏的。

其实倪小龙的大半个屁股都是悬空的，只用尾椎骨那一小块地方支撑在沙发上，上半截身子直挺挺地支棱着，手放在膝盖上，活像正被老师训斥的小学生。

邱紫璇回来了，足足洗了十分钟的手。

倪小龙也赶紧去把手洗了。洗手的过程中，他觉得邱紫璇家的马桶比自己睡的被窝还干净。

倪小龙坐回沙发上，继续保持着原先的姿势。

“紫璇，我想告诉你我现在的真实感受，不说憋得慌。”倪小龙说。

邱紫璇歪着头看倪小龙，知道他说的话会和自己家有关。

“边吃苹果边说吧。”邱紫璇指指果盘。

“嗯……”倪小龙伸出手，但觉得拿走一颗之后会影响苹果仪仗队的整体观感，停住了。

“没事，我会及时补充一颗的。”邱紫璇说着就要站起来。

“别别，不用了，我其实不想吃。”倪小龙赶紧说。

“哦，什么感受呢？”

“在你家，我感觉自己很脏，就像，”倪小龙微微动了动屁股，一字一顿地说，“就像一泡应该被拉出去的稀屎。”

邱紫璇眉头蹙了蹙，手不自觉地伸向喉咙，然后突然扭头冲进洗手间去了。

从里面传来的声音判断，邱紫璇吐了。

“紫璇，你没事吧？啊？”倪小龙敲着洗手间的门，很着急，但又觉得冲进去不合适。

“妈妈没事的。”角落里突然传来乔乔的声音，“她经常吐。”

“乔乔？”倪小龙高兴地蹲下身，“你在家啊，我还以为你上幼儿园去了呢！”

“我不上幼儿园，妈妈说外面脏。”乔乔抱着个玩具猫，怯怯地说。

“哦？”倪小龙很意外，“那你在家不闷吗？”

“很无聊。”乔乔无奈地眨眨眼睛，又指着一间屋子说，“还好我养了好多小动物，有它们给我做伴。”

“嗯，那还行。”倪小龙点点头。

“陪我玩会儿好吗？反正妈妈每次吐完都要清理很长时间，然后还要洗澡，你可能要等她很久的。”乔乔说话很乖巧。

“好的，反正我……我正想陪你玩。”倪小龙差点就秃噜出来“反正我也没工作，反正爹娘要把我当贼抓”。在纯净的孩子面前，说假话好像有点难。

“妈妈见到恶心的东西就要吐，”乔乔边走边说，“听到恶心的东西吐，这是第一次。看来小龙叔叔说话真的太恶心了。”

“其实，叔叔也没说什么，真的，没说什么……”倪小龙很内疚。

“看，这就是我的动物园！”乔乔推开一扇房门，兴奋地指着屋里说。

天哪！确实是动物园啊，趴在窗台上的猫，卧在枕头上的狗，站在架子上的鹦鹉，游在缸里的鱼，漂在盆里的小鸭子，正在啄米的小鸡……整整一屋子的动物，可全都是假的！

“它们全是假的啊。”倪小龙惊讶地说，“也太多了吧？”

“不是假的！我给它们取了名字，还跟它们说话！”乔乔不高兴了。

“是，是，真的。”倪小龙赶紧答应着。他明白，邱紫璇有这么严重的洁癖，怎么可能在家里养动物呢。

“咱们一起玩吧！”乔乔提议，“就玩动物王国历险记！咱们两个人演猴子，你和我一起打跑了大老虎，然后带领其他动物们过上了快乐的生活！”

这可是倪小龙的强项，他很快进入了角色，乔乔玩得很开心。

突然，乔乔趴在倪小龙背上说：“爸爸，我真的好开心啊！”

倪小龙差点跪下。

“爸爸可不是随便叫的，我是叔叔，乖。”倪小龙说。

“别自作多情，咱们正过家家呢。”乔乔咯咯地笑起来，“我是小猴子，你是大猴子呀。咱们俩在山里面失散了，我好不容易才找到你的。”

现在的小孩子说话那是相当有水平。

“哦哦，儿子。”倪小龙哈哈笑着，“爸爸也想你呢，你看咱们俩长得多像！”

“乔乔，下来。”邱紫璇不知什么时候已站在了门口。从她脸颊上红色的深浅程度来判断，反正肯定是听到了那番关于父子团聚的对话。

几秒之后，乔乔和倪小龙已经按照大小个儿并排在墙前面站好了。

从邱紫璇的表情来看，她对动物王国历险所造成的后果很不满意。动物们已经占领了屋子的每一个角落。大老虎横躺在地上，背上骑着兔子，脸上站着两只小鸡。然后是满地的毛——动物的毛，那是激烈厮杀后的结果。

“我弄的，对不起啊，我来收拾。”大个子倪小龙率先承认错误。

“不怪叔叔，是我非要他跟我玩的。”小个子乔乔也很敢担当。

大个子和小个子对视了一下，惺惺相惜。

“没事，待会儿我来。”邱紫璇赶紧说，“我们去客厅吧。”

倪小龙冲乔乔抱歉地笑笑，知趣地出去了。身后传来邱紫璇轻轻的声音：“乔乔，我说过多少遍了，屋子里是不可以弄得这么乱的……你必须自己收拾好……”

“嗯！”乔乔这次居然很配合，邱紫璇感到有些意外。

邱紫璇把乔乔关在屋里，也坐在了沙发上。

倪小龙终于找到机会把早上被当成贼的故事讲了一遍，邱紫璇又是开心地大笑，就像上次听他讲失业的故事一样。过程中倪小龙吃掉了两个苹果仪仗兵，邱紫璇补充了两个苹果仪仗兵，所以苹果仪仗队依然是站成三排三列，一看就知道是九个有木有。

“对了，我说话是不是太恶心，所以你吐……对不起。”倪小龙终于支支吾吾地说。

邱紫璇的眼睛里倏地闪过一丝惆怅，表情黯淡下去，“别这么说，是我自己的问题……看过医生，医生说我有强迫症，我没办法……”

“哈，这不挺好嘛！有强迫症好！”倪小龙见邱紫璇难过了，专门逗她开心，“你看看啊，要是所有人都能强迫自己爱干净，以后过国庆节，天安门广场上能有那么多垃圾袋吗？学生们要是能强迫自己锻炼身体，他们的体质还能不如小日本吗？我要是能强迫自己控制情绪，还能被开除失业吗？所以有强迫症好啊，赶紧把我传染了算了！越重越好！然后我再去传染其他人……”

邱紫璇捂着嘴巴笑个不停。侧脸的线条柔和完美，长长的手指清秀白皙，贝壳一样整洁的牙齿和闪着光亮的粉嫩嘴唇从指缝之间露出，再加上她富有舞蹈美感的优雅动作，王八蛋才会昧着良心说她不好看，装孙子的才会在她迎面走来的时候假装视而不见。

更可况她此刻就坐在倪小龙身边。

“你知道你有多好看吗？”倪小龙不是王八蛋，也不装孙子，“我是客观地说，没其他意思。如果你笑起来不捂嘴巴会更好看，那样可能会显得更，更大方一些，呵呵。”

邱紫璇脸又红了，慌忙把手往嘴唇旁边挪了挪。她是个很敏感的人。

“脸总红啥啊？”倪小龙决定彻底让邱紫璇天性解放解放，“你也没做亏心事！不像我，我要是也爱脸红，做的那些事早该让自己脑血管爆裂而死啦！”

邱紫璇的脸更红了，变成了猪肝色。但她没生气，只是把两只手掌贴在自己脸颊上，徒劳地掩饰着窘迫。

“紫璇，没事啊，天上飘来五个字‘那都不叫事’！我告诉你一个办法，治这个可管用啦！”倪小龙站起身来，“你打开窗户，冲着楼下连喊五声，就喊这三个字……”

倪小龙本来想说的是“他、妈、的”这三个字，但突然觉得这样太流氓，赶紧改口说："这三个字就是'草、泥、马'。简单说就是种动物，等你喊完，就会发现爱脸红的毛病会神奇地痊愈哦！"

邱紫璇已经笑得蜷缩在了沙发上，上气不接下气地说："那，那，那可不……行……"

半晌，邱紫璇止住了笑，对倪小龙说："反正你也没地方去，就在我家吃饭吧。"说着就笑眯眯地进厨房去了。

就这样，倪小龙在邱紫璇家中度过了整洁而充满欢笑的一天。

直到了理论上副总经理应该下班的时间，倪小龙才背起包走到门口。

"给你添麻烦了，紫璇。你看我，这么个大男人，却总是这么狼狈，"倪小龙不好意思地笑笑，"你不会看不起我吧？"

"怎么会呢，人生总有起起落落，相信我，这一切都是暂时的。"邱紫璇把倪小龙送到门口，"你千万别多心，在这里我也没有别的朋友，我倒是蛮喜欢听你说话的，很有趣，我很快乐。"

"那我走了。再见，紫璇。再见，乔乔。"倪小龙打开门。

邱紫璇望着倪小龙，眼睛闪了闪没说话。

"明天你还来陪我玩好吗？"乔乔望望妈妈，突然仰起头问倪小龙。

"我，这……"倪小龙不知道该怎么回答。

邱紫璇偷偷拉了拉乔乔。

"你白天不是说过，这个星期都要跟你的妈妈演戏吗？"乔乔问。他白天偷听了倪小龙和邱紫璇所有的谈话，一个人躲在屋里哈哈笑。

乔乔继续说："所以你这个星期都有空的，都可以来我家玩啊。"

"乔乔，别胡说，叔叔有正事……"邱紫璇话说了一半，觉得倪小龙其实没正事。

"看情况吧，如果你们欢迎我。"倪小龙给自己留了个活口。

已经深夜十二点了，蜜蜂社区 4 号楼 403 室，一个重要的家庭会议仍在召开。

常委全部列席。苏羊去睡觉了。

会议正在讨论爸爸妈妈今天才发现的一个重大问题。

这个重大问题是"小家庭失去秩序之根本原因"。

根据米露露的主动交代和倪小龙的必要补充，二老得出结论，失去秩序之根本原因是：

这个小家庭的女主人回家太晚；回家太晚的原因是在外面兼职做家教；兼职做家教的目的是想要多赚钱；想要多赚钱的动机是男主人事业雄起了，自己也不甘落后；不甘落后的结果就是没时间照顾家，所以就使小家庭失去了秩序。

米露露冤不冤啊！

在倪小龙哀求和内疚的目光之下，米露露啥也没说，自己全扛下来了。可扛下来之后却发现，接下来的结果不太好扛了，那就是爸爸妈妈禁止米露露再去外面做兼职！要她把基本工作之外的时间和精力全部放在家庭上，照顾倪小龙起居，重整家庭秩序！

妈呀，还有没有天理呀。

天理就是不能让妈妈心脏病犯了，所以米露露只好咬着牙全部同意。

爸爸妈妈不就是住一个星期吗？等天高皇帝远的时候再重操旧业不迟。

米露露想："反正李析的儿子豪七就只剩一节课了，上完这节课之后，本来也就没打算接着给他上，谁让李析对自己有所企图呢。至于其他学生，可以编个善意的谎言，先暂停一周的课程。"

"好的，我安排一下手上的事情，就按照爸妈说的办。"米露露对爸爸妈妈说。

爸爸妈妈觉得孺子可教。

几天后，米露露终于熬到给豪七上完了最后一节课，豪七抱着篮球高高兴兴地出去了。

"这是下一阶段的学费。"李析把一个厚厚的信封递给米露露，"三个月的，五千。"

她太想赚钱了，可是这钱不能赚。于是米露露在意念中把钱数了一遍，装进兜里。突然她发现数目不对，多了。

"多就多了吧，反正这钱我也没真要。"米露露想。

"以后我……"米露露正要开口。

"以后，我会额外多给你点钱。"李析倒先开口了，"你也挺不容易的，再说……"

说着，李析的手竟然搭在了米露露肩膀上。要不是米露露慌忙闪开，看他那意思还要进一步揉一揉什么的。

"以后我不能给豪七上课了，对不起，公司太忙。"米露露盯着李析的手，警惕地说，"上次的学费今天正好上完。你跟豪七解释一下，我先走了。"

“什么？你说什么？”李析感到很意外，一把拉住米露露的胳膊，“就这么走了？”

“请你放开我。”米露露说，“公司确实太忙。”

“那我们俩之间的事，怎么办？”李析不松手。

“我们俩之间？什么事？”米露露说，“请你放尊重点。”

“别装了，还能有什么事，我跟你说过的。”李析边说边把大脑袋朝米露露凑过去。

米露露讨厌这颗大脑袋。另外这颗大脑袋晚上还吃了韭菜馅的包子，就更讨厌了。

可是大脑袋越凑越近，越来越大了。

大脑袋居然冷不丁用长在上面的韭菜馅包子进食器猛啄了米露露的脸一下！

没错，米露露的脸确实像剥了皮的煮鸡蛋，但也不是给他预备的啊。

“啪！”米露露甩手给了大脑袋一耳光。

那是擅长弹钢琴的手指，加上擅长运球的手掌，加上擅长网球的大臂带动的杠杆运动啊。那力道，嘿，大脑袋看着办吧。

大脑袋急了，反身搂住米露露就往下压。大脑袋下面还有个胖身子，米露露被胖身子推着，向沙发上倒下去。

米露露倒在了沙发上，双手挥舞着想要抓住什么。她唯一能抓到的东西就是旁边柜子里一个同样有着胖身子的花瓶。她好不容易把花瓶抓在手里，使劲往大脑袋上一砸，“哗啦！”花瓶碎了。大脑袋没碎，但是不动了。

米露露把李析使劲一推，这才坐起身来，惊魂未定。她用手指戳了戳大脑袋，李析又开始动了。

没死就好。米露露长出一口气，抓起包就要走。

“露露，对不起。”李析捂着脑袋爬起来，一脸忧伤，“今天的事情就让它过去吧，我也想通了，感情是不能强求的。我真心向你道歉。”

米露露愣了，立刻就觉得自己刚才不是正当防卫，而是防卫过当了。

“露露，一直以来，我都是很尊重你的。向你表达爱意，也是真心的。爱没有罪吧？”李析伤感地坐下来，“今天确实是我冲动了，但因为爱而冲动，也是可以原谅的吧？”

米露露慌了，立刻又觉得自己不是防卫过当，而是故意伤害了。

“对不起，我也反应过激了。”米露露很内疚，“不但打了你的大脑袋，哦，不，是头……还打碎了你的花瓶，这样吧，我赔你的花瓶，多少钱？”说着，米露露就要从包里往外掏钱。

“唉，我也没想到咱俩会闹到今天这个地步，算了，谁让你是豪七的老师，而我又那么欣赏你呢，”李析一只手捂着头，另一只手无聊地摆弄着手机，“这样吧，我给你打个对折，就八万块钱吧。”

让世界上所有的草泥马都冲进李析家里，然后把他的大脑袋踢一万遍也不能代表米露露此刻的心情。

什么破花瓶，开口就要八万！还打了对折！

“哈！李析，你疯了吧？”米露露觉得首先是李析疯了，然后自己又被他气疯了。

“别激动，露露，这不是一般的花瓶，真的。”李析一脸心疼加无辜的样子，“我知道你经济条件不是很好，但这个花瓶确实很贵。当初我买下它的时候，花了十几万呢。虽然我对你是有好感，但这是，这是两码事。”

米露露很晕——那是一种满眼都是驮着花瓶的草泥马，在草原上万马奔腾的感觉。

“唉，”李析深深地叹了口气，捡起一块花瓶的碎片，“你看，露露，这个花瓶的胎质、做工、款识……可惜了啊，跟你说你也不懂……这是一个乾隆款茄皮紫釉梅瓶，是官窑的精品，造型俊秀，釉色深沉浓艳，篆书刻款工致……至于市场价值，现在怎么着都得二十万以上了。”

米露露霍然觉得这是《天下收藏》节目的现场，眼前这个男人就是王刚。

不不不，王刚哪能看上自己，又对自己欲行不轨啊。

“哎，跟你说话呢，市场价值现在要二十多万哪。”李析提醒米露露，“所以我非但没有跟你多要，还念在咱们有感情基础的分上，给你打了对折都不止啊。”

李析说得很诚恳。

米露露想草泥马才跟你有感情基础呢。

“那，那，”米露露这下真慌了，“这，这，这么贵啊！”

二十万的宝贝啊，打了折扣还要八万啊，这对米露露来说是属于天文学范畴的数字啊。

“那，还能粘好吗……”米露露望着一地的碎片，自己都觉得不可能。

“粘好了也不值钱了。”李析心疼地捡起几块碎片。

“你会报警吗？”米露露突然问。

李析平静地望了望米露露：“随你。”

米露露这下相信了，李析没骗她。

“我随时可以报警，但我不愿意，毕竟，咱们还是朋友。”李析摇了摇头，“报警其实对你不利，看看，你还打伤了我，加上医药费……当然，报警之后咱们也可以再进行调解，或者请律师起诉什么的，但有意思吗？”

“可，可我现在没那么多钱……”米露露脸色煞白，感觉天旋地转，日月如梭。

她晕晕地算了一笔账：家里面的老底只有两万多；小龙现在不赚钱；自己没了豪七这种客户之后，每个月兼职和工资加在一起只有不到五千块钱；还房贷每个月两千；其他开销两人怎么也得一千多。天哪，得用三年时间才能还清啊，如果中间再有什么意外的话，那可就得用四五年的时间去还这孽债了。

当然，如果倪小龙异军突起，突然能赚大，大，大钱了，那又是另外一种状况。

可那种状况，米露露是不敢再想了。

她感觉脑袋里开始沸腾冒泡，红的、黄的、白的、绿的、黑的统统煮在一起，一双双筷子在里面搅拌，捞着自己想吃的东西，比方说毛肚羊肉鸭肠什么的。痛，脑仁巨痛。米露露真想一头撞在墙上，先昏死过去再说。

“没事，你说个时间，一次结清也行，分期付款也行。相处了这么久，我相信你的为人，这也是我没打算报警的原因。”李析很善解人意。

“那，那，”米露露的声音带着哭腔，“那就分期，分期还吧……我，我是不是，是不是还得写个欠条？”

“嗬，那就不用了。”李析的脸色渐渐缓了过来，“我没看错，你确实是一个好人，说实话，我心里也很难过。”

李析摁了一下手机，手机里传来米露露的声音：“……不但打了你的大脑袋，哦，不，是头……还打碎了你的花瓶，这样吧，我赔你的花瓶，多少钱？”

米露露傻了，李析真是块老姜，真辣呀。

“有你的录音，不怕你不认账。我刚才也是以防万一，希望你能理解。你也知道，这世道，哎，防人之心不可无啊。咱们订个君子协定就可以了，每两个月你还我五千，行吗？”李析跟米露露商量。

“好的，好的。”米露露擦了擦眼睛，感动和愧疚一起涌上心头。

“那，就这样？”李析使劲揉着脑袋，站起身。

“嗯，谢谢你。”这是米露露对李析说的最后一句话。

说完米露露就后悔了，自个真他妈贱。

米露露打算把花瓶的事情暂时向倪小龙保密。

告诉倪小龙之后不但解决不了问题，还会让他压力更大。而且，要是让他知道了李析曾对自己动手动脚，他最最理智的行为就是冲到李析家上演血溅鸳鸯楼，到时候可能就不是八万块钱能解决的问题了。再说，这个小家庭正在市场经济的浪潮中风雨飘摇，自己却不合时宜地犯下了此等滔天罪行，老公要是知道了，这个家，还会存在吗？

米露露不敢想象，所以只能沉默是金。这块金无法卖了还债，却可以暂时用来镇宅。

“幸亏李析说可以分期付款，自己还是赶紧想办法赚钱吧。”米露露绝望地想，“老公充其量是个冲动的丧孩子，我却是个不折不扣的败家媳妇！”

她认为自己和倪小龙一定是中了什么邪恶的魔咒，冥冥中有无数的小鬼正在搜肠刮肚想出各种埋汰摧残他们的方法，而现在才刚刚开始。

女人的直觉真可怕。

她的预感是对的。

米露露回到家的时候，倪小龙正揉着自己的大橘子站在屋子正中，爸爸光着脚坐在左边，妈妈端着水坐在右边，地上散落着好几只鞋。顺便提醒一下大家，大橘子就是已经变成好多瓣的屁股。

综合眼下所有的情况来判断，事情的经过应该是这样的：倪小龙被爸爸找到了一个可以打屁股的理由，然后爸爸脱下自己的鞋打了倪小龙的屁股；接下来爸爸觉得不解气，就顺手捡起其他人的鞋子继续打，这些鞋子当中还包括了米露露的高跟鞋；爸爸对倪小龙动完刑之后，由妈妈上场对他念死去活来经；从妈妈的状态虽然看不出经念到了哪个章节，但从饮水机目前残留的水量来看，反正妈妈至少已经喝了五六杯水。杯子是那种一千毫升的杯子，而且妈妈喝水的速度和她讲话的速度一样，很慢。

知道是什么情况了吧。

“这，是怎么啦？”米露露惊讶又惊吓地问。

她今天已经被吓过好几次了。虽然米露露没有从小被吓大的宝贵经历，但看起来她很有可能会拥有从年轻被吓到年老的惊悚人生。

爸爸抬手指了指桌子上。

米露露看到桌子上有一个红色的本本，本本上烫着四个金光闪闪的大字：获奖证书。

获了奖还要挨打？

发誓要考第一名，结果只考了第二名，最后就要挨打。米露露小时候确实有过这样的惨痛经历。

米露露赶紧翻开证书，证书里写着：倪小龙同志，获得本年度防火先进个人称号，以资鼓励。证书下面盖着蜜蜂社区物业的鲜红印章。

“这不是挺好吗？”米露露赶紧挂上笑容。老公已经很久没给她长过脸了，虽然证书不是奖金，但也至少证明了别人对他的高度认可吧，虽然只是在防火方面。

“露露，我们对不起你。”妈妈喝了口水，先开腔了。

从妈妈接下来夹叙夹议的经文中，米露露终于知道，倪小龙失业的事情穿帮了！

穿帮的经过很简单，小区进行防火演习，倪小龙没看到通知，以为是真的着火了，于是从邱紫璇家冲出去就开始救人，一腔热血让他忘了自己假装上班的事情。他不但主动帮助疏散群众，还把一位走得很慢的老奶奶背到了院子里，结果就很不幸地被小区物业人员给当众表扬了，还被当成典型发了证书。现在，他的照片就贴在小区楼下的布告栏中，时刻激励着小区人民向这个活在身边的榜样学习。

而倪小龙见义勇为的整个过程，爸爸妈妈都进行了充分的参与，只是因为腿脚太慢，始终没把他给逮住。最后还是爸爸仗着有武术功底，活活把他给擒回了家，这才作罢。

“小龙你真是笨得可以啊，怎么能在小区里转悠呢？”米露露想，“即使这样，凭你编故事的能力，也应该能瞒天过海的，唉……”

倪小龙确实是作茧自缚。如果他早晨不嘴贱，说自己上午要去郊区开会；如果他上午不手贱，非要打个电话回家，告诉爸爸妈妈自己现在正在郊区呢，晚上回家想吃顿牛肉饺子，他也不至于无法自圆其说。

只能送他这句话了：天网恢恢，疏而不漏。

不幸中的万幸是，谁也不知道倪小龙这几天都待在邱紫璇家里。

他用自己最后的一点坚强和智慧保守住了这个秘密。

“你必须找到比以前还要好的工作，不然我就住在这里，天天练你！”爸爸冲倪小龙撂下这句话，头也不回地走了。爸爸口中的“练”，就是打的意思。

“唉……”妈妈摇摇头，看了看自己的手。手里没有水杯，没有水杯就没法开口。所以妈妈叹完这口气就干干脆脆地走了。

倪小龙和米露露都知道，爸爸留下了一个不可能完成的任务。

第十二章

我们离婚吧

对不起，我也知道孩子是无辜的，但，但我们已经不可能在一起了。我无法和一个自己不再信任的人一起生活。

不怕贼偷，就怕贼惦记。

在凌雪的心中，米露露就是贼，时刻在惦记着她的牛凯歌，所以她必须高度警惕，时刻惦记着米露露。

也不知道谁才是贼呢。

自从上次碰见牛凯歌开车送米露露回家之后，凌雪就再没获得过片刻的安宁。她神经系统的感觉机能每一秒都处在高度紧张的工作状态，为的是保证外界任何风吹草动都能在第一时间被自己感知，这样大脑才能紧接着在第二时间作出正确的反应。这大概就是一只在草原上战战兢兢吃草的小白兔的状态，时刻担心着大灰狼的到来。哪怕只有一秒的疏忽，也可能瞬间丢掉它的小命；或者是一个拐走别人家小孩子的恶妇，自以为远走高飞、时过境迁，下半辈子可以高枕无忧的时候，孩子亲妈突然有一天就成了她隔壁邻居，而且似乎还总望着已经长大成人的那孩子发呆，嘀嘀咕咕说，这孩子怎么越看越像我家那口子老王？！

凌雪比那只小白兔和那个老恶妇轻松不了多少。

人没法跟野兔相比，长期这样下去会导致神经衰弱，症状就是神经过敏。

牛凯歌对这种神经过敏已经到了一种忍无可忍的程度。

“你到底怎么了？你到底要干什么？”牛凯歌问凌雪。

这是他最近一段时间以来，问凌雪最多的问题。

他之所以这么问凌雪，是因为凌雪变成小白兔和老恶妇之后，就总是问他关于大灰狼和隔壁老王家的事情。

第一阶段，凌雪喜欢背对着牛凯歌，装作不经意地问：“哎，米露露最近给你打电话了吗？”

牛凯歌只顾做自己的事情，平静地回答：“没有。”

第二阶段，凌雪开始偷偷观察牛凯歌的表情，小心翼翼地问：“米露露是不是最近给你打电话了？”

牛凯歌会蹙蹙眉头，稍停片刻之后回答：“没有。”

第三阶段，凌雪会紧盯着牛凯歌的眼睛，想要寻找到什么线索，仔仔细细地问：“米露露给你打电话了？”

牛凯歌会不耐烦地瞟凌雪一眼，回答：“你没事吧？总是问这个奇怪的问题。”

第四阶段，凌雪伤心地望着牛凯歌，一字一顿地说：“米露露给你电话了吧？”

牛凯歌看也不看凌雪，压抑着烦躁回答：“跟你说过多少遍了，没有。你真的很烦！”

第五阶段，凌雪痛苦地背对着牛凯歌，小声说：“我知道，米露露又给你打电话了。”

牛凯歌啪地撂下手上的事情，声音不大但很有力：“我看你是疯了！”

第六阶段，凌雪悲伤地抱住牛凯歌，抽泣着说：“米露露可以给你打电话，但求你别离开我。”

牛凯歌站起身，推开她，一句话也没有说，独自走开了。

凌雪之所以会变成现代贵妇版的祥林嫂，其实也不能全怪她。

这是因为她从牛凯歌的手机里偷看到了和米露露有关的短信和电话！

凌雪天不怕来地不怕，就怕米露露和牛凯歌说上话。

凭她敏锐的感觉和缜密的判断，那对昔日恋人肯定已经进行过无数次的深度交流，彻底揭开了尘封数年的分手真相，干柴烈火地再续了往日情缘，滴水不漏地布置了重组家庭的秘密计划！

如果没有的话，牛凯歌的手机里怎么会有发给米露露的短信，通话记录里怎么会有米露露的电话号码？

如果他们俩之间只是正常的联络，牛凯歌为什么不敢承认，每次都说“没有”？

如果没有的话，牛凯歌为什么会对自己越来越视而不见，甚至还说自己真的很烦？

“我该怎么办怎么办怎么办？”凌雪歇斯底里地抠着发髻，千万次地问自己。

最开始的时候，凌雪想要杀进米露露家里，先劈头盖脸往死里大骂那个自己有不幸家庭非要插足别人幸福家庭的骚娘们。如果米露露不知难而退不知错下跪，那动手就是必须的！你的脸不是像剥了皮的煮鸡蛋吗？老娘就干脆给你挖挠出鸡蛋黄来，让你鸡飞蛋打！即使搏斗中老娘挂了彩破了相也没关系，反正也整了五六七八次容了，再多整八九十来次也不嫌多！

但老娘凌雪是个理智的女人，即使在失去理智的情况下也至少是个注重结果的女人。

她知道自己不能那么做，因为她肯定打不过米露露。当然，这只是一个最次要的原因。

“关键原因是大牛知道之后，肯定会认为自己穷凶极恶，这样的话，非但不能把大牛重新拽回身边，相反还会让他对自己彻底绝情。”凌雪想。

然后，凌雪想过要去找米露露，尽量平心静气地进行一次谈判。

首先承认自己在六年之前因为爱牛凯歌昏了头，所以在情难自抑的情况下，就做了天打五雷轰的错事。紧接着走温情路线，给米露露讲述自己辛辛苦苦陪伴牛凯歌创业的不容易，最后求米露露给自己的爱放一条生路，不要再频频回顾，当初确实是自己自私的企图才犯下错误，但如今大家就别再作茧自缚！

最后，最后大不了动用自己的小金库，给米露露一笔损失费罢了，反正她也需要钱。

“但米露露怎么会接受自己的道歉，同意自己的建议呢？现在正是她家庭生活不如意的时候，没钱花没权用没爹拼，只有一个漫天找不着谱的老公，她不想再和牛凯歌好？她傻啊！”凌雪想，“再说了，我这么示弱的话，她只会更觉得是我亏欠了她。这还不彻底助长了她的嚣张气焰呀。不行不行。”

凌雪还曾经想过要找倪小龙谈谈，说自己的老公他的老婆如今大有猫腻，两人应该同仇敌忾尽释前嫌共同战斗，但这个方案也很快被她否定了。

“就倪小龙那狗脾气，他一定会对米露露实施家暴，然后离婚了事。这样一来，米露露正好恢复自由身，到那时候，即使我死乞白赖不想和大牛离婚也不可能了。我这么做是在帮着她呀！不行不行。”凌雪想。

最后凌雪意识到，问题的重点是要拴住牛凯歌的心，整其他的都没用。

牛凯歌显然已经对“米露露、电话”这样的问题深恶痛绝，所以凌雪是绝对不会再问了。

她接下来要做的是：不断提升自己，让牛凯歌觉得还是现任老婆好，现任的老婆是个宝。

所以凌雪开始孜孜不倦地用同一个句式问牛凯歌：“大牛，是不是我做得不够好？”

牛凯歌回家吃饭的时候，她会问：“大牛，这锡纸烧鲈鱼你没说好吃，是不是我做得不够好？”

牛凯歌泡澡的时候，她会问：“大牛，我在浴盆里放了檀香木精油，你没说喜欢，我给你搓澡，你也没说舒服，是不是我做得不够好？”

牛凯歌和她做爱的时候，她会问：“大牛，我这件白色透纱情趣内衣，你没说好看；刚才吻你的时候，你也没说好棒，是不是我做得不够好？”

牛凯歌刮胡子她洗脸的时候，她会问：“大牛，以前整容，要是我鼻子再垫高点，脸再磨小点，胸再做大点可能就会更漂亮了，是不是我做得不够好？”

如果牛凯歌还没疯，那他就是傻。

“你到底怎么了？你到底要干什么？！”牛凯歌已经烦到了极点。

这是他最近一段时间以来，对凌雪说得最多的话。

“你很讨厌知道吗！”当凌雪又一次问是不是她做得不够好时，牛凯歌说了这样一句话。

这句话是把锋利的匕首。

刀尖刺破了凌雪那颗用极度自卑与自负填充，但其实像气球一样脆弱的心脏。

刀刃割断了凌雪最后那一根比发丝还细，但还算健康的神经。

凌雪哭了。

比世界末日来临，所有生物全都要死光光还要绝望。

比幼年丧父中年丧妻老年丧子还要伤心。

比鲁滨孙知道自己要流浪二十八年零两个月又十九天还要无助。

绝望、伤心、无助的凌雪把自己灌醉了。

酒醉的她说了她最不想说最不敢说最不能说的话。

是的，就是那个魔咒。

能让她的爱情城堡顷刻崩塌的魔咒。

其实之前，根本就没有人知道这个魔咒。

凌雪没想到，最后揭穿她的那个人，竟然就是自己。

她原本可以把这个秘密暂时维持下去，因为牛凯歌和米露露并没有开任何她想象当中的通气会。

牛凯歌的手机里确实有发给米露露的短信，通话记录里确实有米露露的电话号码，但这个事情和当初他俩分手一样，即事实不等于真相。

那天晚上牛凯歌送米露露回家，之后的一段时间里，他曾经无数次想找米露露谈谈。

牛凯歌想对米露露说，不要再拒绝他提供的机会，说服倪小龙去他的公司上班，这样至少可以暂时获得一份稳定的工作和生活。如果倪小龙将来有了更好的机会，再跳槽也未尝不可。

之所以要通过米露露，是因为牛凯歌知道，以倪小龙的个性和他与凌雪之间的矛盾，自己根本说服不了他。

他曾经给倪小龙打过电话，再次发出过诚挚的邀请。

“谢谢你，牛总，但我是真的考虑好了，请你再找其他人吧。”倪小龙在电话里对牛凯歌说。他拒绝得很婉转。

“小龙……”牛凯歌不明白倪小龙为什么这么固执。

“牛总，除了这件事，我什么都可以答应你，因为我欠你两个人情。上次我喝醉，是你把我送回家；后来我妹妹苏羊喝醉，又是你帮我把她送到了医院。真的是给你添了不少麻烦，目前我还不知道该用什么样的方式报答你，但肯定不是去你的公司上班。”倪小龙说得很坚决，“即使是你真的需要我，我也不会去的。再说，如果我去了，这其实是让我又欠了你一个人情。”

“小龙，你听我说，”牛凯歌依然不紧不慢，“我问你，是不是因为凌雪？”

倪小龙没回答，但电话里能听到他长长地出了口气。

“小龙，凌雪当初在婚礼上那么说你，确实是草率了一点，但她其实人不错的……”牛凯歌并不知道凌雪背着他基本不说人话。

“牛总，咱们别谈其他的了，我真的已经决定了。”倪小龙想起凌雪就来气，牛凯歌竟然还说她人不错，她人是大错特错才对。

“小龙，我这么说吧，你有没有为米露露想过……”

“嗯……”倪小龙被戳到麻筋了，“那是我们家里的事，可能，可能不需要别人操心。”

“如果你和凌雪好好沟通一下，也许以前的事情就能释怀了。所以，为了米露露，你可以再考虑考虑。我会安排凌雪跟你见个面，让她为那件事向你道歉。”牛凯歌继续说，“今天我就让她给你打电话……”

“不用了牛总，我们……我们见过面了。”倪小龙只好说真话。他可不想再见凌雪了，见一次被扒一层皮。

“所以，我觉得没必要了。”倪小龙说，“谢谢你，牛总，再见。”

牛凯歌似乎明白了，倪小龙和凌雪之间还有其他不愉快的事情。

可凌雪才不会说呢，她要在她的大牛面前保持高贵典雅的美好形象。

所以牛凯歌从凌雪那什么都没问出来。

“小龙可能有更好的机会吧，他一看就很能干的呀。”凌雪对牛凯歌说。

你说人家凌雪就咋就这么会说话呢，至少会好几国的汉语！

所以牛凯歌只能去找米露露。

可他根本就没联系上米露露，发短信不回，打手机不接。

凌雪看到的短信是牛凯歌发给米露露的，这一点她知道。可通话记录里米露露的电话号码是牛凯歌主动拨过去的，这一点她不知道。

所以她应该问牛凯歌“你又给米露露打电话了”，而不是“米露露给你打电话了”。

都怪那个牌子的那款手机，价格不低，但设计得简直没人性，必须进行更深一步的操作才能区分来电和去电。此外，相册的存储功能也极不完善，会自动将照片存到一个莫名其妙的文件夹，然后各种找，然后找不到，然后给厂家客服打电话……

牛凯歌才不会告诉你他用的是哪个牌子的哪款手机呢。

反正凌雪是不会用，也没足够的时间来研究。

蝴蝶效应啊，凌雪的爱情就被八百竿子都打不着的手机设计师给毁喽。

虽然凌雪用两个程式化的问题对牛凯歌进行了数番轰炸，但牛凯歌其实还没有被最后摧毁。谁让他是个沉稳似铁的男人呢，谁让他主动给米露露打电话呢。

再沉稳似铁的男人，撒谎的时候也心虚啊。

让牛凯歌对凌雪说出“你很讨厌知道吗”这句话，是因为另外一件让他再也忍无可忍的事情。

那天，凌雪不但跟踪牛凯歌，还当场捉奸，把米露露给打了！

酒店二楼的咖啡厅里，凌雪怒从心头起恶向胆边生，再也忍不了了，冲过去就把一杯咖啡“哗啦”倒在了米露露的头上！

米露露顿时就淅淅沥沥梨花带咖啡雨啦。

嘿，别说，褐色的咖啡喷溅在雪白的镂空蕾丝绣花真丝短袖衬衫上的效果还真不错。

这么说吧：一个白闪闪干净净的美女正款款地走，突然头顶就飞过一大群乌鸦，乌鸦们刚吃饱而且全都在拉肚子，然后地面上的美女就那样了。

那样的美女就坐在牛凯歌旁边。

牛凯歌没梨花带咖啡雨。

凌雪这个解恨啊。

哼！光天化日之下，竟然敢公开勾引我的大牛！打打电话也就算了，还坐着我们家大牛的奔驰一路说说笑笑，我在宝马里哭你在奔驰里笑先就不说了，竟然还拉着我们家大牛来酒店！酒店是什么地方我知道！先喝咖啡红茶洋酒，增进感情调节气氛寻找微醺，然后开房洗澡关灯那啥一条龙！真是气死人呀！

可现在怎么收场?

大牛会护着这个妖精吗?

我该怎么办?

半秒之后凌雪就开始后悔了。

幸运的是，一秒之后这个问题马上就不是问题了，因为那个美女根本就不是米露露!

不幸的是，两秒之后来了个更大的问题：那个美女是牛凯歌新项目的准投资人。

准投资人的意思就是想投钱但还没投。

结果就是投资黄了。比黄花菜还黄。

“你很讨厌知道吗？！”牛凯歌对凌雪吼道，“出去！”

在一起六年，牛凯歌从来没这么吼过她，事实上牛凯歌从来就没这样吼过任何人。

凌雪是第一个。

任何熟识牛凯歌的人都以为他这辈子都不会发脾气，包括凌雪。

凌雪吓傻了。心凉了。喝醉了。

等她昏昏沉沉醒来的时候，天色已微明。牛凯歌并没有睡在她身边，书房的门缝隐隐约约透出一丝光亮。

“我得起来给大牛做早餐……”凌雪头痛欲裂，但还是艰难地爬了起来。

下床的时候，她不小心碰倒了两个红酒的空酒瓶。

她已经忘记自己是如何喝掉它们的了。

凌雪端着早点歪歪倒倒地推开书房门。

书房里烟雾缭绕，酒气熏天。

牛凯歌垂着头坐在沙发上，左手夹着一支燃烧殆尽的烟卷，右手握着一瓶快要见底的伏特加。牛凯歌没有看凌雪，他喷出一口浓浓的烟雾，仰头喝了一大口酒，说：“出去。”

“大牛……对不起，我错了。”凌雪怯生生地说，眼圈已经红了。

牛凯歌重重地灭掉烟蒂，把空瓶蹾在茶几上。

茶几上已经有一个空瓶了，现在是两个。

牛凯歌缓慢地点燃一支烟，想要伸手去拿还未启封的另一瓶酒。

“大牛，你别这样，不能再喝了，要注意自己的身体。”凌雪扑过去，已经带了哭腔，“我知道我错了，我改！啊，大牛。我多疑小心眼爱吃醋，总问你和米露露的事，我以后再也不问了，啊。对了，我还，我还把咖啡倒在了你朋友的头上，我，我真的知道自己错了，原谅我，大牛，求求你了，原谅我。”

凌雪抱住牛凯歌的胳膊，眼泪唰唰地流了出来。

“你是我最心爱的大牛，你难过，我的心也好疼。你别这样，熬了夜，又抽了这么多烟，还喝了这么多酒，你的身体会吃不消的呀。大牛，别跟我一般见识，啊，我以后再也不这样了，我今天就上门给你的朋友道歉。我，让我说什么都行。大牛，我错了，你惩罚我可以，但不能惩罚你自己呀！”凌雪边擦眼泪边说，“要不，你骂我？啊，还不解气，你就打我！”

牛凯歌依然一动不动。

“大牛，我求求你，原谅我？要不，我自己打……”凌雪半跪在牛凯歌脚边，一只手抱着牛凯歌的胳膊，另一只手高高举了起来，狠狠扇在了自己脸上。

“啪！”一声清脆的声音，凌雪的半边脸顿时红了起来。

她的手也立刻湿漉漉的，那是脸上的泪水。

“解恨吗？啊？大牛，我该打，该打，还得打。”说着，凌雪又把手抬了起来。

“行了，别打了。”牛凯歌缓缓推开凌雪。

“大牛，你原谅我了哈。快，快吃点东西。我这就去给你煲点汤，下火润肺的，待会儿你睡醒了喝……”凌雪边说边从地上爬起来。

沙发旁边的一面镜子里，她看到了自己现在的模样。

额前的头发结了绺，发髻乱蓬蓬地散落在脑后，两只眼皮微微浮肿，眼泪在面颊上留下了一道道水痕，左半边脸惨白，右半边脸则呈现出一种奇怪的红。

凌雪慌忙用双手捂住脸。

她不想让最心爱的男人再多看一眼这么难看的自己。

她太爱这个男人了，爱到骨头的每条缝隙里。

可当她就要逃到书房门口的时候，天塌了。

“我们离婚吧。”牛凯歌的声音从黑暗中传来。

这声音那么遥远，却又那么清晰。

仿佛一颗巨大的星球在宇宙边缘突然爆炸，上帝让你以慢放的效果观看它崩裂的每一丝细节。弥漫着粉色光晕的一大朵星尘向四周蔓延，轻轻染亮了整个夜空。这时上帝把它调成快放，于是在接下来的零点几秒之内，本来飘浮在天空中的粉色金色红色微尘，突然就变成体积膨胀了亿万倍的超大陨石。

看得到它们拖着炙热刺眼的火苗，听得到它们带着尖利骇人的呼啸。

它们就这样以超越光芒的速度射了过来。

你、我、他，还没叫出声就什么也感觉不到了，双眼早已被漫天的闪亮刺瞎，肉体早已被滚滚的烈焰蒸发。

接下来就是黑暗，黑暗，黑暗。

永恒的黑暗。

宇宙里的任何事情都与自己脱了干系。

因为自己的世界里，从此再没有轮回。

此刻的凌雪，就经历了那颗巨型星球毁灭的全部过程。

她的世界一片黑暗，她的灵魂在黑暗中飘浮。

她看得到自己的躯壳，却离那具躯壳越来越远。

终于什么也看不到了。

她的灵魂也在瞬间化成黑色的粉末，溶入这无边的黑色。

牛凯歌终于和米露露见面了。

此时此刻，米露露就坐在他的面前，如此真切。

闻得到她沁人的气味，听得见她轻缓的呼吸，看得清她修长的睫毛。

如果扔掉该死的理智，甚至在一秒之内就可以亲到她柔软的嘴唇，感受她炽热的体温。

牛凯歌真的很想，很想把眼前这个女人死死抱紧在怀里，抱到她轻声喊痛，抱到她无处可逃，抱到她成为自己血骨的一部分，自此灵肉交融，尘埃落定，永远不要分开。

露露，亲爱的，我好想叫你一声，亲爱的。

你是我的。我的。

我说得多么无力、苍白，甚至我还在犹豫该不该说，纠结敢不敢说，但在我心中，你是我的。

我知道待会儿你还要回家，那个家有另外一个男人，我不敢想，不愿想下去。

他也需要你，可是，你是我的。你本来就是我的。你应该就是我的，是别人抢走了你。

我甚至无耻地想过，你的过去，你的现在，你的将来，都是我的。

我宁愿相信，你也在这么想。

世界上就你和我两个人，其他的一切，都是幻象，都不存在。

我不小心丢了你，也丢了自己，从那以后天空就再没了亮色。

想你的时候，我知道你就在世界的某一个角落。我看不到你，也就装作不会想起你。

我曾经就想这么着过下去，不去打搅你，不去靠近你，远远地想着，到老，到死，假装幸福，假装专一，假装接受了你分手的提议，从此假装成一个只会拼命工作的机器。

可是为什么又让我遇见你。只有几百米，真可笑，我们居然住得这么近。

这就是终于走了六年才走到的距离？

我没怎么骂过人，甚至没怎么激动过，但我现在，我真想把这一切都砸了！

我面前的桌子、吧台、这家咖啡屋、停在外面的汽车，还有汽车可以把我带回去的那套大房子，还有我现在的整个生活。我都想砸了！

桌子、吧台、这家咖啡屋，我会赔，应该赔得起；房子、汽车、现在的生活，我讨厌它们，再也不想要。

我想冲天空大吼，问一问他妈的这是为什么！

我还想，还想把车飙到时速250公里，让我的泪水尽情崩落。我从来没有那样哭过，但我想试一试，看看那样能不能让我的心别再有一种濒死的疼痛。

露露，我想和你结婚，不管以什么方式，带你走，不回来。

亲爱的，你知道我多爱你吗？我已经准备好了，我要离婚，我就疯狂这一次，我要用掉压抑了几十年的疯狂，还要透支未来几十年的疯狂，实在不行，就问别人借一点疯狂，为我们俩疯狂一次。

我不想问，但还是要问，是不是因为倪小龙有那种不顾一切的疯狂，所以当初才拥有了你？

别回答，你千万别告诉我。你的任何回答都会让我胃疼。你知道的，我难过了会抽烟，悲伤了会喝酒，痛苦的时候会胃疼。那是一种生生被掏空五脏六腑之后的疼痛。

你不回答我也看得出来，他随心所欲，没有枷锁地活着。我甚至可以想象，可以想象一定是他先强行吻了你，紧紧地抱住你，用尽浑身的力气不要你离开，所以他抓走了你的人，带走了你的心。六年后的今天，我也想试试，我的疯狂能不能把你抢回来。

当初，我怎么那么没用，我恨透了自己，假装狗屁的成熟和理智，去死吧！

六年前的我，哪怕只及现在的一半，都会先仔细分析一下事情的合理性。你说话率真直白，做事砍瓜切菜，那么高调霸道地跟我走在了一起，你这样的女孩，根本就不可能用任何晦涩的方式 say goodbye。反倒是内向的我，看起来更符合冷处理的风格：先默默离开，然后不再联络，不通电话不见面，直至相忘于江湖——所以你没接到我的电话，就认为我要离开你了是不是？我亲爱的小傻瓜啊，我怎么会那么不负责任，那么无情、那么傻，傻到不要你，你美丽纯真、乐观善良，虽然是有点粗心，但我就是爱你这一款。

所以当时我首先应该怀疑，然后应该在接下来的日子里，疯狂地给你打电话。我为什么没那么做啊，只要你接通一次，就能改变这一切。我真他妈的浑蛋！

就算你没接到或者不想接我的电话，我也应该去找你，让你亲口对我说分手，哪怕被你嘲笑，被你大骂，被你扇耳光，我要你亲口告诉我，你不再爱你的大牛了。

即使听到你亲口说分手，我也不会离开，我要紧紧抱住你，吻到你无法呼吸，无法呼喊，无法呼救，无法对我骂出一个字，直到你告诉我，你还爱我，我是你的大牛，你一个人的大牛。我至少要那样试一试，大不了被路人当成流氓抓走。

现在想想，其实我有很多机会拆穿凌雪的谎言，但我把它们一个一个地都失去了，直到最后失去了你。我后悔，我是全世界最愚蠢的大笨蛋！假装沉稳成熟的大笨蛋！我就是全世界最冷的那个笑话。

当时我他妈是怎么想的，也许是自卑，肯定就是自卑。自卑到不敢去争取一份本该属于自己的真爱。那是老天对我进行的一次考试，我败了，不能补考，不能再来。我用自己还不能带给你幸福去宽慰自己，我太不自信了。凭什么我就不能带给你幸福？带给你幸福才是我存在的全部意义啊。我他妈的就不是个男人！

但现在，我要做一回男人，我要做一回敢于疯狂的男人。我要抢回你。

因为人只有一辈子啊，露露。

我和你，在这浩瀚的宇宙里，在这永无止尽的时间里，两颗微尘，那么巧地相逢，相识，然后在一起，难道就他妈的因为一个破电话，就把这一切都白费了吗？！现在，老天把你再次带到了我的身边，我认为这又是一次考试，是时隔六年姗姗来迟的补考，我想要全力以赴一次。

你还在爱我对吗？我是你的宝贝大牛，你是我的杏仁露露。

我亲爱的，我无法想象这辈子都不能再去亲一亲你的那种煎熬。

我无法忍受每次看到杏仁露露那种饮料就心如芒刺的疼痛。

自从和你分开之后，我就再也没有喝过杏仁露露，那不是我熟悉的味道，我喝了，会一整天不舒服。而我不能和你在一起，会一辈子不舒服，所以我要试一次。

昨晚我哭了，哭得像个孩子。泪水流也流不完，我不想擦，我不想那样去假装坚强。一个人的夜，我不需要向谁去伪装。

但我知道，哭没有用。

我现在要做的是像个男人一样地抢回你。

用我的疯狂，配合我的理智，一步一步，小心翼翼地抢回你。

我已经决定离婚，但我还需要了解一下你的现在。

我们已经分开了六年，我不知道这六年来的每一天你都是怎么过的，认识了什么样的人，说着什么样的话，每天吃着什么样的饭，你是不是依然那么喜欢吃辣，是不是依然喜欢用勺子挖着吃西瓜，是不是还喜欢吃湿湿的西瓜子，我不知道，我什么都不知道。

我必须要知道。不为别的，我只是要重新学会如何对你好，如何让你感到舒服快乐。

我还必须知道，你和那个男人的感情状况到底怎样。除了疯狂，他到底还有什么？

他，一个不是我的男人，和你恋爱结婚，早上和你一起醒来，看你换衣服，晚上睡在你旁边，随时可以亲吻你的肌肤，他陪你度过了四年啊，露露，他到底有哪里好？我妒忌得发疯！我只能告诉自己，那些不存在，不存在，从来没有存在过。看看那个男人，喝酒、失业、打架，我的露露怎么可能会去爱那样一个男人？而且，而且他那方面可能还有难以治愈的疾病，所以你们在家里的时候，其实不说话，不接吻，不做爱。你们吵架打架冷战，每天仇人般地维系着一个叫做“家庭”的水泥房子。

我知道我在骗自己，我的想法愚蠢、幼稚、卑鄙，但只有这样，我才可以不发疯。

因为你本该是我的。我的。我的。

我需要知道你和那个男人之间的感情。不为别的，只是想知道我胜算的机会有多少。

所以，为了重新得到你，首先你必须来到我的身边。

几百米太遥远，我要天天见到你。

没错，天天。

“露露，喝点什么？”漫长的沉默后，牛凯歌扶了扶眼镜，吸了吸鼻子，柔声地问。

“珍珠奶茶。”米露露笑笑。

牛凯歌也笑笑，米露露点了饮料，至少证明她还想和自己谈下去。

就在刚才的刚才，牛凯歌告诉米露露，自己的公司遇到了无法逾越的难关，想请米露露来救急。当然，那只是一个谎言而已，是牛凯歌夺取美人计划的第一步。

牛凯歌说完之后，米露露一愣，开始仔细观察他。

头发凌乱。他的头发从来都是梳得整整齐齐，还会精心地用发蜡定型，但今天这是怎么了？ 没刮八级大风啊。

脸色瓦蓝。他的脸色从来都是白里透红，闪耀着成功人士特有的光泽，但现在这是怎么了？倒映着天空和大海的颜色。

眼神黯淡。他的眼睛从来都是炯炯有神，人类发明的眼镜片已经无法阻挡它们的光芒，但此时这是怎么了？跟楼下那个盲人按摩师的眼睛差不多。

衣服也邋里邋遢皱皱巴巴的，不是只有我米露露才会穿成这副屌样吗？

总之吧，米露露面前的牛凯歌，整个就像是落了一层煤渣的落魄煤老板。

不像是开玩笑逗闷子的style。

刚才的刚才，牛凯歌是这样告诉米露露的：公司正在拓展少儿艺术培训业务，但项目进展却异常艰难。一开始找来的项目负责人只会夸夸其谈，根本无法胜任。此人不但找不到合适的营销策略，还因为管理混乱，教学水平不高，严重得罪了目前的客户，造成大量退单。公司为这项业务不但砸下了重金，还贷了款，但目前根本看不到一丝希望。他压力很大，所以昨晚通宵没睡都在考虑这个问题。前思后想，他和凌雪一致认为米露露做事干脆利落，又有艺术培训方面的工作经验，应该是目前能救场的唯一人选，所以就觍着脸硬把米露露拽来了。希望她看在是校友的分上，帮自己一把。

牛凯歌开发少儿艺术培训业务，米露露是知道的，当初不就是要倪小龙去做策划总监，负责营销推广吗，所以她从牛凯歌的话里听不出任何破绽。

她至少相信牛凯歌说的话了。

“看来有钱人也不保险啊。”米露露想，“他现在的心情，应该和我砸了古董花瓶之后差不多吧，要是那样，可真够痛苦的。”

米露露被牛凯歌带到这家咖啡厅来，原本是很不情愿的，还以为他是要天花乱坠地回忆从前呢。米露露没时间，更没心情。她自己正火烧眉毛呢，哪有心情听一个有钱人兴致勃勃地讲发家血泪史啊。所以她连饮料都没点，早就做好了随时拍屁股走人的准备。

米露露被牛凯歌带到这里之前，火刚好烧光她的两条眉毛。

一条是李析打电话，问她第一期还债的钱怎么样了。虽然李析口口声声说不急不急，但听得出来是探探风，也就是婉转提醒并加以催促的意思。第二条是公司开会，明令禁止所有教师在外兼职做家教，理由有二：首先是这样会分散教师精力，其次是这样会分流公司客源。如被发现，即刻开除。

两条眉毛就是这么被烧光的。

“奶奶的，人家都是开源节流，我这是绝源狂流。”米露露想要抓狂。

抓着抓着就被牛凯歌给抓走了。

牛凯歌电话联系不到米露露，干脆直接从米露露的公司把她给劫走了，拽进了距离最近的一家咖啡厅。

牛凯歌从未这么粗暴地去邀请过一个女人，粗暴到可以称之为绑架或者劫持。

更没有这样对待过他最心爱的女人。

所以米露露有点犯蒙，坐下很久了还在想一个问题：要不要报警？

这还是牛凯歌吗？

这还有没有王法了？

关心我的生活就是用这样的方式？

你老婆说话阴阳怪气你做事霸道专横，真是天雷滚滚的天生一对啊！

你牛凯歌以前不是这样的啊。

“现在这是怎么了？还真他妈的像个男人！”米露露想，“当初就算这么粗暴地向我提出分手，我也会认为你是个男人！”

紧接着她就骂了自己一百次贱。

女人，不知道何去何从的时候，也许真的需要有人将她强行带走。不管是去哪里，只要别站在原地。

其实牛凯歌也就是昨天晚上才顿悟：绅士风度害死人!

他决定无论如何也要见一面米露露，想方设法做到第一步：让她天天出现在自己身边，左右着自己的视线。

所以两人就双双坐在咖啡厅里，大眼瞪小眼了。

米露露没有料到，牛凯歌非但没有谈成功经验，反而是可怜兮兮地讲失败挫折。她开始同情眼前这个灰头土脸的非典型性疑似落魄煤老板了，而且这个煤老板以前还跟自己有点小渊源，这就更值得同情了。

傻妞啊，刀子嘴豆腐心小米粒脑子。改名叫米粒粒算了。

当牛凯歌提出要她去自己公司上班，而且待遇还超好的时候，米露露就更觉得意外。

她沉默了。这段时间，她最无法抵抗的就是金钱的诱惑。

米露露得好好想想。

漫长的沉默过后，当牛凯歌再次问她喝点什么的时候，她的回答暴露了打算再坐一会儿的心理小活动。

“露露，喝点什么？”牛凯歌扶了扶眼镜，吸了吸鼻子，柔声地问。

“珍珠奶茶。”米露露笑笑。

牛凯歌也笑笑。他知道米露露暂时是不会起身就走了。

刚才米露露沉默的时候，牛凯歌怜爱地望着她，一小口一小口地喝完了两杯黑咖啡，同时也在心底里完成了最真切的爱情告白。

他不会傻到直接去说穿那个秘密。

他并不了解现在的米露露，而且他认为即使说破也只会给米露露平添痛苦。

米露露现在已经过得够狼狈了，为什么还要让她难过?

维持现状，知己知彼是眼下最明智的抉择。

在来咖啡厅之前，牛凯歌就已经想好了。

黎明，当牛凯歌对凌雪提出离婚之后，凌雪就昏倒了。

她和她的爱情城堡一起倒了下去。

牛凯歌把她送到了医院，还好，只是精神紧张的缘故，没有大碍。

没有大碍也就算了，医生也犯不着那么高兴吧？带着昏倒好比中大彩般的神秘笑容。

医生悄悄拽了拽牛凯歌的衣角，又望了望沉睡的凌雪，说："恭喜啊，你太太怀孕啦！"

那个让他爱过、讨厌过，现在正在憎恶的女人，竟然怀上了自己的孩子？

在这个最最尴尬的时刻，却得到了这个本该最最兴奋的消息。

这回轮到牛凯歌不淡定了。

凌雪醒来的时候，牛凯歌脚下已经落了一地烟蒂。

"对不起，我不会要这个孩子。"牛凯歌缓缓地说，一如既往的沉稳，语调不容置疑，"因为我们要离婚，我已经决定了。所以，我建议你把他，把他做掉。"

"大牛，我……"凌雪眼泪如注。

"对不起，我也知道孩子是无辜的，但，但我们已经不可能在一起了。我无法和一个自己不再信任的人一起生活。"牛凯歌的嘴角在微微抽搐，"你需要新的归宿，这孩子……所以我，所以我建议你……不然，将来怎么办？"

凌雪哭着，头微微颤抖，不知道是摇头还是点头。

她什么也没说，她知道现在说什么也没有用。

两人商量的结果是，先分居，再离婚。

凌雪走了，买了她所能买到的最近一班飞机机票，说出去散散心，再回老家养养心情。

然后牛凯歌就迫不及待地找到了米露露。

他没有办法控制自己，他必须在第一时间见到这个女人，否则会疯掉。

牛凯歌点第三杯黑咖啡的时候，米露露突然开口了，"不然你再去找找小龙？"

"小龙不合适，一是他可能和凌雪之间有些误会，二是这个职位根本不适合他。"牛凯歌对这个问题有备而来，"这个职位要求精通具体的教学方法，小龙没有这方面的经验。"

"哦……"米露露点点头。其实她心里也清楚。

"目前只有你能救我们公司了，希望你答应我的乞求。"牛凯歌把这次邀请上升到拯救公司生死存亡的高度，而且还用了"乞求"这个词，接着他又补充了一句，"这个项目同时也关系到几十名员工的饭碗……"

"啊，哦……"米露露沉重地点点头。

牛凯歌的这句话别有用心，米露露知人知面不知心。

“凌雪呢？她……”米露露突然试探地问。

“她没问题，还是她主动提出来，并大力推荐的呢。”牛凯歌早就想好了得这么说。

“哦，真是谢谢她。”米露露渐渐放松下来，“那我想要，先当面谢谢她。”

“这么说，你是同意了？”牛凯歌惊喜地问。他没想到米露露这么爽快。

“不，不，我只是……”米露露突然不知该如何准确表达自己。

她的左半边脑子是白水，右半边脑子是白面，正晃荡着熬糨糊呢。

那个混乱哦。

如果答应吧，牛凯歌是前男友，而且通过分手那件事，他的人品还真的是有待考量。再说了，自己上次对牛凯歌那么冷冰冰的，这一听有钱赚就立刻上赶着，也太没有尊严了；还有，倪小龙会怎么想呢？他和凌雪的矛盾先不说了，早晚可以缓和，但要是让他知道自己和牛凯歌从前的关系，这还了得？可要是不答应吧，花瓶的债怎么还？家教是不能当了，想短时间获得钱财的办法就只有偷抢骗……想什么呢！目前，除了牛凯歌提供的这份工作，每个月两万的税后工资啊，还有奖金啊，这好像是唯一的办法呢！

这就是米露露的全部纠结。

“想见凌雪的话，过一阵子吧。她母亲来了，每天都需要她陪着，等她母亲离开吧。”沉稳的男人撒起谎来可信度更高。

“嗯，这样啊，那再说吧。”米露露果然上当了。

“那工作的事……”牛凯歌继续追问。

“我考虑考虑，然后给你电话。”米露露站起身，“不论如何，谢谢你对我的信任。”

“我送你。”牛凯歌说。

“不用了，我回公司还有事。”米露露急火火地走了。

她回公司确实有事，一件十万火急必须赶紧处理的事：辞职。

米露露其实在心里已经答应了。

她不能不答应，不得不答应。

倪小龙嗷嗷待哺，李析哇哇讨债，房贷吭哧吭哧要还，自己也要吃饭穿衣臭美。

“先把眼前的事情摆平再说。”米露露想。

倪小龙望着米露露，想不通。

这就是那个被我鄙视、被我训导、被我要求、被我挤对的败家媳妇？

真想给她跪了，然后自己再找个母猪屁股钻进去，不投成猪胎绝对不出来，太没面子了。

倪小龙得知米露露找到这么好的工作之后，顿时感觉她头顶五彩光环，身披万丈霞光。

啧啧，每月底薪两万还是税后；Title 是副总裁，分管声乐培训课程的研发和市场拓展；手下有二十多条枪，也就是二十名教师的意思；副总裁根据每月的纯利润领取奖金，年底根据全年业绩分成。

天哪，踩狗屎的好戏又上演了。

但因为有过挫折经验，所以米露露和倪小龙这次都比较冷静。

米露露的冷静中有压力和忐忑的成分，压力是因为要还债，忐忑是因为要撒谎；倪小龙的冷静中有怀疑和自卑的成分，怀疑是纳闷天上的馅饼为什么总往自己家掉，像是瞄准好了似的。第一个馅饼没接住，居然还有第二个。难不成这个馅饼跟牛凯歌有关？自卑是因为他作为男人，居然被老婆后来居上地赶超了。

老天爷太具有娱乐精神了，一边玩着魔术，一边扔着馅饼砸人。

“你去的是什么公司啊，待遇这么好？”倪小龙绷不住，还是婉转地表示了一下怀疑。

“卓……”米露露差点就把“卓别林网站”给秃噜出来，她赶紧改口，“卓——朝——”

急转弯一下，“卓”就能拐成“朝”了。

“朝阳东升少儿艺术团！”米露露想起了旭日东升组合，赶紧参考一下。

“运气这么好？一去就是副总裁级别啊。”倪小龙继续追究。

“咱们也该转运了。”米露露故意大声说，“你从策划一夜之间就能成副总，我为什么就不能变成副总裁呢。再说了，这个公司是个初创公司，急着要人。”

“嗯，好事。”倪小龙无话可说了。

他想起了爸爸临走时对自己说的话：“我限你在两个月之内找到工作，不然我就住在这里，天天练你！”爸爸的话还在房梁上绕圈子，工作却毫无进展，老婆还来个捷足先登。倪小龙的屁股表示压力很大。

屁股压力再大，也比生存压力大要强。

米露露一出手，每个月就能捞回两万块钱，看来她的手不但能弹钢琴，还能当搂钱的小耙子使呢。每个月两万，再加上奖金乱七八糟什么的，一年的总收入肯定少不了，说不定比倪小龙真当上副总赚到的还要多呢。

忽如一夜春风来，千树万树梨花开。

美好生活貌似又被寻找回来，狗屎又发威了！

只有米露露知道狗屎是谁，牛凯歌呗。

倪小龙并没有翻身农奴把歌唱的兴奋，他知道，自己要吃真正意义上的软饭了。

两人心里都挺别扭，但都绷着。

米露露暂时不敢说，倪小龙暂时不好意思说。

但是家庭的重心还是悄然发生了转移，如何保护好这个珍珠翡翠白玉搂钱小耙子，成为了现阶段家庭工作的重中之重。

原因倒不是米露露占领了经济制高点之后，要对老公进行打击报复，而是因为她确实太忙了。太乱了。太忙乱了。

一个女人。

一个大大咧咧的女人。

一个需要熟悉崭新工作环境的大大咧咧的女人。

一个走马上任当了副总裁，需要熟悉崭新工作环境的大大咧咧的女人。

具备了以上全部要素的这个女人，如果总裁再对她提出一点小小的要求，比如，要化化妆啦，最好穿出职业女性的风采啦什么的，她就会突然具备一种神奇的能力。

能力是这样得以被挖掘的。

首先，牛凯歌关起门来，给米露露一个人表演了三天的《百家讲坛》，讲的是工作和职场方面的内容，算是突击培训。然后米露露秘密进行了两周的市场调研，对竞争对手和自己的公司现状进行分析，算是大战前的摸底。准备工作做好之后，卓别林网站分管线下业务，即少儿艺术培训业务的副总裁米露露要上任喽。

上任第一天，米露露早上六点就起床了。这还不包括之前她忽闪着大眼睛在床上躺的那四十多分钟。为了把今天要讲解的策划案做到完美，她凌晨两点才睡。为了早上不迟到，她必须现在就起。

时间还早，太从容啦！从容得都过分了。

米露露站在镜子前，细心地给自己化了点淡妆，又取出那套昨天才咬牙跺脚买下的两件套在身上比画。白色上衣，黑色短裙，系上一根米色的腰带，再穿上尖头半高跟职业性感小皮鞋，孙悟空不想连打她三次才怪！

怎么看怎么是标准的白领骨干精英。

“还是早起的鸟儿有虫吃啊。”米露露第一次体会到起个大早的好处。

她决定先穿上衣，再穿裙子。因为上衣的扣子多，密密麻麻一排，会比较费时间，再加上米露露喜欢舒展地蹲在马桶上便便，所以先穿上衣，一边便便一边系上衣扣子，便便完之后再穿裙子，这是最节省时间的选择。

米露露进步真快，连倪小龙做家务活时常常采用的统筹安排也学会了。

米露露气定神闲地坐在马桶上，一边尽情便便，一边一颗一颗地系纽扣，还把上午开会要讲解的提案默背了几次。

屁股决定脑袋，米露露刚坐上副总裁的宝座，立刻就有了副总裁的样子。

接下来的一切尽在副总裁的掌握中。

一整天，米露露不但没出任何差错，相反还称得上是表现出色。

直到她晚上回家，四仰八叉地躺在床上，疲惫得就要进入梦乡，还在不断回味着今天发生的一切。

起个大早的第一个好处是不堵车，所以米露露早早就坐在了会议室里。等别人到达的时候，她的屁屁已经把那个副总裁的宝座捂热了二十多分钟。

另外吃早点也很从容，除了可以细嚼慢咽之外，居然还有时间可以把牙再刷一遍。米露露再不用担心自己优雅微笑的时候，会有什么韭菜叶子雪里蕻叶子跳出来破坏她的高贵气质。

提案的讲解也很顺利，从大家频频点头的反应基本可以判断，牛凯歌如释重负，手下人心服口服。

穿着也很得体，不然牛凯歌怎么会用“你今天真漂亮”来作为跟自己说的第一句话呢？不然手下的那些大婆娘小姑娘怎么会报以羡慕嫉妒恨的表情呢？

今天，perfect。

“以后得天天早起，锻炼身体！”米露露进入梦乡之前的最后一秒还在不断激励着自己，“接受挑战，挖掘潜力！”

总之，米副总裁的一天，是成功的一天，是胜利的一天。

她几乎都要从梦中笑醒了。她真的从梦中笑醒了。

天哪，她居然还坐在马桶上！她刚才居然在马桶上睡着了！

谁再说一只一只数绵羊是催眠的好办法我抽他，一颗一颗系纽扣的同时拉臭臭才是呢。

草泥马总围着凌雪万马奔腾，这下全闯进米露露家的厕所里来啦！

米露露晕得都快哭了。

她起了个大早，用了一小时的时间，只搞定了两件事：白色的上衣，还有便便。

没错，现在已经七点啦。

米露露急得赶紧穿裙子，脚用力一蹬，“刺——啦——”不好！裙子真的撕了，这个象声词很准确！快快快，穿什么呢？他妈的，衣服堆成一堆，怎么找啊！就这件吧，不不不，这件是苏羊的……这件吧……这件也是苏羊的！那干脆就穿苏羊的吧！……就这件了！怎么这么紧？……原来是条粉红超短小热裤！……怎么屁股上好像还有个什么图案……来不及看了，管它是什么图案呢，来不及了！

背上电脑，对对对，笔记本电脑……还有U盘，是这个就是这个没错，昨天晚上做的文案就存在里面，这个可千万不能落在家里！

米露露冲出家门。

坐公共汽车？不行，肯定来不及了！打车！对，打车！可怎么没有空的出租车，每辆出租车里面都有人！妈的这个车里面的人居然还敢冲着我笑，他妈的急了把你小子拽出来！没车，没车，那还是坐公交车吧！只能坐公交车了！车来了，还有两百米！它好像正在等红灯呢，快快快，正好趁机买个饼！会要开一上午，不吃点东西我会头晕！会头晕！

什么？饼没了？只有韭菜盒子还就只剩最后一个韭菜盒子了？行行行，就它了就它了是吃的就行，给钱给你钱，快快，公交来了公交马上就来了，别找了！两毛钱我不要了！不要了！

别急别急，别挤别挤，别踩我啊你踩着我了，这可是我昨天刚买的尖头半高跟职业性感小皮鞋哇！好好，劳驾劳驾让一让，让我刷下卡。

“嘀——”卡刷完了。

哎呀，我的妈呀，总算上来了站稳了车开了。

米露露擦擦额头上的汗，整整自己的衣服，长出了一口气。

看来今天路况还不是很堵，按照这个速度，还能踩着点赶上开会的时间，应该不会迟到。

还有八站呢，别闲着了，吃早点吧。

“谁吃韭菜馅包子呢？”不知谁喊了一嗓子，“味儿很大！请别吃了好吗？谢谢。”

“不是，不是。”一个热心的大妈说，“不是韭菜馅包子，是韭菜盒子！”

大家的目光一起射向米露露，米露露没反应过来，投入地又狠狠吃了两大口。

当她终于明白过来的时候，韭菜盒子已经被吃掉多半个了。

放哪里啊？米露露被大家的目光盯得发毛，紧张得手直往兜里揣。

最后她终于急中生智，把韭菜盒子一把塞进了包里的一个塑料袋里。那个塑料袋是她上次吃饼时候用过的。都两个礼拜了，还没扔。这就是勤俭持家的好处！

终于到站了，米露露看看表，如果下车之后跑步到公司，时间刚刚好。

哎，别急别急，别挤别挤，一个一个下，我的包，你夹住我的包了，松一下，松一下，让让，谢谢谢谢，我也刷卡。“嘀——”卡刷完了。米露露一跃跳下了车。

哎哟，我的脚！我的脚怎么这么疼！地上怎么有个这么尖的石子，真讨厌！哎？不对啊，脚怎么直接踩地上了？！我的鞋？我的鞋呢？！别走，别走，哎——别走！我的一只鞋掉车上了！我的鞋！哎——别走！司机师傅！哎——哎——哎，我的鞋……哎，我的鞋！！！

汽车还是开走了。

带着挤成沙丁鱼罐头的那些乘客，和米露露一只昨天刚买的尖头半高跟职业性感小皮鞋。幸运的是米露露脚上还有一只，只有一半的损失。

大清早没人出来卖鞋。

舰着脸乞讨几块钱可能真有人给，但问别人要鞋可是真的要不到。

有，真有，但真不能给。每个人脚上都不富余。

米露露还是坚强地走到了公司。她拎着一只鞋，光着脚就上了楼，看得保安哥哥两眼发直，都没敢问她是来找谁的。

基本没有迟到，基本的意思是只晚了一到两分钟。

还好。

可大家不好。按照牛凯歌的风格，开会是要提前十分钟到的，他在工作上一向如此，严谨而苛刻。也就是说，八点半开会，八点二十分到才算准时。所以大家早就到了，王八绿豆地相互看了至少十分钟。

“哦，你来了。”牛凯歌的态度还算克制。毕竟他是醉翁之意不在酒。

“大家好！”米露露冲大家 say hello。

一只尖头半高跟职业性感小皮鞋在她手中轻轻摇晃。

华丽登场，艳惊四座。

接下来的事情就比较从容了，再没有出现刚才催命般的紧张节奏。米露露一桩桩一件件地向新同事们展示了她哆啦A梦般的神奇能力。

那就是，总有惊喜！

她从包里拿出电脑的时候，顺便炫耀了一下她吃了多半个的韭菜盒子，以此表明她是个按时吃早点的生活极其规律的女人。

她还让大家看了看笔记本电脑沾满韭菜的样子，暗示大家韭菜浓浓的味道很容易扩散和被接收，所以今后在类似公车、会议室这样的地方绝对禁止食用。

她还展示了白色职业女上装和粉红色超短小热裤混搭后的时尚效果，碰巧小热裤的屁股上还印了一个大大的嘴唇，这就更加能显示出她在着装方面有独到的审美品格了。

她还故意把保存有业务提案的U盘放在家里，专门拿来倪小龙存满日本AV的U盘，并意图当众播放讲解，以标榜她无拘无束的思维方式和大胆前卫的生活作风。

这一天，是米露露天性得以彻底解放的狂欢节。

日后，每每想起来今天，她都会把头埋进被子里哈哈狂笑。

这一天，确实值得用一生去回味。

这一天，是她平步青云，走马上任的第一天。

是她和初恋男友再次相距咫尺的第一天。

是她的初恋男友怀揣春梦，却春雷滚滚的第一天。

是她倾情演出，展示自己超强喜剧天赋的一天。

为神马一升职，就仿佛倪小龙附体啊？

原本以为只有那个丧孩子才成事不足败事有余，怎么轮到自己的时候，也是这副操蛋模样啊？

“天要灭我了。”米露露意念里，一根柱子轰然倒了下去，这根柱子姓精名神。

虽然日后米露露会对今天报以无情的大笑，但她现阶段实在是笑不出来。一个女人即使神经再大条，脸皮再坚韧，作风再爷们，即使她就应该出生在2222年2月22号的2点22分22秒，她也知道什么叫自尊、尊严、尊重。

她知道自己太伤自尊，副总裁失去了尊严，手下人对她失去了尊重。

但也有意外的收获，那就是给同事们留下了难以磨灭的第一印象，在几百人的公司迅速打开了知名度；给喜欢八卦的同事提供了可以尽情八卦的好素材；给极其内向但极其闷骚的男士提供了可以自然搭讪的开场白。以前他们看到漂亮妹纸会鼓起勇气问“吃了吗”但往往会遭来白眼，效果不好。现在他们会说“米总听说过吧”，被作为猎捕对象的妹纸们肯定会说“谁不知道她啊”，然后猎手与猎物就尽兴地聊了起来，猎着猎着就猎到床上去了。效果很好。

总之吧，自从米露露加盟卓别林网站以来，她无私无畏地活跃了公司气氛，前所未有地润滑了员工关系，别具一格地丰富了公司精神文化生活，诡雅异俗地形成了具有鲜明特色的企业文化，且不可能被复制。

这就是领导者的个人魅力。

但也有不和谐的声音，那就是有人私下疯传牛凯歌和米露露到底是什么什么样的关系。

一个如此雷神电母的女人，牛总为什么会一下子把她托到那么高的位置？一人之下万人之上啊，开玩笑呢！肯定有不正当男女关系！——有人最先挑事。

不可能吧，牛总刚结婚不久的呀。凌总虽然现在不在公司上班了，但以前看他们俩关系很好的呀。而且这江山可是他们俩一块打下来的，那是具有共同战斗经历的革命爱情呀，怎么会这么快就变心呢。再说了，即使牛总变心，也犯不上找个米总这样的女人呀。我们都知道，牛总对人很挑剔的，他喜欢细心严谨的人，做事粗心大意马马虎虎的人他最讨厌了，怎么可能让这样的人做副总裁呀。想不通——有人进行了理性的分析。

也许牛总是想换换口味呢！你们想啊，当初凌雪在公司的时候，把牛总管得多严格啊。这文件那文件放什么地方，几点几分做什么事，开什么会，吃什么饭，喝什么茶，看什么网站，读什么报纸，见什么客人，全都是她安排，牛总一丁点个人的空间都没有呢。另外还听别人说，他俩在家里也是这样！牛总每天穿哪套西装，打哪条领带，不仅仅是外衣哦，还包括内衣！就是背心袜子裤衩什么的，凌雪让牛总穿什么就得穿什么！你说牛总这么阳刚的男人，怎么受得了凌雪这样的女人啊，一定是凌总离开公司之后，牛总想要解放解放啦！——有知情者这么透露。

不会吧，想换换口味也犯不上这么大张旗鼓的呀，悄悄地在外面搞行不行呀。牛总说话做事一向滴水不漏的，哪可能傻到这么高调地让情妇做副总裁呀。即使他想天天见到米总，让米总做个秘书不就行了吗？也不至于这么扎眼呀，如果米总来做秘书，即使有哪些事做得不妥，也不至于搞得满城风雨呀。我看，米总可能还是真有两把刷子的，也许那天是碰到非常非常特殊的情况了，比方说家里着火，发水什么的，或者是跟她男朋友……哎，她结婚了没有呀？……都不知道呀！我的意思是也有可能是米总家后院起火，发水什么的……哎，反正也是瞎猜，真不知道是怎么回事呀。——那个理性的人继续分析。

瞎掰！我看那米露露纯粹就一骚货。还什么什么两把刷子，那小骚货在床上可能还真有两下子。那天那事儿可不是一般人儿能做出来的，真他妈嘚瑟。瞧丫穿的，超短裤、粉色的，屁股上还印着个大嘴唇儿，叫春呢吧，啊？一看就不是正经人家儿的！哎哎哎，你们说啊，开会、开这么重要的会、第一天来、当着那么多新同事的面儿、居然就要给老少爷们儿们放黄片儿！谁家正经姑娘在上班儿用的U盘里放那么多黄片儿啊，啊？当课题研究呢吧。鸡！这绝对是一鸡！大不了就是一高级点的鸡，但也高级不到哪儿去喽！牛总被凌雪管了这么些年，我瞅着吧，他就没怎么接触过其他女人。牛总虽然是这么大个老总，但您可真别说，他压根儿就不知道什么是女人！嘿，遇着了这么一骚娘们儿，还不立马儿就给迷趴下了喽。牛总要是有我一半儿经验，也不至于这么容易就被钓着喽！嘿，当初，我年轻的时候儿啊，那真是……四十岁出头儿、五十岁不到的北京老炮儿抑扬顿挫，滔滔不绝，话糙理不糙。

“闭嘴！”“又要显摆自己了……”“说话真难听。”“说得好像也有道理。”“那你说米总得多少钱一晚上啊？”大家对中年男子的话议论纷纷。

我看你们就别猜了，有很多地方自相矛盾，根本讲不通的呀。我说一句啊，你们立刻就明白了。副总裁上任，这么大的事情，凌总怎么可能不知道呀！她虽然离开了公司，但这公司根本就是他们家的呀！她肯定知道的呀！所以说，米总应该是有能力的呀。——还得是那个理性的人，她具有极强的分析能力。

分析能力再强的人，没有必要的信息作为线索，也根本无法分析出事情的真相。

“哎哎，嘘——”“别说了，别说了。”“公司前途无量啊……”“米总亲和力真强……”“昨晚那电视剧……”“你们家猫下小崽了吗……”“那天海底捞自摸小七对……”一瞬间，大家突然各自转换了话题。

米露露远远地走了过来，路过，又朝远处走去。

谁都能看得出来她有点垂头丧气。

米露露粗心大意了二十几年，经常狼狈出糗，却从未如此绚丽夺目过。

她是真的受了打击。

这段时间以来，一连串不快乐的事情让米露露应接不暇。

老公倪小龙从平步青云到火速失业，紧接着就被人当众揭穿，说他在外面冒充公司副总，其实不过是在洗车行打零工的混混罢了——夫妻俩的人品算是掉尽了，经济压力也突然间变得巨大无比，老天爷用的杯子才能形容这天大的悲剧吧。

终于有了大学时代闺蜜的消息，可带来这个消息的人竟然是自己的前男友，而且闺蜜还和前男友结婚了——结婚就结婚，没什么，那都是过去的事了，可曾经的闺蜜如今对自己那么轻蔑不堪那么尖酸刻薄，难道人没有钱，真的连好朋友都会看不起自己吗？难道人有钱了，就可以变成一个视别人尊严如粪土的糟烂模样吗？难道一穷二白的两个好友，突然有一天，其中一个变成有钱人了，那他们俩就不可能是好朋友了吗？如果还想保持友谊，那个没钱的人是不是就得非要变成有钱人，才有可能呢？

倪小龙长期找不到合适的工作，突然有一天被人欣赏，欣赏他的那个人还是自己的前男友。紧接着就是什么更加乱七八糟的倪小龙打伤前同事、苏羊喝醉被送医院抢救、苏羊和倪小龙的仇人谈恋爱、苏羊和倪小龙吵架。吵着吵着吧，就把公公婆婆吵到家里来了，到家里来吧，就埋怨自己不顾家不贤惠，最后终于发现了是他们宝贝儿子的错吧，都快三十岁的男人了，还被都快六十岁的爸爸结结实实打了屁股，作为这男人的女人能有面子嘛。

本来在外面好好地当家教，零打碎敲赚点钱，也能积少成多派上用场，但教着教着，家长就开始动歪心眼子了、自己就把人家的宝贝古董给擂碎了，他妈的八万哪！说是他奶奶留下的传家宝，我奶奶怎么就没给我留一个啊！那就继续找别的活儿赚钱还债吧，嘿，公司突然就禁止在外面当家教了，一经发现还就即刻开除！

好不容易冲破心理障碍来前男友这里上班吧，第一天自己就给自己来了个永世不得翻身的下马威，而且基本上还是用“性感、开放”这些和自己丝毫沾不上边的话题搏上位，这多砢碜啊，毕竟我米露露和甘露露还是有所区别的。

所以米露露的心灵，原本是早上八九点的光景，但很快就被这段时间的各种烦恼拽到了日落黄昏。太阳一点一点地落山，雾气一点一点地弥漫。薄雾股成迷雾，迷雾聚成浓雾。黑夜如此之快地就降临了。

牛凯歌的心情也好不到哪去。

那天的事情，他并没有当面责备米露露。米大仙是他求爷爷告奶奶请来的，后果自己消化，苦果自己咽下。

牛总只是没想到，米总怎么能让人如此震撼。

她是怎么做到的！

牛总见过大大小小的总，手下也换过大大小小的总，就是没见过米露露这样的总。一切都像是她设计好了似的，什么时候抖包袱，什么样的道具最出彩，怎么掌握节奏和火候，最后怎么把故事推向高潮，全都想好了。精彩不断，惊喜连连。

米总不是米总啊，米总根本就是米大师啊。

她哪里是声乐专业毕业的，她分明是编剧导演表演一条龙专业毕业啊。

牛凯歌和米露露曾谈过两年的恋爱，当然知道她粗心马虎。当初两人在一起的时候，米露露没少闹笑话。什么丢钥匙丢手机丢帽子，走错课堂走错寝室走错厕所，这都见怪不怪了，她还常常会丢了自己。

牛凯歌和米露露逛街，因为人挤人只好前后排着队走，米露露便紧紧跟着牛凯歌。人终于少了，她猛地就跳到牛凯歌背上，用双手使劲掐住他脖子要他背自己，随着他惊悚的大叫，米露露才突然发现他根本就不是牛凯歌，牛凯歌正从前面不远处焦急地掉头往回奔呢。

以上类似案例至少发生过三五起。其他方面可圈可点的地方也不少。有一次上级领导视察大学教学水平，遂汇报演出，米露露本来要唱《凤阳花鼓》，临上台才发现伴奏光盘拿成《忐忑》了，于是只好硬着头皮唱，刀啊当啊当里有个刀啊地唱完了。领导表示很满意，真的表示很满意。因为领导与时俱进了。

此外还有很多，比方说，和牛凯歌出去旅游，她急火火地就跳上了火车，然后牛凯歌就独自去了济南，她就一个人奔向了承德，最后再想尽各种办法会合；还有一次骑自行车，她非要自己蹬，让人高马大的牛凯歌坐后座。她一边骑一边说，自己浑身是劲，而且越来越有劲了！瞧瞧，拉你一百五十多斤我都不费力！可她扭头一看，牛凯歌根本就不在后座上——骑到街道拐角的时候，她早就一个急转弯把牛凯歌甩到自行车下面去了。此时牛凯歌正远远地坐在地上揉屁股呢。

米露露劣迹斑斑，所以牛总这回请来米总，其实是做了很充分的心理准备的，只是事实证明还不够充分而已。

牛凯歌意外归意外，但是他绝对不会责备米露露。

首先，他根本就没指望米露露能做好工作，只是想近距离接触而已；再者，米露露的这些缺点，在他眼中——至少在从前的他的眼中，是非常可爱的。一个大大咧咧的女人，不矫情，不造作，不黏糊，多么让人放松惬意啊。如果她变得细心起来，也许原本那些可爱的地方就不复存在了呢。

所以牛凯歌很快就调整好了心态：对待米露露如此糟糕的表现，首先应该不计较，然后要进行仔细观察，接着再予以适当的帮助和矫正。

可坠入黑暗的米露露根本受不了这么糟糕的自己。

佛争一炷香，人争一口气，炸不成爆米花老娘白当这颗米！

米露露想：家庭这么糟糕的境遇，公司这么好的待遇，牛凯歌还要靠自己挽回公司发展的机遇，必须做好！必须！

但是怎么样才能做好呢？

米露露曾经是出类拔萃的好学生，唱功优异的好演员，万里挑一的好老师，除了在倪小龙眼中不是好老婆之外，什么都是一个字——好。可是副总裁该怎么当啊，好副总裁该怎么当啊，没成功经验啊。

米露露急得哭了。是那种先昏天黑地，然后又死去活来的哭。

这可把倪小龙吓坏了，和米露露在一起这么久，根本就没见她这么哭过。

这是怎么了啊！两只眼睛都肿啦，连耳朵都哭红啦。

米露露不管不顾地哭完，扑到倪小龙怀里，嘤嘤地说："帮……帮……我……"

如此这般地听米露露讲完，倪小龙才明白老婆是勇攀事业高峰的时候遇到重大挫折了。

前一阵，他想要米露露当个好老婆。

眼下，老婆想要当个好老总。

说实话，倪小龙很难受。首先他认为自己的无能是根源，如果自己能干，就不会把老婆逼上绝路，要死要活地要超越极限。其次，自己未来一段时间可能都找不到合适的工作，所以又绝不能让米露露放弃掉眼下这么好的机会。这份工作不但是目前家庭唯一的经济来源，更有可能在未来彻底扭转家庭的经济状况。很明显，家庭的重心理应是米露露。但如此一来，老公和老婆的位置就显得异常尴尬。

这正是倪小龙最纠结的地方。

为了圆老婆当个好老总的梦想，老公必须得倾力扶持。"倾力扶持"的意思是，除了做好一直在做的家务活之外，其他方面的服务内容也要跟上，诸如保姆保镖保安秘书等该做的工作。这可是老公家庭地位和属性的彻底转变啊。

天哪，我倪小龙也有今天！原本我要求米露露做的，现在自己反倒得一样不落地去做了。

完喽，看来《完美倪太二十条》得改成《完美米夫三十条》喽。

多出来的十条是要教米露露如何当老总的。

认了！忍了！

“为了吃喝，为了房贷，为了富裕的家庭生活，为了保护这个能赚钱的机器，为了让这台机器能尽快挽回尊严，那还说什么呢，我就当这超级家庭煮夫呗。”倪小龙望着无助的米露露，心不甘情不愿地想。

那就开始吧，于是超级家庭煮夫开始工作了。

首先是得帮助米露露改掉粗心的坏毛病。

别看倪小龙大男子主义，性情冲动，还喜欢无拘无束天马行空，但这跟细心并不矛盾。具体来说，他会很细心地大男子主义，所以他对米露露才有那么多的要求，并最终促成了《完美倪太二十条》的诞生。

倪小龙也可以很细心地性情冲动。他能捕捉到老板对员工每一句轻视的话语和每一个轻蔑的眼神，并立刻在脑海里生成一段暴打老板的画面；看电影《拯救大兵瑞恩》，影片中，一位母亲同时接到了三个士兵儿子的死亡通知书。母亲背影沉重，坐在了地上，那缓缓软掉的两条腿，让倪小龙在一秒之内就泪如雨下；公共汽车上，那些假装睡觉，试图不给大肚子孕妇让座的人，从来就没躲过倪小龙的眼睛，他会在第一时间站出来主持让座仪式，根本不管假装睡觉的人是身形健硕的大汉，还是三五成群的混混。

倪小龙也可以很细心地无拘无束。他和米露露去紫竹苑喂鸽子假装旅游的时候，会提前带好足够鸽子吃的面包，背上待会儿假装野营时要用的食物饮料、塑料布、风油精、创可贴、小刀、雨伞、绳子等，即使突然改变路线去了深山老林，那装备也足以抵挡一阵。

倪小龙还可以很细心地天马行空。胡思乱想时，脑子里闪过的每一丝灵光，他都会在第一时间记录下来，等待日后工作的时候派上用场。

所以倪小龙帮助米露露纠正粗心的毛病，还是有从业资格的。

首先，他在米露露的左掌心里写了两个字：细心。

这是倪小龙小时候，亲爱的姥姥姥爷对他采用的办法。每每考试的时候，姥姥姥爷就让他把这两个字写在左掌心里，旨在时刻警醒，不要犯粗心的毛病。嘿，还真管用，有一次考试，他忘记了“细”字怎么写，看看了左掌心之后，立马就想起来啦！真灵。

倪小龙希望这招秘籍能对米露露起到作用，时刻提醒自己不要丢三落四。

他本来想把字纹在米露露背上来着，这样更悲壮、更震撼、更虔诚，但想想米露露看不着，也就算了。

随身携带一个超小的本子也是非常必要的。他要米露露把未来要做的事情一条条地写下来，最好细化到每一天，每做完一件事就用笔画掉一条，如果遇到特殊情况没做完，就用红笔专门标注一下。每半天掏出小本子看一眼就够了，基本不会有遗漏。当然，重要的是不要把小本子本身给遗漏了。

倪小龙还给米露露的 U 盘拴了一条绳子，强制她挂在脖子上。这样不但可以保证它不被遗失，还避免了和他人的 U 盘搞混。从此米露露就再不会做出涉嫌传播淫秽信息，触犯《中华人民共和国治安管理处罚法》的行为了。

晚上，倪小龙还要监督米露露检查次日上班要带的所有东西，首先是钱包、钥匙、手机。

先说钱包。虽然米露露没钱，但她从来不知道自己钱包里有多少钱。她曾经把两个月的房贷装在钱包里一个月，自己没意识到，唯一的感觉就是零花钱好像总是花也花不完；她还干出过身无分文，手机没电，话费没钱，下暴雨又打不着车，于是只好步行十几里走回家中的壮举。所以倪小龙要米露露每天查看钱包，钱要带够，但是不要多带。

钥匙和手机就不用说啦，必须的必！！

倪小龙还要米露露把第二天出门要穿的衣服挂在床头，保证起床后找得到，有得穿，穿得快。

对了，他还把一套德鲁克传授如何进行管理的书送给了米露露。

这本来是他自己要研读的，现在也用不着了。

“至少暂时是用不着了。”倪小龙抚摩着书本，无限眷恋在心头。

“加油！米露露！你是最细心、最自信的副总裁！”米露露走进公司大门之前，进行了最后一次自我欺骗。今天早晨，她已经骗了自己好几百次了。

米露露昂首挺胸，越过员工们一道道成分复杂的目光，径直走向全国优秀青年企业家（特为企业副总颁发）的闪亮宝座。

第十三章

婚久必痒

我已经是结了婚的人，不应该对着另一个结了婚的人瞎想，不不，我也没瞎想，只是你真的很漂亮……

“既然义无反顾地选择了当超级家庭煮夫，就非得干出个样子来！”倪小龙想。

干一行，爱一行。这句话说得真好，尤其是一个人在别无选择的时候，更加适用，至少可以让此人最大限度地获得存在感。为米露露当秘书的事就不提了，超级家庭煮夫的立身之本是当个好保姆，当个好保姆的工作重点是做好家务，做好家务的核心内容是把饭做好。

洗衣擦地叠被子的活儿，倪小龙经过前段时间重复不断的训练，已经不在话下，但如何做好一顿饭，他始终没有打通任督二脉。没关系，倪小龙有老师，青春美丽温婉可人的老师——邱紫璇。

嘿，女神级别的老师，跟她学起知识来就是有欲望，就像饥渴的人扑在充气娃娃上一样。

如果碰巧老师再严厉一点那就更好啦，因为背不会公式抡起小鞭子就抽你，因为上课走神点上蜡烛就烫你，因为回答错误抬起穿了高跟鞋的脚就踹你，那学生的学习劲头就更足了，不可能不出成绩。

不过，诸如拎起学生耳朵离地三尺的变态手段，邱紫璇是断然不会使用的。自己的孩子如果被老师这么拎耳朵可怎么办?

倪小龙向邱紫璇求学的地点是在自己家里。

为了让米总体力充沛、营养均衡，倪小龙请邱紫璇上门莅临指导，解决今天晚上该做什么饭，以及该怎么做的问题。因为与倪小龙已经很是熟络，邱紫璇也就毫不见外地带着乔乔一起来了。

刚进屋，邱紫璇就眉头一皱，嗓子一紧，她慌忙用手摁住喉咙，扭头出去了。

倪小龙和乔乔都知道，邱紫璇这是要吐。

倪小龙当然知道邱紫璇有洁癖，所以在她来之前，早就把房间仔仔细细打扫过了。地板舔了两遍，鞋子摆成仪仗队，桌子抹得能看见人影，床单沙发罩都拽拽平整，还要怎么样啊！

“紫璇，这，我，哪里……”倪小龙追了出去，很愧疚也很莫名。

“味儿……”邱紫璇站在门外，脸红红的，也是一副很愧疚的样子，“对不起，我不是嫌弃……我控制不了……”

“哦，哦，开门通通风！”倪小龙慌忙打开门，让门窗迅速形成空气对流之势。

五分钟以后，邱紫璇犹犹豫豫地挪进屋里。

“好多了。”她喘了一口气，放下了心理包袱，“小龙，可能是拖布有点发霉，你没洗干净就用它拖地板了，所以有霉味。如果每次用完之后把它彻底晾干，就不会出现这种情况了。”

我的妈呀，倪小龙心里一紧。对于他来说，用完拖布之后，在把它丢进角落之前，能洗上一遍就很不错了，这已经达到了他心中最高的卫生标准。

“好好，下次一定注意！”倪小龙一边做着保证，一边殷勤地为邱紫璇拿来拖鞋，放在她脚边，就是米露露那双带蝴蝶结的小红拖鞋。

“紫璇，换上吧，不然站久了脚累。”倪小龙说。

“哦……谢谢……我自己带了。”邱紫璇从随身的包里拿出一双拖鞋，不好意思地笑笑。

“嘿，你看我……”倪小龙把拖鞋放好，心想，“对啊，紫璇怎么可能穿别人的拖鞋呢。”

他赶紧转身去拿围裙，“系上吧，弄脏老师的漂亮衣服我可赔不起！”

“哦，谢谢，我自己带了。”邱紫璇又从随身的包里拿出一个围裙，再一次不好意思地笑笑。

“嘿，你看我……”倪小龙把围裙放好，心想，“对啊，紫璇怎么可能穿别人的围裙呢。”

接下来，邱紫璇从随身的包里又拿出不少东西，不好意思地笑了很多次。

什么带蕾丝花边的头巾啦——这是围裙套装的一部分，以防止头发掉进饭菜里。因为邱紫璇料到倪小龙肯定没有厨师帽，而且别人一旦用过的东西，她是肯定不会再用的，所以还特意带了另外一块头巾送给倪小龙。

送给倪小龙的头巾也是带蕾丝花边的，因为她所有的头巾都是带蕾丝花边的。

她还从包里拿出了粉色的超长胶皮手套啦，方便随时擦手的抽纸啦，不伤手的高级洗手液啦，用于品尝食物口味的筷子勺子啦，等等。

原来邱紫璇也是只哆啦A梦啊！不过她的级别可比米露露高多了。

“女神就是女神，有洁癖的女神更神。”倪小龙擦着已经发花的眼睛，好奇地想，“究竟是什么样的大仙才能配得上女神呢？”

邱紫璇穿戴整齐，不好意思地冲倪小龙一笑。

蕾丝花边头巾，V领吊带围裙，身材玲珑有致，外加美目盼兮巧笑倩兮。

Wow，太，太美了！

倪小龙马上就联想到了自己存满AV的U盘，短暂的失态后，又赶紧去想待会儿要做的晚餐。

“乔乔，去沙发那坐着别动，不要乱动叔叔家的东西。”邱紫璇偷偷给了乔乔一个眼神，乔乔领悟地点头走了。他明白，当妈妈对自己说不要乱动什么东西的时候，首要原因就是那些东西很脏。

“小龙，咱们开始吧。”邱紫璇安排完乔乔，对倪小龙说。

“好，做什么饭？”倪小龙摩拳擦掌。

“哦，不……”邱紫璇瞟瞟灶台。

“收拾干净灶台？”倪小龙试探着问。

“哈，是的。”邱紫璇微笑着眨了一下眼睛，表示师徒之间很有默契。

“小龙，知道吗？灶台要用洗洁精擦，这样才不会油腻，记住了吗？记住了吧，重复一遍。”

“记住了，可现在擦干净，待会儿一做饭不就又脏了吗？”

“至少现在看着舒心。重复一遍。”

“呃，灶台要用……”倪小龙把新学到的知识重复了一遍。

“小龙，知道吗？勺子铲子什么的，要多用几遍洗洁精，而且洗完之后要挂起来才能晾干，不然细菌就会滋生，记住了吗？记住了吧，重复一遍。”

“记住了，可我中午已经洗过一遍了，况且马上就要用啊。”

“你看，上面还有一点油腻呢，待会儿怎么能用。重复一遍。”

“呃，勺子，铲子……”倪小龙垂着头，把更新的知识又重复了一遍。

“小龙，知道吗？炒菜用的铁锅要用钢丝球刷干净，然后再用火加热烤干，不然就会有铁锈的，记住了吗？记住了吧。”

“记住了！虽然我中午已经刷过，但上面有了铁锈，不刷干净待会儿不能用！”倪小龙大声说。恭喜倪小龙，他已经学会抢答啦。

“炒菜用的铁锅……”倪小龙主动把铁锅清洗秘籍重复了一遍。

“哎，跟女神老师学厨艺可真累啊。”倪小龙脑海中浮现出和尚们学少林功夫之前，苦兮兮砍柴挑水的画面，备感绝望。但他又一想和尚们最终神功练成，把对手打得满地找牙的情景，也就很快释然了。

紫璇老师对小龙同学说了 N 次“记住了吗？记住了吧，重复一遍”之后，终于把灶台收拾干净了。

灶台和各种餐具就像新的一样，锃亮锃亮散发着寒光。倪小龙都有点舍不得用了。

“小龙，家里都有什么食材？”紫璇老师提问。

小龙同学赶紧一五一十回答。

“好的，今天晚上的菜谱是蔬菜沙拉、玉米浓汤、黑胡椒牛排、炼乳小馒头、橙汁。”紫璇老师张口就来。

“真好吃！”倪小龙光想想就已经流出了口水，但随后又为难地说，“紫璇老师，咱换别的行吗？露露肯定不相信是我做的。换点普通的，就是常吃的，初级的……”

“哦，这样啊。”邱紫璇的脸又红了，可这次的红和从前都不一样，是一种说不出的粉红。她赶紧忽闪着眼睛想了想：“嗯，拌凉菜、玉米粒炒青椒、土豆炖牛肉、炸馒头，可以用橙子做饭后水果。”

女神级别的老师就是不一样。

出得了厅堂，下得了厨房，食材虽然有限，但要土有土，要洋有洋。

“一般的大仙肯定是配不上这女神的，”倪小龙想，“怎么也得是仙君、仙尊级别的了。”

“小龙，别走神，咱们开始吧。”邱紫璇注意到倪小龙望着自己发呆，赶紧低下头假装没看见。

“好，好的。”倪小龙慌忙抽回直勾勾的目光，假装眼球不舒服，使劲揉了揉。

“小龙，先洗手。”

“刚洗过了，呵呵。”

“可你刚刚又揉了眼睛。”

“呃……”

倪小龙使劲把手洗了三遍。

“好的，咱们开始做饭了。小龙，听好了，拌凉菜的时候，清洗、过水、刀法都很重要……”邱紫璇把拌凉菜秘籍讲了一遍，对倪小龙说，“记住了吗？记住了吧，重复一遍。”

“呃……没记全乎……”

“好，我再说一遍。小龙，听好了，拌凉菜的时候……”邱紫璇太有耐心了，把秘籍又说了一遍，又对倪小龙说，“记住了吗？记住了吧，重复一遍。”

“呃……拌凉菜的时候……”倪小龙绞尽脑汁地回忆着。

凉菜终于拌好了，倪小龙感觉脑袋里所有的筋都绷得生疼。

“下面咱们做土豆炖牛肉。”邱紫璇渐入佳境，“小龙，听好了，翻炒的火候、配料、炖的时间都很重要……”

倪小龙试图集中注意力听讲，但最终还是认为：看老师的长相比跟老师学做菜要快乐。

“……记住了吗？记住了吧，重复一遍。”

倪小龙耳畔又传来老师熟悉的声音，他已经条件反射了，立刻大声重复：“紫璇老师你真好看！”

坏了，他把自己正在想的内容重复了一遍。

“呃……”这回轮到邱紫璇愣了一下。她的脸上立刻着了火，因为双手正做着饭，想捂一捂都腾不出手来。

“咯咯咯咯咯咯……”乔乔自顾在那边笑了起来。

“我，我，我是真的这么想……哦，不不不，你是真的很漂亮，哦不不不，哎，我……”倪小龙张口结舌，解释不清楚了。

邱紫璇一下一下地炒着牛肉，不说话。

屋里顿时安静下来，连空气中的每一粒分子都感觉很尴尬。

“我不是有别的想法……只是你，真的挺好看，我就把最真实的话说出来了。”倪小龙龇着牙咧着嘴，自我检讨，“主要是对你讲的内容，我，我不感兴趣，又听得很累，就走神了。所以……其实，我们上学的时候也经常这样，大学的女老师就常常被我盯得脸红，其实我也没别的意思，就是看她的脸比听她的课要省心，我错了，不应该这么，这么下流……我不应该不认真听讲，我已经是结了婚的人，不应该对着另一个结了婚的人瞎想，不不，我也没瞎想，只是你真的很漂亮……”

邱紫璇越听脸越红。

“刚解释清楚，怎么又把话给绕回来了！”倪小龙狠狠地骂了自己一句。

“扑哧”邱紫璇没憋住，笑出了声。

“咯咯咯，妈妈不会生你气的，她知道自己很漂亮！”乔乔大声喊，“再说了，妈妈很喜欢你的！”

屋里又安静下来。空气中的每一粒分子本来就很尴尬，这下更是快速凝聚，丁零咣当掉了一地。

“乔乔！”邱紫璇放下手中的活儿，冲着乔乔疾走过去，“你乱说什么？”

“妈妈，”乔乔吓得立刻从地下站起身来，“我，我是说小龙叔叔很招人喜欢，你一点也不讨厌他！没别的意思！没别的意思！”

“让你坐在沙发上，怎么蹲在地上？啊！哎呀！”邱紫璇突然发出一声尖叫，冲着乔乔喊，“你手里，手里是什么东西？！”

“哦，没事没事，别怕，”倪小龙被叫声吓了一跳，也赶紧跑过去，边跑边说，“是我养的巴西龟！”

邱紫璇气得有点哆嗦，冲乔乔说：“放下！快放下！跟你说别乱动东西，脏！”

乔乔吓得脸色都变了，战战兢兢地把龟放到地上。

小乌龟愣头愣脑冲邱紫璇爬了过去。

“呀，呀……”邱紫璇边快速向后退边用手摁住喉咙。

倪小龙哈哈笑着，把乌龟放回玻璃箱里。

“快去洗手！”邱紫璇冲乔乔说。

“哦。”乔乔垂头丧气地去洗手了。

“洗完手来这里用纸巾擦干！”邱紫璇继续叮嘱。

“哦。”乔乔没精打采地答应着。

“小龙，对不起……我，我继续教你做饭。”因为高度紧张，邱紫璇已经忘记了刚才关于“她很漂亮”的话题。

“好！”倪小龙趁机就坡下驴。

“先把手洗了。”邱紫璇对倪小龙说，“你刚刚抓了乌龟。”

“哦。”倪小龙垂头丧气地开始洗手。

“用纸巾擦干！”邱紫璇继续叮嘱。

“哦。”倪小龙没精打采地答应着。

两人又开始做饭，为了避免枯燥，倪小龙开始寻找一些新的话题。

“紫璇老师，其实小朋友和小动物玩玩，对他们的心理健康是有好处的。比方说，小猫小狗，小乌龟什么的。”倪小龙想含沙射影地劝劝邱紫璇。

“嗯，我也明白的，可是小动物有寄生虫，万一引起疾病怎么办呢。”邱紫璇很犹豫。

倪小龙不知道该说什么了，总不能说病了上医院吧。

“哎，对了，紫璇，你平时喜欢听什么音乐啊？”倪小龙觉得这个话题必然会引起共鸣。

“哈，我还真的很喜欢听音乐呢。”邱紫璇立刻来了兴致，“对古典一点的比较感兴趣。”

“是吗，我古典现代的都喜欢。”倪小龙松了口气。他心想：“总算能聊点烧菜以外的话题喽，不然脑袋里都能炖出猪脑汤了。”

“你都喜欢什么呢？”邱紫璇眼睛里放着光，那是一种纯情少女才可能有的光芒。

“先说古典的吧，喜欢《霸王别姬》《涛声依旧》《同桌的你》什么的。”倪小龙想了想，“现代的呢，就不能以歌曲本身来说了，因为对于一首歌，有很多种演绎方式，所以只能说喜欢哪个歌手的风格。比方说，我喜欢吴莫愁，王韵壹，张玮，总之有很多，他们很有个性。”

倪小龙尽量表现出很有见地的样子。

“你呢，你喜欢什么？”倪小龙赶紧问。

“我喜欢……”邱紫璇有些犹豫，似乎担心和倪小龙发生争论。

“说嘛，我才不和你辩论呢，有人喜欢郭德纲，就有人喜欢周立波。”倪小龙很豁达。

“我喜欢莫扎特，尤其是喜欢他的《降E大调第三十九交响曲》。”邱紫璇轻轻地说，“还喜欢他创作的歌剧，《费加罗的婚礼》和《假园丁》。”

屋子里第三次安静下来。

倪小龙不知道该怎么接，这个话题对他来说有点深奥。

早该料到女神不食人间烟火，还哔哔瞎问什么问！

“流行音乐我听得不多，但你说的那些我也喜欢。”邱紫璇歪头冲倪小龙一笑，“其实你也可以听听交响乐什么的，洗涤灵魂，陶冶情操。”

在倪小龙的世界中，他只知道流行音乐能洗涤灵魂，日本AV能陶冶情操，郭德纲的相声能治百病。

为了避免继续露怯，倪小龙决定把精力转移到正道上来，“哎，紫璇，刚才你说炖牛肉的时候……”

接下来的时间里，师徒二人一个教得更认真、一个学得更卖力了。

乔乔感到自己干坐着很无聊，也凑过来，保持一定距离，一个人对两个人进行围观。

这时候如果有强盗闯进屋里，准会以为是把一家三口都连锅端了。

饭终于做完了。

倪小龙很累很累，比一边跑五千米，一边背诵《出师表》还累。这就是与女神近距离接触的代价，看来仙尊仙君也不容易，只有法力无边才应付得了她。

“但今天还是充满收获的！”倪小龙筋疲力尽又理性客观地想。

女神陪伴自己聊天。

女神教授自己做饭。

女神拔高自己的审美。

女神还没问自己收钱。

而且女神还说了，以后还是随叫随到，服务上门。

岂止是收获满满，简直就是赚翻了。

倪小龙把女神邱紫璇和女神之子乔乔送走，把饭菜摆好之后，趴在饭桌上就睡着了。

“天哪！小龙你神了啊！”这是米露露看到晚餐之后的评价。

“Wow，表哥你好威武噢。”这是苏羊的评价。

倪小龙从梦中惊醒，看着俩美女啊呜啊呜吃着饭，感到很是欣慰。尤其想到其中一位美女是副总裁，还是自己的老婆，就感觉累了半天也值了。

俩美女当然不知道女神的故事，就像上进青年谢瑞一开始不知道有田螺姑娘一样。

有超级无敌家庭煮夫做米露露的护法，她不可能不进步。

有扎实的专业基本功和率真坦荡的性格，她不可能永远被大家讨厌。

虽然米露露还不至于让所有人心服口服，却已经开始有不少人对她刮目相看了。

“你说米总还真奇怪啊，跟精神分裂了似的。第一天就来那么一出戏，接下来垂头丧气像是得了抑郁症，紧接着又重整旗鼓改变形象，现在每天风风火火貌似很干练的样子，但我又常常看到她一个人躲在角落发呆，很沮丧的样子，你说这女人抽什么风呢。”上次挑事的那个人又开始挑事。不挑事就不是他了。

“我看你就是闲得蛋疼，你总观察米总干什么啊，人家也不容易。哪个女人出了那么大的糗之后，还能硬着头皮开展工作？上次我说米总厚脸皮不要脸，现在我不这么认为了，尤其是你说米总私下里情绪还很低落，我就更不这么想了。我觉得米总挺上进的，精神难得。出没出成绩先放在一边，能不断鼓励自己笑对挫折，就是好样的。你们对米总怀有成见，都会带在脸上，藏在话里，米总能不郁闷吗？能不在私下里给自己打气吗？我不聊了，先走了。做好自己的事情要紧。”说着，此人主动脱离了这个讨论小组。

这个小组的名称是“米总之家”，宗旨是“因为闲得蛋疼，所以只能八卦”。

“我看米总人还是不错的呀。以前说人家那么难听，可根本就没发现人家哪里出格呀。工作兢兢业业，晚上加班加点，客户虽然没有大幅度增加，但你们有没有注意到，现在根本没有客户投诉了呀。米总很会和小孩子家长沟通的，几句话就能和他们熟络起来。小孩子也喜欢她，不少客户都不是冲着代课老师留下的，是冲着米总留下的呀。家长都说米总为人实在、坦诚，把孩子放在这里放心，更不会受老师的气，你们都没有看到呀。我是不和你们聊了，成天就希望别人不好，心态有问题的呀。”又有人和讨论小组划清界限了。

“嘿，都他妈是墙头草。我瞅着，这骚货不定是动什么幺蛾子呢。您看啊，牛总这么隆重地把丫请来，但其实也没跟丫怎么热乎，反正我进过牛总办公室两回，丫都在，两人儿就这么面儿对面儿坐着，坐得还倍儿远，什么都没干！丫肯定是失宠了，心里正起急呢。再看牛总啊，您没注意他最近的模样吗？胡子拉碴，邋里邋遢，这哪像是干柴烈火正噼啪乱烧的样儿，这分明是一个男人要与女人分手的样儿啊。他要是跟米露露还有一腿，能不注意形象吗？不能！不能够！所以啊，事儿就是这么个事儿：牛总被这鸡给勾引了，谁知这鸡还是一有文化有心眼儿的鸡！丫以和牛总的床照为要挟，讹诈，没错，讹诈！讹诈副总裁的位置。您说这鸡狠不狠啊，啊？至于凌总呢，肯定已经知道这档子事儿了，所以也正跟牛总闹别扭呢，不然牛总能这操行？衣服跟起了褶儿的床单裹身上一样？现在啊，仨人儿正较劲呢！牛总肯定是想甩了这鸡，但丫肯定要一大笔钱，不然不走；凌总呢，正等着牛总处理这事儿呢。依我看，牛总最后得给钱，多少钱都得给！不然床照一散布，多寒碜哪！”北京老炮儿坚持认为米露露是鸡。但不得不承认，他的这番话几乎就要勾勒出牛凯歌、米露露、凌雪三人之间真实的状态了。

“哎哎，说曹操曹操就到了。”老炮儿冲对面的人小声说。

那边，米露露边接听手机，边急火火地走过来，又奔过去。从表情上看，鬼鬼祟祟又带着一点焦急，还有点内疚。

“我说什么来着，不定有多少见不得人的事儿呢。快看啊，奔犄角旮旯去了。”老炮儿边眯缝着眼儿边现场评论，“说不定事儿比我想象的更复杂，丫背后说不定还有傍家儿，正给丫出主意，讨论怎么敛钱呢！”

现在该知道阮玲玉为什么要轻生了吧？

这边猜那边怪，人言汇成愁海，把心也埋！

意念中悼念一下阮玲玉……

也悼念一下跟阮玲玉一样的人……

米露露接的这个电话确实让她很不淡定。

不能让别人听见，所以鬼祟；事情迫在眉睫，所以焦急；她欠了别人的，所以内疚。

这个让她不淡定的人就是李析。

两个多月前，她砸破了人家的古董花瓶，花瓶买的时候价值十六万，如今价值二十万。多亏了李析人好，以原价的五折作价，要她还八万块钱了事，采用的方式是分期付款，每两个月还五千块钱。

之前有人看到她在角落里沮丧，实际上就是在愁这八万块钱的事情。

其实米露露和倪小龙还是有一点点微薄积蓄的，但米露露暂时不敢动用。一是害怕倪小龙发现自己捅的大娄子，二是那点家底在银行的存储方式是定期，如果提前取出来，利息就没那么高了，这会让米露露很心疼的。所以综合考虑，她决定只动用自己的薪水还债。

为了避免因为自己马虎而忘掉每次还款的时间，米露露把未来该还钱的日期都清清楚楚写在了随身携带的小本子上。八万块钱全部还清的话，要历经两年零八个月，共计还款十六次，一切都历历在目，提醒着米露露将在哪年哪月的哪一天大出血。

如果准时准点还第一个五千块钱，本来应该是前天，但米露露把它推迟到了今天。为什么呢？理由很简单，今天才是发薪水的美好日子。为了不让李析怀疑自己的人品，米露露已经在两周前就跟他打过了招呼。而李析因为担心米露露的诚信问题，昨天又专门打电话提醒了一次。

此时此刻，米露露接到李析的电话之所以很不淡定，是因为就快下班了，可她还没领到薪水！而李析已经快要赶到她公司楼下了！

一小时前，米露露还和李析热线联系过。

“米露露，那个……没问题吧。”李析婉转地问。

“没问题！来吧。”米露露爽快地答。

听着其他同事的手机响个不停，米露露胸有成竹，因为她知道，那些短信的声音是银行卡有钱到账的提醒，就是说大家都发薪水啦！米露露已经时刻准备着，只等自己的手机接到短信，就冲到楼下的那个提款机，轰隆轰隆提出五千块钱交差。

可米露露的手机死活就是没收到短信。

她干着急，但又不好意思问别人。堂堂副总裁，怎么能为了领个薪水猴急猴急呢？

成何体统！

她甚至一度怀疑是自己的手机坏了，经过多方印证发现根本没坏。她还冲到楼下的提款机查询了自己工资卡的余额，十元，没错，余额是十元，那还是她办卡时候自己存的钱。

更触目惊心的是查询余额的过程。

米露露冲向提款机的时候，前面已经排了老长的队，全是公司里的帅哥美女。他们看到米总，立马闪开一条绿色通道，"请米总先！""快给米总腾个地方。""米总时间宝贵，您先取吧。"……拍马屁的啪啪声顿时不绝于耳。

米总一点都顾不上加塞不光荣，赶紧冲到最前面。但她还是顾得上一点点虚荣，为了不让那些打赌她卡上到底有多少钱的员工得逞，米总终于是以一个和提款机热烈拥抱的姿势捍卫了自己神圣的隐私权。

事关十块钱余额的神圣隐私权。

"卡上至少得有一百万，不然干吗那么防着别人。"有人小声嘀咕。

"嗯，少说也得几十万。"有人轻声附和。

"哎？怎么不取钱呢？"有人纳闷。

"只是想查一查吧。"有人推理。

"费这么大劲查一查？用手机查不就完了？"有人怀疑。

不绝于耳的议论声中，米露露以来时候的两倍速度火速冲走了。着急啊！李析马上就要到公司楼下了啊，到时候如果他进了公司，会更让人难堪啊。所以得问问财务啦，厚着脸皮问吧，反正连当众放日本AV的事都干过，老娘还怕什么啊，何况这是捍卫个人正当利益的问题啊。

其实大多数时候，事情并不像想象当中那么复杂，反而简单得要死。

米露露刚站到会计面前，还没开口，人家就告诉她了。

"米总，特意跟您说一声，因为您入职还不足一个月，所以您的薪水是从下个月的发薪日开始发放。"会计笑眯眯地说，"米总，有什么其他事情需要帮忙？"

"哦，没有没有，我找下小刘。"米露露边回答边假装东张西望。

“小刘不在。”会计笑眯眯地说。

废话！小刘要是在，米露露还敢说找小刘嘛！

怎么办啊！

不知道怎么办的时候手机还响了！这说明李析现在已经到了啊！

米露露想到李析那颗大脑袋就头疼，但无论人家脑袋再大，她也得去楼下碰头了。

米露露稳了稳情绪，“喂……嗯……好……稍等。”

她其实已经想好了，借！赶紧借！

问牛凯歌借五千块钱！

米露露发誓这是世界上最烂最傻最不应该的办法，但总比没办法要强。

“急用？好的。”牛凯歌微笑着站起身来，一副及时雨宋江的表情。

他对危难时刻显身手的事情早已驾轻就熟，什么夜半送掉进池塘的醉汉回家啦，开车送昏倒的醉妞去医院啦，高薪聘请急需用钱的前女友的现任丈夫啦，等等。所以当他得知自己心爱的已是别人妻子的前女友需要五千块钱急用，那更是义不容辞啦。

“跟我来，去楼下取一趟，我身上很少带那么多现金的。”牛凯歌穿上外套，走在了前面。

“这人情欠的，怎么还啊。”米露露忐忑地想，“哎，无以为报，唯有拼命替他打工了！”

牛凯歌和米露露刚取完钱，迎头正撞上李析。

李析看到米露露有人陪着，还是个胡子拉碴的大高个，大脑袋不自觉地开始哆嗦。

他以为这就是米露露传说中的老公倪小龙呢。

当初夸海口要给米露露的老公找工作，后来隔三岔五对人家肉麻表白，再后来欲对人家霸王硬上弓。这样的人，要是见着人家老公还不心虚，那简直就是畜生啊。

李析的大脑袋在哆嗦，也不知道是不是想证明自己不是畜生。

他望着米露露和牛凯歌，大脑有些空白，一时不知道该说什么。

“你好，李先生。”米露露只好先开腔。她不能让李析总瞪着自己发呆啊。

“呃，怎么不是你一个人？……钱呢？”李析一紧张，把大脑袋里正在想的两个问题不加任何修饰地说了出来。乍一听就跟毒贩子接头似的。

牛凯歌一愣。他也觉得这像毒贩子接头。

米露露伸手把钱递给李析，“给你，钱。”

李析把钱接过去，飞快地递给米露露一张纸。可是因为紧张的缘故，他没等米露露拿稳就松了手，这张纸飘飘荡荡就落在了牛凯歌脚下。

牛凯歌弯腰把纸捡起来，刚要看上面的字，李析已经头也不回地走了，临走前还没忘了瞟牛凯歌一眼。

这一眼，让牛凯歌严重感觉不对劲。你说这个大脑袋吧，首先是不希望米露露有人陪同，而且还一副鬼头鬼脑的心虚的模样。临走时候看自己的那一眼，又仿佛是满怀醋意。这个大脑袋是谁？这钱又是怎么回事？

“哎，给我……”米露露伸手就去抢牛凯歌手中的纸，但已经来不及了。牛凯歌已经把上面写的字读出了声，“今收到米露露偿还李析欠款伍仟元整，尚有柒万伍仟元还未还清。特此证明。李析。”

“这是怎么回事，他是你什么人，你怎么会欠他这么多钱。”牛凯歌很惊讶，因为他认为米露露和那个大脑袋看起来根本不像是什么朋友。

“……哎，这是我的私事。”米露露伸手要回那张纸，“真不好意思，又给你添了麻烦。借你的钱，我可以下个月还吗。”

“当然可以，露露，如果你相信我，可不可以告诉我到底发生了什么事情。你欠他的钱不是一个小数目，但你那个朋友……”牛凯歌顿了顿，没好意思说“看不去不像好人”。他继续说：“你那个朋友，看起来和你好像并不是很熟悉。如果你有什么难处，交给我来处理，好吗？”

牛凯歌冲米露露点点头，意思是让她相信自己。

米露露心里一热，浑身麻酥酥的，眼泪差点没出来。

从前，两人谈恋爱的时候，每每出现什么需要处理的状况，牛凯歌就会用充满磁性的嗓音轻轻对她说：“我来处理，好吗？”只要听到牛凯歌说这句话，米露露立刻就会觉得自己是一只躺在主人被窝里睡觉的小猫咪，不会忍饥挨饿，不怕风吹雨打，不惧隔壁的那只四眼大狼狗。这句话，米露露已经整整六年没听到过了，此时此刻却出其不意地在耳畔响起，那么陌生，却又那么熟悉，那么遥远，却又只有不到一尺的距离。

这句话，让米露露条件反射似的踏实下来。这种踏实，是有人为自己挡风遮雨，和自己一起冲锋陷阵，替自己收拾烂摊子，帮自己擦屁股，对自己进行贴身保护的安全感。

“唉，我砸了人家的花瓶，还是个古董，所以得赔。”米露露突然很想倾诉。这件事已经把她压得喘不过气来，迫切需要一个对自己有几分关心，同时又能绝对保守秘密的人来做倾诉对象。牛凯歌显然很合适。

接下来，米露露把情况一五一十地讲了一遍。

“这么说，是他先想要，想要占你便宜？”牛凯歌微微有些激动，看得出他极力克制着自己。

“嗯。”米露露睁着大眼睛，傻乎乎地点点头。

“其实你当时就应该报警。”牛凯歌长出了口气，“我现在听你讲，都忍不住对你担心，我，我会心疼。唉……”牛凯歌扶了扶眼睛，把头偏向一边，向远处望了望。

沉默了一会儿之后，他继续问米露露：“那是个什么样的古董，有没有请人鉴定一下。”

“……没有，李析讲了一长串乾隆康熙什么的，好像很懂的样子，我也就没多问，我不懂的。”米露露摇摇头。

“那你和他有没有约定债务还清之后那个花瓶的归属，也就是说那个破了的花瓶，最后应该给你。”牛凯歌继续追问。

米露露又摇摇头。

牛凯歌也不得不开始摇头了。

“露露，你这么善良，这么好说话，我有点担心。”牛凯歌望着米露露，像父亲望着即将出远门的女儿，“所以这件事你听我的，交给我来处理，好吗？”

“你别替我还钱，真的别！我自己还得起。”米露露拒绝。

牛凯歌轻轻笑了笑，“我替你还给别人，你再还给我。我给你更充裕的时间，不好吗？再说了，你和李析之间，还有一些必要的细节问题需要谈清楚。”

等米露露完全想通这个问题的时候，她和牛凯歌已经站在李析的家门口了。此时的米露露，认为牛凯歌至少有两点是正确的。一是古董需要权威部门进行鉴定，二是八万块钱还清之后，那个破花瓶应该归自己所有——如果那花瓶真的和乾隆康熙沾点边，粘吧粘吧也能值点钱呢。

“米露露？”李析从屋门上的猫眼中看到米露露和牛凯歌，大吃一惊。正犹豫着要不要开门的时候，豪七从里屋边兴奋地喊“露露老师”，边蹦蹦跳跳地跑了出来。他挤到李析身边，一把将门拽开了。

“哦，露露啊，这，这是你老公，倪小龙先生？”这是李析开门后说的第一句话。伴随着这句话的，是他用力挤出的一个无比难看的笑容

“他……”米露露也努力挤出笑容，比李析的笑也好看不了多少。她本来想说“他不是我老公”，但刚一张嘴就被牛凯歌制止了。她感觉到牛凯歌悄悄拽了拽自己，意思是要她别再说话。

于是接下来李析就称呼牛凯歌为“倪先生”了，于是牛凯歌就这么稀里糊涂地先答应着了。

“再见啊，倪小龙老师，米露露老师。”这是几人谈判完毕之后，李析说的最后一句话。说这句话的时候，他毕恭毕敬地站在小区门口，和保安相映成趣。

在李析家里发生的事情，基本上在牛凯歌的预料之中。

牛凯歌问李析要花瓶的残片，李析根本拿不出来，一会儿说已经送去修补，一会儿又说无法修复。牛凯歌说能否修复不是重点，他只是要花瓶的残片，米露露每还一笔钱，她就应该得到一部分残片，到所有欠款还清的时候，就应该得到所有的残片。

这个问题多亏了豪七，是他帮助他爸爸解决了这个大难题。

几人正掰扯的时候，豪七突然取出了一块花瓶碎片，小心翼翼地交给李析。不但提醒李析花瓶碎片早已经被他自己全部扔掉，还邀功说幸亏自己留了一块，没想到派上了用场，帮助大人们解决了问题。

李析的大脑袋登时就膨胀起来，脸也白兮兮的没有一点血色。整个就像 20 世纪 80 年代时候，常被小孩子当气球吹着玩的白色避孕套一样。

良久，他终于缓过神来想不认账，牛凯歌却取出自己的手机，告诉他刚才发生的一切都已经被拍摄了下来，估计将来法庭用得上。

“唉，我当初是录音，人家是摄像！”李析的大脑袋登时就爆了。

接下来，李析只好坦白从宽，承认那个花瓶根本就不是什么古董，只是从地摊上随便买回来的一个摆件，价值五十五元。他还承认，以那瓶子的模样，连潘家园旧货市场都不敢进，就更别说是冒充几百年前老祖宗的玩意儿了。

老娘差点被财色兼收啊，老娘为了还这孽债差点人不像人鬼不像鬼啊，老娘本来就风雨飘摇的小家庭差点就被你给毁了啊，老娘真想学习老娘的公公，抡开鞋底子抽你啊！米露露火了，腾地站起身来。

牛凯歌轻轻拍了拍米露露的肩膀，告诉她不要激动，当公民的合法权益受到威胁的时候，法律才是最有效最强大的武器。

“我这就报警。”牛凯歌冲米露露点点头，一副全局尽在掌握的样子。他又冲李析摇摇头，“我们会把你交给警察，然后法庭上见。”说着就要拨打电话。

“不！不！别！”李析急得跳了起来，然后又猛地蹲了下去，哦，不，是跪了下去。

牛凯歌和米露露都一愣，豪七则吓得大哭起来。小孩子虽然不知道大人们之间到底发生了什么，但警察叔叔要来抓走爸爸，这毕竟是一件极其恐怖的事情。

涕泪飞扬中，李析不断解释，说自己根本不是想讹诈米露露的钱财，而是想创造和米露露单独接触的机会。通过与米露露的相逢相识，他深深陷入情网不能自拔，所以才想入非非不择手段。他本以为失业的倪小龙先生猥琐龌龊，米露露肯定会对自己移情别恋，却没想到米露露心无旁骛，抱定嫁鸡随鸡嫁狗随狗之心，异常忠贞。闻听米露露要停止给豪七代课，他担心永远失去米露露，精虫上脑之后想要将之暴力征服，没料到米露露守身如玉，坚贞不屈，誓死顽抗，而且身体素质极佳，最终竟将自己打伤。即使被打伤，但自己仍然没有灰心丧气，于是急中生智想出下流卑鄙的讹诈办法，已达到至少每两个月能见一次米露露的终极目的。至于欠款，他早已决定在得到米露露之后全额奉还，或用来购买钻戒，作为送予米露露的定情之物。

李析还说自己是狗眼看人低，今日与倪小龙先生有幸得以见面，才知道他不但气宇轩昂玉树临风，而且思维敏捷见多识广，自己从此认屄，再不会去做癞蛤蟆想吃天鹅肉的春梦，并恭祝倪小龙先生和米露露太太婚姻幸福，携手一生。另祝倪小龙先生鹏程万里，大展宏图。

李析最后哀求倪小龙先生和米露露太太，求他们千万别报警，因为自己中年丧妻，且上有七十岁老母，下有八九岁豪七，如果锒铛入狱，家将不家，所以请大人不记小人过，放下屠刀就立地成佛，饶他这一回，下不为例。

李析还拉过哇哇大哭的豪七，做父子抱头痛哭状，很是凄凉的样子。

米露露看傻了。牛凯歌沉默了。

最后的结果是米露露心软了，牛凯歌把电话收起来了，李析把他们送到小区大门口了。

古董花瓶的事情就这么摆平了。

说实话，牛凯歌很享受李析把自己当做米露露老公的那短暂时光，但不享受李析一口一个“倪小龙先生”地称呼自己。米露露则一直对这种误会很不适应，而且对李析说什么用那笔欠款购买钻戒，作为将来送给自己的定情之物这种说法还是耿耿于怀。娘的，用老娘自己的钱给老娘买钻戒，还不是羊毛出在羊身上啊，这种事也想得出来，什么男人哪。要不是看着豪七可怜，还真就让你蹲监狱试试！

不论如何事情过去了，压在孙悟空身上的五行山崩裂了，现在的米露露一身轻松就快要飘起来了。

“牛凯歌，谢谢你，真的不知道该用什么方式感谢你了。”米露露坐在副驾驶位置上，头发随着风轻轻跳舞。

牛凯歌幸福地一笑，“呵呵，不请我吃顿饭吗？”

“……这，改天好吗？今天我，我有事。”米露露没有撒谎，因为今天是倪小龙的生日。

“好啊，那改天，说话算话。”牛凯歌有些失望。

米露露点点头，突然像是又想起了什么，双手握紧拳头，在胸前晃了晃。

“我会努力工作的，绝不让你失望！”米露露说。这是她目前所能想到的唯一一种感谢方式。

一瞬间，牛凯歌的鼻子有些发酸。这是米露露大学时代为她自己加油时惯用的动作，如今依然保留，这让他觉得时间仿佛没有流动过，也似乎并不像想象中那么无情。

有些东西，确实会在不经意之间渗入人的骨髓，沁入人的细胞，成为这个人的一部分。改不了，甩不掉，淘不尽，直至成为她永恒的标签。

但六年未见，拥有这个标签的人，就一定还是她本人吗？

六年，近两千两百个日日夜夜，一个人，一个作为由众多细胞组成的生物体，她的肝脏已经更新过 15 次，她全部的睫毛已经更新过 40 次，她的整只肺部已经更新过 122 次，她全身的皮肤已经更新过 160 次，她的整副骨骼已经更新了 60%，就算更新速度比较慢的心脏，也已经更新了 30%。

她还是她吗？

她散发着芬芳的呼吸，为你而剧烈跳动过的心脏，为你流泪时打湿的睫毛，让你感到滚烫的皮肤，它们还存在吗？

从某种意义上来说，它们已经永远地不存在了。

那她还存在吗？

牛凯歌不确定。他不知道面前的这个米露露跟六年前还有多少相似度，不知道在她已经更新了 30% 的心脏中，自己还有几斤几两几钱几厘的分量。

毋庸置疑，牛凯歌目前在米露露心中的分量是很重的。

打个比方，就像邱紫璇在倪小龙心中的分量那么重。

作为邱紫璇的学生，倪小龙对她首先是尊重。

“你好，紫璇老师！”“再见，紫璇老师！”“紫璇老师，请教一个问题……”

这是倪小龙对邱紫璇说得最多的话。另外，自从上次不小心色眯眯地说出“紫璇老师你真好看”之后，倪小龙也干脆不再掖着藏着了，他至少学会了光明正大地告诉邱紫璇：“紫璇老师，你今天真漂亮！”

本来嘛，好看就是好看！好看的事物不就用来给人看的吗？既然是给人看的那不看白不看！既然不看白不看为什么不多看几眼？多看几眼之后，心旷神怡、爽心悦目，为什么不满怀真诚地告诉人家：“你继承了优秀的遗传基因，再加上后天不懈地努力，费了那么大劲才终于长成了这样的成果，所以感谢你为大家带来了美的享受，真是谢谢你辛苦你了！”为什么不？

此外，小龙同学对紫璇老师还很倚重，已经快离不开她了。

紫璇老师虽然没像党那样教育他爱祖国、鼓励他学文化，但教会了他许多料理家务的小窍门，烹饪美味的小技巧，还给他详详细细地讲了一遍西洋音乐史。

从此倪小龙知道，叠衬衫的时候，可以采用超级懒人三步法，既快又好；醋熘土豆丝之前，可以用稀释的米醋将土豆丝浸泡，既能去除淀粉又能入味；他还知道，世界上除了刘德华和郭德纲之外，门德尔松和理夏德·施特劳斯也不含糊。

所以小龙同学现在遇到任何问题，都会去找紫璇老师，QQ、微博、电话、倪小龙家、邱紫璇家、超市、楼下的小花园，全都成了师徒二人传道授业解惑的课堂。

不过，紫璇老师也会让小龙同学感觉沉重，那是因为他无意中看到了邱紫璇老公的照片。

有一次在邱紫璇家，他从书架上抽出一本关于烹饪的书来看，翻着翻着里面就飘飘荡荡掉出一张照片。照片里有邱紫璇、乔乔和另外一个男人，从几个人的动作和表情来看，毋庸置疑是一家三口。

天哪，这就是女神传说中的仙尊老公！

此仙尊身材不高、其貌不扬、精精瘦瘦、面带微笑，可倪小龙怎么看怎么别扭，竟然还萌生出了想要狠狠修理这位仙尊的强烈冲动。

吃醋了吧？嫉妒了吧？所以觉得人家眉宇间散发着让人不舒服的负能量吧？

倪小龙想明白之后才把火给消了。他立即对自己这种傻逼蛋疼，欲将他人之美据为己有的龌龊想法进行了严肃的批评和深刻的反省。

你管人家老公长什么样啊，邱紫璇在男女关系上跟你有半毛钱的关系啊，人家和邱紫璇有国家颁发的合法结婚证书，你和米露露也有，你还吃个鸡毛醋，你小子有毛病啊。

倪小龙正摒除杂念自我修炼的时候，有人喊了一声"爸爸"，是乔乔。

"嗯？你怎么会有这张照片？妈妈早就把爸爸的照片全扔了啊。"乔乔莫名其妙地说。

"嗯？为什么？"倪小龙更莫名其妙，"这什么时候照的？"

"我也不知道，大概是我更小的时候吧。"乔乔突然有点失落，"哎，我长得可真慢呀。我想赶快长大，那样就能去上学，就能和其他人一块玩了。"

"等你长大了之后，就又想变小啦。"倪小龙也突然有点失落，"……乔乔，你看，怎么你长得一点也不像你爸爸……"

这时候一道白光突然就在倪小龙和乔乔面前闪了一下，白光过后，那张照片不见了。原来那道白光是邱紫璇白白嫩嫩的手。

邱紫璇显然情绪有些激动，她转过身，边走边用手撕照片。

倪小龙也不知道邱紫璇到底撕了几下，反正他只看到一把类似头皮屑的东西纷纷扬扬就飞进了垃圾桶。

这得恨到什么程度啊。

爱之深恨之切，那当初又得爱到什么程度啊。

"闲得蛋疼啊你！"倪小龙又小声骂了自己一句，心想，"这是人家的私事，别乱操心。"

"叔叔，你说什么？"乔乔好奇地问，"什么蛋啊？"

"呃……鲜蛋，新鲜的蛋。"倪小龙赶紧说。他本来想说"你自己有"，但觉得这知识一时半会儿讲不清楚，就忍忍没说。反正乔乔将来会自学成才的。

"以前爸爸也经常对妈妈说蛋啊蛋啊的，原来是这个意思呀。"乔乔若有所思，"我爸爸……"

乔乔突然仰起了脸，眼神中有一丝恐惧。

原来邱紫璇不知什么时候已经站在了倪小龙背后，正瞪着乔乔呢。

关于照片的小插曲就这么结束了，但对于倪小龙来说却是一次不大不小的事件。

因为他感觉邱紫璇一定有痛彻心扉的故事，难以愈合的伤疤。而且他还想不通一个细节，为什么那个男人会经常对邱紫璇说蛋啊蛋啊的，这不找抽呢……嘿，关我屁事！

倪小龙唯一能确定的就是：邱紫璇是个天仙，那男人看上去有几个臭钱。

这种组合看似简单，却已在人间演绎过无数个版本。具体到这对天仙和臭钱的故事，究竟会与哪个桥段类似呢？

倪小龙想知道，但问不出口，而且邱紫璇看起来也没打算说。

“想安慰也无从下手啊。”倪小龙遗憾地想。

所以对于这位让自己既尊重、倚重，又感觉到一丝沉重的美女老师，小龙同学无法不给予足够的重视。

这不，有两名陌生年轻男性维修人员上门为邱紫璇家检修电路，倪小龙接到邱紫璇的电话，没等她把话说完就明白了，美女这是感到害怕，要让自己前往护花呢！于是他立即放下手头的女红，噔噔噔就奔过去了。

没错，是女红。小龙同学最近正跟着紫璇老师学十字绣呢，安静优雅，且进步神速。

“砰砰，砰，砰砰！”这是邱紫璇与倪小龙约定的敲门暗号，邱紫璇打开门，嫣然一笑。

倪小龙点点头，傻傻一笑。

乔乔歪着头，咯咯一笑。

三人什么也没说。倪小龙很自然地从书架上拿出一本书，坐在沙发上看。邱紫璇继续忙家务。乔乔继续跑来跑去地和玩具过家家。这就是默契。

不一会儿，电路修好了，倪小龙把两个小伙子送到门口。

“您太太真漂亮。”一个小伙子羡慕地说。

“您太太把家收拾得真干净。”另一个小伙子赞赏地说。

“呃，她不是我太太。”倪小龙不好意思地说。

“哦，再见。”两个小伙子意外地说，然后颇有深意地飞快对视了一下，走了。走廊尽头，传来两人叽叽咕咕的坏笑声。

“我只是，不想让别人知道我是一个人……”邱紫璇默默地站在了倪小龙身后。

“我明白的，你一个人确实不……”倪小龙凝重地点点头，突然说，“哎，紫璇老师，那个十字绣我驾驭起来还有点问题，请问……”

瞧瞧，这就是彼此之间称呼“老师”和“同学”的好处。

接下来，两人都可以不再尴尬，老师与学生之间立刻就可以针对十字绣这个课题展开互动了。

所以说，“老师”和“学生”是这个世界上最纯洁无瑕的称谓了。

虽然倪小龙开口闭口“紫璇老师”，但邱紫璇心里其实明白，这只不过是倪小龙为了表达亲昵的一种称呼。这称呼带着一点戏谑，一点调侃，一点亲切，一点彰显与其他人关系绝不雷同的标榜，一点没有掺杂男女私情的澄清，一点心底最深处的尊重。

这种感觉，与她称呼“小龙同学”一样，简单直接，却又玄妙。

这种对彼此的称谓，让他们每每在一起的时候，剔除了心灵边缘的灰色地带中，那偶尔飘过的几缕冲动、几丝杂念。

比方说，有一次两人一起做饭，邱紫璇的手不小心被烫伤了，倪小龙赶紧找来药，握住邱紫璇的手，为她细心地涂上猫油。过程中倪小龙很心疼，邱紫璇很感动。

“哟，紫璇老师，还疼不疼啊？老师乖啊，不哭啊。”倪小龙笑嘻嘻地说。其实他望着那个大水泡，心疼得要死。

“哈，谢谢小龙同学，老师很坚强！没想到小龙同学很细心呢。”邱紫璇笑嘻嘻地说。其实她的大水泡疼得要死，很想拼命撒个娇。

瞧，这么称呼着就很纯洁。

要直呼其名的话，那，那就是这样的。

“哟，紫璇，还疼不疼？乖，不哭……”倪小龙深情地说。

“嗯，谢谢小龙，我很坚强的。没想到，小龙你是个很细心的男人呢……”

这要是被门外的谁听见了，准以为两人是恋爱中人呢。至少不会认为他俩是普通朋友吧？

而门里的男女如果再这么说下去，那很有可能就会进入角色。男有爱来女要人疼，疼着疼着可能就爽了。要知道，门里面是有浴室的，有床的……啥也有的。

当然，这是以小人之心度君子之腹。

紫璇老师和小龙同学是很纯洁的！

哈，再标榜下去就越描越黑了，所以标榜到此结束。

得说真话。在他们俩心中，那偶尔飘过的几缕冲动、几丝杂念，真的能剔除干净吗？

暂时能。

但它们会不会在一夜之间长成大怪兽，会不会张牙舞爪地四处奔逃，会不会胆大妄为地横冲直撞，紫璇老师和小龙同学都不知道。

他俩只知道，作为男女传统道德观念中被别人公认的，且自己打算一直恪守规矩的好人，他俩心中那把剔除杂念的尖刀足够锋利，那个看押怪兽的铁笼足够坚固。

至少暂时是这样。

其实，作为老师，邱紫璇也从倪小龙这个学生身上学到了不少东西。

倪小龙教会了她说话不要绕弯子，还教会了她用感叹词直抒胸臆，让她知道交响乐固然能陶冶情操、洗涤心灵，但郭德纲的段子更能让人淋漓酣畅，以至于有排毒养颜、促进新陈代谢之神奇功效。

具体来说，如果邱紫璇把跟倪小龙学到的东西三合一来使用，那就是边听着郭德纲老师的段子边做家务活，笑喷之际再佐以感叹词助兴，同时说出内心最想说的话。

郭德纲对着于谦开说了。

“就一女的躺那儿，身上有好些个好吃的，叫女体盛是吧？有一天有这机会，咱们也可以找一妇女躺那儿，好吃的都搁身上！焦圈啊豆汁儿啊，再泼她一脸炸酱面，哎，手拿开喽，还有一火锅呢……

“哈哈哈，哈哈哈……”邱紫璇边擦桌子边笑得前仰后合，“泥马的，郭德纲太坏了！郭德纲我爱你！”

没错，现在邱紫璇就这么说话！

知道近朱者赤近墨者黑，近倪小龙之后变土匪的道理了吧！

一位气质优雅、贤良淑德、芳香纯净的少妇，如今就活活变成了这副模样，还真是，真是，真是挺可爱的。

不过当着别人的面儿，邱紫璇是绝对不会骂脏话的，她只会一个人的时候悄悄骂。至于其他，她已经可以当着别人的面儿毫不犹豫地说出来了，就比方说刚才提到的“郭德纲我爱你”，诸如此类的话。

自从邱紫璇学会这招三合一后，她竟然发现自己的脸不太那么容易变红了，而且还明显呈现出脸皮越来越厚的良好势头！

谢谢倪小龙同学，谢谢郭德纲老师，谢谢脏话的发明者，联手治愈了困扰邱紫璇多年的社交恐惧症和强迫症共同作用而导致的心理障碍——赤面恐惧症。

邱紫璇觉得，倪小龙就是自己生命中从未见到过的那缕阳光，明亮而温暖，正撕开黑夜的一角，缓缓照进她本来灰暗冰凉的生活。

她觉得自己不能没有这阳光，害怕失去这阳光，但她清醒地知道，这阳光不属于她，而是属于一个叫做米露露的女人，现在那个女人就在自己楼下，与自己身体只有五层楼的距离。也就是说，不超过十五米。

每天晚上，那个女人都会拥抱着这阳光入睡，去享受他一夜的温泽，然后在次日早晨的某个时刻，那个女人会从温暖中醒来，接着开始一天的生活。

“如果倪小龙是我的老公，生活会是什么样子？”静谧的深夜，邱紫璇躺在床上的某个孤寂时刻，会这么想。

她没感觉到自己脸颊发热，只是感觉到心里酸酸的，有点疼。

牛凯歌的心里，也酸酸的，有点疼。

米露露，这个本应该属于自己的女人，阴错阳差地失去，如今又鬼使神差地相聚，距离那么近，那么近，却揽不进怀抱，抓不进手里。

近到只隔着办公室的一堵墙，他在这边，她在那边；近到只隔着一张餐桌，他在这边，她在对面；近到递给她文件的时候，能偶尔触碰到她清新的手指；近到开车送她回家的时候，能呼吸到她脖子里散发出的暖洋洋的香味；近到一块乘坐电梯的时候，能看得清她嘴唇上的纹理。

可就算豁出去把她强行占有，近到一种以负数才能表达的距离，又能怎样？

她的心在哪里？

她心脏的 30% 都已经复归尘土，飘进空气，剩下的那 60%，是否还保留着六年前的记忆？

牛凯歌不确定。

他不知道该怎么问、怎么说，才能既快速地达到目的，又能巧妙地不留痕迹。

与米露露单独在一起的时候，他曾经试图把谈话的内容引向六年前，想要探寻米露露和自己分手后最真实的生活状态，可每次都是他自己先把话题岔开，然后开始孤独地评论那年下半年世界经济开始出现的流动性危机。

因为牛凯歌知道，如果让最真实的心灵来主持谈话内容，那么他会不可遏制地说出凌雪拆散他俩的秘密。他不是不敢说，而是害怕说出来之后的结果。

所以，他只好谈世界经济局势，谈风云人物的商海沉浮，谈未来几年的红海蓝海。作为商人，这是牛凯歌最擅长最感兴趣的话题，即使讲三天三夜讲到三更半夜他也一点都不会累，所以他自然而然把这些话题当做拯救冷场的武器。

除此之外，他暂时还不知道自己能和米露露聊些什么。

回忆过去畅想未来？有病。

穿衣打扮享受生活？不懂。

娱乐新闻明星八卦？不知。

所以还是讲讲A股创业板纳斯达克道琼斯吧，米总也应该懂一些这样的经济常识，将来咱公司还要上市呢。

反正暂时还不能聊六年前的那个秘密。

秘密一旦大白天下，最好的结果是米露露离开倪小龙，和他圆梦重温；最坏的结果是米露露离开公司，还掉他五千块钱，然后与自己老死不相往来；不好不坏的结果是维持着现状，但内心里却都有了一些小小的尴尬和遗憾。

牛凯歌不敢赌。

赌博需要资本做后盾，需要信息做参考，需要千手出老千。这三样东西，他都没有。

一句话，输不起。

除了最好的结果之外，其他两种结果牛凯歌都不能够坦然接受，所以目前他只能按兵不动。这种状态虽然无法带来完胜，却也不会导致完败，而在等待的过程中，还可以怀揣希望，尽情幻想成功。

其实米露露满脑子想的都是一个问题：怎么报答牛凯歌呢？

牛凯歌从池塘打捞醉酒的倪小龙好比池越忠，送酒醉的倪小龙物归原主好比雷锋，送昏迷的苏羊去医院再次好比雷锋，邀请倪小龙出山好比刘备，深入虎穴为自己粉碎古董阴谋好比任长霞。另外还爽快借给自己五千块钱应急，不要抵押不要利息，好比国家助学贷款！

米露露情何以堪啊。

她设计了很多种涌泉相报的方案，就是没往以身相许那想。

这就是良家妇女的素质！

想来想去，她还是觉得做好手头的工作比什么都强。

“一定要帮牛凯歌把业务搞上去！”米露露再一次握紧两只拳头，在胸前晃了晃。

于是在家里，她会查资料写文案忙到深夜，几乎天天如此。每每这时候，倪小龙就会轻轻来到她身边，送上一碗红豆汤绿豆汤黑豆汤银耳汤反正就是各种各样每天都不一样的汤，还会默默为她调一调台灯的角度和亮度，再悄悄退出屋子，自己去看关于婆婆妈妈的电视剧去了，然后静等下次红袖添香和举案齐眉时刻的到来。

在公司，米露露基本上是第一个来，最后两个走。意思就是她会最早来，下班时和牛凯歌最后再走。倒不是为了搭顺风车，而是手上的事情根本就忙不完，要不是牛凯歌屡屡催她，她肯定还要再加一会儿班，直至熬到这栋灯火通明的建筑仅剩两处发光的地方才离开。一处是楼顶的霓虹灯，一处是她办公室的灯泡。

米露露总想把手上的事情彻底做完再走，甚至还想把明天的事情抢出一部分来。好像这样就可以超越在时间前面，让牛凯歌能早个一天半天收获到新业务的硕果。

这就是女强人的素质！

可事情根本是做不完的，而且一件事会派生出另外一件事或者几件事，就像细胞分裂般越来越多，挤成一堆，连成一片，可女强人还在那做啊做啊做啊，不知疲倦，废寝忘食。

米露露本来打死也没打算当女强人的。

六年前的某一天，米露露曾经和凌雪一起对天发誓：今生不做女强人！今生只做小女人！如违背誓言，就……根本不可能违背誓言啊，咱们也没那素质啊！

以此为参照，倒是米露露率先违背了誓言。她藏在细胞深处的女强人基因被两种元素彻底激发出来，一种是沉重的家庭负担，一种是报答恩人的强烈心愿。

什么如今的老板是前男友，什么关于六年前的分手，这些东西都不再重要，重要的是当好米总，一个不负众望可以为牛总赚钱的米总。

所以牛凯歌每每对她大讲世界经济局势的时候，她都会认真倾听，虽然她听不懂也不感兴趣，但至少要接收一点。接收来接收去，她还是觉得没必要说得那么深奥，说到底不就是赚钱与花钱的关系嘛。自己赚到钱了，就有能力花钱，钱花出去进了别人的腰包，那别人自然也就赚到钱了，等别人赚到钱之后，自己再想办法把他腰包里的钱赚回来。一句话，你赚我的，我赚你的，这钱不就流通起来了嘛。

我米露露个人是这样，公司不也是这个道理嘛。

目前这项业务的问题不就是眼巴巴看着钱哗哗地流进房东、物业、员工、自来水公司、电力公司、琴行、装修工人的口袋，看不着孩子家长腰包里的钱哗哗地流进你牛凯歌的口袋嘛！

想清楚这个问题之后，米露露的小宇宙豁然开朗。

“看来学点经济理论确实很重要啊。”她想。

于是在牛凯歌谈论经济话题的间歇，她会把自己对业务的构想见缝插针地塞进去。

“凯歌，具体到公司业务，我觉得应该……”米露露现在管牛凯歌叫“凯歌”了，叫“牛总”太生分，这是对恩人的不尊重；叫“大牛”不可能，这是对自己家庭和他老婆凌雪的不尊重。

牛凯歌对“凯歌”这样的称呼很受用。自从重逢以来，米露露叫了他很久的“牛凯歌”，听起来很生硬，后来又叫了他一段时间的“牛总”，听起来很疏远。“凯歌”的叫法是一个具有里程碑意义的进步，这意味着米露露承认了他俩是朋友，至少是校友。

牛凯歌巴不得米露露对自己称呼的字数越来越少，等哪天她只叫自己姓名当中任意一个字的时候，那就代表着他已经抱得美人归了。

牛凯歌认真地想了想，比较期待米露露未来能叫自己“牛”。因为他还有大把的钱正被股市套着呢。

“嗳，你说。”牛凯歌听到米露露喊自己，赶紧答应。

“凯歌，我觉得应该从家长本身对孩子的期望和关心来考虑！”米露露兴奋地说，“我终于是想明白了。家长把孩子送到培训中心，是要学习专业，但很多家长也没奢望自己的孩子将来能成名成家，其实就是培养孩子的审美，提升孩子的气质，让孩子有点才艺不那么死性罢了。甚至有些家长，就是希望孩子在放学之后能有个健康的去处，别总让自己操心。我发现不少家长把孩子往培训中心一放，自己就轻轻松松逛街去了。所以根据这种情况来判断，培训中心老师的个人素质就非常重要，需要专业拔尖和人格完善并举的老师，缺一不可。这其实是一个很高的标准，可以成为咱们的特点，也能给别的公司设置一道竞争门槛。”

“哦？说下去！”牛凯歌眼前一亮。他从来没听过米露露对工作方面的事情如此有逻辑如此完整地说过话。

说来也怪，米露露聊家常侃大山都很在行，从前给学生讲课也如行云流水，可一当了副总裁就“说都不会话了”！之前的大会小会，只要让米露露分析市场，她就会采用自身独特的联想法把大家带入一个云山雾罩的混沌世界。具体来说，她会从教育市场谈到学生家长，从家长对孩子的期望谈到彭丽媛宋祖英谭晶，进而谈到当今的音乐市场，再从音乐市场谈到电视节目《中国好声音》，从《中国好声音》谈到庾澄庆是个完美的好老师，从好老师谈到目前公司的老师还需要提高素质……无穷匮也。然后除了牛凯歌还保持清醒之外，其他全体与会人员早已忘记了大家开会到底是要讨论什么。

不过现在米露露可谓进步神速。这是她坚持倾听经济讲座的巨大成果，条理清晰、逻辑严谨的讲座人牛凯歌功不可没。

“所以咱们公司选拔代课老师的标准，一定不能和其他公司一样！”米露露接着说，“老师必须专业拔尖，必须人格完善，必须具有母性或者父性。所以咱们招聘老师的时候，应该从专业、人格、性格特点等方面对老师进行综合考评。挑选出来的老师不但专业要教得好，还得是一个合格的监护人，心理健康，充满眼光，不急躁，不阴暗，有耐心，有爱心，这样家长才会放心！”

牛凯歌不住地点头，倾听着米露露的讲座。

米露露说得更起劲了，“其实我们就是要做少儿培训行业里的‘海底捞火锅’！口味好，服务更好！当然，这样高水平的老师待遇肯定也得高。虽然说增加了成本，但是会很值得。这会形成咱们的核心竞争力啊！”

米露露把跟牛凯歌学到的商业词汇都用上了。

牛凯歌的眼睛越听越亮，中途还兴奋地摘下眼镜擦了擦镜片，所以眼睛就显得更亮了。

接下来，牛总和米总进行了更加详细的磋商，最后顺利达成一致，制订了公司新的战略计划：从源头狠抓教师素质，同时组织大规模的少儿歌舞演出迅速打开知名度，从而拓展市场。

最后，牛总和米总双双起立，热烈握手，两人瞬间都萌生出一种无比豪迈的战斗热情。

“前女友变战友，很有趣。”牛凯歌望着米露露，笑眯眯地想。

“一听未来能赚钱，脸上就是抹也抹不去的笑容。商人就是商人啊！”米露露望着牛凯歌，笑嘻嘻地想。

然后笑眯眯和笑嘻嘻就开始大刀阔斧地忙碌了。

米总很忙碌，小龙很痛苦。

米总在当个好老总的道路上奋勇前进，渐行渐远。小龙在当超级家庭煮夫的路途中难以自拔，越陷越深。这哪里是路途，分明是一片已成汪洋的沼泽，要死人的啊。

倪小龙仿佛看到自己正缓缓地滑进泥浆，被永无休止日复一日的鸡毛蒜皮包围、吞噬，然后只剩下若隐若现的头颅，最后冒出两个浑浊的泡泡，嗝屁朝梁了。

“露露，露露，起床了。”每天清晨，倪小龙都会像报晓的雄鸡一样准时叫醒米露露。他现在已经根本用不着闹钟了，反倒总会在闹铃响起之前的三五分钟猛然醒来。

这是业已形成的生物钟和超级家庭煮夫的强大责任感共同作用的结果。

接下来倪小龙会轻盈地飞进厨房，叮叮当当开始做早饭。与此同时，米露露在洗手间完成便便、洗漱、化妆等准备工作。

让倪小龙舒心的是，他再也听不到米露露便便时地动山摇的动静了。米露露安静地进去，安静地待在里面，等她安静地出来时，已然是一副白领丽人的模样。妆不浓不淡，香水味若有若无，衣服不轻佻也不呆板。

让倪小龙不舒心的是，米露露有时候从洗手间出来的时候，嘴角上会挂着一丝很职业化的微笑。那是米露露刚冲着镜子练完微笑的结果。

米露露苦练笑容，是因为有一次牛凯歌告诉她，她笑起来有时候太过豪放，有时候又太过慈祥，少了公司高管该有的矜持和威严。米露露想想觉得有道理，太过豪放是她喜欢把任何人都当成哥们姐们的遗风，太过慈祥是她给小朋友上课形成的习惯。如今面对员工，确实都不合适。所以她就开始狂练微笑，终于把自己练成了一名假惺惺的百货商场售货员。

倪小龙很讨厌这种笑，貌似如沐春风，实则拒人千里。累不累啊！

关键是这种微笑看上去竟然有点似曾相识。对对对，凌雪笑起来就带着这股劲头。

当真是一种找抽的范儿。

“露露，咱能不这么笑吗？”倪小龙终于忍不住了。

此时米露露正抿着小嘴吃早餐，间或冲着煎蛋和黑芝麻糊点头微笑。她把这些马上就要吃进肚子里的东西全当成自己的员工了。因为上午要主持员工大会，所以米总得抓紧时间再练练微笑。

“你懂什么？笑能表明身份，也能传达信息。”米露露抬头冲倪小龙一笑，依然是售货员附体。

“好好好，我不懂，就你懂。”

“要与时俱进，知道吗？对了，把我昨天换下来的脏衣服洗了，那件半袖衬衫得用手洗，但不能用热水，要用温水，洗干净之后熨平叠好，我明天要穿。你再把苏羊用过的衣柜清理一下，她早就不在咱家住了，那个衣柜我要用。绿豆汤记得给我加点冰糖，昨天的我喝着有点苦。今天记得把电买了，度数好像不多了。另外，我再强调一次，”米露露收起笑容，“你上个月记的账，昨天我看过了，不但不够详细，而且分类不够明晰。下次记得按照消费类别把各项支出分开，分别是交通、水电、餐饮、服装、其他，记住了吗？喏，这是一千块钱，你先拿去用，实报实销。还有，今天晚上我不回家吃饭。好，那就先这样，忙去吧。”

倪小龙听得瞠目结舌，米总还真是米总啊，可我倪小龙是你的老公，不是员工啊。

米露露站起身，在门口冲倪小龙回头一笑，戴着售货员面具上班去了。

有忙碌而多彩的一天正等着她呢。

倪小龙望着空荡荡的房间，一屁股坐在椅子上。

乏味而孤寂的一天又开始了。

谁知寂寞男人心啊！

做人难，做男人难，做一个女老总的男人难上加难！

总不能让我天天去找紫旋老师吧。她确实是没老公，可我当真是有老婆呀！

可这个老婆一天满打满算见不着几面，即使见着了，要不然像欠抽的售货员，要不然就是布置工作的上级领导，不能好好看上两眼，不能好好聊上几句，不能好好亲上两下，不能狠狠摸上两把，这还算是哪门子老婆啊。

性偶机器人都能陪人聊天陪人上床还带面部识别功能了，这活生生肉乎乎的老婆还有啥用嘛。不过性偶机器人要几万块钱一个，而且是面向高收入的成功人士，倪小龙想到这里，觉得自己消费不起也就算了。

倪小龙之所以会产生这样的想法，是因为他昨天晚上遭受了一个小小的挫折。

一个男人才可能会有的挫折。

昨晚，米露露像往常一样，快到十二点的时候才从电脑前疲惫地站起身来，简单洗洗就准备睡了。

可倪小龙的眼睛却在黑暗中烁烁放光。他紧紧盯着米露露，希望能从她身上捕捉到一丝想要亲热的蛛丝马迹。

米露露瞟了倪小龙一眼，又赶紧把视线躲开。她扑通倒在床上，脑袋刚沾上枕头几秒，就发出了轻微的鼾声。

老婆，装呢吧？咱俩已经快十天没那个什么了，你这不但是目中无人，而且分明是逼着我犯罪啊！知道你忙，知道你位高权重，知道你手下的员工嗷嗷待哺，可老公我也是血气方刚，身体健康，有人类正常需求的一条汉子啊！虽然我每天憋在家里，洗衣擦地干杂工，买菜下厨做女红，但激素它可不管这个，是照常分泌呢。更不堪的是，为了帮助你提高工作效率，我今天还特意把电脑整理了一遍。整理电脑意味着什么？意味着我趁机重温了一遍几年来收藏的AV经典。经典啊，懂吗你？我现在热血沸腾，你倒好，洗洗睡了，一了百了。

哎呀，怎么办呢？

倪小龙脑海中顿时闪过几条短信息。那是他手机接收到的群发短信，内容大致是说如果你是寂寞男人，就立刻拨打这个电话，有玉女玉手玉腿可以让你尽享人间乐趣，从此红尘不再孤单，凡间胜似极乐，诸如此类的内容。

远水哪能解得了近渴？不不不，主要因为那是违法犯罪，这事咱不能做。

于是倪小龙一骨碌爬起来，轻轻把手伸向了米露露……

“没事，你睡你的，我做我的。”倪小龙想。

可他的手刚在米露露身上游走了不到两圈，“啪”的一声响，就狠狠挨了米露露一巴掌。随后他的手又被狠狠抓起来，用力扔到一旁。

“你，你”倪小龙很恼火。

“别乱动，睡觉！”迷迷糊糊的米露露一翻身，几秒之后又迅速发出了鼾声。

嘿，这败家媳妇，我还治不了你了我！

倪小龙憋着一股劲，使劲爬到了米露露身上。他边哼哧哼哧喘着气边说：“嗯，打我？……打我就打我吧……你睡……别管我……我，我自己来……”

他正准备自力更生呢，就觉得身子突然一轻，飘起来了。随后又猛地一沉，“稀里哗啦砰”，然后倪小龙就发现自己坐地上了。原来是米露露在半梦半醒中把他掀下了床。

“你，你……”倪小龙半天没反应过来。

再看米露露，吧唧吧唧小嘴，一翻身又睡了。

倪小龙自个在地上坐了会儿，想明白是怎么回事之后，苦笑着踱进了洗手间。他在里面左手加右手地自力更生了一会儿，才总算把长在下身的兄弟安抚好。

他妈的这是什么事啊。

老婆只准看不准摸，所以倪小龙很受挫。

他自我开导了半天，虽然明白米露露是因为工作太忙太累，才会对自己冷漠粗暴，但还是很受挫。

倪小龙现在还不知道，今天还有让他更受挫的事情。

白天，倪小龙按照米总的吩咐，正一样一样地逐条处理家务，突然电话响了，是紫璇老师。想到紫璇老师甜美可爱的笑容，小龙同学受伤的心灵顿时感到好受了一些。

“喂，小龙，乔乔病了。”邱紫璇轻轻地说。

“是吗？我立刻带他上医院，你等着！”倪小龙已经开始火速穿衣服了。

“呵呵，不用，不用。看把你急的，他只是有点小小的感冒，没大事。”

“哦，这样我就放心了。”

“其实，我是想跟你商量件事。”邱紫璇很犹豫，似乎鼓了很大的勇气。

“嘿，还商量什么啊，请紫璇老师指示。”

“我是想，想让你过来……”

“呃……”倪小龙脑袋嗡的一声，血直往上涌。难道紫璇老师要向我表白？这，这可如何是好？虽然彼此欣赏，气场融合，但，但，但目前还是做师徒比较好吧？米露露最近是对我不怎么样，但我们俩风风雨雨这么些年，还不至于说分就分吧……一日夫妻百日恩，糟糠之妻不下堂，寡妇门前是非多，男人三十一枝花……我，我，我没有思想准备啊！

倪小龙脑子已经乱成一锅粥了，根本没听清邱紫璇接下来说了些什么。

“……可以吗？”电话那头传来邱紫璇的声音。

“这，这，呃……”倪小龙不知道该如何回答。人家这么美丽的一个女人，好不容易鼓起勇气说出了藏在心灵最深处的话，怎能让人家再说一遍呢，你以为你是谁啊？

“我知道这么说，你肯定很惊讶，我也是鼓了很大的勇气才打算这么做的。你就不打算帮帮我？”邱紫璇继续问。

“有些事……”

“小龙同学，如果再过一会儿，我好容易鼓起的勇气，恐怕就再也没有了……”

……

“小龙同学，不是吧，借一会儿你的乌龟都这么犹豫，这可不是你的风格。我生气了。再见。”邱紫璇假装生气，准备挂电话了。

我的妈妈咪呀，阿弥陀佛阿门真主安拉保佑。

“哎哎，别，我刚才手上还拿着座机，同时接两个电话，所以……别，我马上就送过去。”倪小龙赶紧撒了个慌。

原来，乔乔病了之后，躺在床上精神萎靡不振。他不想要任何其他玩具，只想看看倪小龙的小乌龟。邱紫璇起初当然是坚决不肯，但受不了乔乔苦苦哀求，更不忍心看他可怜兮兮的样子，所以母子俩最终达成了协议：邱紫璇同意把小乌龟借来，但只准乔乔隔着玻璃缸观看，绝对禁止他用手触摸，更不许他把小乌龟拿出来放在家里的地板上。一个字，脏！

倪小龙把小乌龟送到了邱紫璇家，对她这种勇于挑战自我的精神给予了高度赞扬之后，又匆匆回到家里。

有一大堆事情等着这个寂寞的男人去做呢。

倪小龙正如火如荼清理苏羊衣柜的时候，电话又响了，还是紫璇老师。

“小，小龙，快来！你快来！”邱紫璇带着哭腔。

“啊？什么事？我马上到！”倪小龙边说边穿好了鞋子，半分钟之后，他已经出现在邱紫璇家里了。

天哪，邱紫璇家就从来没这么乱过。一地的水痕，无数东西横七竖八躺在地上，连书柜都被拖到了客厅中央，总之以前所有的仪仗队都不复存在了。而邱紫璇头上正包着浴巾，身上只裹着浴袍，啧，身材就是霸道……还有，这是什么声音？乔乔为什么在呜呜地哭？

倪小龙忙了半天才终于帮邱紫璇把所有的事情搞定。

事后，倪小龙汇集所有的线索，进行了真相还原：邱紫璇把装有小乌龟的玻璃缸放在了乔乔的床边，乔乔看着看着，终于没能控制住自己，还是偷偷把小乌龟从玻璃缸里取了出来，结果玩了一会儿之后他就昏昏沉沉地睡着了，然后小乌龟就开始在屋子里爬啊爬啊……邱紫璇在浴室美美地泡了一个澡，从浴盆里出来，踩在事先铺好的毛巾上，但感觉毛巾下面有什么东西硬硬地在动，没错，就是那只小乌龟！它偷窥美女洗澡莫须有，反正最后是被美女连喊带叫连同毛巾一起扔出了浴室，然后它又开始在屋子里爬啊爬啊，爬着爬着就不见了……邱紫璇疯狂地寻找，中间恶心得吐了一次，气得打了乔乔屁股一次，但还是没找到小乌龟，所以就只好给倪小龙打电话，进行场外求助了。

倪小龙最终在一只亮晶晶的高跟鞋下面将小乌龟抓获。根据小乌龟所有的癖好来看，和它的主人有一拼。

小龙同学安抚了紫璇老师一会儿，又安慰了乔乔一会儿，还帮助把屋子收拾了一会儿。他掰着指头算了算今天自己家里要做的事情，发现就只剩细化上个月支出的账目了，于是决定再和紫璇老师认真地谈一会儿。主要谈谈她的洁癖问题，这事关乔乔的茁壮成长，很重要。

邱紫璇的情绪很低落，也正想找人倾诉，于是两人就来到了小区附近的花园里。

夕阳斜斜地洒下点点金黄，花园里郁郁葱葱满眼绿色，在深绿或者翠绿中间，还不时地冒出五颜六色的花朵。几只小鸟躲在绿色中，偶尔扯开嗓子清脆地鸣叫几声，间或又嗖地飞出来，从这朵绿色射向那朵绿色。每片被树丛掩映的角落都有座椅，座椅上不是一双就是一对，有的在放肆地接吻，有的在悄声地打闹，有的就那么静静地抱着，一句话也不说。

这真是个好地方。分明就是为谈洁癖和孩子教育问题专门准备的。

小龙同学和紫璇老师肩并肩默默走着，谁都不说话。

有时候，沉默也是一种交流，无声就是一种语言。

两人经过那对静静拥抱的情侣身边时，男的抓紧时间瞄了紫璇老师几眼，又飞快地上下打量了倪小龙一下，有点不满意加不服气。对自己怀抱里的女人不满意，对倪小龙不服气。

倪小龙和邱紫璇默默地走了好几圈，终于找到一个空着的座椅，就在花园入口处一拐弯的地方，很隐蔽。座椅被两丛高大的灌木环抱，树丛外是有点嘈杂的大世界，树丛里是没有纷扰的小天地。

邱紫璇分别用湿纸巾和干纸巾把座椅擦了好几遍之后，两人坐下来。倪小龙揉树叶，邱紫璇抠手指。

"紫璇，别再为今天的事情自责了，其实你已经足够勇敢。你看，你主动为乔乔要去了乌龟，还能把乌龟抓起来扔得那么远，你已经超越自己了。"小龙同学首先对紫璇老师进行了表扬。

"呵呵，哎，对了，你的乌龟没被摔坏吧？真对不起。"

"没事，别忘了它还被毛巾裹着呢。而且能和你在浴室里待一会儿它很快乐，没看它活蹦乱跳都快变青蛙了嘛！”倪小龙又没正形了。

“呃，哈。”

“对不起啊，紫璇老师，我说话太不讲究了，呵呵。”

“哈，你说话不一向都这样嘛，现在我说话也被你带坏了一点……”说到这里，邱紫璇赶紧打住了。她差点就把自己已经正确掌握脏话的事给说出来。

“所以说紫璇老师，人是可以改变的。”倪小龙赶紧接过话茬，“你已经足够勇敢，但应该更勇敢一些，就当是为了乔乔。”

邱紫璇黑黑的眸子黯淡下去。

“因为怕脏，你让乔乔整天待在家里，这对他身体和心理的成长都不利。他会长大，他可以不上幼儿园，但一定会去上学；他现在可以自个玩，但将来会不可避免地和别人在一起，和小朋友，和同学，和同事，和他的女朋友，很多很多。你打算关他一辈子吗？”

邱紫璇默默地摇摇头。

“好，既然你不能永远关着乔乔，那就得为他的将来考虑。他现在已经有自闭倾向了，而且非常敏感，紫璇，我必须说得不客气一点，是你把他变成了这样。你希望乔乔健健康康的，不是吗？……我也希望。”

邱紫璇使劲闭上了眼睛，长长的睫毛在微微抖动。

“至少，试着改变一下。我知道，这会很痛苦。但，我会为你加油。”倪小龙轻轻拍了拍邱紫璇的肩膀。

邱紫璇的眼泪倏地就掉落下来。一颗，两颗，一行，两行……

“哎，紫璇老师……”倪小龙不知道该怎么办了。

影视剧里，女的一哭，旁边的要是古代男子就赶紧递上手帕，是现代男子就飞快地递上纸巾，要不然就把女的紧紧搂在怀里，还有的索性吻干人家的眼泪，倪小龙觉得以上方法都不适用，所以只好傻在那里了。

“哭吧，痛痛快快地哭，哭出来就爽了，啊。”倪小龙想了想，还是认为这么说最实用。

邱紫璇真的这么做了。不说话，只是哭。

倪小龙看得肝肠寸断，却又无能为力。

对于一个男人来说，自己无比关心的美丽女人在面前痛哭，哭到上气不接下气，哭到像只瑟瑟发抖的小猫咪，而自己又不能为她做些什么，这恐怕是世界上最痛苦的事情。

邱紫璇哭着哭着，头渐渐朝倪小龙的肩膀靠过去，在即将靠上的那一瞬间，倪小龙突然一个箭步蹿了出去，因为他突然想起来，邱紫璇刚才擦椅子把纸巾都用完了，所以应该为她去买几包，看来自己还是可以为这个美丽女人做点什么的。

倪小龙没注意到邱紫璇的动作，差点把人家闪了一下。

要是他发现邱紫璇想借用自己的肩膀，会不会去买纸巾还真的不好说。

纸巾买回来了，干的湿的都有。而邱紫璇已经止住了痛哭，正打算收拾妆容，纸巾正好能派上用场。

嘿，这事干得漂亮！做事就得做到点子上！

“紫璇，你一定能改变自己的，我来帮你。”看邱紫璇渐渐恢复了常态，倪小龙也轻松下来。

“嗯。”邱紫璇使劲点了点头，“你说得对！为了乔乔，我必须得努力改变。谢谢你，小龙老师。”

“哈哈，我变成老师了！”倪小龙笑了起来，“紫璇同学，我相信你！咱们互相学习，互相帮助。”

接下来，师徒二人就如何与邱紫璇的洁癖作斗争进行了详细的探讨和布置。因为倪小龙对邱紫璇的关心由来已久，所以早就查阅过很多相关资料，两人一合计，决定采用以毒攻毒法：邱紫璇怕什么就必须得干什么。

小龙老师和紫璇同学不知不觉就聊了很久，连天空的几度夕阳换成了牵牛织女星都没察觉。

乔乔要是听到他俩的谈话一定很兴奋，因为以毒攻毒的第一步，就是要邱紫璇领养那只偷窥过她洗澡的小乌龟。

可第一时间听到他俩谈话的不是乔乔，而是米露露！

小花园的入口正好处于米露露回家的必经之路上，米露露刚好走过这里，就听到灌木丛中传来一对青年男女的嬉笑。

男的：“我一直想问你个问题，但是又问不出口。”

女的：“问吧。”

男的：“你丈夫……”

女的："哎，以后有机会再告诉你，还是先说咱们的事吧，以毒攻毒说到哪了？"

男的："嗯，好。如果不行，接下来就得用更毒的办法了。"

女的："什么办法？"

男的："往你身上抹泥巴。"

女的："哎呀，你坏，真恶心。"

男的："再不行，就往你身上抹狗屎……"

女的："讨厌死了，想吐……"

米露露正好听到这段话，心想："女的有老公，所以是偷情！抹那些东西，所以还变态！"

她只听说过往身体上涂蜂蜜、抹蛋糕、洒红酒、泼牛奶的，这一对儿连狗屎都抹，可真是重口味呀，你俩从日本留学回来的吧？

不对……不像是从日本留学回来的，绝对不是。

是倪小龙？

是倪小龙？！

真是倪小龙！

他妈的没错真是倪小龙！！！

米露露的脑袋嗡的一声。大地瞬间变成了晃晃悠悠的甲板，整个天空开始在头顶旋转。

倪小龙竟敢勾搭别的女人！反了你了！！老娘累得跟孙子似的在外面赚钱，你小子被养出一身劲没处使竟然拈花惹草？！而且还有那么些恶心的癖好！有种！真有种！老娘我非抽死你不可！抽死你之前先把你小子骟了。

"倪小龙！"米露露断喝一声。因为太生气了，甚至出现了破音。

只听灌木丛里一阵匆忙的窸窸窣窣声，然后倪小龙就站在了米露露面前，紧接着邱紫璇也出来了。

"你！"米露露指着倪小龙，又一指邱紫璇，"你们！"

"露露？露露露露，听我说，不是你想的那样的，不是！这是……不是……哎呀，说不清了！这是我老婆米露露，这是咱们楼上的邻居邱紫璇。"倪小龙张口结舌不知道怎么解释，于是只好先介绍两个女人认识一下。

邱紫璇怯怯地望着米露露，手指动了动，很想握个手什么的，却又觉得不合时宜。

“你好，露露。”邱紫璇声音小得几乎听不见，还有些发抖。

“哈，不是很好！”米露露直来直去。

“露露，你误会了，紫璇有洁癖，很严重，所以今天……今天我做完了所有的事情后，就想着帮她克服一下，我俩在这坐了没多久，也就半小时……”倪小龙才不敢说从中午到晚上，都是和邱紫璇泡在一块呢。

“所以露露，你别误会……哎，哎，牛凯歌？”倪小龙忽然瞟见不远处的一辆奔驰车里，牛凯歌正左右打轮准备将汽车掉头。

牛凯歌猛一转身，也瞥见了倪小龙，赶紧点了点头。

“你，你们？”倪小龙指着米露露，又指指牛凯歌。

米露露的眼神里闪过一丝慌乱，声音突然就没刚才那么高了，但还是坚持问倪小龙：“你们到底在干什么？”

“露露，你先别生气，听我说，”邱紫璇往前走了一步，“是这样的，我有强迫症，你老公在想办法帮我克服。”

米露露上下打量了几眼邱紫璇，根本不相信。

米露露见过邱紫璇很多次，只是从来没打过招呼。她第一次见邱紫璇的时候，心里就在想，这个女人真美，有点从杂志封面走下来那意思。现在再次面对，虽然她还是这么认为，但更想把美人一巴掌抽回杂志封面，然后再把那一页撕个粉碎。

本来嘛，这关美不美屁事！美丽是美学问题，偷情可是道德问题！这对狗男女，也不知是啥时候勾搭上的。

米露露瞥了瞥倪小龙，心想：“居然还能泡着这么正点的美女，以前真小看你了。”

米露露又瞟了瞟邱紫璇，心想：“也不知道你是看上倪小龙哪点了，他喜欢打架斗殴耍嘴皮子，现在还没工作，一个这样的男人你也要？真是饥不择食。以前以为只有老娘我才会收留他呢。”

米露露质疑邱紫璇和倪小龙的同时，倪小龙也正在质疑米露露和牛凯歌。

这两人是怎么回事？

看样子是牛凯歌把米露露送回来的，他俩怎么碰上的？为什么不把她光明正大送到小区门口呢？为什么在这么远的地方就下车呢？要不是我发现牛凯歌，他早就开车溜了……

有问题！

有很大的问题！

这明明就是做贼心虚，害怕被我发现嘛！哼，两人不正常，关系一定不正常！牛凯歌事业有成，我一事无成，看不起我了，是吧？我早该知道会有这么一天的，即使你不找牛凯歌，也得去找个李凯歌王凯歌陈凯歌！牛凯歌的老婆阴阳怪气，你米露露的老公让人嫌弃，所以你们俩就勾搭上了是吧？牛凯歌风度翩翩，腰缠万贯，你现在是白领丽人，丰满好看，哎？还挺登对，是吧？我说你最近怎么对我冷冰冰的，原来是和老校友搞在一起了。米露露啊，他虽然是你的校友，但更是凌雪的老公，凌雪用过的东西你都撬？也不嫌膈应！也是也是，现在流行这个，近水楼台先得月，抢熟人的情人最快捷！洗洗干净，把心理障碍克服克服，用起来不都一样吗。米露露啊米露露，还反问我半天，怀疑我出轨泡妞，你还真好意思说。要是被我证实了，我抽不死你两个王八蛋！

倪小龙和米露露正在对峙，牛凯歌走过来了。他冲倪小龙点了点头，“你好，小龙，有些日子没见了。”

“嗯，你好，牛总。你送米露露回来的？”倪小龙冷冷地问。

牛凯歌和米露露的眼神碰了碰，又赶紧分开。他真不知道该如何回答才最应景，因为先前站在这里的每一个人都糗着一张脸，气氛明显是在零度左右。

“是的，牛总送我回来的。我俩在路上遇到了，搭他一段顺风车。”米露露抢先回答。

牛凯歌赶紧点点头，讪讪地笑了笑。

“这个路口汽车好掉头，开过去就是他家。”米露露又补充了一句，明显底气不足。

“做贼心虚！我问你了吗？哪不能掉头啊，你以为破奔驰有波音 747 那么大啊！”倪小龙心想。

米露露和倪小龙互相看着，谁也不相信谁。

四个人就干巴巴站在那里，都不说话，不知道该说什么，不知道接下来该怎么收场。

一场没有剧本、没有导演、只有演员的戏，而且讲的还是多角恋，真是难演。

这时候如果有哪个好心人送来一副麻将，一定会受到热烈欢迎。

“请让让，请让让，谢谢啊，谢谢。”老天爷没派人送来麻将，只派来一位推着轮椅的老奶奶，还有轮椅上坐着的老爷爷。老爷爷歪着头，目光呆滞，嘴角的口水还拉出了长长的丝。老奶奶忙里偷闲地摸出一块纸巾，给老爷爷擦了擦嘴，微笑着调侃他，乖，要注意形象，记住了吗。

四个人赶紧给老两口把路闪开，目送着他俩慢吞吞地消失在绿丛掩映当中。

等大家扭回头重新对视的时候，彼此发现对方的眼睛里都亮亮的，好像有什么东西在闪动。

“紫璇，你先回去吧，我和露露再溜达会儿。”倪小龙叹了口气，率先打破沉默。

“嗯，那我先走了。再见，再见露露。”邱紫璇尴尬地冲大家笑笑，尽量保持着款款的姿态，却又是匆匆忙忙地消失在夜色中。

“牛总，你也先回去吧，再见。”米露露冲牛凯歌点点头。

“哦，好，你们聊，回头见。”牛凯歌说完，朝自己的汽车走过去了，步伐明显有些犹豫。

“咱们，也回去？”倪小龙问米露露。

米露露根本不理倪小龙，大步流星地进了花园，猛地拐入灌木丛中，想要查看犯罪现场。

“啊！”黑暗中传来一声女人的尖叫。

“啊，对不起，对不起……”米露露慌忙抽身退了出来。

座椅上一对情侣正上演大尺度激情戏呢，此时人家不想要任何观众。

“回家！”米露露气哼哼地走在前面。

“回家就回家。”倪小龙嘟囔着走在后面，“家丑不可外扬，回去再跟你算账。”

第十四章

误　　会

小龙，我和牛凯歌之间什么也没有，真的什么也没有，你听我解释……

两人进了家门，米露露一屁股抢先坐在沙发正中央，二郎腿一跷，胳膊往胸前一抄。在位置和动作方面都迅速占据了主动。

“说吧。”米露露先开口。

倪小龙往四下看了看，觉得不管坐在哪都像是被审问的对象，于是干脆就这么站着。

“刚才跟你说了，你不相信。而且你发那么大脾气，叫我怎么解释？我还想问你和牛凯歌到底是怎么回事呢！”倪小龙以攻为守。

“我也解释过了，信不信由你。我出去办事，和牛凯歌碰着了，就一起回家，这不很正常吗？因为那个路口拐出去就是他家，所以我就下车咯，难道还要人家把我送到楼下啊。我和牛凯歌是大学校友，凌雪是我大学同学，你觉得这有什么不正常吗？”米露露一气呵成，自己都觉得这番说辞理直气壮。

但是此刻，还是有件事让米露露后悔得抓狂，那就是关于自己去牛凯歌公司上班。她倒不是后悔自己的选择，而是后悔没在今天之前，找一个最合适的时间点，提前把这件事原原本本地向倪小龙解释清楚。

米露露起初的时候不敢说，是因为事出古董花瓶，担心倪小龙背上沉重的心理压力；花瓶的事情摆平之后，又一直没找到合适的时机去说。

在米露露的想象中，最完美的时机应该是这样的：她抽空请两家人吃饭，牛凯歌、凌雪、倪小龙和自己尽数出席。宴会在友好的气氛中开始，首先由她致辞，感谢牛凯歌三番五次的帮助，感谢凌雪举荐自己当副总裁的博大胸襟和慧眼识珠。接下来轮到倪小龙致辞，感谢的话他也是一定要说的，但重点是向凌雪示好，以达到冰释前嫌的目的。席间自己要和凌雪拼命叙旧，以制造出一种同学友谊无比纯洁的怀旧氛围。最后，大家一起畅想美好未来，在对2020年我国全面建成小康社会的无限憧憬和尊敬中把宴会推向高潮。餐后，大家去酒吧喝喝酒，去KTV唱唱歌，让所有人都在欢乐祥和一条龙的节目中难忘今宵。

多好呀。

可米总太忙了，一头扎进工作里，没时间联系凌雪，也没时机向倪小龙解释。她心里一直在想，忙过这几天就安排，忙过这几天就安排……忙着忙着就忙到今天了，安排着安排着就安排出意外来了。

“可今天显然不能说，也不可能说清楚。况且倪小龙这厮和邱紫璇那厮之间的猫腻还没审问清楚呢，说出来之后他肯定会倒打一耙的。”米露露想。

米露露对牛凯歌送她回家的解释无懈可击，倪小龙想了半天也没觉得有什么明显破绽。如果非要说还有什么地方没问到，就是米露露拎回来的那个购物袋。

“那是什么？你不是加班吗，还有时间去买东西？”倪小龙绝不会放过任何一个细节。

“下班路上买的不行吗，别扯没用的，交代你自己的事情。”米露露一脚把购物袋踢到一边。

“什么叫交代呀，我又没做亏心事。”倪小龙终于站累了，只好坐在了沙发对面的一个小板凳上，“你听着啊，故事有点长，信不信由你。”

接下来，倪小龙就把自己和邱紫璇的故事讲给了米露露。

他没撒谎瞎编，但绝对属于删减版本。比方说，什么握着邱紫璇的手给人家抹猫油啦，痴痴地对邱紫璇说“你真好看啦”，邱紫璇穿着睡衣露着脖子的时候他登门勇擒小乌龟啦；两人在QQ上聊天，他说拥有邱紫璇的男人一定很幸福啦，邱紫璇说能做倪小龙老婆的女人一定很快乐啦，邱紫璇还说要给他投资，然后跟着他一起远走高飞啦等，这些可不能说。

虽然两人什么都没做，而且以上桥段的发生都情有可原，QQ上的对话也得联系上下文，绝不能断章取义，但还是不能说。

如果调出倪小龙和邱紫璇的聊天记录，其实是这样的：

飞虫在天：嗨，紫璇。

玉不琢不成器：在了。

飞虫在天：你怎么给自己起这么个鸟名字？本来以为你的昵称一定很飘逸。

玉不琢不成器：哈，我可能是想用这句话来时刻提醒自己吧。

飞虫在天：晕，你太励志了！我汗颜……

玉不琢不成器：习惯了。

飞虫在天：别这么逼自己，你的洁癖就是被这句话给逼的！

玉不琢不成器：好像有点身不由己的感觉，总觉得自己很差，所以需要打磨。

飞虫在天：天！很差？

玉不琢不成器：嗯。

飞虫在天：你简直堪称完美！你给我讲个差的地方，让我听听？

玉不琢不成器：嗯……我觉得自己饭做得不好、做家务不细致、长得不好看、不会穿衣服、身材还是胖……总之就是很自卑啦。

飞虫在天：紫璇我可告诉你啊，不带这样找抽的，你如果这么说，让不让其他人活啦？我们全都得撞死，你这可算是谋杀。你有多完美自己不知道？拥有你的男人一定很幸福！

玉不琢不成器：幸福？我跟幸福基本扯不上关系……而且我说的是真的，这就是我对自己的感觉，所以才自卑。

飞虫在天：哪个天煞的说你不好我替你抽他，不过要是你爸就算了……不行，要是你爸的话得让你妈妈抽他！

玉不琢不成器：哈，贫嘴，你老婆作为女人，一定很快乐。

飞虫在天：我老婆看见我都愁死了，大男人家家的每天待在家里，我完喽，永远是虫喽。

玉不琢不成器：别灰心。其实，我可以帮你。

飞虫在天：？

玉不琢不成器：你找项目，我来投资。

飞虫在天：……

玉不琢不成器：我有点积蓄，可以的，不骗你。

飞虫在天：这样不好。

玉不琢不成器：钱放着也是放着，你要是能让它生钱，对我不也是一件好事吗？

飞虫在天：我会把你的钱卷走的，哈哈哈。

玉不琢不成器：哈哈，可以，但要带我一起远走高飞，哈哈……

飞虫在天：哈哈，财色兼收？咱俩也不知道谁逗谁玩呢？

玉不琢不成器：开玩笑的，你说话不就这样吗，我也学学，乱说一通呗。但投资的事是真的，两三百万的项目，我敢投给你，赔了就赔了。

飞虫在天：天哪，你吓死我了。

玉不琢不成器：好好考虑考虑啊，这个我可没开玩笑。我得下了，给乔乔做饭。对了，能把你的昵称改一下吗，飞虫在天不好，不喜欢。

飞虫在天：好吧！

这就是倪小龙和邱紫璇 QQ 聊天的某一个片段。如果真的让米露露听到上边的这些话，肺肯定就被气炸了。所以说，断章取义害死人。

那次聊天之后，邱紫璇又向倪小龙提起过几次关于投资的事情，但倪小龙想来想去，还是没有接受。倒不是他不想自己当老板，也不是没有他想要做的事情，而是他觉得用邱紫璇的钱去创业不合适。

一来，他目前已经在吃老婆的软饭了，怎么能再去吃一个异性朋友的软饭呢？邱紫璇虽然说赔了就赔了，开玩笑！两三百万啊，赔了就赔了？这明摆着就是让自己不计后果地尽情折腾呢，这不是软饭是什么？

二来，邱紫璇虽然有钱，但能有多少钱？反正看上去不是那种亿万富婆，亿万富婆怎么可能住在这种鱼龙混杂的小区里呢？而且邱紫璇还没有工作，显然是在吃老底，所以说两三百万对她来说也不是个小数目，人家孤儿寡母的其实也需要钱，这钱绝对不能给人家打了水漂。

三来，要是米露露知道了这件事，也根本说不清楚。一个美丽的女邻居给一个窝在家里的失业男子出这么多钱，为他创造咸鱼翻身的机会，说给谁听都会让人浮想联翩，认为必有奸情，何况是自己的老婆呢。

这三条理由当中的任何一条，都足以让倪小龙彻底放弃邱紫璇的提议。

但是最后，倪小龙还是部分地采纳了一点。他把“飞虫在天”的网名改了，现在叫“每天都是二月二”，个性签名是“我这条龙有点二”。邱紫璇觉得这就是他的风格，也就笑哈哈地接受了。

米露露听完倪小龙和邱紫璇的删减版故事，虽然挑不出什么大问题，但还是无法遏制地吃醋了。

两人这也走得太近了吧，还要往人家美女胳膊上抹泥巴抹狗屎？这抹着抹着不就变成摸着摸着了吗？这摸着摸着不就出事了吗？别跟我扯男女之间有什么纯洁友谊的鬼话，男女之间保持远点的距离才是友谊，一旦近距离变成红颜色蓝颜色的知己就很容易出事，没有距离的话，就是还没那啥过的情侣，负距离的话，就是已经那啥过的情侣。

这么精妙的距离，倪小龙你能把握得了吗你？

你以为你是老僧坐定，心如枯骨吗？

其实现在的老僧是很危险很危险的。

你以为你是柳下惠坐怀不乱吗？

我才不相信有那么回事，他要么是性功能障碍患者，要么就是怀中那女子实在太丑让他下不了家伙，要么就是他之前刚刚打过飞机实在是力不从心了。如果不是这样，牛逼他脱下衣服让那女子穿上不就得了呗，干吗非要让人家坐他怀里呢，这对那女子也是一种残酷的考验和折磨啊。倪小龙你要说自己好比柳下惠，那才是吹呢，你最不会装逼了，一般情况下是想干吗就干吗。再说了，随便一个人，要是都能做出坐怀不乱这么影响身体健康的事情，那柳下惠已经保存了快三千年的道德标兵流动红旗早就被别人抢走了！

总之吧，倪小龙绝不能再和那位杂志封面女郎混在一起了。

米露露拿定主意之后，把内心所想尽可能婉转地向倪小龙表达了一番。

“以后干脆就别和邱紫璇来往了，啊。”米露露总结陈词，目的是防患于未然。

“绝交？你这么做也忒绝了吧。”倪小龙没想到米露露会这么说，“你原来没这么小心眼的，这是怎么了？邱紫璇一个人带着孩子，她本身还有心理疾病，我帮帮她怎么了？再说人家也帮了咱们不少忙，比方说做饭、做家务，全是她教我的。”

“呵呵，我小心眼？我这是防人之人不可无。你别口口声声说邱紫璇帮了‘咱们’的忙，那是你一个人的忙。你就不能通过其他途径学习吗？世界上不是只有一个紫璇老师吧。你要是心里没有鬼，就不许再和她来往。”米露露坚持自己的观点。

确如倪小龙所言，米露露原来没这么“小心眼”。这事要是放在从前，她才不会操心。

原先的时候，米露露只是一名普通的代课老师，每天接触的全都是咿咿呀呀的小朋友，自个满脑子考虑的就是如何让小孩子们尽快掌握声乐表演技巧，除此之外再无其他。所以她认为这个世界相当纯净，诸如婚外恋、劈腿、一夜情什么的，自己身边根本不可能存在，那些故事只是被极少数人经历，然后被大多数人传唱罢了。

可自从米露露当了大公司的米副总裁以来，所接触的人一下子全都变成了千姿百态的成年人，这可着实让米露露开了眼。

不怕铁树开花，就怕开出奇葩。

正对着米露露办公室大门的那个工位，坐着个不到一米五的小姑娘。她小眉小眼，白白胖胖，还戴个老土的黑边眼镜。穿着更是普普通通，一双球鞋能穿一个月。性格很温和，但不怎么爱说话，对什么事都是报以谦卑的一笑。这么一个小姑娘，说实话扔到大街上根本拣不出来，可她，居然就是被无数网友或谩骂或追捧的“采花神女”！要不是她天天发微博，张狂地炫耀性经验，最后终于被好事者人肉出来，谁都不会相信她竟然和两百多个男人……太可怕了！以至于米露露每次从办公室出来，看到迎面坐着的采花神女，都想立刻给跪了。你太强大！那种业绩暂且不提，但身份已然被揭穿，还能如此淡定地坐在那里办公，真是让人肃然起敬啊。

虽然再没有其他人可以像采花神女般如此强大，但那个每月都要换新女朋友的帅哥，和那个每俩礼拜就要找一次同性进行 ONS 的美女也挺让人敬仰，听说此帅哥和此美女最近正卿卿我我地在谈恋爱呢！还有那个快五十岁的络腮胡技术总监，已经结了五次婚，如今有了婚外情，说是终于找到了真爱，所以这几天又在闹离婚……俄们的神啊！

米露露见识过身边如此众多的污浊不堪之后，认为自己从前太白痴。所以要让她相信倪小龙和邱紫璇之间能清清白白，断然不可能。

“不绝交，只是减少来往行吗？”倪小龙决定向米露露妥协一步。

“不行。”米露露斩钉截铁。

叮叮……倪小龙的手机突然响了，是短信。

米露露料定是邱紫璇发来的，伸着头要看。倪小龙故意转过身，就是不让她看。

不是邱紫璇发来的，是苏羊。

她发来了几张照片。

几张足以让倪小龙发疯的照片。

苏羊消失了这么久，一心只顾着和李百草谈恋爱、同居，根本顾不上和她亲爱的表哥表嫂联系，如今一现身，一出手，就在如此关键的时刻，发来了如此关键的照片。

照片记录了米露露和牛凯歌逛商店的全部过程。首先两人闲逛；然后米露露浏览商品，牛凯歌满目深情地站在一边；接下来牛凯歌拉着门，米露露拎着购物袋出来；最后牛凯歌打开车门，米露露上车；除此之外，还有一张商店外观的全景照片，从中可以清楚地看到，商店的旁边是一家酒店！从奸夫淫妇的穿着，以及淫妇拎着的购物袋来判断，时间就是今天无疑。

米露露刚才在撒谎！

说什么下班的时候两人碰上了，全是骗人！为什么骗人？这还用问为什么吗？

虽然苏羊在短信中说，想帮我查酒店住宿记录，酒店不让查，所以不知道你们有没有那啥，但这根本就是明摆着的事嘛！不然为什么要骗我？口口声声要我和邱紫璇绝交，真张得开嘴，自己做了见不得人的事，恶人先告状啊你！绿我，敢绿我？完了，完了，你和牛凯歌算是完了！我抽死你俩！不不不，先让你们俩互抽，然后再让你们把满清十大酷刑一样不落地都尝一遍！

倪小龙越想越气，举起手机就要狠狠砸在地上，但一想手机砸坏照片就没了，又把手放下。他把手机扔给米露露，“你不是想看吗？自己看吧！”

米露露的血液瞬间凝固了。

她把没提前向倪小龙解释自己工作的事情又狠狠后悔了一遍。

“小龙小龙，你听我说，不是你想的那样！真的不是！”这回轮到米露露急了，她嗖地从沙发上站起来，紧走两步，一把抱住倪小龙的胳膊，“小龙，我和牛凯歌之间什么也没有，真的什么也没有，你听我解释……”

倪小龙使劲甩开米露露的胳膊，一屁股坐在沙发正中央，双手往胸前一抱，二郎腿往上一跷，瞪着米露露，“交代吧！”

米露露往四下看了看，只有沙发对面的小板凳能坐了，于是只好乖乖坐到上面。她把小板凳往前拉了拉，尽量拉近与倪小龙的距离，可怜巴巴地开始讲述自己前一段时间的苦难经历。从与李析的花瓶孽缘开始，一直讲到今天与牛凯歌商店的清白购物，一样不落。

米露露坦荡荡，也没啥可隐瞒的。

倪小龙听得五味杂陈。

一开始的时候他根本不信，米露露讲着讲着他就开始半信半疑，紧接着他就完全进入了角色，随着女主人公跌宕起伏的命运唏嘘不已。

别忘了，米露露现在是米总。在公司里对员工讲故事描述美好前景，痛陈丑恶现状，回忆艰苦从前，已然是米总每次开会必然要做的事情。所以她懂得掌握现场的节奏，把握现场的气氛，操控现场的观众。

倪小龙听到老婆差点被人欺负的时候，万箭穿心，双拳紧握；听到米露露原来的公司禁止老师在外兼职的时候，义愤填膺，长吁短叹；听到老婆用花瓶砸破贼人大脑袋的时候，欢欣鼓舞，拍手称快；听到要赔偿贼人八万块钱的时候，愁眉苦脸，抓耳挠腮；听到米露露被员工讥笑，奋发图强的时候，他百爪挠心，于心不忍；听到米露露才华初显，获得员工尊重的时候，他如释重负，备感骄傲；听到牛凯歌对米露露无比赏识，还颇为关心的时候，倪小龙不屑一顾，同时醋意横生；听到牛凯歌揭穿贼人花瓶阴谋的时候，倪小龙无比钦佩，同时醋意更浓……

听完米露露的评书，倪小龙虽然已经变成大醋缸，但他觉得老婆与牛凯歌之间应该是没有什么的。

原来，牛总和米总确定了公司战略之后，立即紧锣密鼓地开始实施，首先就对培训试点的代课老师进行了全面升级，效果异常显著。专业拔尖、性格完善，同时极具母性或者父性的老师受到了小朋友和家长们的热烈欢迎，客户趋之若鹜，所以那个培训试点的学生数量迅速饱和。公司旋即决定，对试点的成功经验进行复制，迅速大规模占领市场，第一步就要在五个重点地区建立连锁店，并且争取同时开业。这样一来，牛总和米总就异常忙碌，所以才造成米总忽视了倪小龙的存在，并且看上去对他格外冷淡，那真是力不从心的表现啊！所以米总很委屈、很冤枉。

另外，今天牛总和米总其实是去检查工作，因为那里有一家连锁店即将开业，地点就在酒店旁边的那个三层小楼上。倪小龙仔细看了看照片，还真有这样一栋建筑。而且在建筑的二层楼上，还能隐隐约约看到一个霓虹灯标志：卓别林少儿艺术中心。

倪小龙抄在胸前的手偷偷地放了下来。这是认屄的第一步。

“那正好有个商店，我就顺便进去逛了逛。”米露露看到倪小龙逐渐相信了自己，轻松了不少，“我已经忙了好几个月，一次商店也没逛过呢，所以，不过分吧？”

倪小龙嗯了一声。

“所以说，我根本不是想瞒着你，而是用心良苦，懂吗？”米露露腰杆又硬了起来。

倪小龙又嗯了一声。

米露露翻了翻白眼，从小板凳上站起来，也坐到沙发上，把倪小龙挤了个大趔趄。

小两口现在终于平起平坐了。

倪小龙赶紧重新调整好坐姿，看也不看米露露，“那咱俩算是扯平了。”

“好，好，之前的算是扯平了。”米露露在“之前的”三个字上加了重音。她踢了踢地上的购物袋，“别这么臭屁啦，猜猜我买了什么？”

“哼，懒得猜。”

“我告诉你啊，爱猜不猜！”米露露腾的一下站起身，“没时间跟你闹了，我现在很饿，你也干脆别做饭了，那得做到什么时候啊，咱俩就吃方便面吧，吃完我还有工作要做呢。那个，自己打开包装看吧。”

米露露用脚尖指指购物袋，然后噔噔噔地跑开，去换衣服了。

倪小龙爱答不理地看着米露露进了卧室，才飞快地一猫腰把购物袋捡起来。他打开一看，顿时愣了，跷起来的二郎腿慢慢放了下去，整个身体慢慢前倾，头也耷拉下来。这是他认屄的第二步。

盒子里是一双崭新的男款运动鞋，他早就想买的运动鞋！

这双鞋，他老早就看中了。孔雀蓝打底，带黑色斑点的鞋面，枣红色的真皮鞋头，鞋身两侧还有两条枣红色真皮制作成的云朵图案，再加上金黄色的气垫鞋底，倪小龙怎么看怎么喜欢。可因为比较贵，他从前根本买不起。直到升职之前，他才把买下这双鞋提上了日程，可没想到自己却失业了。这段时间以来，他早已把这双鞋彻彻底底地忘记了，而米露露居然还记得！

捉奸照片中的那个购物袋，装的正是买给倪小龙的这双鞋。

倪小龙把鞋拿在手里，仔仔细细地端详着它的每一个细节，眼睛慢慢变得潮湿起来。他把鞋子紧紧贴在额头上，痛苦地把身体埋了下去。

老婆啊，你还真的是在乎我。自己那么辛苦那么累，好容易忙里偷闲逛一次商店，买的唯一一样东西还是送给我的。一直说你粗心，可这双鞋子，都过去这么长时间了，你竟然还没忘记，那么操劳都还没忘记。而我，我却怀疑你和别的男人……唉，我真不识好歹，什么玩意儿啊我……

良久，倪小龙猛然想起什么，他直起身要看腕上的手表，这才发现米露露早就站在了他的旁边，正默默地望着他。

“露露……”倪小龙看了看手表，“我去煮面。”

他使劲揉了揉眼睛，小心翼翼地把鞋子重新包好，一边包一边说：“谢谢你，露露。”

“哈，喜欢吧？”米露露调皮地晃晃脑袋，“你好像还有些小感动呢。”

倪小龙站起身，缓缓地抱住了米露露，使劲亲了亲她的脖子，又狠狠地闻了闻她的香味，“老婆，谢谢你，你对我真好。我确实，确实很感动。”

“还整得挺煽情。”米露露也使劲嘬了倪小龙两口，“最近实在太忙了，那天把你推下床，对不起喽。”

“嘿，我早就忘了。你那么累，我应该理解的。”倪小龙吻了吻米露露的眼睛，“邱紫璇的事，你别放在心上了，好吗？我会跟她保持距离，但是再也不来往……好像过分了点。”

“哼，”米露露佯装生气地一把推开倪小龙，“就是不许来往，就是不许！我现在暂时不和你较劲了，还有工作要……”

米露露话刚说到一半，突然“嘎巴”一声，随之整间屋子一团漆黑。

“肯定是断电了！”黑暗中传来米露露的声音，“买电之后忘记插卡了吧？快去插一下。”

“哦。”倪小龙边答应边从兜里掏出打火机。

“啪！”打火机点燃的那一刻，倪小龙猛一拍脑袋，“哎！”

“怎么了？”

“我，我忘记买电了！”

“啊？怎么回事啊你，早上不是专门叮嘱过你吗？我还要工作呢！”

“我下午去邱紫璇家里，然后就忘了。”

“邱紫璇家里？下午？倪小龙，你不是说下午忙咱们家的事，晚上只和邱紫璇待了不到半小时吗？啊？你骗我？”

“呃，这，我，我没，下午……哎哟！”打火机点燃的时间过长，把倪小龙烫了一下。

屋里重新陷入黑暗。

“露露，你听我说……”

米露露的声音突然高了八度，还带着点哭腔，“还要说？说什么啊？”

“露露，不是你想的那样，我下午的时候是去了……”倪小龙边解释边到处找蜡烛，“她家被乌龟闹得乱七八糟的，所以我就去她家帮着抓……”

倪小龙终于翻出一小截蜡烛头，颤颤巍巍地把它点着。蜡烛的火苗只有小小的一粒，像一颗燃烧的绿豆。

“我不是故意想骗你的，我是怕……”倪小龙脸上堆着讨好的笑，抬起头，瞬间被米露露的表情吓了一跳。

昏暗的灯光下，米露露业已留长的头发散落在额前，两只大眼睛翻起来瞪着他，眼睛里红红白白的，射出两道寒冷的光。

倪小龙一怔，伸手想要帮米露露整理头发，米露露迅速往旁边一扭身，“别动！我嫌你脏！”

“宝贝，哎呀，我这下浑身是嘴也说不清了，你听我说，我捋捋，哦，是这样的……”

“还要编，还要编！呵呵，倪小龙，我就是个傻瓜是不是，你说什么我就信什么，你怎么编我就怎么听，闭上你的嘴吧，我听着恶心！我辛辛苦苦赚钱养家，你不说心疼我也就算了，还和别的女人混在一起，做出这种事！呵呵，我对你那么好，你就是这么对我的？啊？你就是这么对我的？我他妈的就是天底下最二的大傻瓜！

嗯——呜——”米露露说着说着，哭了起来。

“露露，宝贝宝贝，别这么说自己，我听着心疼，啊，我真的不是成心要骗你，我是怕说出来你多心，所以才，嘿，我该怎么说呢我该……”

“你还要说什么啊！呜呜，在一起这么长时间，呜——我还真没把你给看透了！呜，你和那个臭女人都到这一步了，还骗我！呜……恶心，恶心！恶心！！……你们欺负我，玩我，把我当白痴啊！呜呜，我抽不死你们俩个大王八蛋！……呜呜……”

“我的天哪！老婆，你能听我说吗，我俩真的什么也没有，我发誓！发誓还不行吗。”

“发个鬼啊！你说什么我都不信了，呜呜，一会儿东一会儿西，满嘴谎话，呜呜，我太傻了！我早该猜到的，呜呜……”

“哎呀，没有，没有，下午的时候是去她家帮忙，乔乔也在，不信你问……”

“呵呵呵，还要我问！呜呜，这种事还要我问！呜呜，我告诉你，倪小龙，”米露露突然止住哭声，猛地把眼泪一擦，一边抽泣一边说，“我还得谢谢你！谢谢你告诉我，不然我每天还是像个傻瓜一样，傻兮兮地穷高兴呢！”

“宝贝，你就耐心听我讲不行吗……”

“不行！我不听，也没时间听，我还有我要做的事儿。行，好，算你狠，再说吧，我好好想想，这日子接下来该怎么过。”

“哎呀妈呀，老婆，不至于吧，其实真没什么……”

“闭嘴，别叫我老婆，我不是你老婆，谁爱当你老婆谁当去！”米露露在屋子里到处走动，穿衣服，穿鞋，收拾皮包……看样子是要出去。

“露露，你这是干什么？深更半夜的你去哪？我和邱紫璇之间真的什么也没有！今天下午我是去她家了，但是我俩真的什么也没做。我不敢告诉你是因为她在家里只穿着浴袍我怕你误会……”倪小龙紧紧跟着米露露，随着她在屋里一会儿走到东，一会儿走到西。

“倪小龙！你王八蛋！”米露露大喊一声，抓起什么东西朝倪小龙猛地丢了过去。

倪小龙慌忙用手一接，是那个装着运动鞋的纸盒子。

“浴袍哈，浴袍！哈哈哈，哈哈哈，浴袍好看吧？性感吧？”米露露使劲笑了起来，眼里的泪噼里啪啦往下掉。她猛地拽开门就要往外走，被倪小龙一把揪住。

“你去哪？这么晚了你去哪？”

“你管不着！让开，让开！”

“你别吓我，这纯粹是场误会，没这么严重啊！”

“很严重！”

“那你也不能这么晚出去！”

“你放开我！”

两人拉拉扯扯了半天，米露露折腾累了。

“倪小龙，我告诉你，你犯不上让我去寻死觅活的，我要去加班！加班！加班你懂吧！家里没电，我要去加班！”

“哦，”倪小龙松了口气，“我再找找，看看有没有大点的蜡烛，你就别去公司了。”

“呵呵，你们家电脑能点着蜡用啊！脑袋被妖精弄傻了吧，让开！”

“哦，也是，哦……”

米露露猛地一拉门，气哼哼地冲出去了。倪小龙被巨大的摔门声震得一激灵。

他赶紧抄起钥匙，撒丫子追了出去。

如果在公司加班需要提前向物业申请，所以米露露只好去了附近的网吧。

乌烟瘴气的网吧中，一张张略带稚气的脸紧紧盯着电脑屏幕，兴奋或者欣慰，漠然或者颓然。

米露露坐在他们中间，感觉格格不入。倪小龙本来想坐在米露露旁边，在被她吼了一嗓子“滚蛋”之后，只好知趣地躲在了角落里，远远注视着老婆的背影。

那一刻，他的心像被刀一点一点地锯开，一阵紧似一阵地疼痛。

看得出，老婆很累，因为她不时地在扭动肩膀，间或还抬起头，把脖子使劲向后仰。她的颈椎和后背一定很酸痛。

老婆还一边吸溜方便面，一边紧紧盯着电脑屏幕，间或用一只手敲动键盘，像是在修改着什么。她在做的事情，一定很重要。

老婆不停地打着哈欠，但偶尔又会猛地握紧两只拳头，在胸前用力震颤几下。这是她在为自己加油，与睡神做斗争的招牌动作。

老婆，我让你受苦了、受委屈了，我和邱紫璇之间真的什么也没有发生。她是我的朋友，你是我的亲人。我无能，让你受累了，我想给你买任何东西都买不起，一双袜子也买不起，兜里的几百块钱，还是你给我发的零花钱，我不想待在家里，也许不待在家里，我就真的可以不和邱紫璇来往了，可是，可是她又真的很需要帮助……有时候真的很闷，恰好她人又不错，还能教我怎么做家务什么的，所以就成了朋友，她是挺漂亮的，我不能否认这一点，可是我能克制，我知道自己该做什么，不该做什么，我不是柳下惠，但也不是西门庆，我是你老公，我……

倪小龙猛地睁开眼，发现米露露不见了。

阳光从窗户没遮没挡地照射进来，扎得眼睛疼。

不单米露露不见了，网吧里大部分的人都不见了，只有两三个小年轻或趴或躺，发出疲惫的鼾声。

倪小龙一使劲站了起来，晕晕倒倒赶紧往外走。

有两件事他比较明确，一是昨晚老婆被自己气哭了，二是今天回家以后，第一件事就是去买电。

这是奇怪的一天，看什么都怪怪的。

你不能很具体地说出它哪里有问题，却又觉得哪里都存在问题。

高速列车从城区飞快地穿过，你能明显感觉到它的车轮和轨道之间并没有严丝合缝，而是就这么扎里挓挲搭在上面，以至于让人担心它随时都会冲到旁边的轨道上去，然后就接着这么扎里挓挲地继续行驶，驶向一个和计划地点完全不相干的目的地。如果还算顺利，它可能会在某个荒凉的小站停下来，过一会儿之后再继续懵懵懂懂地前行；但出意外的概率更大，它很有可能会在中途发现另一列迎头开来的火车，任何措施都是徒劳，只能眼睁睁地等待那个时刻。最后，两辆列车各自用尽浑身力气冲上来，共同制造一次惊天动地的硬碰硬。

那一刻还没有到来之前，列车上的人全都明白正发生什么，待会儿要发生什么，但还是悠悠闲闲地坐在车里，有的打盹，有的冷眼旁观，有的说说笑笑谈着些不着边际的事情，仿佛一切都和自己无关。爱怎么着怎么着。

想想有点可怕，像梦境。

梦境里的人光怪陆离，行为出跳，一会儿死一会儿生。你不知道接下来会发生什么，没有逻辑，不能推断，但它却又实实在在上演了一段故事，没头没尾，有头有尾，没头有尾，有头没尾，或者干脆就是片段，仅仅靠黑场就把它们生硬地连在了一起，连一整夜，有的时候实在连不下去了，就索性断开，另找一个头重新开始。

梦是个很讨厌很迷人的家伙。

有时候不想醒来，真的希望永远在梦中生活下去，和那些睁开眼就再也见不到的人一起生活，重新感受他们的存在，抚摸，亲吻，对话，或者只是默默地相互望着，一次眨眼，一个表情，一个细小的动作，便是沟通。不用说话，不要说话，我知道你在那里，我知道你在想我，你知道我在想你。

睁开眼，就什么也没有了。

好像他们从来没有存在过，但他们的照片，他们用过的东西，就真真切切地摆在你的眼前，你会认为他们此刻就在宇宙的某个角落，他们看得见你，你看不见他们。

生活中的大活人常常也会带给你这样的感觉。

你还没有忘记他们，甚至隔三岔五地会想起他们。因为各种各样的原因想起，思念、牵挂、好奇、憎恶、生气、爱意、回忆，都会让你轻易地想起一个人。你知道他没有死，他还好好地活着，可是你的世界里却没有他。你和他的世界只隔着一个电话，一张车票，一个鼠标的按钮，却一直没有相通，因为各种各样的原因没有相通。因为你们没什么可说的，因为他可能是你的仇人，是一个让你讨厌的人，是一个伤害过你的人，是一个你一生再也不希望见到的人，是一个即使见了面也什么都不能做的人，或者，也许他是一个讨厌你的人，是一个再也不想见到你的人，是一个再也不会接受你的人。那为什么还要联系？在两个世界之间徒劳地用针扎一个小孔，奢望穿过小孔的阳光能彼此温暖，那道细细的阳光，只能让人觉得寒碜。况且这个小孔很快就会痊愈，就像没有存在过一样。这种事无聊，无望，自讨没趣。

可凌雪就不觉得是这样。她相信自已能改变世界，至少能改变几个对她来说关键的人。

她总是这么自信。

这自信建立在雄厚的自卑基础之上。几平方公里广阔的自卑，几千英尺深度的自卑，然后从这片自卑的土地上茁壮地冒出一根突兀尖锐的物体，很高，很锋利。

是的，在这看什么都感到奇怪的一天，凌雪回来了。

第十五章

离婚，还是放弃？

离婚？眼下就和凌雪离婚？她真的把孩子拿掉怎么办？可不离婚，又怎么去向米露露表白？表白？什么时候表白？

列车相撞需要痴线的调度员，怪诞梦境需要高纯度的毒品，凌雪需要和别人的世界进行能量交换，所以她就回来了。

她看起来也怪怪的。准确地说，不像是凌雪本人，倒像是跟凌雪有些血缘关系的亲戚，她的大姨？她的妈妈？她的大姨妈？反正看起来要超过她的实际年龄很多岁。

高耸入云的发髻没有了，取而代之的是一头短发，哈，她居然剪了短发！这短发显然才应该是她的style，至少她的头看起来没有那么大了。但她的脸却比原来大了一圈，而且在腮部竟然出现了两坨赘肉，就像含着两颗松果的小松鼠。最引人注目的是她的肚子，微微挺着，一看就知道里面藏着东西，没错，是藏着东西，藏着一对双胞胎！如果他们生下来，长大后，会叫牛凯歌爸爸，叫凌雪妈妈。

叫爸爸叫妈妈都没问题，但爸爸还是决定不和妈妈生活在一起。

当牛凯歌打开家门，看到站在门外的凌雪竟然是这番模样，首先是气愤，因为凌雪明明答应把孩子做掉，出去散心回来就和自己办离婚手续的，如今她瞒着自己把孩子留下，显然是要进行感情敲诈。

果然不出所料，凌雪竟然扑通一声跪在了家门口。她对牛凯歌说的第一句话就是:“大牛，看在孩子的份上，求你不要和我离婚，孩子需要一个完整的家呀，至少你不能让孩子刚生下来就没有爸爸！如果是那样的话，我情愿把孩子引产打掉。”

牛凯歌没料到凌雪会下跪，但这种下跪让他隐隐地感到讨厌，可是他却无法讨厌凌雪腹中的孩子。他把凌雪搀扶起来之后，便开始惊讶，惊讶才几个月的时间，自己的骨肉竟然可以在一个女人的肚子里长这么大！这给了他作为男人的全新体验，他觉得自己进行了分裂，另一个自己正在慢慢孕育，从此现在的自己在世界上便再不会那么孤单。紧接着他又开始兴奋，因为他得知凌雪的腹中竟然孕育着两个小小的自己！那一刻，他的泪水真真正正地涌到了眼眶里。他诧异自己竟然开始感恩，感谢凌雪没有把自己的孩子打掉。

但米露露怎么办？

此刻，牛凯歌既想成为凌雪腹中两个孩子的父亲，又想成为米露露的丈夫！

他痛苦，甚至无助。

他的脑子从未如此混乱过。离婚？眼下就和凌雪离婚？她真的把孩子拿掉怎么办？可不离婚，又怎么去向米露露表白？表白？什么时候表白？难道要等凌雪把孩子生下来，再向米露露表白？会不会太晚？但现在，又会不会太早？

牛凯歌苦思冥想，束手无策。直到倪小龙砸开他的家门，在他鼻子上狠狠打了一记直拳之后，他才终于有了答案。因为倪小龙愤怒地喊道，就是因为他，所以自己和米露露再也不可能过下去了！

老天爷指示得还不够清楚吗？表白！表白！现在就立刻去找米露露表白！天哪，米露露和倪小龙终于要分手了！

没错，倪小龙分明说，因为自己，米露露要和他分手！

为什么？为什么？今天只看到米露露眼睛红肿，精神萎靡，这难道和自己有关系？米露露怎么了？难道她还爱着我，所以要和倪小龙分手？怎么回事？怎么回事？为什么倪小龙说因为我？不清楚我现在不清楚，我要去找米露露！现在！

“凌雪，照顾好我的孩子！那是我的，我要你照顾好他们！”牛凯歌边穿衣服边急急地奔出门去，突然又扭头说了一句，“我不许你伤害他们！我会给你补偿！”

他疯狂地扑进夜色里，去寻找米露露了。

倪小龙也紧随其后追了出去，去寻找米露露了。

因为米露露刚刚不见了。

凌雪一个人呆呆地坐在家里，为自己一小时前冲到米露露家大闹后悔至极。她本来以为自己可以操纵赌局，但现在觉得自己有可能输到倾家荡产。

一小时前，米露露、凌雪、倪小龙、邱紫璇四个人竟然同时出现在米露露家里。一番电光火石，天雷滚滚的战斗之后，米露露疯了一样地奔跑出去，关掉手机，不见了。

战斗一开始本来是在局部，邱紫璇说出的话制造了战斗的第一个小高潮，凌雪的出现则将战斗彻底白热化。到现在，已然成为了一场战争。

所以说，今天是奇怪的一天，会发生一些不敢想和想不到的事情。

如果凌雪今天不回来，那么今天也许就不会这么奇怪。

所以这一切还得从凌雪归来重新说起。

凌雪从来就是一个有心计的女人，剪掉长头发之后，见识更是疯长。倒不是她真的喜欢短发，只是牛凯歌的绝情深深刺激了她，她剃光了所有头发，想要打掉孩子后出家。但哪个妈妈舍得杀死一对双胞胎骨肉，于是她最终还是决定，为了自己的爱情去搏命。

她想：六年前姑奶奶就敢，六年后为什么不敢?

所以她就回到老家静养，耐心地等待肚子鼓起。因为以大肚婆的姿态王者归来，才会有视觉冲击，才能惊艳全场，才能一招制胜。

肚子的大小终于达到了标准之后，她又决定选择牛凯歌的公司作为初次表演的舞台。第一个原因是，可以让很多认识他们夫妻的人，同时知道她怀上了牛总的孩子。如果牛总坚持与她离婚，那么她就可以从观众那里获得不少同情分数，这分数极有可能创造力挽狂澜的转机；第二个原因是，就算她想直接回到碧海山庄 8 栋 102 也不可能。她不再是那幢豪宅的女主人，当初走的时候，她交出了钥匙。

所以当凌雪从老家回来之后，便直接奔向了牛凯歌的公司。她理所当然获得了意料中的掌声和瞩目，因为没有任何人知道牛总打算和凌总离婚。

“凌总……好久都不见了呀！呀，双胞胎呀，恭喜恭喜恭喜你呀！”

“哎哟，凌总，这么富态，肚子才几个月就这么大，肯定是俩儿子！什么？还想要个女儿？那没问题！您这准保就是龙凤胎！哈哈哈。”

“哇，生下来之后你们家都能凑一桌麻将了，牛总不定得有多开心呢！找牛总是吧？牛总呢？哦，对了，牛总没在，他今天和米总一起去新开的连锁店了，现在业务好得很！”

凌雪有点蒙，“米总？哪个米总？”

“就是你那个大学同学呀，米露露，要说还是凌总你有眼光呀，推荐了这么好的人才给牛总做帮手……”

“米露露？我大学同学米露露？牛总的帮手？”凌雪的眼珠子掉地上了。

“是呀，是呀，牛总说是你推荐的呀，还说你们大学时候就是闺蜜的呀！”

凌雪顿时感觉一棵参天大树轰然倒塌，狠狠砸在了自己脑袋上。

果不其然，牛凯歌和米露露要破镜重圆！而且米露露还霸占了自己和牛凯歌共同打拼出来的天下！目前，比自己想象中的状况要糟糕一百倍！

凌雪拼命告诉自己，不要慌不要慌不要慌，紧急关头切忌乱了阵脚。

“她什么时候来的？”凌雪尽量控制住发抖的声音，却无法掩饰脸色的惨白。

“凌总你没事吧？好像脸色不太好呀，快休息一下，孕妇是很娇气的呀。哦，米总几个月之前就来了呀，大概就是你走了不久之后吧，具体时间记不清了呀……”

凌雪感觉浑身都失去了知觉，只有心脏加足马力，疯狂地砸在她胸膛上。她只有一个念头，去找米露露决斗！

等她恢复知觉的时候，已经离米露露家不远了。她可以清清楚楚看到蜜蜂社区的 4 号楼，她还真真切切地看到了米露露正从牛凯歌的车上下来，两人道别，米露露款款离开，牛凯歌深情目送。

对于这一幕，凌雪并不陌生。

大学时代，整整两年，她无数次躲在远处，眼巴巴看着米露露和牛凯歌在女生宿舍楼前道别。每当那个时刻，凌雪的心都像是被一万根银针同时穿过。每次，她都会把米露露想象成自己，或是把自己想象成米露露，才能给鲜血淋漓的心脏注射一支镇痛剂。

现在，这一幕又在眼前上演了，凌雪的心却再也没有流血的感觉。她感觉心脏被挖出来，抛进了零下273.15摄氏度的神秘空间，在那种地球上永远也不可能存在的绝对零度中，迅速凝结，然后被一把小锤子轻轻一敲，顷刻间便琉璃满地。

凌雪望着远处的米露露，很惊讶。这女人真的是米露露吗？好像比几个月之前要漂亮了。

她的头发已经长了许多，妖精似的染成了紫红色，还风骚地烫了几个弯儿，她干吗不干脆在脑袋上攒个发髻！那样才会更好看，就像几个月前的我那样。

她什么时候也开始穿这样的衣服了？哼，浅咖啡色的长袖T恤，还非要在胸前开个刚好能看到乳沟的V字领，带豹纹的灰色过膝长裙下，还非要穿让人想入非非的黑色丝袜。啃，还他妈的也学会穿高跟鞋了？就不怕崴了她的脚？

这个骚妇，不是在诱惑我家大牛才见鬼呢！当然，也许，是大牛要她这么穿的，算算他们在一起都好几个月了，牛凯歌喜欢她怎么穿，穿什么，她自己还能不知道？也许，也许她惹火的内衣，也是按照大牛的喜好买的。

哼！也不知道她家倪小龙怎么样了，也许正每天戴着绿帽子快乐地跳舞呢！也许早就被她撵出了家门。呵呵呵，只要我没和大牛离婚，只要她没和大牛结婚，只要我还活着，我今天就要告诉米露露，大牛是我的！六年前是我的，六年后还是我的，永远是我的！我能在六年前把他抢走，我就能在六年后把他再抢回来！就算有一天她米露露真和大牛结婚了，我也要想办法让她们离婚！哈哈哈，这辈子你米露露算是犯在我手里了，我就是来克你的！米露露，你准备好了吗？肚子里的孩子们，你们准备好了吗？我们一起去抢回你们的爸爸，一起去彻底干掉那个抢走你们爸爸的女人！

此时，米露露正向家中走去，根本没有注意到远处的凌雪。

凌雪的外观已然严重走形，即使她再接近目标五十米，也依然可以相当隐蔽。

米露露很疲惫。在网吧里熬到凌晨，消耗体力；为倪小龙和邱紫璇之间不清不楚的关系闹心，消耗心力。但米露露经过一天时间的思考，渐渐冷静下来，她有点后悔，后悔没有好好听听倪小龙会怎么解释关于浴袍的事情。

一个千娇百媚的杂志封面女郎在家里仅穿着浴袍，一只小乌龟在她家里学习哪吒闹海，然后自己的老公前往拔刀相助，最后老公和女郎躲在灌木丛中密谋抹泥巴抹狗屎……米露露根本想不通这个故事的合理性，所以她无比渴望，想知道倪小龙到底会怎么去圆满这个荒诞的谎言。

这个故事太荒诞，以至于米露露觉得不应该是个谎言。谁撒谎这么高难度啊？不是明摆着给自己下套儿嘛！

所以，米露露决定回家之后，好好倾听倪小龙的解释，也许自己真的误会了他和邱紫璇。作为老婆，自己失去了应该有的包容；作为米总，失去了应该有的气度；作为一个电影发烧友，失去了应该有的情节想象力；作为一个健康的人，失去了对一位洁癖患者应该有的同情；作为女人，失去了对一位单亲妈妈应该有的爱心。

我米露露还是人吗，这人品掉的！所以淡定淡定再淡定，平和平和再平和。

就听听老公的解释吧。

如果你们真的一清二白，我甚至能彰显中国妇女的传统美德和博大胸襟，恩准你和邱紫璇不绝交。但，绝对要保持距离！打招呼可以，在楼下聊几句也可以，但孤男寡女的不准相互串门，更不许有任何肌肤的接触！像抹泥巴抹狗屎之类的事情，那简直就是偷情的前戏，罪大恶极！

第十六章

一对狗男女

男的半裸躺在沙发上，女的着吊带装坐在旁边，浑身湿漉漉的还在滴水，显然是刚洗完澡，而两只玉手就摸着此男的两块胸肌！

米露露想着想着，不郁闷了，她快乐地掏出钥匙，打开了屋门。

屋里有人。

两个人！

倪小龙这个男人，邱紫璇那个女人！

这男人和那女人，正要做男人和女人之间那种最乐此不疲最尽心尽力的游戏！

老娘要亲自赶着全世界的草泥马踏烂你们家八辈子祖坟！顺带骚扰你们家八辈子祖宗！

天打雷劈你们一万次都不够，再用五雷轰你们丫的顶一万次！共计两万次！

说什么要给女人抹泥巴抹狗屎，草泥马现在全反过来啦！

分明是女人给男人抹啊抹，但啥也没抹你们看起来也很爽啊很爽啊！

米露露使劲把手中的包包冲狗男女甩了过去。

包包在空中的时候，里面的钥匙、手机、钱包、签字笔、文件夹、口红、化妆盒、眉笔、卫生巾、餐巾纸、一本书、指甲刀、两包豆粉从包里飞散出来。于是一颗霰弹在狗男女头上炸开，炸得他们无处藏身。

霰弹炸开之前的那零点一秒，狗男女依然愣在那里。男的半裸躺在沙发上，女的着吊带装坐在旁边，浑身湿漉漉的还在滴水，显然是刚洗完澡，而两只玉手就摸着此男的两块胸肌！

霰弹炸开的那一刻，男的竟然飞身护住女的。

“露露露露，你听我说听我说啊！不是你想的那样，听我解释！哎哎哎你别扔椅子你听我解释！”倪小龙着急地大喊。

老娘现在不想听、不想说、不想骂，只想抄家伙！

米露露拎起椅子就要扔过去的时候，倪小龙蹿过来一把抱住了她：“你听我说！”

可还有什么好说的？你胸前还有两个红红的吻痕呢！还说什么啊！

这次米露露没有哭，她只感到一种深深的窒息。眼前的世界不再真实，仿佛水面上的倒影，在狂风中支离破碎。

倪小龙和邱紫璇从昨天密谋抹狗屎，变成了今天躺在沙发上的狗男女，关系发展如此之神速，还多亏了邱紫璇的老公。对，就是将女神玩转于掌心的那位仙尊。

这个让倪小龙耿耿于怀的仙尊，终于在今天下午早些的时候现身了。

当时倪小龙和邱紫璇在小区门前的池塘巧遇。倪小龙正拖着他那辆可以折叠可以爬楼的蓝布印花小购物车从外面回来，里面满满当当全是做菜的食材，有乌鸡、蘑菇、炖汤的中药包、饼干、鸡蛋、鲜鱼、花雕酒，等等。他觉得自己昨天没买电，米露露只好去网吧熬夜工作，太伤身；自己和邱紫璇在灌木丛后聊天，米露露气得大哭，太伤心，所以她肯定大大伤了元气，那今天就得给她好好补补身心，并趁机在良好的气氛中，向她解释自己和邱紫璇之间的清白关系。

倪小龙计划得很周到。

而此时，邱紫璇正领着乔乔在小池塘边散步。倪小龙看到之后，便迎面走了过去。

“你好，紫璇。”

“小龙，昨天的事给你添麻烦了。露露，她还好吧？”邱紫璇很内疚。

“嗨，没事。露露看似暴脾气，其实刀子嘴豆腐心，今晚肯定涛声依旧！”倪小龙笑。

邱紫璇“哦”了一声，低下头。说不清她脸上的表情是什么，惭愧、忧郁、犹豫、失望、释然，好像都有一点。

这时候，乔乔在一旁偷偷撩起了池塘中的水，有几滴水飞溅在了邱紫璇的胳膊上。

“哎呀！”邱紫璇大叫一声，迅速闪出老远，“乔乔，别玩水！弄我身上了！多脏啊！”

乔乔赶紧立正站好，等待邱紫璇进一步的训斥。

“哗，哗”，这时候，倪小龙却突然跳进池塘里，使劲把水撩起来。大朵大朵的水花飞向邱紫璇，她顿时就变成了一块湿漉漉的抹布。当然，她是块美丽无比的抹布，因为薄薄的衣服紧紧地贴在了她凸凹有致的身体上，如果男人不流鼻血的话证明丫身体太虚。

邱紫璇“啊呀，啊呀，啊呀呀”地叫着，满地乱跳，倪小龙却并没打算停止动作。乔乔先是傻在一边，然后咯咯咯地笑了起来，最后干脆和倪小龙一起，齐心合力往他妈妈身上泼水。

小池塘的水舀不干，但邱紫璇可以跳累。也不知道过了多久，她捂着眼睛默默地蹲了下去，终于缓缓地哭出了声。倪小龙赶紧冲过去，不住地安慰她，告诉她不怕不怕，都这样了和抹泥巴的效果也差不多了，你看天也没塌地也没陷，咱们都没死，你这不好好的嘛！

说着，倪小龙就跳回池塘，干脆啪叽躺在了水里，他抬起半边脸大声喊：“紫璇同学，那天小龙老师喝醉之后，就是这么着躺在这，很有创意的！”

邱紫璇抬起头，含着眼泪就一抽一抽地笑了起来。她慢慢站起身，边抹眼泪边一步一步走向池塘，最终站在了池塘的边沿上，想下去，又不敢下去。

“来！下来！你还嫌这脏？别臭美了啊，池塘比你干净多了！”倪小龙伸出一只手，鼓励邱紫璇。

邱紫璇慢慢地闭上眼睛，呼吸越来越急促，使劲酝酿着小宇宙中的能量。倪小龙在水里，呼吸也越来越急促。哎，美女湿身之后简直就跟没穿衣服一样！柳下惠你把她抱怀里试试！

倪小龙正跟小邪恶做斗争的时候，邱紫璇扑通一声跳了进来，倪小龙赶紧把她扶住。良久，邱紫璇缓缓地张开眼睛，眸子闪闪发亮，像初生婴儿般打量着周围的一切。

乔乔也早就按捺不住了，看到妈妈的表情，他像是得到冲锋号令一般，也笑哈哈地跳进水里。

三个人紧紧地抱在了一起。笑着，哭着，笑一会儿，哭一会儿。

不知情的人肯定以为他们是疯子。

只有他们自己知道，刚才这一切的意义非比寻常。

那是一个美丽女人超越了自己之后的感动，是一个关心她的男人见证了这一切之后的欣慰。美丽的东西，要变得更美了，流泪，是一种可以媲美烟火的庆祝。

倪小龙频繁地抹着眼睛上的水珠，他不想让邱紫璇知道自己在流泪。他发自内心地想要这个女人快乐，但对于自己所想，又不希望她知道太多。

可邱紫璇知道。

她知道这个男人为自己哭了，而自己的美丽，从来只是让男人对她报以笑，各种笑，微笑、讪笑、淫笑、媚笑，而倪小龙，是第一个为她哭的男人。她想把自己所有的美丽，都给予这个男人，无怨无悔，无所保留，要什么，给什么。

这个男人是她灰冷世界里的第一缕阳光，为她带来了久违的灿烂，快乐，温暖，安全，希望，释放，疯狂。这个男人，让她冰封在极地的心灵一点一点地苏醒过来，颤动，蠕动，跳动，躁动，忽快忽慢地跳动，始终剧烈地跳动，跳动到一块冰燃烧成了火，自己不是自己，管它今天明天。

想要，想要，想要，想给，想给，想给。从此不分彼此好吗，我就是你，你就是我，我要变成你的肋骨，被你时刻带在身边，你要吗？你敢吗？

邱紫璇再也控制不住自己。她猛地冲倪小龙扑过来，把他死死地抱住，用尽浑身力气钻进他的怀抱里，好像不最终钻进他的身体，就永远不会停止用力。

泪水已经不是泪水，泪水连成了线，从邱紫璇的眼睛里流淌出来。时间，可以停止吗？不要前世今生，只要此刻这一秒，就这一秒，化为永恒，就好。至少此生没有白来，有个男人为我动情地哭过，他不富有，他甚至有点贫穷，但我什么都不要不要不要了，把我的一切都拿走吧，什么也不留，我只要这个男人，我换，我换！我可不可以换？又能不能换到他？

“紫璇，紫璇，”倪小龙低头看看紫璇，轻轻拍着她的肩膀，“你会好起来的，你今天已经很棒了！我相信你，为你加油！我们，我们走吧。”

倪小龙被邱紫璇抱住之后，僵立了半天，一动不敢动，准确地说是不会动，不知道该怎么动了。熟悉的女人，熟悉的美丽，却又那么陌生。陌生的温度，陌生的气息，陌生的力度，还有乔乔站在一旁，脸上那陌生的可爱表情。

“走吧，湿着容易着凉，啊。”倪小龙又拍拍邱紫璇的肩膀。他轻轻拨了拨邱紫璇的一根手指，用了自己所能控制的最细微的力气。他害怕伤害到这个女人，她的美丽像脆弱的瓷器，刚刚貌似要坚实一点，所以绝不能过度用力。

过了许久，邱紫璇才慢慢抬起了头：“嗯，好。”

她从倪小龙的怀抱里钻出来，慢吞吞地，恋恋不舍地，尴尬地。

三人淅淅沥沥地迈出池塘，乔乔兴奋地冲在前面，洒下一串水迹。倪小龙和邱紫璇默默地走在后面。

乔乔跑远了，有五六十米的距离。此时，一辆无比巨大的SUV突然加速朝乔乔驶过去，所有看到这一切的人全都傻掉了，张大嘴巴喊不出声。

SUV在离乔乔只有两三米远的地方，嘎地急刹车，发出一声刺耳的鸣叫，终于停了下来。

“怎么开车呢！”倪小龙大步冲SUV奔过去。邱紫璇则面如死灰，紧紧跟在后面跑。

乔乔已经吓蒙了，呆立在那里不动，急促地喘着气。

一个男人从车里跳了下来，身材不高、其貌不扬、精精瘦瘦、面带微笑。

“你……”倪小龙远远地指着那个男人，他刚想说“你怎么开车呢”，就听邱紫璇在身后喊了一嗓子：“高强！你疯了！”

邱紫璇越过倪小龙，冲那个高强奔过去。

倪小龙知道高强是谁了，就是照片中那个被乔乔叫做爸爸的男人！

倪小龙永远忘不了见到照片上那个男人时的第一感觉，那就是想抽他！一种不可遏制莫名其妙的冲动。原来他以为自己是吃醋，现在他知道根本不是，而是因为这个男人骨子里深深浸润着找抽的基因，你看他那讨厌的笑容，他那嘚瑟的举止，他那猥琐的相貌，还有他那找死的亮相方式，开个汽车冒充坦克，你丫他妈的连你儿子都要撞啊！

不抽咽不下这口恶气啊！

“啪！”一声脆响。倪小龙和邱紫璇都有短暂的大脑空白。乔乔站在那里，终于扯着嗓子号了出来：“哇——妈妈——”

那男人居然给了乔乔一耳光：“谁把你弄的他妈的这么脏！滚蛋！”

“高强你干什么！王八蛋！”邱紫璇凄厉地叫喊着，拼命朝高强冲了过去，倪小龙从未见邱紫璇这么失控过。

“啪！”又一声脆响，邱紫璇随之猛地倒在地上，捂住了自己的半边脸。

“瞧瞧你的样子……”高强指着坐在地上的邱紫璇，扬了扬自己的右腿。邱紫璇吓得往后一躲。乔乔哭得更凶了。

高强继续骂着，“妈的让你藏，藏啊！藏起来老子就找不到你了？妈的……”

倪小龙气得眼睛都红了，这他妈的是法制社会，你丫当街殴打妇女儿童而且一个是你美丽的老婆另一个还是你漂亮的儿子！再说，这么美丽的女人是用来欣赏的，你丫简直暴殄天物啊！

倪小龙从侧面冲高强急速奔了过去，随着“尼玛”一声，倪小龙一脚就横扫在了高强的鼻子上。高强应声朝后倒了下去，咕咚一个屁股蹲坐在了地上。

接下来怎么打？就是照着打李百草狠十倍地那么打。当初倪小龙修理李百草，油酱铺和彩帛铺各开了一间，这次开连锁店了，各开十间。

开展连锁店事业以 110 叔叔的到来宣告终结。接下来就是漫长的问明原委、说服教育、批评双方、教育调解，最后大家都怕麻烦，所以走人了事。

从邱紫璇和高强向 110 叔叔的交代中，倪小龙逐渐拼接出了邱紫璇和这个男人的关系。两人经人介绍结婚，生了乔乔，后来离婚。高强性格暴戾，邱紫璇不想让他见到乔乔，所以东躲西藏，租住在蜜蜂社区。两人大致就是这样的关系，至于其他方面 110 叔叔也没问到。

“你等着瞧，孙子！”高强撂下一句话，钻进坦克，轰隆隆地开走了。

“尽管来，妈的！”倪小龙冲坦克喊。

他的T恤在肉搏中被撕破了，衣衫褴褛，胸前两点尽露，可以看到两块鼓鼓的胸肌，几块清晰的腹肌，邱紫璇觉得很性感。

“哎呀，你这破了！”邱紫璇心疼地把手伸向倪小龙，又停在空中。伤口在倪小龙的胸前，两小块肉被撕开了，红红的，渍着血。

“疼吧？啊？”邱紫璇又想要哭，“快，回去，我家里有药。”

倪小龙先回了自己家，把破碎的T恤脱下来，坐在沙发上检查伤口。

他边看边骂：“孙子出手够狠啊，指甲那么长，妈的净被他挠了……”

“砰砰砰！”是邱紫璇来了，倪小龙起身开门。

邱紫璇已经换掉了刚才穿的连衣裙，穿上了吊带背心，牛仔超短裤，很性感。

“嗯，两条腿真好看。”倪小龙想。

“来来，我给你抹点药。”邱紫璇急急地张罗着。

倪小龙在沙发上坐下来，邱紫璇蘸着云南白药往他胸前的伤口上抹，可药粉沾不住，噗噗地直往下掉。

“躺下。”邱紫璇率先坐在了沙发上。

“哦。”倪小龙有些犹豫，但一想这不就是美丽的女护士为前线战士疗伤嘛，也就假装坦然地躺下了。

邱紫璇用白玉般的手指蘸上药粉，往他胸前的伤口上轻轻涂抹。

“疼吗小龙？”

“还行。”倪小龙骨碌着眼珠不知道该看哪儿。看邱紫璇的脸吧，不行，太好看了。看脸部以下吧，那只有胳膊和胸部了，更不合适，所以他决定说说话缓解尴尬。

“紫璇，你老公，哦，不，是乔乔他爸，怎么那么操蛋？”

“哎，不提他了好吗？我现在不想说，以后再告诉你……”

“哦，好。”

倪小龙又不知道该看哪了，他只好闭上眼睛，感觉这样还能自在些。

“嗯，咝，嗯。”倪小龙的伤口有点疼，轻轻叫出了声。

“嘎巴——砰”米露露开门进来了，倪小龙淫荡的声音被米露露一字不落地全部收听到耳朵里。除此之外，她还看到倪小龙半裸的上身，胸前鲜红的印记，邱紫璇湿漉漉的头发，吊带背心下面比自己还要强大的凶器，两条几乎全部裸露出来的大腿，还有放在倪小龙胸前的两只玉手，这，这些，难道还不够吗？！

所以你说，米露露能不对着狗男女投掷霰弹吗？霰弹没解恨，能不抄起椅子就扔吗？

米露露拎起椅子就要扔过去的时候，倪小龙蹿过来一把抱住了她，“你听我说！”

可还有什么好说的？还要说什么啊！！！

“邱紫璇！你给我滚出去！这是我家！我家！倪小龙，放开我！”米露露大声喊叫着。

邱紫璇吓呆了，站在屋子正中，不知道该走，该留，还是该说点什么。

倪小龙也有些恐惧。米露露原来你是个泼妇啊，以前没见过你有这种爆发力啊。不过越泼应该是越能证明你爱我吧！

“倪小龙你放开我！”米露露一使劲，挣脱开倪小龙，“我先收拾这妖精，待会儿再收拾你！”说着，米露露把高跟鞋蹬掉，光着脚冲邱紫璇扑过去。

邱紫璇紧张得一直往后退，可屋子太小，她躲了几步就无处可逃了。眼看米露露伸手就要抓住邱紫璇的头发，倪小龙几个箭步冲到米露露前面，把邱紫璇往身后一拽，“露露，冷静点！不能打人！你别动她！她没犯任何错误！你为什么不能冷静地听我们解释啊！”

“解释？还要解释？傻子都知道你们干了什么！”米露露两只手隔着倪小龙乱抓，可就是够不着邱紫璇，只好往后倒退了两步，一指倪小龙，“你让开！当然，不让开可以，你也滚蛋！你跟她过去吧！我打她不是为了你，你有什么好让人争的！老娘是咽不下这口气！偷人都偷到我家里来了，太狂了吧！好，好，你英雄救美，还挺能担当，你以为你真的是英雄？其实你就是个傻逼！你以为这个妖精真的能看上你？别做梦了！”

“露露你说什么啊，今天其实是……”

“闭嘴！好，老娘今天就成全你们！邱紫璇！”米露露又一指邱紫璇，“我问你，你是不是看上他了？哎哎哎，我问你呢！你是看上他了，还是闲着无聊找找刺激？嗯？问你呢！”

邱紫璇哆哆嗦嗦地想从倪小龙身后站出来，被倪小龙硬塞了回去。

“让她说！我可以不动手，我懒得动手！如果能成就别人的美事，老娘我放得下！谁稀罕你啊！”米露露瞪着倪小龙，眼睛里全是血丝。她又往后退了一步，示意邱紫璇赶紧出来。

倪小龙长出了一口气，“不打人就行，露露，听我慢慢说。”

“轮不到你说话！我问邱紫璇呢！”

邱紫璇拨了拨倪小龙，倪小龙不情愿地闪开，担心地望了望两个女人。

“我，我没有……”邱紫璇的脸憋得通红，说话也结结巴巴地，“我和小龙没有……”“呵呵，还说没有呢，我是问你玩一玩，还是爱上他了？！”

“我……”邱紫璇抿了抿嘴，不说话了。

“看到了吧倪小龙，这就是你不顾家庭幸福，不管不顾非要去泡的娘们儿！想玩都不敢承认！真他妈的㞞！你的眼光真他妈的烂！”米露露把目光转向倪小龙，“要是姑奶奶我，我他妈的就承认！我就是玩玩怎么了？有钱，有时间，玩呗！你玩我，我玩你，玩得死你，玩不死我！”

“露露，你说得太难听了。”倪小龙龇牙咧嘴地望着米露露。他从来没见过米露露撒泼，这一撒真是一鸣惊人，厚积薄发啊。

“你和她走吧，倪小龙，我很期待你们俩的未来。”米露露往旁边一闪，将了狗男女一军。

“我，我不是玩，”邱紫璇突然说话了，“我爱他，爱倪小龙。”

倪小龙和米露露瞬间都愣住了。

“露露，你就是想听这个吗？就是逼着我，要我说出来这个吗？好，我说出来了，你满意了吗？”邱紫璇的泪水唰地倾泻出来，她谁也没看一眼，拉开门，哭着跑出去了。

屋子里沉默下来，是一种被挖空了所有声音的寂静。刚才屋里全部的精灵、神仙什么的，全都嫌吵，溜出去躲清静了。

倪小龙垂着头，皱着眉，使劲抓着自己的头发，不断地小声嘀咕：“她在说什么啊，说什么啊……”

米露露干瞪了半天的眼睛里，慢慢地，慢慢地，有泪水浸出来，聚成水滴，落在脸颊上。

偶然的出轨，和爱到深处，可是两种概念。邱紫璇动真格的了，她不像在开玩笑，她不像是开玩笑的那种人，她，她要抢走我的老公了，倪小龙以后不是我的了，倪小龙也喜欢她，我看得出来，她，是倪小龙喜欢的那款，那款精品女人。我已经尽力了，彻底比不上了，她，还有钱。没了，我什么都没了，我还撒泼，还要打人家，完了，最后一点气质和尊严都没有了，都没给倪小龙留下个好看点的印象，我要被抛弃了……

“我们没有……”倪小龙打破沉默，刚张开嘴，忽然一串笑声从屋外飘了进来，“呵呵呵……呵呵呵呵呵……”听起来很瘆人，酷似1983版《射雕》里的梅超风。

其实和梅超风也差不多，是凌雪。凌雪进屋了，她推开门缝，挤了进来。这就是客人走后，没立即锁门的坏处。

“你？”倪小龙和米露露一扭头，异口同声地说。

“嗯，”凌雪一扬头，“是我，好久不见了，倪总，米总！”

在最不该来的时候，凌雪来了。

但她可是掐着点进来的，她已经知道屋子里刚才发生过什么，一点没有遗漏。

这俩狗男女，真够烂的！男的拈花惹草，女的撬别人老公。她指的狗男女，是倪小龙，米露露。

倪小龙听到凌雪喊自己“倪总”，浑身一冷，心想：“完了，好好的，又怎么了？”

米露露赶紧捋了捋头发，搓了搓惨白的脸颊，“凌雪，快，快进来，快坐。”

她一低头，看到自己只穿着袜子站在地上，又慌忙东一只西一只地到处找鞋子穿。一边忙活一边说：“凌雪，真不好意思，这，这屋里太乱了，我收拾下啊，你快坐快坐。一直说去找你，要感谢你呢，可就是太忙，这反倒让你上门……”

“呵呵，米总，你现在可真是会说话呀。”凌雪站在门口没动，耷拉着眼皮看米露露东一件西一件地捡东西，餐巾纸，笔，唇膏，卫生巾……

“坐吧，凌雪。”倪小龙拉过来一张椅子，很不情愿地放在凌雪屁股后面，“露露说的是真的，她最近确实太忙了，那天她还跟我说，想请咱们俩家……”

“呵呵呵，倪小龙，你有病吧！”凌雪突然冲倪小龙一翻眼睛，“我看你们俩真的有一拼！男的给女的戴绿帽子，反过来女的又给男的戴绿帽子，你们俩还真不嫌脏。”

“你说什么啊？”倪小龙和米露露异口同声地说。然后两人不自觉地对视了一下，米露露趁机狠狠白了倪小龙一眼。

“凌雪，你说话注意点，戴什么这绿帽子那绿帽子的，你才有病吧。”倪小龙火了。

“哟，不高兴了，真不好意思，刚才那出戏可真够精彩的，不过我可不是故意来看戏的呀，只是不小心撞上了。”凌雪摇着头，歪着嘴笑。

倪小龙气得冲凌雪逼近过去，吓得凌雪赶紧往后一撤，“咯吱”一声跌坐在身后的凳子上。米露露赶紧冲过来，一把拽开倪小龙，“去，滚一边去！凌雪，你别搭理他。你大着肚子，可要小心点，孩子几个月了？”

凌雪刚要说什么，倪小龙一指她，“凌雪我告诉你，你怀孕了，我不跟你一般见识，而且你推荐露露去你们家公司上班，我也确实非常感激，但你以后别乱说话，刚才你听到的纯属误会，懂吗？误会！”

“好，好，误会，其实误会不误会的和我没关系，我也懒得问。我来呢，是为了我自己的事。来，露露，你也坐，你这么站着让我怎么说呢？”凌雪指指躺在地上的一把椅子，那是刚才米露露想要砸邱紫璇和倪小龙的武器。

米露露赶紧把椅子扶起来，恭恭敬敬地坐在凌雪旁边。牛总的夫人，举荐自己的老板娘，开玩笑，那得尊重！

“露露，我今天来，是想告诉你，大牛是我的，我肚子里的孩子，是他的，还是双胞胎！你抢不走他的。”

“这，凌……”米露露皱着眉，不知道凌雪什么意思。

“露露，你别说话，听我先把话说完，好吗？虽然你和大牛待在一起好几个月了，但是现在我回来了，你们俩可以结束了。今天，当着你老公的面儿，咱俩把话说清楚，虽然你和大牛在大学时候好过，但那是从前的事儿了。是，没错，是我把你们拆散的，我想大牛也告诉过你了。我是被爱冲昏了头，所以在手机上做了点手脚，冒充你给大牛发了分手短信，又冒充你给他回了几条信息。但那是从前，我认，我是错了，错就错在太爱大牛。但现在我怀了他的孩子，你该踏实了吧？别异想天开，啊，大牛最喜欢孩子了，知道吗？我可以给你一笔钱，你也别再去我们家公司上班了，死乞白赖地缠着大牛，有意思吗？啊？”

凌雪一气呵成，再看旁边的米露露和倪小龙，表情怎一个“呆”字了得！

“你说什么？你拆散了我们？六年前？”米露露一个字一个字地往外蹦，“你？”

“你说什么？露露和牛凯歌大学时候谈过恋爱？”倪小龙不相信自己的耳朵。

“是，没错。”凌雪冲米露露和倪小龙分别点了点头，一副死猪不怕开水烫的样子。

米露露沉默了几秒，痴痴地站起身来。她头一晕，腿一软，差点没站住。

倪小龙冲过去扶住米露露，“露露，她说的是真的吗？你为什么不告诉我？”

凌雪不咸不淡地来了一句：“那还用说吗？她和我们家大牛现在可好了，想破镜重圆呗！”

“露露，是不是真的？你为什么瞒着我？”倪小龙使劲摇晃着痴痴的米露露。

“跟你说不用问了，我根本没推荐米露露去公司，是她骗你的。”凌雪继续说，“你管好你老婆！哦，好像也不可能，你连自己都管不好呢，而且你可能也根本不想管，你自己每天也忙着拈花惹草的，哪有心思管她？哎，愁死我了。”

“你滚蛋！”倪小龙一指凌雪，“出去！”

凌雪吓得一激灵，站了起来，“出去就出去，但我还要对米露露说几句话，她想撬我的老公，我总有权利捍卫尊严吧？”

倪小龙的胸膛一起一伏，气哼哼地闪到一边，瞪着两个女人。

“露露，我知道这么说你肯定不高兴，但大牛不是一般人能伺候得了的。我们俩风风雨雨六年，我都不知道是怎么熬过来的。他穿什么衣服吃什么饭，读什么书看什么报上什么网，电脑装什么软件怎么设置，电器怎么用怎么修，灯泡用多少瓦，任何一样东西放在哪里，全是我操心。大到家里的存款、银行里的黄金股票古玩，小到一支笔一个曲别针，我全安排得井井有条，还编了目录。他说要什么，我就立刻知道在哪里有多少，你行吗？你知道他喜欢穿什么牌子的内裤吗，知道他习惯用什么牌子的手纸吗，知道他睡觉前喝哪个牌子多高度数的洋酒吗，知道他早上爱喝哪个牌子的咖啡吗，知道他喝咖啡多浓多淡放几勺牛奶吗？知道他上午喝什么茶下午又喝什么茶吗？知道他吃喝不舒服了张口就骂人吗？”

凌雪看看米露露，又看看倪小龙，见两人都没反应，于是接着说。

“公司里大事小事都是我替他操心，我们今天的家业是我陪他一碗一碗卖米线赚出来的。你知道每天四点天不亮就起床，黑灯瞎火北风呼啸，但还必须在冰凉的水里洗菜洗碗的感觉吗，你知道给客人端米线不小心把人家烫了，被扇耳光的感觉吗，你知道每天数钱数的全是一包两毛的钢镚，然后要数五六小时的感觉吗。你不知道！”

凌雪说着说着，带了鼻音。她吸了吸鼻子，擦了擦发红的眼睛，叹了口气。

“哎，你知道大牛黑着脸，当着几百个员工的面儿骂我，我还得微笑着听他骂四十几分钟，又绝对不能一走了之的感觉吗，你能每天给他放洗澡水给他搓澡，像照顾婴儿一样地照顾他吗，你不能，世界上没几个人能像我凌雪这么对他。他以为说不要我就不要了？我不信！离开我，他活不了！他喜欢孩子，我怀了很久都怀不上，知道是因为什么吗？就是因为前几年太操劳把身体给累坏了！我费了多少功夫，找了多少大夫，花了多大心血，吃了多少中药西药，好容易才把身体调理好，他根本就不知道！现在我终于怀上了他的孩子，他说要我打掉就打掉啊？不可能！双胞胎，双胞胎啊！哪个母亲舍得？！好些事情我都没跟大牛说过，为了他我没有怨言，我可以忍受，我就是贱，贱到家了！我为他整容，就是想让他多看我几眼，看着心里舒服一点，女为悦己者容嘛，我也是女人，谁不希望自己爱的男人觉着自己好看。可我没办法，老妈老爸就把我生成了那个样子，我只好整容，一次两次三次五次，大整，小整，我一共整了二十七次，二十七次你知道吗？！我差点死在手术台上你知道吗？！像这种事我都没告诉过他，怕他操心，怕他分心，怕他烦！你以为我喜欢整容吗？我整得都不是我自己了！我这张脸还是凌雪吗？不是！整成现在这个样子，我都恶心！我知道他爱的不是我你知道吗？就算他望着我笑，说我好看，但他是在夸我吗？他是在夸整容医生啊！好，即使这样了也没关系，我都能忍受，我不就是为了和他在一起吗，只要能和他在一起，我什么都敢做。六年前，我为了和他在一起，我卑鄙我小人，我拆散你们，我辍了学去他老家找他，假装邂逅假装可怜为他打工，然后对他好，跟着他卖命，最后我终于让他离不开我了。现在，谁要敢跟我抢他，我就敢跟她拼命！呜呜——”

凌雪的眼泪终于崩了出来，她用衣袖使劲擦着眼睛，怎么看怎么像个无家可归的超生游击队队员。狼狈，无助，可怜。

米露露依然痴痴的，倪小龙也痴痴的。

“米露露，我走了。”凌雪从兜里掏出一张银行卡，“六年前的事情，算我对不起你，我补偿你。这是两百万，够了吧？不是说感情就值这么多钱，是我觉得这钱应该能让你心理平衡。以后，如果你继续和大牛在一起，就是你对不起我了，到时候别怪我不客气！”

说完，凌雪把银行卡拍在椅子上，挺起肚子，拉开门，一摇一摇地走了。

倪小龙哆哆嗦嗦地点燃一支烟，使劲嘬了一口，烟卷迅速燃烧了一大截。一团浓浓的白色烟雾后，传来倪小龙气得发抖的声音：“你说吧，怎么回事？这日子还过不过了？”

米露露的整个身体也在不停地抖动，她伸出手，哆嗦着想要捏起一支烟，烟盒却被她碰到地上，香烟立刻散了一地。米露露蹲下来，随便捡起一支，又哆嗦着拽过倪小龙手中的打火机，啪地把烟卷点着。

她试着吸了一口，立刻就被浓烟呛得咳嗽起来，泪水随之开始四溢。

她这泪水一流，就再也没有停止过，无声，汹涌。米露露没去擦眼泪，懒得，反正还要继续流出来。当泪水实实在在遮住她视线的时候，她就艰难地撩起衣襟，猛地擦一下。

“说吧，说话，你和牛凯歌都干了些什么？”倪小龙的声音有些嘶哑。他的脚边，已散落了四五个烟蒂。

“啃，还有什么好说的。”米露露摇晃着站起来。她腿脚发麻，眼前发黑，但还是努力地拉开门，一瘸一拐地踱了出去。

“你去哪里？”倪小龙想要拽住米露露。

米露露回过头，笑了笑。她的眼睛已经哭肿了，眼皮和脸颊上，挂着一些睫毛膏的黑色碎末。突然，她用力地大声喊起来：“你——管——不——着——！”

说着，米露露扭头朝楼下跑去。

等倪小龙穿好衣服和鞋子追出来，米露露已经不见了。

她的手机关机，到处没有人影。

一定是去找牛凯歌那个王八蛋了！倪小龙狠狠踩灭烟头，回屋抓起放在椅子上的银行卡，朝碧海山庄狂奔过去。

碧海山庄 8 栋 102。

为倪小龙开门的是牛凯歌，凌雪则站在屋子的深处，惊惶不定地注视着倪小龙。

“哦，小……”牛凯歌“龙”字还没说出口，就被倪小龙一记直拳打在了鼻子上。牛凯歌跌进屋子里，鼻子下面涌出了鲜血。他没来得及起身，倪小龙已经冲进屋，扑在了他的身上，抡起拳头就打。

牛凯歌双手猛一用力，倪小龙被掀翻到一边。

“小龙，你干什么！”

“你个王八蛋！”

“出了什么事？”

“还装！”倪小龙翻身上来又要打。

“哎呀，大牛！”凌雪飞奔过来，边跑边喊，“住手！”她突然想起了什么，折身冲进了厨房。

这边倪小龙和牛凯歌还在地上揪扯，凌雪不知什么时候已经冲到了他俩身边。

“住手！倪小龙！”凌雪大喝一声，手中高高举起一把明晃晃的菜刀，眼看就要往下剁。

倪小龙赶紧滚到一边，从地上爬起来。

“凌雪，别胡闹！”牛凯歌也匆忙站起来，一把拽住了凌雪的胳膊，夺下她手中的菜刀。

“敢私闯民宅打人！我这就报警！”凌雪整张脸涨得通红，转身拿起电话。

“不用打！给我拿条毛巾。”牛凯歌冲凌雪大声说，又转头问倪小龙，“到底出了什么事？”

“米露露呢？！她在哪？！”

“米露露，我怎么知道？”

“呵呵，牛凯歌，还装，啊？凌雪今天什么都告诉我了，我只想问你，米露露现在在哪里？”

“小龙，你说的话我听不懂，凌雪都告诉你什么了？到底怎么了？”

凌雪拿着条毛巾回来了，她狠狠瞪了倪小龙一眼，踮起脚尖要给牛凯歌擦脸上的血迹。

“我自己来！”牛凯歌拽过毛巾，“你都跟小龙说什么了？”

凌雪不吱声。

“我问你话呢？说什么了？你不是刚刚从老家回来吗，什么时候见到小龙的？”

“嗯，这，我刚才去他家了……”

接下来，凌雪把先去公司，然后去蜜蜂社区米露露家，以及对米露露大概说了些什么挑挑拣拣地讲了一遍。因为倪小龙在旁边，她没敢说倪小龙泡到美女的事情。

牛凯歌气得把毛巾摔在地上，“你浑蛋！”

凌雪立即立正站好，把头低下，双手放在身体两侧。一看就训练有素。

“凌雪，你让我怎么说你？啊？六年前你干的事情，我根本就没跟露露提过，我张不开嘴！咱俩离婚就离婚，那是咱俩的事，干吗要把人家牵扯进来。米露露是我请到公司来的，没错，我是撒了谎，不撒谎她根本就不会来……”牛凯歌瞅了一眼倪小龙，讲不下去了，再讲就把自己的真实想法讲出来了。

“小龙，请你理解，我是想帮帮她。”牛凯歌赶紧把话圆回来，但明显心虚。

“牛凯歌，你也别装好人！你很阴险啊，别当我看不出来！把米露露骗到身边，这边又要和凌雪离婚，谁知道你和米露露到底到了哪一步啊！”倪小龙越说越急，又想冲上来打架。

凌雪赶紧看了厨房一眼，意思是那里有菜刀，姑奶奶我随时会去拿！

倪小龙才不管刀不刀的，冲上去揪住牛凯歌的衣领，“有你们夫妻俩搅和，我和米露露算是过不下去了！你有钱，没错，你是有钱，她可以不要我，但我要她亲口告诉我！米露露现在在哪？要是她出点什么事，小心你这条命！”

“我也不知道，我们别吵了，得赶紧去找她！”牛凯歌推开倪小龙，转身急急地去拿衣服。

“凌雪，照顾好我的孩子！那是我的，我要你照顾好他们！”牛凯歌边穿衣服边瞪着凌雪。他急急地奔出门，突然又扭头说了一句：“凌雪，我不许你伤害他们！离婚后，我会给你补偿！很多补偿！”

说完，牛凯歌谁也不管，疯狂地扑进夜色里，去寻找米露露了。

倪小龙把银行卡往茶几上使劲一扔，指着凌雪说：“这钱还给你！要不是看在你怀孕的分上，要不是看你在我家说那番话真是可怜，就算你是女人我也要抽你！你羞辱我可以，不能羞辱米露露，老子受不了！”说完也冲进夜色，去寻找米露露了。

凌雪站在原地愣了半天，然后一个人呆呆地坐在沙发上，她捂着肚子自言自语：“宝贝们，怎么会这样，你们的爸爸，不要妈妈了，不要你们了……”

夜色已浓，夜风已冷。

这是个尴尬的季节。

中午的时候，炙热、燥热、闷热，各种变着花样的热，让人恨不得脱光所有衣服，钻进清凉的空调房里大口喝冰镇啤酒。到了黄昏的时候，酷热却又迅速褪去，空气像爱人的手掌，不烫也不凉，温温地滑过你的额头，你的脸颊，你所有裸露在外面的肌肤。那一刻，你会觉得这个世界多么温文尔雅，凡事都好商量。可深夜的时候，一切就都变了，倒不是这个世界出尔反尔，而是因为它换了主人。主宰黑夜的主人，神秘、阴冷、恶毒。你的身体能明显感觉到他冷漠诡异的性格。他把你肉体的温度一点一点、一寸一寸地吸食，先是手和脚，然后是四肢，然后是胸膛，最后是心脏，直到你与他寒冷刺骨的巨大身躯融为一体，彻底向他屈服，成为奴隶。

彻底成为奴隶的时刻，也就是死亡的时刻。

第十七章

疯了，全疯了

她刚刚被她前任老公打了一耳光你知道吗？你怎么可以忍心再去伤害她！扔皮包，还要扔凳子，你争这口气干吗啊！

米露露觉得，自己就快要死了。

今天，她清晰地体会到了从酷热到温热、余热、清凉、冰凉、刺骨的完整过程。

此刻的她，蹲在一个黑暗的角落，嘴里的烟头一亮一灭。她也不知道自己到底抽了多少支烟，反正动作已经变得机械，一支吸完，紧接着再点一支，嘴唇和舌头已经抽麻木了，而且还苦苦的。可是不抽烟还能干什么？至少这烟雾能让人迷醉、眩晕，至少这烟头是一粒红色的灼热火光，能让自己感觉离温暖其实很近。可为什么身体还是那么冷，靠！其实他妈的一点也没用。

米露露很后悔没在商店全部打烊之前，去买一瓶二锅头备用。那样的话，她就可以抵挡一阵，挨过这刺骨的寒冷。此刻，她哪儿也不想去，就想待在这里，再刺骨也要待在这里。

去酒吧夜总会？那是有钱没处花有劲没处使，想寻欢作乐才去的地方，不过老娘现在真的很想作作乐，可身上也没带钱啊，连打车去的钱都不够了，想走着去也走不动了，就算走到了又能怎么样？随便找个男人浪一浪？老娘又不是那种人，去了也白去。

去旅馆睡一宿？首先是没必要，根本就睡不着去那里干吗呢？再说也没带身份证，最关键的还是没带钱。

就像刚才那么一直走下去？空旷昏黄的街道只会衬托得自己更加孤单，所以会常常产生一种冲动，那就是冲到马路中间被汽车撞死算了！可那得有多惨烈啊！肉棍，肉饼，肉酱，肉泥……哎呀妈呀，佛祖保佑好人一生平安。

回家？不可能！恶心！那已经不是我的家了，是倪小龙和邱紫璇苟且的地方。没有了亲人，那还算是什么家？那就是一个破水泥盒子。鬼知道一个破水泥盒子为什么那么贵，得用一辈子挣到的钱才能买得起。这世界，你有病吧！

哎，就在这里猫着吧，静静的一个人，多好，哪怕是暂时的。管它全世界正在发生什么，明天会发生什么，管别人怎么样，管自己是死是活，管不了那么多了。老娘只知道，现在很冷，身体很冷，心更冷。

如果死了能让自己好受一点，那死真的就是最棒的选择，可怎么才能死呢？自杀很疼吧？用刀割腕手腕疼，用绳子上吊勒着脖子疼，跳楼全身疼，万一没死成被抢救过来应该更疼吧？要是没死成还残废了，那就更惨了。就算死成功了，爸爸妈妈也会疼，他们的心会疼一辈子，每天悲悲戚戚，花白的头发在风中凌乱不堪，从此变得少言寡语，阴冷抑郁。他们会在某个日子，清明或者祭日，鬼节或者春节，哆哆嗦嗦流着浑浊的泪水，去给自己上坟。妈妈呢，会佝偻着身躯，哭到站不直身体；爸爸则会用力扶住妈妈，假装自己够坚强，但整张脸分明已经扭曲，所有的皱纹都挤在了一起，所以那一刻，他的表情有点像是在笑，但喷薄而出的泪水又泄露了他其实是在哭。老男人哭到这个样子，你忍心吗？而已经仙逝的自己，只能干着急，不能去安慰他们，什么都做不了，只能忽忽悠悠飘在空气中望着他们，大声冲他们喊叫，可他们根本什么也听不到，然后自己又猛地扑到他们身上，想去拥抱，可他们还是丝毫感觉不到。即使最后，他们感觉到了有一股莫名的微风，但说不定还会以为是被恶鬼跟上了……哎呀，所以不行不行，死不好，不能死，坚决不能死！

是啊，为什么要死呢？为了谁死呢？为倪小龙死，为牛凯歌死？还是为了凌雪死？去你妈的，都不值得！老娘只是太难受了，扛不住了，想要逃避。这撕心裂肺的心痛真的是一种酷刑，行刑者一分一秒也不让老娘喘息。痛，痛，痛，不知道生孩子有没有这么痛……哭一哭也不管用，越哭越想哭，越哭心越痛。已经哭了一晚上了，哭到路边的巡警叔叔都开着车跟了我好久了，最后要不是冲他们大喊：“滚蛋，老娘死不了！”他们还会一直跟下去。哎，对不起，巡警叔叔，你们是为了我好，我怎么就那么不领情呢，所以就算死了也活该！

我只是谁都不相信了，这个世界上的人都那么不值得信任，最亲最近的人都不能信任，老公背着我偷情，闺蜜偷走了我的男朋友，我还去相信谁？去相信素不相识的巡警叔叔真的会关心我、爱护我？哈哈，巡警叔叔们，不就是穿上制服的普通男人呗！男人啊，全他妈的是王八蛋。

倪小龙是最恶毒的王八蛋，恋爱几年，结婚又几年，藏得可真深，以前还以为他就是嘴贱，说说过嘴瘾而已，看来他只是一直没找着机会，这刚一遇到春风，他的花花肠子就咔嚓咔嚓地长起来了。老娘在外面搏命，他在家里勃起，哈，哈哈哈，英雄各自有用武之地，真行！还满嘴喷粪，把老娘当猴耍，这更伤老娘的心。倪小龙，倪小龙！你怎么能这么对我啊？呜呜——你说过会疼我，爱我一辈子，呜——你说过我就是你最可爱最可怜的小猫咪，哪怕挠你抓你，你也不会介意，你说过你说过的！你忘了吗？呜呜——你什么时候不喜欢小猫咪了？啊？你他妈的找了条美女蛇！呜呜——小猫咪不就是要挠人的吗？不就是被用来疼的吗？呜——你不喜欢我了就告诉我啊，为什么要骗我？呜呜——我太凶了？我太粗心了？我没女人味了？我一直在改啊！在改啊，呜——已经改了很多了啊。倪小龙，我恨死你个王八蛋，老娘承认，这回真的被你伤到了。老娘不是大老虎，没那么坚强，老娘只是披着虎皮的小猫咪，你说过就喜欢我这样的性格呀，你现在不喜欢了……呜呜——

还有牛凯歌！你他妈的也不是什么好鸟，只会闷骚的王八蛋！六年前，你他妈的给老娘打个电话你会死啊！老娘以为你不想被打搅再加上创业太困难不想让我看到你最悲惨的一面所以照顾你的自尊就没去打搅你，可是，哎，我他妈的完全也可以给你打个电话啊！两个自以为默契的白痴，你妈的这是什么默契啊！滚蛋，滚，滚得远远的，早干吗了？六年前你干吗了？六年后你他妈的缓过神来了，要离婚要抛弃你那个大肚婆要费尽心机把老娘骗到你身边工作，你他妈的真有耐心！革命工作像你这么慢慢来早他妈黄了！该冲锋的时候不冲锋，该撤退的时候你又扛上枪非要往前跑，找死，找死呢吧！老娘有家啊，老娘有老公，老娘跟他每天在一起朝夕相处已经分不开了啊，这时候你他妈的又来劲了，老了老了你开始疯狂了，你他妈的双胞胎爸爸了，孩子们将来可怎么办啊，你脑子缺根弦吧？！

你那老婆凌雪可真厉害啊，老娘给她跪了，你妈的她没去美国中情局或者 FBI 算是浪费了。无师自通的间谍天赋，他妈她是怎么想出来的？又是怎么他妈的抓住了那个稍纵即逝的机会，完成了一个不可能完成的任务。只要有一个环节出现一丁点小问题，她丫挺的这功夫就算白费了。可，哈哈哈，没出任何纰漏，没有任何干扰，完美！堪称完美的一次任务，老天爷给她发大十字星勋章了吧？

凌雪，叫你呢！嘿，你丫没听见啊，你丫装吧，要不装就不是你了。老娘对你那么好，你丫一学期得有半学期跟着我蹭饭，我怕你寂寞带着你和牛凯歌一起出去玩，哈哈哈，引狼入室养虎为患，这词就是为咱俩创造的吧！你太厉害了，越来越厉害，今天杀到老娘老巢里去了，要不是老娘没反应过来，非把你……算了，等你把孩子生了咱俩再单挑，你现在这个大肚婆样子，老娘下不了死手！要不是你搞的鬼，老娘就不是现在这样子，你知道我多爱大牛吗？对，大牛，老娘最先叫他大牛的，你没权利叫，大牛，我的大牛，我的大牛……你在哪里啊，我想你，我好想你，可我的大牛不是你现在这个样子，你以前从来不戴金丝边眼镜的，你只戴黑框眼镜的，你不是整天穿西装的，你只是所有的衣服都有领子而已，大牛，大牛……你在哪，你给我滚出来！我要当面，当面叫你一声大牛……呜呜呜——

米露露躲在黑暗中，对着周围更黑的黑暗或破口大骂，或喃喃自语，或呜呜啼哭，只有这样，她才能让自己感到些许缓解，只有这样，她才不会对黑暗感到那么恐惧。与此同时，她口中的那两个王八蛋男人正在满世界地寻找她。

牛凯歌开着车，或急速行驶，或缓缓滑动，除了担心米露露之外，他还隐隐地有些兴奋，“今天，老天爷为何对我这么眷顾呢，一下子赐了两个足以惊喜一生的礼物。一双孩子，还有我最想要的，失而复得的女人。露露，你快让我找到你，我会告诉你，我爱你，这么久我其实并没有忘了你，相反，对你的思念从来就没有停止过，我就知道当初你不会那么绝情，我来找你了，你在哪里？我找到你的第一件事，就是告诉你，我爱你，我要你做我的妻子，我们俩再也不分开。如果你不喜欢这座城市，我们就走，如果你不介意，我们就留下，总之，你到哪里，我就到哪里，你说怎么样，咱们就怎么样……”

牛凯歌的大脑飞速旋转着：我会用未来所有的爱去爱米露露，去爱凌雪生下来的两个孩子，去爱我未来和米露露生的孩子，去关心去帮助凌雪。凌雪是我从前的妻子，我们以后，可以是朋友，可以是比朋友更近一些的好朋友，或者，她甚至可以成为我的亲人，我会叫她妹妹。

商人都这么贪婪吗？

可牛凯歌看上去并不像是一个贪婪的人。他只是跟大多数人一样，鱼和熊掌都想要。

“她会去哪呢？广场？大学校园？酒吧街？运河边儿？翻墙进入公园？漫无目的？……哦，我知道了，她也许会在那儿……”牛凯歌突然兴奋了一下，他掉转车头，向远处疾驰而去。

街灯下，倪小龙在艰难地跋涉，他已经找了五个多小时，每次灵光一现地打车奔向某个可能的地点，他都觉得米露露一定会在那里。可每次到达，冲着四周狂喊一通之后，除了收获回声和零星路人的诧异眼神，收获不到任何其他的东西。

那只走走停停的流浪狗就别算在收获的范畴之内了，太凄惨。与那只斑驳的杂种犬四目相对的那一秒，倪小龙的心嗞溜被刀拉了一道深深的口子，钻心地疼。杂种犬那可怜兮兮的，想讨好全世界的眼神，倪小龙认为自己在几天之后就会轻易拥有，现在甚至还不如人家。人家可能还会有人施舍一根半根火腿肠，还可以躲在某个屋檐下小憩一阵，而自己呢，只能像个悲剧故事的男主角，开始自己穷困潦倒，没人疼没人爱的一生。这悲剧只有男主角，没有女主角女配角男配角，就他妈的一个人演的一出戏！

米露露，你真是枉费了我多年的信任，你原来不是那种有心计的女人啊，怎么也学会了偷偷摸摸和别人暧昧这么久？你说我和邱紫璇偷情，那是误会你知道吗？

瞧你那悍妇模样，以前只知道你跑步打球有爆发力，这次算是领教了。你还说自己是只小猫咪，呵呵，拜托，小猫咪能有你这魄力？脱了鞋要去打那么柔柔弱弱的一个女人，她刚刚被她前任老公打了一耳光你知道吗？你怎么可以忍心再去伤害她！扔皮包，还要扔凳子，你争这口气干吗啊，你是觉得自己没面子了是不？一开始我还以为是你爱我的表现呢，呵呵，爱个屁！你他妈的早就和牛凯歌悄悄地暗度陈仓了，还装着要捍卫家庭幸福，累不累啊！你今天的样子我根本看不懂，倒像是你受了莫大的伤害。你对牛凯歌要是清清楚楚没有小心思，你干吗不告诉我从前的关系呢？你留一手是为什么还用问嘛！姓牛的那孙子有钱有模样，你们还有从前的感情基础，你早说啊！我成全你！犯得上藏着吗？都让凌雪找上门来了，我都跟着一起丢脸！光明正大地，直接告诉那婆娘，你就是要和旧爱在一起，能怎么着啊！还能给我留个好印象呢，你怎么尿了？你在我心中一直是个女侠，敢做敢当，跟我有一拼，我当初就是因为你那样才爱上你的，你知道吗？

当初，你风风火火，说话干巴利脆，做事不拖泥带水，我说去干吗，你就像个疯婆子一样跟着我去干，两个疯子终于碰到一起了！自由，疯狂，我喜欢，跟你在一起那叫爽，感觉全世界都是咱俩的，咱俩一起喝啤酒吃羊肉串，喝高了相互搀扶着在街上唱歌，半夜你突然想吃麻辣小龙虾咱俩立刻翻身起床，揉着眼睛就杀过去了，一直吃到天亮才回家睡觉。我跟朋友通宵打牌，你根本不会玩，但非要凑热闹跟着我一起熬，就坐在旁边眨巴着眼睛看电视。你还在歌舞团那会儿，我去宿舍找你，聊着聊着大门锁了，你愣是敢跟我一起爬上那么高的铁门然后翻出来，没几个女孩像你那么飒。咱俩看碟，一旦觉着哪个电影好看，能一遍又一遍地连着看四五遍，边看边哭，或者边看边笑，两只手还在拉在一起，好像咱俩就是故事里的男女主角。对了，还要一边看一边评论，评剧情，评导演，评演员的长相，评着评着咱俩还吵，我说那女演员好看，你非说她胸没你大还差得远，你说那男主角帅，但再帅也没我帅，哈哈，我知道你是骗我的，因为那是布拉德·皮特，老子承认比他差得远！呵呵，我以为全世界就小布一个人能跟我抢你呢，没想到半路杀出来个牛凯歌你就尿了，算了，算了，你他妈说的全是假的。

你滚吧，我祝福你，祝福你接了凌雪的班，祝福你大手大脚让牛凯歌那孙子倾家荡产！可是，米露露，米露露，你真的，真的要跟他走吗？我和你在一起也四年多了，虽然没让你过上好日子，但我是真的爱你，我恨不得让你把我给吃了。我想象过，如果咱俩在南极或者北极，或者亚马孙的热带丛林里，我会为了让你活下去，自己选择去死。没吃的，没事，宝贝，你可以吃我，我的肉质很紧实，有营养，口感好，能吃好多天，足够你走出困境，直到有人来救你。如果遇到北极熊或者大蟒蛇，我会为了你去和它们搏斗，就为了让你活下去，为了让你知道世界上有我爱你，保护你。

可世界真他妈的操蛋！

咱们这城市没有熊也没有蛇，只有房子汽车和银行，我不能去抢银行，我被抓了谁来照顾你。我熬啊熬啊熬啊，梦想着能让你成为公主，享受我的照顾，可我跟上鬼了，我不知道该怎么努力才能实现这个想法，我找不到路径，好容易有点眉目了吧，天杀的我被开除了！然后你就异军突起了，我还以为咱俩的好日子终于来了，没想到祸福相依啊，是牛凯歌冒充老天爷赐给了咱们一些东西，不，是给你的东西，他把自己也留给你用了，可你为什么要骗我呢？我憋屈，我要你亲口告诉我，你不要我了，你要跟牛凯歌走。你到底他妈的在哪里啊！

“广场？大学校园？酒吧街？运河边儿？翻墙进入公园？漫无目的？……哦，你一定在大学校园，那是你和牛凯歌共度美好时光的地方，你一定去那了！你等着，我这就去找你！”倪小龙眼睛一亮，开始满街找出租车。他好容易打到一辆车，冲米露露曾经就读的大学疾驰而去。

可牛凯歌率先找到了米露露。

他发现米露露的时候，米露露像个疯子一样还在自言自语。烟盒里的烟已经抽完了，她开始筛选满地的烟屁股，哪根长点儿，就捡起来，点着了，使劲嘬上几口，扔掉，然后再找一个烟屁股。

“露露！露露！”牛凯歌冲黑暗中的人影狂奔过去。他看到有条灰色的豹纹长裙在烟头的火光中一闪，便料定那是米露露。这是米露露白天时候的装束，他很喜欢，所以印象深刻。

“快，把衣服穿上！”牛凯歌迅速脱下自己的外衣，把米露露严严实实地裹住。

米露露没有反抗，也没有迎合，她扔掉手里的烟头，缓缓抬起头，“能给我支烟吗？”

“哦，哦。”牛凯歌担心地看了看满地的烟蒂，但还是赶紧掏出一包烟，抽出一根送到米露露嘴里，然后拿出防风打火机，啪地为她点着。

火光燃起，黄色的光芒照亮了米露露和牛凯歌的脸。米露露的表情很漠然很疲惫，牛凯歌却眉头一皱，他想去扶一扶眼镜，却发现这个企图掩饰自己的动作是多么徒劳，他的眼前已经一片模糊，泪水飞快地顺着脸颊滑到了嘴里，咸咸的，苦苦的。

“露露，露露，跟我回去吧。”牛凯歌伸出手，扶住米露露的肩膀。他突然意识到自己的措辞有些问题，“回去”是什么意思？回哪里去？

牛凯歌慌忙又说：“这里太冷，你会感冒的，露露，咱们去车里坐着，好吗？”

米露露摇摇头，不说话。

“露露，露露，你不要这样，我心痛，我好难过。”牛凯歌再也控制不住自己的情绪，哽咽起来，“露露，露露，你打我吧，打我！打我我才会好受些！我都不知道该说什么，我这个笨蛋，当初为什么那么愚蠢，竟然会相信那是你发给我的短信，我……”

牛凯歌狠狠抽了自己一耳光，这声音在寂静中显得无比响亮。

“别，别打自己。”米露露有气无力地说。她使劲吸了一口烟，又吸了吸鼻子。

“露露！跟我走！”牛凯歌突然站起来，伸手就去抱米露露。米露露挣扎了两下就不动了，任由牛凯歌将她拦腰抱起，然后静静闭上了眼睛。

牛凯歌健步如飞，抱着米露露来到自己的汽车旁。他拉开车门，把米露露小心翼翼地放到后排座上，然后自己从另一侧的车门钻了进去。他打开空调，然后伸出长长的手臂，把米露露紧紧揽住。

“你怎么知道我在这儿？”米露露轻轻地问。

“有一次你无意中提到过，说心情不好的时候，你就会来这儿，我也是突然想起来的。”牛凯歌又用力揽了揽米露露。

“露露，听我说，我都想好了，我会和凌雪离婚，马上就离，不论她要多少财产，我都给。当然，我也会留下一些，因为我还要养活你，给你好的生活。别担心，钱没有了可以再赚，我有信心让你过上好日子。另外，凌雪肚子里的孩子……”牛凯歌突然不吭声了，他不知道该怎么对米露露讲，总不能说，你就让凌雪生下来吧，反正已经长那么大了，不生怪可惜的，况且那还是我的骨肉。——总不能这么说吧。

“生下来。”米露露轻轻地说，她知道如何给这个男人台阶下。

“哦，哦，谢谢你，露露，谢谢。”牛凯歌把米露露搂得更紧了，“露露，你知道吗，知道吗，这么多年，我一直在想你，因为我，我，我爱你……”

牛凯歌终于鼓足勇气向米露露表白了，可此时，倪小龙还依然在大学围墙外乱转。他终于翻上围墙，躲过了保安叔叔的盘查，翻进了校园。

大学谈恋爱一般都在什么地方来着？篮球场，小树林，操场上，图书馆后面，宿舍楼下面，餐厅外面的小拐角，操场看台下面的狭小空间，凉亭里，他妈的都没有啊，会不会在外面啊，如果牛凯歌找到了她，两人此时应该躲在汽车里……

倪小龙又翻出校园围墙。校园很大，围墙很长，他也不知道用了多久才终于转完一圈，两小时？三小时？也许更久，反正这里是刚才转圈圈的起点，出发的时候还是凌晨，现在天色已然大亮了。

岂止是大亮，新的一天已经开始了，而且似乎与昨天关系不大。

半块朝阳已经升起，一弯新月还没落下。街上的行人已经很多了，匆匆忙忙地走来走去，汽车迅猛地开来开去。倪小龙第N次试着拨打电话，米露露依然没有开机，牛凯歌也已经关机，凌雪的，凌雪的开机也没用……

叮叮……短信！是短信的声音！

倪小龙慌忙摁亮手机屏幕，是邱紫璇！

倪小龙的手开始微微发抖，心跳也加速了，她要说什么？

怎么这么多字？这是一封超长的短信：

亲爱的，小龙，我能这样叫你吗？我想了很久，想了一整夜，决定这样叫你。你曾经告诉过我，心里的话要勇敢地说出来，这样人才不会憋出病，才不枉活过这短暂的一生，所以，我就说出来，亲爱的，我爱你。

倪小龙的手抖动得更厉害了。

跟我走好吗？你是我想要的男人，我想和你在一起，我想为你做饭，为你收拾屋子，当然，我再不会那么矫情，我的强迫症已经好多了，那是你带给我的福音。你让我感觉做个女人真好，也可以那么张扬地去笑，去善意地骂脏话，去无拘无束地生活。不要嫌弃我好吗？乔乔很喜欢你，他会很轻易地就接受你，在他心中，你已经是他的爸爸，没有人可以替代。就像你在我心中没有人可以替代一样，我爱你，跟我走，我求你。

我会再为你生孩子，生几个都行，他们会像你一样充满活力，浑身散发着阳光，我想一想都觉得兴奋，被好几个小太阳照耀的感觉，让我痴迷。你是第一个为我哭的男人，我不会忘记，我害怕失去，所以，我鼓足勇气，放下所有的矜持，虽然我的脸现在已经很烫，我的手抖得不行，但我必须争取一次。我不敢给你打电话，我害怕听到你犹豫的声音，害怕你拒绝我，所以我只好发这么长的信息。求你也别把电话打过来，我害怕听到你的声音之后，会不顾一切地去找你，让大家再次像昨天一样难堪。

你和米露露的事情我没听清楚，抱歉，我居然偷听你们说话。我昨天担心你，所以后来又返回你家门口，我无意去偷听你的隐私，但我听到了只言片语……所以，咱们走吧，不用担心未来的生活，我们可以一起做点生意，什么都不做也行，我们去美国，去法国，去南方的某个城市也行，只要你带着我，我哪里都敢去。我觉得，住在这个小区，就是为了让我认识你，你住在这里，就是为了遇到我，所以，走吧，不然还留在这里干什么？

屋里所有的东西我都不要了。只有我和乔乔，还有我的汽车，还有你，就咱们，找个地方重新开始。你不要给我打电话，我八点的时候会在那个小花园，就是那个小花园，你知道的，我的车会停在门口，我等你，等你半小时。如果你不来，我也就明白，你最后的决定是什么。你的璇。

倪小龙眼圈红了。自己这个被全世界抛弃的人，居然还有那么美丽善良的一个女人，在爱着自己，在等着自己，为了自己拉下脸皮。

他吸了吸鼻子，用手掌蘸去眼里的泪水，看看表，七点一刻……去，还是不去？

倪小龙赶到小花园门口的时候，远远就望见了那辆白色的奥迪。邱紫璇和乔乔正坐在车里，静静的谁也不说话。邱紫璇偶尔捋一捋额前飘落的长发，又间或看看表，照照镜子。虽然看不清楚她脸上的细节，但想也想地到她今天一定很美。她会把自己打扮成一个准新娘的样子，去迎接也许可能大概会到来的崭新生活。乔乔也有点紧张，不时地摇晃着自己的肩膀，扭头四处观望。

紫璇，你真的要走了吗？我现在要解决的问题是，剁掉我的哪只手。一只手是你，一只手是米露露。

倪小龙靠在远处拐角的墙壁后，默默点燃一支烟。

只剩这一支烟了，烟，你帮我做决定吧。

倪小龙小心翼翼地把烟点着，郑重地吐出一个烟圈，仿佛这是一个仪式。

紫璇，你是我心中的女神，你的美我就不说了，我无法用语言去描述，也许只有翻翻画报，或者看看娱乐节目，才能偶尔找到几个五官可以和你媲美的女人，你的美，所有的男人都能看到，我当然也是。

我说喜欢你的心灵是不是显得很虚伪？跟你在一起的时候，我像个孩子似的被你数落，“你记住了吗？记住了吧？重复一遍”，呵呵呵，那是你的口头禅，你像个妈妈，那么有耐心有母性的妈妈，我可以尽情地无知，不用再装作那么强大。

我那么没用，失业，不会赚钱，被人嘲笑，你从来没有轻视过我，我甚至觉得你就是我的一处港湾，天塌下来，把我砸到稀烂，你也不会嫌我难看。你为什么要对我那么好？我又怎么能配得上你？我拿什么给你未来？我唯一能显出点优势的就是打架，但打架，多么无聊，多么低俗，咱们又不是原始社会，我可以打来猎物，让你尽情享用。

紫璇，你别走好吗？就像现在这样，我每天可以看到你，你需要我的时候可以来找我，但，我怎么可以这么想，我多么自私，我不能给你安全的角落，却贪婪地想要把你放在陈列架上欣赏，我怎么能这么想。

紫璇，我怀疑咱们的相遇弄错了时间，弄错了地点。你这样的女人，我也许应该是以一个成功人士的模样，和你相识在酒会上，相识在海滩上，或者一次画展，一次车展，哪怕是一次次小小的无足轻重的车祸，咱俩的车剐蹭了一下，我下车，然后就看到了同样下车的你。可是，咱们却相遇在这里，一个无比嘈杂市井的小区。

我有太太，嗯，妻子，还是说老婆吧，我是俗人，不会装绅士。当初，是我大着胆子强吻了米露露，才得到了她。当时她给了我狠狠一耳光，打得我舌头被牙齿咬了一下，流出血来，可那灼热的耳光和揪心的舌头疼痛，却把她深深烙进我的心里，现在想想那感觉，还是觉得挺爽，我贱吧？她其实也够贱的，打完我之后，她心疼得哭了，然后我就趁机又亲吻了她一次，这次她没打我，她嘴上沾满了我的鲜血，然后，然后我们就在一起了。

我无法想象生命中没有她我会怎样，我的阳光，我的乐观，我的感性和疯狂，是她给了我土壤，她就是我的牛粪，我不是花朵，我没那么臭美，我就是一棵草，张狂地吸吮着她给我的营养，这种营养真他妈的适合我，她可能某种程度上把我给惯坏了。

我已经习惯了身边的女人这样疯狂，像个泼妇，呵呵，以前我也不知道她竟然是个泼妇，但正是因为她发那么大的火，所以让我的心还没有彻底变凉。我的血液里有她的血液，我的骨髓里有她的骨髓，而你，你的美，我想要欣赏，我无法想象自己会像你那么优雅，优雅地站在你旁边，成为你美丽的一部分，我是一头大蒜，会破坏你玫瑰的芳香。我不想破坏我心中的美。另外，我很爱乔乔，我希望我的孩子也能像他那么漂亮，男孩子长那么漂亮，真的也很养眼。

紫璇，别求我，你犯不上求我，我只是你生命中的过客，你碰巧路过，我碰巧发光，前面还有光，比我还亮，比我还热，比我优雅。

紫璇，我还是觉得我太虚伪了，我想说，去你妈的优雅，我就是喜欢你，说不喜欢你的男人是王八蛋。我想把你抢回家，整天躲在床上再不去早朝，我想和你销魂到天亮，我承认我心中有无数次邪恶的幻想。如果我没有米露露，我会跳上你的汽车，你想跑也没处跑，我会当着乔乔的面把你亲到窒息，我亲不死你！我会跳上车之后就逼着乔乔叫我爸爸，还会没大没小地告诉他，我和你妈妈会给你生弟弟，生妹妹，好多，好多，多到让你心烦，让你讨厌，可你是哥哥，要有个哥哥的样子哦。

紫璇，别逼我说出来，我把那三个字埋在心里，带进棺材，带进火化炉，然后化成细小的分子，散落在这个世界的每一个角落，可以吗？到那时候再说可以吗？我活着，在这个世界上，我发过誓，我只对米露露说，我留给了她，不能同时给别的女人。

嘿，我把自己想得太抢手了，反正大概就是这个意思。当然，也许米露露不稀罕，她想听另外的男人对她说，可她是她，我是我。我现在还不知道她最后的决定，不知道她在哪里，今天就知道了。但我不会无耻到让你等我一天，米露露不要我了，我再去找你？我不配。你永远应该是别人的第一选择，这个选择对我来说，难为我了。

紫璇，我可以再无耻地说最后一句吗？反正你也听不着。如果可以娶两个老婆，我只想要你和米露露。你们俩如果同时被我拥有，那我就是世界上最奢侈的男人，被人嫉妒得发疯，被人羡慕得扔臭鸡蛋，我才不管，我和你们俩偷偷地躲在花园里打扑克，斗地主你不是被我教会了吗？米露露打得很好，咱们可以一起玩。

但现在，我只能选一个，所以我只能选择米露露。现在，她的一半是我，我的一半是她，估计这辈子也就这样了。我要把她抢回来。

紫璇，再见。烟早就抽完了，想必，我永远也见不到你了。永远？我要再看你一眼！

之后倪小龙从墙后缓缓地走出来，只看到了空落落的花园门口。那里什么也没有发生过，紫璇，从来没有存在过。

米露露会在哪呢？家里没有，还是关机，牛凯歌也还是关机。

倪小龙抱着试试看的心态去了牛凯歌的公司。操！牛凯歌的车在楼下！丫在这里！那米露露很有可能也在这里！

倪小龙噔噔噔蹿进电梯，上了楼。

在，真的在！找了她一晚上，她真的和牛凯歌在一起！

此刻，米露露正在米总硕大的办公室里睡觉。

她躺在沙发上，睡着了，身上盖着牛凯歌的外衣。而牛凯歌正坐在她的身边，深情地注视着她的面孔。

倪小龙立刻就飙了。这他妈的是我老婆！我们还没离婚呢！

当副总裁就是好啊，有这么大的办公室，可以在里面睡觉，可以在里面看电视，可以在里面抠脚丫，可以在里面密会老情人……可以想干什么就干什么！

哎哎哎，别拽我，我要跟米露露说话，她现在还是我老婆！我是她老公！保安你们别动我，别拉我，我会还手的！

“别动他，他是我的朋友。”牛凯歌赶紧站起身，又赶紧做了一个“嘘”的手势。

老子什么时候有了你这样的朋友？！老子要找我老婆！倪小龙使劲挣脱开保安。

米露露翻了个身，又睡过去了，不像是装的。她平常就自诩醒着的自己是小猫咪，睡着的自己是大白猪。

牛凯歌把倪小龙和保安推出门外，把米总的门轻轻带上。

“你们去吧，没事。”牛凯歌对两名保安说完，把头转向倪小龙，“她很累，需要休息。小龙，来，进我的办公室，咱们聊会儿。”

聊你妈的大头鬼！老子只想和我老婆聊，和你聊？犯得上吗？

牛总的办公室就在米总的旁边，倪小龙冲进公司之后就发现了这一点。他曾经进过牛总的办公室，知道牛总把米总安排到隔壁的险恶用心。

“小龙，坐。”牛凯歌把门反锁上，给倪小龙沏了一杯茶。

“咱俩有什么好说的？”倪小龙问。

“确实没有，不过你来了，咱们就谈谈。”牛凯歌沉着脸。他很少这样，一般情况下是以满面春风的款型示人。

“谈什么？”

“昨天晚上，我是找到了米露露。现在，我也没必要向你隐瞒什么了……”牛凯歌把自己费尽心思挖来米总的过程讲了一遍。

倪小龙听得频频点头，拳头越攥越紧，“哼，我早就知道你是蔫坏。”

牛凯歌喝了一口茶，“所以，昨晚，我向露露表白了……”

“去你妈的表白！”倪小龙一下子把桌子掀了。

牛凯歌一躲，没有被砸到，但被茶水泼了一身。

与牛凯歌平时的斯文迥乎不同，他气冲冲地解下领带，使劲把它扔到一边，朝倪小龙扑了过来。

“好，像个男人！”倪小龙说着，抡起拳头迎上去。

丁零光啷！稀里哗啦！砰砰啪啪！

两个人打起来了！

办公室外面的人急了，“好像打起来了！”“哎呀，这还了得！”“快叫保安！”“太不像话啦！”“撬门快撬门！”“什么人？快救牛总！”

半晌，屋里没了动静。

“啊呀呀，死啦？出人命啦！”“快撬门！”“这门太结实了！”“快！”

又过了半晌，门终于被外面的人鼓捣开了。

十几名保安列队冲了进去，无数员工紧随其后。

屋里一片狼藉。纸张、书、玻璃碎片铺满地板，桌子、椅子、柜子基本都处于被拆了的状态。躺倒的沙发背后，倪小龙和牛凯歌吭哧吭哧地探出头来，两人显然在地板上进行过肉搏。

还好，脸都没花。

“没事，我没受什么伤。”牛凯歌爬起来，扶着自己的腰，一瘸一拐开始找被打飞的眼镜。

“嗯，我也没大事。但你这里损坏的东西，我是坚决不会赔的。”倪小龙也站起来，开始收拾破破烂烂的衣服。

“让他走。”牛凯歌说。他看保安和员工没反应，又重复了一遍，“让他走！”

倪小龙气哼哼地挤出了人群，去找米总。留下牛总和员工收拾战场。

米总的屋子里已经没人了，手机依然关机，米总又不见了。

倪小龙只好垂头丧气地往家走。

就在刚才，牛凯歌办公室没有了打斗动静之后，牛凯歌告诉了倪小龙一些重要的事情。

没有了动静，是因为两个人都打累了，而且相互占不着便宜。

“别打了！”牛凯歌揪着倪小龙的头发说。

“打死你！”倪小龙掐着牛凯歌的脖子说。

“露露最后拒绝了我的表白！”牛凯歌率先松了手。

“什么？拒绝了你？”倪小龙也松开手。

“嗯，露露说不会和我在一起。”牛凯歌从地板上坐起来，靠在躺倒的沙发上。

“真的？为什么？”倪小龙很兴奋，一骨碌从地上爬起来。

“原因就没必要告诉你了。”

“嗬，我去找她！”

“别高兴，露露说，她也不会再和你继续生活下去。”牛凯歌点燃一支烟，也扔给倪小龙一支。

“为什么？”倪小龙重新滑落到地板上。

“你伤了她的心，她受不了你跟其他女人在一起。”

“可那是误会，而且那个女人已经走了！”

砰！砰！砰！保安开始踹门了。

“没事，你讲你的，他们踹他们的。”牛凯歌很坦然。

倪小龙把大概情况跟牛凯歌说了一遍。

“走了？你以为走了就没事了？露露其他方面都有气度，单单这方面不行。另外，你说是误会就是误会啊。其实，我也不相信你和那女人之间是误会。”

“你！”

“是永远都解释不清的误会。”牛凯歌深深地吸了一口烟，“另外我告诉你，露露从我这里辞职了。”

“砰！”门终于被踹开了，保安和员工们冲了进来，倪小龙和牛凯歌只好结束了谈话。

这就是刚刚在牛凯歌办公室发生的一切。

倪小龙沮丧地回到了家。

他打开屋门，米露露竟然在家！

她虽然在家，可她的脚边却是一个旅行箱，她要走！

“露露，你别走！你要去哪里？你听我解释！”倪小龙拽住米露露的胳膊。

“我才不要听你解释！”米露露转头望着倪小龙，“你的解释我根本不信，但邱紫璇的解释，我信！”说完，米露露猛地抱住倪小龙，呜呜地哭了起来，一边哭一边死命地捶打着他的后背。

幸福来得太突然，倪小龙有些措手不及。

一个黄色的信封从米露露手里飘飘荡荡落在地上。信封里，是邱紫璇留给米露露的一封信。

信是这样写的：

露露，你好。我这样叫你，你一定很生气，但请你看完这封信，再生气不迟。

我走了，没人会知道我在哪里，因为连我自己都不知道要去哪。我不喜欢这种无家可归的感觉，但我没有办法，我只能流浪，至少目前得是这样。你知道我有多么羡慕你吗？你有家，有一个那么爱你的男人，爱你胜过爱他自己。我嫉妒羡慕，但是不恨，我祝福你们。

我的家庭很有钱，但很不幸。我的爸爸是一位成功的商人，他的名字说出来的话，很多人都会知道，但是他去世了，留下一大笔钱，留下了我孤独地在这个世界上生活。你可能会问，我的妈妈呢？我没有妈妈，从来没有过，生下来就没见过。我的爸爸曾经无情地告诉过我，我是他借腹生子得来的孩子，也就是说，我基本上是一个商品。爸爸不相信任何女人，所以不结婚，但是他又想要一个孩子，所以就找了一个女性，嗬，我这么说很准确，然后就有了我。再然后，那个女性就完成了自己的工作，得到了丰厚的报酬，从此再没有出现过。

我十八岁的时候，爸爸去世了，车祸，但也有传闻说是谋杀。我不知道，我无法知道，我孤零零的一个女孩，只知道害怕。然后我就继承了遗产，很多，多到这辈子花不完，下辈子也够用。接下来我就谈恋爱结婚了，那是我的第一次恋爱，就结婚了。现在想想觉得草率，那时候是想证明真爱。我一个人，他一个人，那么地关心我，爱我，我需要家，我太渴望，我渴望冰冷的屋子里，有一个可以让我依靠的男人。那个男人叫高强，那天被小龙狠狠揍了一顿。他很恶心，死了我也不会心疼。

高强把小龙的胸口挠破了，所以我去给小龙上药，来不及想那么多，所以让你误会了，对不起，露露，我伤害了你的感情，作为女人，我怎么能不理解，对不起，我不是故意的。

但我爱小龙，是真的，我本来不打算说出来，但我必须说。我不是玩玩，我玩不起，我不敢玩。我爱他，现在还爱，但很遗憾，他不爱我，他爱的人是你。你知道他有多爱你吗？我说着说着就要吃醋了，你和他之间的事情，已经融入了他的血液，你是他生活的一部分，没了你，他的生命和青春都不完整。他说过，你发誓要做他的牛粪，呵呵，多么好的比喻，你给了他活力，给了他希望，给了一个女人能够给予他的全部痴狂，你已经是了，呵呵，我想做，他不要。

他讲过你们之间的很多事，你觉得，如果他足够在乎我的话，还会讲这些吗？他是当经典故事或者笑话来讲，真的很温馨很幽默，你们的爱情史就是一本精彩的段子集锦，充满欢乐。每次我都会笑，但心里却酸酸的，因为和他一起快乐的人不是我。他说到你时，那种眼神让我感动，他对你怜爱，嗔怪，自豪，好像都有一点。

为了给你做一顿饭，煲一个汤，他一个大男人愣是变得那么细心，像是在认真地做一道数学题。他可能在你那里会发牢骚，却没有对我抱怨过一句。他对你发脾气，是为了吸引你的注意，向你撒娇，你太忙了，忽略了他的感受。我替代不了你，我只是你们爱情的旁观者，见证着你们爱情的甜蜜，这种甜蜜你们甚至不自知。多少人梦寐以求的爱情啊，珍惜，珍惜，再珍惜。我得不到，但希望拥有者珍惜。

最后，我解释一下我的强迫症。高强所逼，就这么简单。但过程太复杂，复杂到我不愿意回忆，想呕吐。我被家暴，你无法想象，不单是被打那么简单，还很屈辱，像个随时可以被杀掉的妓女，我不说了，我已经吐了。我做什么，怎么做，都不对，都不够好，任何方面，不好就被打，每天，好几次……后来我离婚了，孩子我带，我不愿让他见到他爸爸，恶心。我就躲，可躲不了，那天就是我们母子被找到的结果，我和乔乔都挨了他的耳光，多亏了小龙，不然我们会更惨。

我后悔我的婚姻，如果今生我俩还有缘相见，我想和你谈谈。呵呵，你放心吧，小龙不要我，我对你没有威胁，对他不够诱惑，充其量只能算是个考验。我只是觉得，你是个幸福的女人，一定可以给我快乐的经验，而我会告诉你，世界还有黑暗的一面，我不小心知道一点。说不定，你还会意外地发现我其实并不讨厌，也许，我们会做朋友？不敢想，怕你嫌。

好了，露露，没时间写了。

再见，或者永别。问小龙好。

祝你俩爱情甜蜜，模范夫妻！

邱紫璇敬上。

邱紫璇的这封信，是事先准备好的。如果小龙跟她走，就毁掉。如果小龙没有出现，就让物业转交给米露露。

米露露再没有任何离开的理由。看完书信的那一刻，她最想拥抱的人不是倪小龙，而是邱紫璇。

“宝贝，牛凯歌怎么找到你的？”倪小龙死死抱着米露露不撒手，怕她再飞了。

“你猜。”

“我要猜得到，昨晚不就找到你了嘛。”

“紫竹苑，我翻墙进去的。”

“天哪，牛凯歌怎么知道的？”

“我以前跟他提过，说你在那里第一次强吻了我，我就扇了你一耳光，然后……”

阳光渐渐洒满屋子，植物悄悄地舒展着枝叶，生怕惊动了这对热吻的爱人。

他们拥抱着倒在沙发里。沙发旁边的地上，有一个黄色的信封，和一个蓝色的旅行箱。

窗外的世界，大地一片金黄。天空的颜色和那只旅行箱差不多，泛着清亮的蓝色光芒。

这是一个让人很爽的季节，每一秒都是很爽的时光。

半年后。

凌雪的头发变长了，当然，长度还不足以绾一个发髻。她生下了两个男孩，个顶个长得丑。儿子随母亲，随整容之前的母亲。但牛凯歌觉得很漂亮，这就够了。

“哈哈，希望他们将来像我一样高大，智慧，哈哈。”牛凯歌每只手都抱着一个娃，笑得合不拢嘴。

“你还智慧，得了吧！”凌雪一副功臣的表情，“我算是看明白了，就你傻得可以。那天晚上，要不是米露露告诉你，你到底离不开谁，你到底爱谁，你那脑瓜想得清楚嘛。”

“哈哈，”牛凯歌憨憨地笑着，“离不开你呗！我承认，承认还不行吗？都说了半年了。露露说得好，我放不下的是对自己青春的回忆，而不是放不下她这个人。小雪，谢谢你。”

“哟，现在说话也学会这么酸了？”凌雪撇撇嘴，“你跟小龙越来越像了，疯疯癫癫的，你以前的稳重都哪去了？”

“哈哈，总那么稳重其实挺压抑的，小龙挺好，帮我解放了天性。你说，咱们两家怎么就那么有缘分呢？”

“说来也是，这就是命。哎，我告诉你，露露也怀孕了！”

“我早知道了，小龙第一时间就给我打了电话，还说要请我喝酒。”

“他公司做得怎么样？”

“势头不错，反正我是离不开他的公司了。上次帮我做的那个营销方案，就是在高档社区办少儿小型文艺会演，效果很不错，落实得也很细致，赚走了我一百万呢。”

“才一百万，我看你应该给人家两百万！露露可算是熬出来了。”

“哈哈，你胳膊肘怎么朝外拐啊。”

“怎么朝外了？露露是我的好姐妹，让妹妹赚点钱不应该吗？”

“哈哈，露露在咱们公司做副总裁，我可没敢亏待她，你们俩这一联合，我和小龙都惧怕三分。”

“不做亏心事，怕什么呀？哎，小龙的那个美女朋友，就是邱紫璇，怎么样了？”

“好像去新西兰了，QQ 上给小龙留过言，后来就没联系了。”

“哦，怪可怜的，露露一直惦记着她呢。”

说着，牛凯歌的手机响了起来。

“小雪，你来抱孩子，我接下电话。”

牛凯歌把俩娃移交给凌雪，轻拿轻放。

他拿起电话，来电显示：小龙（米露露老公）。

“牛哥，我小龙！”

“哈哈，说。”牛凯歌最近是不笑不张口，一张口就笑。

“晚上带嫂子来家里吃火锅，我和露露，还有我表妹，表妹的男朋友，一起热闹热闹，俩宝贝也带来啊！”

“好，晚上见。”

那天晚上，倪小龙和牛凯歌都喝醉了，互相拍着肩膀唱情歌。

那天吃火锅的所有人都记得，歌曲叫做《爱情转移》。

所有人，都跟着唱，不会的当时跟着瞎哼哼，后来也自己偷偷学会了。

唱的时候，大家都在哭，只有牛凯歌的两个宝贝儿子，不哭也不笑，只静静地吃奶。

米露露摸摸自己的肚子，含着眼泪笑了。

倪小龙和牛凯歌依然在唱着：“你不要失望，荡气回肠是为了最美的平凡……”

“小龙的高音区还是有问题。”作为一名前歌唱演员和前声乐老师，米露露想。